茅盾文学奖
获奖作品全集
典藏版

The Mao Dun Literature Prize

李自成

第三卷 紫禁城内外

姚雪垠 著

人民文学出版社

目 录

汴梁秋色

 （第 1—3 章）　　　　　　　　　　1

杨嗣昌出京督师

 （第 4—7 章）　　　　　　　　　　51

张献忠与左良玉

 （第 8—9 章）　　　　　　　　　　121

从商洛到鄂西

 （第 10—13 章）　　　　　　　　　165

紫禁城内外

 （第 14—19 章）　　　　　　　　　255

李自成　第三卷　紫禁城内外

汴梁秋色

第 一 章

九月中旬的一天下午,淡黄的斜阳照着桅樯如林的汴河,照着车马行人不断的州桥①。这桥在小纸坊街东口,横跨汴河之上,在宋朝名叫天汉桥。因为这桥建筑得拱如玉带,高大壮观,水面又低,船过不必去桅,汴梁人士喜欢在此赏月,遂成为汴梁八景之一,即所谓"州桥明月"。现在有一个大约三十八九岁的矮汉子从小纸坊街出来,右腿微跛,正要上桥,忽然遇见河南按察使坐着绿呢亮纱八抬大轿,差役执事前导,前护后拥,迎面而来,一路喝道上桥。他就赶快向路北一闪,躲入石牌楼旁边的开封府惠民局的施药亭内。这一起轿马官役正要过完,有一走在后边的官员身穿八品补服,向施药亭中望了一眼,忽然勒住丝缰跳下马来,向矮汉子一拱手,笑着问道:

"宋先生,在此何干?"

矮汉子赶快还礼,说:"适才登门叩谒,不期大驾随臬台大人因公外出。可是去相国寺拈香祈雨么?"

"非也。今日是周王府左长史王老爷五十生日,臬台大人与各衙门大人前去拜寿,留下吃酒,如今才回。我上午就随侍臬台大人前往周府,又使老兄枉驾,恕罪,恕罪。"

"哪里,哪里!鲁老爷太过谦了。"矮子趋前一步,小声问道:"数日前奉恳之事,可有眉目?"

"敝衙门中几位办事老爷,似可通融。但此案关系重大,恐怕

---

① 州桥——崇祯十五年(公元1642年)开封被淹毁后,汴河淤填,日久州桥遗址不存。

还要费些周折。"

"鲁老爷何时得暇,山人登府叩谒,以便请教?"

"台驾今晚来吧。贱妾大前天生了一个小子,请兄台去替他批批八字。"

矮子连忙作揖,满面堆笑说:"恭喜,恭喜。山人今晚一定登府叩贺,并为小少爷细批八字。"

这位八品文官匆匆上马,追赶轿子而去。矮子走上州桥,一则从对面拥来一群灾民,二则他心中有事,他没有停下来眺望汴河景色,就沿着一边石栏板走过桥去。这桥东头有一座金龙四大王①庙。矮子刚过庙宇不远,看见两个后生正在争吵,一个是本地口音,一个是外乡口音。外乡人是个江湖卖艺的,肩上蹲着一只小猴子,腰里别着一条九节钢鞭,手里牵着一只小狗,提着一面小锣。争吵几句,本地后生突然抽出腰刀砍去,外乡后生抛掉小狗,用九节钢鞭抵挡。本地后生步步进逼,外乡人却只是招架,并不还击。本地后生越发无赖,挥刀乱砍不停。街上围了一大片人,但没人敢上前劝解。矮子从小饭铺中借一根铁烧火棍,不慌不忙,架开腰刀,又喝住了本地后生。但本地后生是个泼皮,怪他多管闲事,又欺他是个矮子,又是个瘸子,飞起一脚向他踢来。他把身子一闪,躲开这一脚,却随手抓住对方踢起的脚后跟向上一掂,向前一送,这泼皮后生仰面朝天,跌出五尺以外,引得围看的人们哄然大笑。泼皮从地上挣扎起来,又羞又恼,抢上一步,对矮子挥刀就砍,恨不得将矮子劈为两半。矮子将烧火棍随手一举,只听铿锵一声,火星飞迸,将腰刀挡开一旁。他并不趁势还击,却满不在乎地说:"这下不算,请再砍两下试试。"泼皮尽管震得虎口很疼,还是不肯罢休,

---

① 金龙四大王——相传宋朝人谢绪于宋亡后投水而死,成为河神。明太祖造谣说,他同元兵在徐州以东吕梁湖打仗时,谢绪帮助他战胜敌人,遂封谢绪为金龙四大王。开封临近黄河,故明代对所谓金龙四大王较为迷信,至清代亦然。

重新举刀砍去。钢刀尚未落下,忽然一个挤进来的算卦先生喝道:

"住手!不得无礼!"等候泼皮迟疑着将刀收回,算卦先生又说:"这是宋献策先生,绰号宋矮子,三年前曾在汴梁卖卜,江湖上十分有名,你难道就不认得?他是好意劝架,你怎么这样无礼?"

泼皮后生已经领教了这位瘸矮子的一点本领,听了算卦先生王半仙的介绍,虽然他不大知道宋献策的大名,却也明白此人有些来头,松了劲,把腰刀插入鞘中。但因他余怒未息,咕嘟着嘴,并不向宋献策施礼赔罪。宋献策似乎并不生气,对泼皮后生说:

"这位玩猴子的后生为混口饭吃,离乡背井,来到汴梁,人地生疏。你有本领何必往外乡人身上使?欺负外乡人算不得什么本领。"他又对玩猴子的后生说:"强龙不压地头蛇,你何必同他争吵?以后遇到本地泼皮后生休惹他们。宁可自己少说几句,忍受点气,吃个哑巴亏,不要打架斗殴。不管伤了人伤了自己,如何转回家乡?"

玩猴子的后生十分感激,深深一揖,说声:"多谢先生!"牵着小狗转身离开。宋献策赶快把他叫住,问道:

"你可是从陕西来的?"

"不是。我是阌乡县人,同陕西搭界。"

"啊,你走吧。听你的口音好像是陕西人。"

玩猴子的后生又向宋献策打量一眼,望州桥而去。泼皮后生的怒气已息,自觉没有意思,对王半仙和宋献策一拱手,转身走了。王半仙向宋献策说道:

"数日前听说兄台自江南回来,但不知下榻何处,无缘趋访,不期在此相遇!仁兄住在哪家客栈?此刻要往何处?"

"如今弟没住客栈,在鹁鸽市一位友人家中下榻。刚才从臬台衙门看一位朋友回来,此刻要往相国寺找一个熟人。"

"倘若无要事急着料理,请移驾光临寒舍一叙如何?"

"弟确有俗事在身。今日天色已晚,改日再专诚奉访。"

王半仙今日的生意不好,并不强留献策。献策将烧火棍还给饭铺,同王半仙拱手告别而去。

一连三天,有一个陌生人每天都去鹁鸽市他的寓所找他,偏偏他为着牛金星的事奔走托人,总不在家。这个陌生人既不肯留下姓名,也不肯说出住址,只知道是一个魁梧汉子,年纪大约在二十五岁上下,带着陕西口音。起初他以为是陕西商人慕名来找他算命看相,并不在意。今日中午他回到寓所,却听朋友大嫂言讲:这个人上午又来了,说明是有人托他带给他一封重要书信,非当面不肯呈交。这个人还说出他新近从陕西来此,从今日起每天下午在相国寺打拳练武,卖跌打金创膏药,说不定三天后就要离开。献策简直如堕五里雾中,猜不透是怎么回事。遍想陕西方面,他没有一个好友;江湖上虽有几个熟人,不过是泛泛之交。什么人给他写的书信?而且是重要书信?为什么托一个江湖卖膏药的人带来,连姓名住址都不留下?如此神神鬼鬼,却是何故?午饭后,他去抚台衙门和臬台衙门一趟,如今趁着太阳未落,要去相国寺找一找这个江湖卖膏药的。州桥离相国寺不远。不要一顿饭时候,宋献策就来到相国寺了。

说起相国寺,在我国可是大大有名。这地方原是战国时代魏国的公子无忌(即信陵君)的住宅。北齐时在此处建成一座大寺,称做建国寺。唐睿宗①时将废寺重建,为纪念他自己是以相王入继大统,改名相国寺,所以直到崇祯十五年大水淹毁之前,山门上还悬着睿宗御笔所书"大相国寺"匾额。寺门前有大石狮子一对,三丈多高的石塔两个;院内殿宇巍峨,神像庄严,院落甚多,僧众有二三百人。每日烧香的和游玩的多得如赶会一样,摩肩接踵,人声杂

---

① 唐睿宗——名李旦,中宗之弟,武后时时封为相王;在位二年,禅位于其子隆基,即玄宗。

沓。院中有说书的、算卦的、相面的、玩杂耍的、打拳卖药的……百艺逞能，九流毕备。过了地藏王殿的后院中还有卖吃食等项僧人，专供过往官员、绅士及大商人在此摆酒接妓，歌舞追欢。所以这相国寺虽系有名禅林，却非清静佛地。

宋献策一路想着心思走来，不觉到了山门外右首的石狮子前边，忽听有人叫道："那不是宋先生么？"宋献策转过头去一看，喜出望外，慌忙前去施礼，说道：

"啊，大公子，没想到在此地拜晤金颜，真是有幸！几天前，弟听说公子已回杞县，正拟将俗务稍作料理，即往杞县尊府叩谒，不想大公子也在开封！"

这位公子拉着宋献策的手说："弟上月拜家岳母汤太夫人之寿，来到汴梁住了半个多月。回去之后，因为红娘子的一件事情，于前天又来汴梁。"

"可是那个跑马卖解、以绳技驰名江湖的红娘子么？她出了什么事？"

公子笑一笑，说："正是此人。事情很可笑，此处不便细谈。老兄，古人云一日不见如三秋，此言不虚。与兄上次握别，弹指三年，不胜云树之思。常记与兄酒后耳热，夜雨秉烛，纵谈天下大事及古今成败之理，高议宏论，时开茅塞。虽说三载暌违，鱼雁鲜通，然兄之音容笑貌，时时如在左右。兄何时驾返大梁？"

献策答道："弟来此已有十天，上次与公子话别，原以为不久即可重瞻风采，不想弟萍踪漂流，行止靡定，竟然一别就是三载。公子说别后不胜云树之思，彼此一理。"

公子说："贱仆牵有两匹牲口在此，请兄现在就一同上马，光临敝寓。晚上略治菲酌，为兄接风，并作竟夕之谈，如何？"

献策说："弟此刻要到寺内找一江湖朋友，并已约定晚饭后去臬台衙门见一位朋友商谈一件急事,今日实不能到尊寓畅叙。明日上午请公子稍候,一定趋谒。公子仍在宋门大街下榻?"

"还是那个地方。你我不用客气,明日弟在敝寓恭候,务望光临!"

"一定趋谒,并有一事奉恳公子相助。"

"何事?"

宋献策见左右围了许多闲人看他同公子说话,还有成群的灾民围过来向公子求乞,不便将事说明,回答说:

"谈起来话长,明日慢慢奉告吧。德齐二公子现在何处?"

"舍弟一同在此。他也常常提到老兄,颇为思念。方才我们同来相国寺拜谒圆通长老,他因有事先走一步。"

"弟半年前听说圆通长老在嵩山少林寺闭关①,何时来到这里?"

"圆通长老于上月闭关功满,因周王殿下召他来主持一个'护国佑民、消灾弭乱、普救众生法会',于前日来到开封。长老年高,一路风霜,身体略感不适,故今日尚未进宫去朝见周王。弟三年前曾许诺将家藏一部唐写本《法华经》赠他,特偕舍弟前来探候,并将《法华经》送上。老兄明日上午可一定光临敝寓,愈早愈好!"

"一定,一定。"

宋献策与公子拱手相别,望着公子同仆人上马,奔上寺桥②,才转身往山门走去。一位在东边石狮子与山门之间摆拆字摊的朋友站起来对他拱手问道:

"献策兄,同你说话的这位公子是谁?"

献策回答说:"这是杞县李公子。"

---

① 闭关——有些较有地位的和尚为要静修佛法,独居一小院中,以三年为期,不与外界往来,叫做闭关。
② 寺桥——明代开封人对相国寺桥的简称。桥在相国寺山门外东边不远地方。

"有一位李公子名信表字伯言的可就是他？"

"正是这位李公子。"

"啊！久闻他的大名，果然英俊潇洒，谈吐爽快，虽系世家公子，却无半点纨袴习气，倒是一位极其热情的人，弟有一位穷亲戚是杞县人，常听他说李公子最喜欢周济穷人，救人之急。一身文武双全，就是淡于功名，也不喜欢与官府来往。"

宋献策因见天色不早，只怕找不到那个卖膏药的，便不再说话，拱手一笑，匆匆进了山门。山门里边，甬路两旁有摆摊子算卦的、看相的、揣骨的、代写书信和庚帖的。这些江湖上人，有的是三年前就在此摆摊子，同宋献策认识，赶快站起来拱手招呼，让他坐下叙话。献策因为有事在身，对这些泛泛之交的江湖熟人都只笑着拱手还礼，随便寒暄一二句，并不留步，匆匆地登上二门石阶。

二门五间，两边塑着巨大的四大天王坐像。有些游人正在看天王塑像。当献策从中间走过时，忽然听见一个游客一边看天王像一边对他身边的朋友说：

"本朝二百八十年，举人投贼的这还是第一个，所以非定成死罪不可。其实，即凌迟处死亦不为过。"

献策的心中一惊，打量这两个说话的人一高一矮，都是儒生打扮。他也装做停住脚看天王像，听他们继续谈话。那位高个子游客唔了一声，小声问：

"会不会有人在省城替他说话，从宽定罪？"

"他在省城中并没有有钱有势的至亲好友。一般泛泛之交，像这样举人投贼的谋逆重案，谁肯替他说话？况且卢氏白知县原是山东名士，抚、按两大人十分器重。他已经询明口供，人证物证确凿，判成死罪，申详到省，抚、按两大人岂有驳回之理？我看，除非有回天转日手腕，方能救他一命。"

高个子游客轻蔑地一笑说："虽然此人尚有一点才学，但竟然到商洛山投了流贼,真是荒唐之至。看起来他是枉读诗书,甘心背叛君国,死有余辜!"

这两个游客离开了二门,走往里院,下了甬路,向东一转,观看钟楼。献策跟在他们的背后走了几步,听他们已经转了话题,便离开他们,继续向里走去。想着这两个人都是豫西口音,必然对牛启东的案子知道较多,宋献策的心头上感到沉重。

二门里边,游人众多,除有各种做小生意的、算命看相的、卖假药的、说书卖唱的之外,在甬路两边还有坐地要钱的瞎子、瘸子、打砖的、排刀的①。这些人在叫化子一行中属于坐乞②一门,经常在此坐地求乞。凡属于叫街一门的各种叫化子都不许进入山门以内,违反者由他们乱棍打出,交给龙头(叫化子头儿)惩办。这寺院中的一切风物、人事和声音,宋献策久已看惯听惯,一概对他引不起什么兴趣,所以他低着头直往前走。到了丹墀下边,正要登上台阶,忽然听见有一个熟悉的声音叫他:"献策往何处去?"献策蓦然抬头,看见丹墀左边,那座两丈多高的北宋重修相国寺碑的前边站着抚台幕中的清客相公尹宗浩和一个陌生的外地人。献策赶快走过去,笑着拱手说:"巧遇,巧遇!正思登门拜候,不料在此相遇!"尹宗浩介绍说:"这位是抚台大人的一位乡亲,新来大梁,小弟今日陪他来相国寺看看,不期与老兄相遇!"献策赶快同客人互相施礼,寒暄几句,陪着他们一起向大殿走去。这大殿九明十一暗③,十分雄伟,纯用木料攒成,不用砖石,上盖金黄琉璃瓦,匾额是元朝不花丞相亲笔所书"圣容院"三个大字。当那个客人怀着惊奇和赞叹的心情细看大殿的建筑时,尹宗浩拉着宋献策退后一步,小

---

① 打砖、排刀的——有一种职业叫化子名叫"打砖的",光赤上身,手执半截砖打击胸、背,皮肉红肿,隐现紫血,打时运气作沉重哼声,打一阵停下来呼求施舍。另有一种叫做"排刀的",手拿两把长刀,用刀的侧面交替平打胸脯,类似打砖。
② 坐乞——职业叫化子分"坐乞"和"叫街"两大类。坐在固定的地方不动,乞求施舍,叫做坐乞。
③ 九明十一暗——表面看是九间那么大,实际是十一间大。

声说：

"前几日老兄所嘱之事，弟已问了一下。这案子因系举人投贼，情节十分严重。幸好是抚台大人的舅老爷知道此人是兄台的朋友，愿意替他在抚台大人面前说话。我想，只要这位舅老爷肯帮忙说话，事情就有转机。"

"舅老爷及抚台衙门各位老爷关照救护之恩，不惟敝友将结草衔环①以报，即愚弟亦感激不尽。如今困难的是，这位遭事的朋友出身寒门，在开封也没有至亲好友。弟新从江南回来，听到此事，激于朋友义气，替他奔走营救。老兄明白，弟半生书剑飘零，寄食江湖，囊中不名一文。对各方如何酬谢，深感惭愧，奈何？"

"老兄在江湖上名声素著，新从江南漫游归来，衙门中各位老爷都想请你细批八字或看一看相。处此乱世，吉凶变化无常，谁不想向高明如兄的人问问流年，以便趋吉避凶。所以在这件事上，虽然要多少花几个钱，却也不会花得太多，请兄放心。那位舅老爷的八字你批了没有？"

"已经批好，拟于明日下午亲自送去。"

"好，好。你明日下午先到敝处，我陪你一道见他。他近来官心很重，打算花几千两银子做一任知府或同知②。老兄可不要铁口无情，浇他冷水。"

献策点头，哈哈一笑。因为尹宗浩要陪着客人到大殿里边看，献策就同他们拱手告别，往后院去了。

相国寺大殿的后边是高阁三间，为开封周王所建，上坐大慈悲菩萨。阁前边有一群人在看打拳，宋献策一听那打拳的是河北口音而不是陕西口音，便将头一摆，继续前行。转过地藏殿的背后，

---

① 结草衔环——结草的典故是死后报恩的意思，出于《左传》。衔环的典故是报答救命之恩的意思，出于《后汉书·杨震传》注。两个典故常被连在一起使用。

② 同知——这里指的是府同知，其职位等于副知府。

他看见那里仍像往年一样热闹,到处是摆地摊的、卖当的、说书的、玩杂耍的,还有两三处玩枪使棒和打拳卖药的。宋献策注意那些江湖卖药的,都不是陕西口音。到了最后一个地方,看见围观的人特别多,从人堆中不住地大声叫好。他挤进去一看,也是卖膏药的。一个魁梧后生正在舞剑,确实剑法精熟,与一般常见的江湖艺人不同。献策心中疑问:"难道就是他么?"等了一阵,这后生把一套剑法舞毕练毕,收剑入怀,在周围一片称赞声中连连拱手,说道:"见笑,见笑。"

宋献策的心中猛然一喜,暗暗说:"就是他!陕西口音!"

陕西口音的后生也向献策打量一眼,又向全场说道:"各位君子,各位看客,小人初来汴梁,人地生疏,承蒙青眼看待,对小人半精不熟的武艺,谬加称赏,使小人愧不敢当。小人吃了二十多年白饭,身长六尺,纵然能练几套武艺,也值不得各位过奖。现在让我们小伙计练几套武艺请各位看看,练的好了各位笑笑,练的不好请各位包涵,不要见怪。"他转向一个十四五岁的孩子问道:"小伙计,今日来到中州地面,你敢不敢练几套武艺让各位君子看看?"

小孩高声答道:"我敢练!"

后生说道:"你好大的胆!这中州地面,四通八达,乃是藏龙卧虎之地,英雄荟萃之区,非同小地方可比。在场君子,经多见广,什么耍武艺的不曾见过?你这小娃儿不知天高地厚,敢在鲁班门前耍斧头,难道不怕列位看客笑你武艺不佳,一哄而散么?"

小孩子向全场拱手施礼,说道:"列位看客!众位叔伯大爷!请恕我小孩家年幼无知,胆大献丑。有钱帮个钱场,没钱帮个人场。小人练的不好,请各位不要一哄而散;练的好了,请各位龙爪插到虎腰里,哗啦一把,哗啦一把……"

后生问道:"这是干吗呀?"

小孩子回答说:"掏赏钱嘛,你连这也不知道?"

后生:"嘿！小小孩家,只长前(钱)心,不长后心！小伙计,今日咱们初来相国寺中献艺,一则同各位看客结个朋友,二则请各位看客指点,不要钱啦。"

小孩子说:"不要钱,咱们吃西北风么?"

后生:"拿我的裤子当去,反正不要钱啦。"

观众哄笑。连宋献策也笑了。

小孩子接着说:"不要钱就不要钱。伙计们,敲锣打鼓！"

背后的锣鼓响了。小孩挽挽袖子,伸伸胳膊,踢踢腿,在中间立定,开始来个懒扎衣出门架子,变下势霎步单鞭,正要继续往下练,后生忽然叫道:"小伙计,莫慌往下练,我先问你:古今拳家众多,各有其妙,你练的是哪家拳法?"

小孩子:"我练的是俺家拳法。"

"什么安家拳法？我倒不曾听说有什么安家拳法。"

"我说是俺家拳法,不是安家拳法。"

"怎么叫俺家拳法？"

"俺爷爷教给俺老子,俺老子教给俺哥,俺哥教给俺,所以就叫做俺家拳法。"

众人一阵哄笑。后生又问:

"你家拳法有何妙处？"

"不敢说,集古今众妙之长！"

"好大口气！怎么说集古今众妙之长？"

"古今拳家,宋太祖赵匡胤有三十二势长拳,又有六步拳,猴拳,囮拳,名势虽有不齐,而实际大同小异。至本朝有温家七十二行拳,三十六合锁,二十四探马,八闪番,十二短,都很著名。吕红八下虽刚,未及绵张短打。山东李半天的腿,鹰爪王的拿,千跌张的跌,张伯敬的打,少林寺的棍,杨家的枪……"

"算啦,算啦,你已经吹出边儿啦,还要吹哩！"

"我怎么吹出边儿啦?"

"这少林寺的棍,杨家的枪怎么也变成拳法了?"

"嘿,我说溜了嘴啦。"

观众又一次发出哄笑。后生说:

"小伙计,时光不早,休说废话,你还是练一套拳法请列位高明君子指点吧。"

"好,伙们们,重新敲锣打鼓!"

小孩子重新活动手脚,站好姿势,由懒扎衣开始,势势相承,变化多端。观众们静悄悄的,看得呆了,只偶尔小声喝彩。宋献策因一腿微跛,年轻时不能精练武艺,但是他见得多了,颇知其中道理。如今他一面注目观看,频频含笑点头,一面心中想道,这是集南北诸派之长,自创一套拳法,合雄健刚猛与绵密紧凑于一炉而冶之,既长于进攻,也足资防守,和戚继光的拳法有不少近似之处,看来这几个卖膏药的决非一般的江湖中人。但是他们到底有什么来头,他一时猜想不出,只增加了心中疑问。小孩练完拳法,面不改色,气不发喘,又取宝剑在手,准备练剑。后生走上前去拦住,说道:

"小伙计,天色不早,这剑法不必练了。"随即他转向看客,作了一个罗圈揖,赔笑说道:"本来想叫我们这个小伙计再练几般武艺,请求列位高明指点,只因天色不早,只好明日再练。在下现有祖传跌打损伤金创神效膏药……"

看客不等后生说完,争呼要小伙计继续耍一套剑法看看。后生无奈,只好同意。小孩的剑术又博得人人称好,使宋献策更加诧异。一套剑法练完虽然黄昏已临,不免有少数人离场而去,但大部分人仍不肯去,想知道陕西人卖的是什么别致膏药。后生重新拱手施礼,取出一把膏药说道:

"在下今日初次与列位君子见面,拿出五十张膏药赠送,分文不要,一则传名,二则结缘。俗话说,'萍水相逢,三生有幸'。拿这几十张膏药奉赠,聊表江湖敬意,正是千里敬鹅毛,礼轻仁义重。有哪位君子要的?"

小孩对后生说道:"慢着。我们虽是初来乍到,却也闻得这中州地方,不乏驰名膏药。比如这开封城内学署前有接骨庞家,安牙骨,上胯骨,跌打损伤,药到病除,他家也自制祖传膏药;彰德府①姚家狗皮膏药,也是远近驰名。你这膏药,有甚好处,怎敢奉送列位君子?"

后生:"我这膏药,与别家膏药不同。"

小孩:"有何不同?"

后生:"别家膏药,贴在背上,只听出律一声,从脊梁沟溜到屁股沟。我这膏药,贴在你的身上,如同鹰抓一般,这就是它的好处。"

小孩:"你骂人呀!怎么用鹰抓兔子打比。"

后生:"不说不笑,怎得热闹?好,说正经的。"他转向观众,接着说道:"敢告列位君子,我这膏药专治各种金创,确有奇效。有些刀砍箭伤,已经化脓,历久不愈,只要贴我这膏药,包他三日见轻,五日痊愈。倘若骨头折断,先将断骨接好,外贴膏药一张,也能早日使骨头长好,不致残废。倘有多年寒气腿,每逢阴雨,关节疼痛难忍,夜不成寐,常贴我的膏药,包他永远断根。北至榆林,南至汉中,西至甘州、宁夏,提起西安府李家金创膏药,无人不知,无人不晓。今日天色已晚,五十张散完为止。哪位君子想要?"

许多手同时伸出,争要膏药。宋献策冷眼观察,心中暗想:从来没听说西安府有什么驰名的李家膏药,难道他们是李自成派出的人,来汴梁搭救牛启东的?

霎时间,膏药散完,众人开始离去。宋献策故意走往旁处;等

---

① 彰德府——府治即今安阳。

看客散尽,折转回来,与后生四目相对,各露微笑。献策单刀直入地问道:

"连日去鹁鸽市找一位卖卜先生,可是你么?"

后生笑道:"先生可是贵姓宋?"

献策点头,并不问那封书信,却语意双关地问道:"请问你,找我可是为自己询问流年?还是亲朋有病或有官司纠缠,欲知吉凶,请求指迷?"

后生向左近望一眼,回答说:"在下为朋友官司,欲求先生指迷。此地人多,愿借尊寓请教。"

献策想了一下,说:"鄙人暂时借寓朋友家中,谈话亦有不便。你们住在何处?"

"南门外吊桥南边路东,王家安商小客栈。"

"啊,你们那里住客乱杂,且离此甚远,也很不便。这样吧,你叫伙计们先回客栈,你一人同我去一清静酒馆叙话如何?"

"如此甚好。"

一语方了,从前院大雄宝殿中传来一阵钟、磬、木鱼之声。献策不再说话,也不回头看,背着手出相国寺后门而去。后生在后边跟随,若即若离,并不言语。

第 二 章

出相国寺后门不远有一条南北街叫做小山货店街,即现在的山货店街。街中间路东有一酒饭馆,生意不很兴隆,比较清静。三年前宋献策在开封卖卜时候,常同一二知己好友来此吃酒谈心,同这家掌柜的和伙计们都成了熟人,前几天闷怀无聊,也曾独个儿来此小酌。现在快走近这家酒馆门口时,他才转回头来同卖膏药的后生说话,一同进去,叫堂倌替他们找一个没有客人的房间坐下,要了四样菜、一壶梨花春、一壶秋露白①,八十个韭菜猪肉水饺。堂倌一走,献策正要问后生尊姓大名,来自何处,却看见胖胖的刘掌柜笑嘻嘻地进来,就赶快把话打住。

这刘掌柜一向很迷信宋献策的六壬神课、奇门遁甲、占星望气、麻衣相法,且知献策足迹半天下,在江湖上比较有名,所以每次献策来到,他总要亲自殷勤照料。倘若看见献策独自闲饮,他便趁机会询问流年,或随便说出一字,请献策断某事是否顺利,有何吉凶。现在宋献策正心中有事,晚饭后还要去臬台衙门朋友处谈一件重要事情,这位刘掌柜却偏偏进来说话,未免感到厌烦。恰好梁上有一对老鼠咬架,发出唧唧叫声,且有灰尘落下。刘掌柜问他这主何吉凶。他笑着随口答应道:

"刘掌柜,请莫见怪。令正与如夫人不仅争风吃醋,也各自想把你的钱要到手里,不免时常吵嘴打架。说不定此刻又在厮打,惊

---

① 梨花春、秋露白——明末开封流行的两种名酒。梨花春产于开封附近的中牟县,秋露白为开封本城所产。

动四邻。"

刘掌柜脸色不悦,问道:"宋先生,可是真的?"

献策又笑着说:"女人属阴,鼠亦属阴。两鼠相斗,岂非女人打架之兆?只是卦理微妙,有时不尽合乎人事,山人姑妄言之耳。"

刘掌柜说:"一定是这两个贱人又在打架。怪好一个人家,给这两个贱人闹得天昏地暗,不得一日安宁!失陪。我回舍下看看。"说罢,拱拱手,匆匆走了。

这时堂倌已经把酒菜拿来,见客人没有别的盼咐,也就退出。献策斟酒已毕,小声问道:

"仁兄尊姓大名?从哪里来的?带来什么书信?"

后生欠身答道:"小弟以实话相告,是为牛举人的官司,特意从陕西来的。"

宋献策大吃一惊,心中叫道:"果然被我猜中!"他走到门口望望,退回来重新坐下,大声让酒,与客人同饮一杯,然后低声问道:

"可是从商洛山中来的?"

后生微笑点头。

"仁兄尊姓大名?"

"不敢。贱姓刘,小名体纯。"

"台甫怎称?"

"草字德洁。"

"啊……请酒,请酒。"

又喝了半杯酒,吃了几口菜,宋献策的心情稍微平静下来,就请刘体纯把什么人写给他的书信取出。刘体纯回答说:

"小弟奉闯王与老神仙之命……"

"老神仙何人?"

"老神仙姓尚名炯字子明,卢氏县人,与牛举人自幼同学,娃娃相交。因他外科医道如神,在我们那里极受尊敬,都称他老神仙。"

"我曾听牛启东谈过此人。最近也听人说,启东本不愿往商洛山去,是因尚子明一再劝邀,才去商洛山中一趟。"

"闯王久闻牛举人之名,很想一见,所以托尚神仙以厚礼相邀。"

"你方才说奉他们二位之命,来大梁寻找山人,莫非是为牛举人的事么?"

"正是为的此事。闯王本想亲笔写封书子交小弟带上,后因怕给沿途关卡查出,一则对先生不便,二则也会坏了牛举人的事,就不写了。所以实未带来书信,只带来他们二位口信,向先生问好,请先生速谋搭救牛举人之策。"

宋献策沉吟片刻,说道:"山人与牛启东只是泛泛之交,久已不通音信。且我多年以卖卜为生,身似闲云野鹤,遨游江湖,与本省达官贵人素少来往。牛启东的案情重大,山人亦有所闻,实在爱莫能助。你们为何不寻找旁人?"

刘体纯笑道:"我们也知道牛举人在汴梁有一些朋友,只是像这样案子,朋友们谁不想赶快避开? 如今人情薄,肯以义气为重、古道热肠、肝胆照人的人毕竟不多。我们闯王和老神仙想来想去,才决定派我来汴梁寻找先生。牛举人在敝处时常常谈到先生,倘若不是牛举人回家出了事,加上后来军情十分吃紧,闯王与老神仙又相继病倒,我们闯王也要派人以重礼邀请先生前去。听先生适才所说,原来先生也是个怕事的人。"

"你们怎么知道我在开封?"献策又问。

"春天时候,牛举人在我们那里,曾说先生送一位朋友的灵柩来开封,随后将去江南访友,在江南不多停留仍转来开封。我们计算时间,先生大概已经转来。关于搭救牛举人的事,先生倘以江湖义气为重,肯为设法,所需银钱,不用先生费心;倘先生害怕与自己不便,不肯设法,也就算了。"

献策又故意沉吟片刻,说道:"我半生书剑漂泊,四海为家,虽然庸碌无才,尚能急朋友之难。即使素昧平生,只要一言相投,不惜断臂相助。何况与牛启东有一面之缘,也深知他是个人才。只是弟初回汴梁,与官场中素少瓜葛,实感力有未逮。既然仁兄奉十八子与尚子明之命,不远千里来访,以此相托,我也不好断然置之不理。此事今晚就谈到这里为止,让我回去想想,明日再作计较。"

"明日在什么地方相见?"

"明日晚饭以后,请到敝寓一晤。此事山人能否相助,明晚一言决定。"

"好,好,一定准时趋谒。弟由西安来时,因路途不靖,且恐被关卡查出,未敢多带银两。只要能救牛举人,所需若干,弟星夜赶回西安,由当铺①汇给先生。另外,小弟设法带来一点黄金,明晚送往尊寓,聊表闯王对先生敬慕之意。"

"这个,山人万万不敢收下。倘若如此,牛启东的官司山人就更不敢插手了。"

这时堂倌把水饺端来,并端来两碗饺子汤,在开封又叫做饮汤。宋献策因晚饭后有约会,也不多劝吃酒,狼吞虎咽地吃起水饺来,只偶尔谈一下武艺和金创膏药。看看水饺将尽,刘体纯显然尚未吃饱,宋献策赶快又要了十个猪肉大包。晚饭已毕,宋献策掏钱会账。刘体纯只道声谢,并不争着开钱。二人走到小山货店街南口,一拱手,分道而去,都消失在黄昏后的灯火与人流之中。

二更过后,宋献策才回鹁鸽市的寓所。关于营救牛金星的事,经过几天来的奔走,已经有了眉目。看起来减轻定罪不难,只是至少得花费几百两银子。这天夜里,献策在床上精神振奋,想了许多

---

① 当铺——明末到清代中叶,有些山西商人开设的大当铺兼营汇兑业务。后来出现了票号和钱庄,经营汇兑。银行到清末和民国初年才出现。

问题,几乎彻夜不眠。他虽然听说李自成很礼遇牛金星,但没有想到对他如此看重和凭信,特意派人从商洛山中来开封找他,以搭救牛金星的事相托。今天是他第一次同堂堂正正的起义军发生接触。这件事在他的心中激起来巨大波澜。刘体纯的名字他过去未曾听说,想来必是一员无名小将。但这个无名小将不但露出的一两手武艺看来很不平常,尤其他的沉着机智,落落大方,出言得体,处处都使宋献策感到意外。刘体纯和那个小伙计的影子总在他的眼前晃。他在心中赞叹说:"可见李自成手下人才济济!"忽然,一个半年来百思不解的重大问题出现在他的心上,竟然同李自成连在一起了。

当半年前到太原送朋友袁潜斋的灵柩回江南时,这位亡友的妻子取出一个用绸子包着的、一直珍藏在箱子中不让人见的古抄本《推背图》残本,说是潜斋临死前特意嘱咐留交给他,不可随便泄露天机。从纸料看来,可以断定是五代或北宋初年抄本。宋献策对于袁天纲和李淳风[①]是十分信仰的,遗憾的是多年来他游历各地,遍访江湖异人,想找一部古本《推背图》而杳不可得。原来这《推背图》是伪托袁天纲和李淳风共同编写的预言书,每页有图,有诗,意思在可解不可解之间。据说当编完第十六图时,袁推推李的脊背说"可以止了",所以书名就叫《推背图》。唐末藩镇割据,演变为五代十国,在这个军阀混战时期,每一个想争夺天下的人都想利用《推背图》蛊惑人心,宣传自己是上膺天命,见于图谶,就把这部书加以修改。赵匡胤夺到天下以后,一方面他自己要利用这部书,加进去对自己有益的图谶,一方面又要防止别人再利用它,就颁发了一部官定本《推背图》,而把各种版本统统禁止。但是,正如他不能取消阶级斗争和政治斗争一样,这本书他怎么能禁止得住呢?

[①] 袁天纲和李淳风——他们都是隋末唐初人,受知于唐太宗。前者仅以占卜看相出名,后者除占卜外精于天文、历算。

依然不断有新的修改本在民间出现,暗中传抄。宋献策从亡友手中所得到的残抄本上,画着一个人踞坐高山,手执弓箭,山下有一大猪,上骑一美人,中箭倒地而死。这幅图像的题目是坎上离下的八卦符号,即☵☲,下缀"既济"二字。"既济"是古《易经》中的一个卦名,也就是坎上离下的卦。按照古人解释,坎是水,离是火,这个卦表示水火相交为用,事无不济,也就是无不安定。图像下写着三言四句诗谶:

> 红颜死,
>
> 大乱止。
>
> 十八子,
>
> 主神器。

谶后又有四句七言颂诗:

> 龙争虎斗满寰区,
>
> 谁是英雄展霸图?
>
> 十八孩儿兑上坐,
>
> 九州离乱李继朱。

倘若遇到一个熟悉历史而头脑冷静、不迷信"图谶"的人,很容易看出来这是李存勖僭号以前,他的手下人编造的一幅图谶。李存勖是李克用的儿子,也就是历史上有名的后唐庄宗。李克用一家本是沙陀族的人。克用的父亲帮助唐朝镇压庞勋起义,赐姓李氏;克用又帮助唐朝镇压黄巢起义,受封晋王,割据太原和西北一带。克用死后,存勖袭封晋王,势力更强。当时朱全忠篡了唐朝江山,国号梁,史称后梁,建都开封,后迁洛阳。李存勖一心想"取而代之",所以他的手下人就造了这幅图谶。谶语中所说的"红颜死",影射朱氏灭亡;所说的"十八子,主神器",影射晋王李氏应当做皇帝。但兑是西北方,太原在洛阳的正北,方位不合。无奈这一句为唐末以前流传的诸本所共有,指唐朝建都长安而言,人尽皆知,只好保留,而着重用伪造的第四句写明"李继朱"。在封建社会中作为政治斗争工具的《推背图》,经过五代、南北宋、金、元和明初几百年,人们又编造许多新的图谶,删掉了一部分图谶,这一幅却在一种稀见的抄本中保留下来,在民间秘密流传。《推背图》每经过一次增删,次序就重新编排一次。五代的时间短促,事情纷乱,离开明朝又远,所以到了明朝初年,民间对五代的历史已不很清楚,更不会引起关心,人们关心的只是压在他们头上的朱明皇朝。因为有这样情形,加上人们看见诗句中有"李继朱"三个字,就把这幅图谶的位置排列在有关明朝的几幅之后。永乐年间,朱元璋的第十八个儿子朱橞①迷信"十八子,主神器"一句话,阴谋叛乱。成化年间,有一个叫做李子龙的人,十分迷信"李继朱"这三个字,以为自己上膺"天命",合当夺取朱家天下,就勾结一个太监打算入宫刺杀皇帝,宣布自己登极。密谋泄露,这个糊涂家伙和他的一伙人都被杀了。从那以后,凡有这幅图谶的《推背图》都被称为妖书,有收藏的就算是大逆不道,一被告发,满门抄斩。但人民痛恨朱明皇朝,惟恐天下不乱。百年以前,有人在一个深山古寺的墙壁中发现了有这幅图谶的《推背图》,将它转抄在旧藏北宋白麻纸上,封面用黄麻纸,题签上不写"推背图"三个字,却写着"谶记",以避一般人的眼睛。书名下题了两行小字:"秘抄袁李两先生真本,天机不可泄露。"这个本子不但骗住了袁潜斋,也骗住了宋献策,竟然使他们都相信是个真本。半年来他一直在揣猜这位"十八子"和"十八孩儿"指的什么人,现在好像猛然恍悟:这也许就是李自成!那么"兑上坐"怎么解释呢?平时他对《推背图》上的话也不完全相信,他之所以珍藏这个旧抄本,多半是因为他认为这本《谶记》对他可能十

---

① 朱橞——封谷王,本是朱元璋的十九子,因朱元璋的第九子朱杞只活了两岁,所以他不把朱杞算在内,自认为是十八子,与谶书相合。

分有用。现在由于那幅图谶同李自成的姓氏偶然相合,尤其是关联着他自己的出路和半生抱负,以及他认定朱明江山必亡,所以开始相信那预言指的是李自成要坐江山。他何曾知道,李存勖当日伪造这幅图谶时,所谓"十八孩儿兑上坐"一句话在地理方位上不对头,放在李自成身上就更不通了。他苦于不得其解,就勉强解释为指李自成出生米脂,米脂是在北方,而不管那个"坐"字指的是坐江山,并非指的出生,而米脂在京城的西方,不能称为"兑方"。他个人的政治抱负和强烈的主观愿望使他这个聪明人物将"兑上坐"解释得驴头不对马嘴,而不自觉其可笑。由于这幅图谶中还有"十八子,主神器"一句话和"李继朱"三个字,从字面上看十分明确,纵然宋献策也感到"兑上坐"很不好解,却对李自成将夺取朱家江山这件事越想越增加信心(生在明末的封建士大夫们,因"李继朱"三个字太刺眼,讳而不谈)。

宋献策本来是一个精神健旺、胸怀开朗的人,很少有失眠情形。今晚因为出现的事儿太不寻常,太使他感到兴奋,加上他想的问题太多,竟没有一点瞌睡了。

十年以来,宋献策走过了很多地方,广交三教九流人物,留心察看朝廷和全国各种情况,愈来愈看清明朝的江山不会支撑多久,用他的语言说就叫做"气运已尽"。他是一个喜欢纵横之术的策士派人物,自认为隐于星相卜筮,待机而动,梦想着能够"际会风云",随着所谓"上膺天命"的真英雄干一番轰轰烈烈的事业。他现在很敬佩牛金星识虑过人,能够识英雄于败亡困厄之中。他自己也仿佛开始看见远处有一点亮光。

他和牛金星出身不同,经历不同,但是因为都对当今世道和自己的现况不满,有近似的抱负,并有近似的奔放不羁的性格,所以就成了知己朋友。十天前他从江南回到开封,去巡抚衙门看一位管文案的熟人,听到牛金星在卢氏县吃官司的详细本末。他当时大吃一惊,想着牛金星在省城并无一个有力量的至亲好友,便决定由他自己出面奔走,第一步尽力将金星的死刑减为流、徙,保全性命。这完全是出于对朋友的江湖义气,并没有往李自成的身上多想。今晚的情况突然不同了。他开始去想,倘若李自成确实应了图谶,那么,牛金星日后就会是一位了不起的开国功臣。他反过来又想,以牛金星那样的有学问,有见识,倘若李自成是一个泛泛的草莽英雄,他何必在自成溃败之后前去投他?既然牛金星在他于潼关南原大败之后去商洛山中投他,足见他是个非凡之人。

他越想越使他心情增加兴奋。他想,几天来奔走营救牛金星的事不仅做得很对,而且不料竟使他同李自成在暗中牵上了瓜葛。

在遇到李信之前,他对于如何筹措一笔款子营救牛金星是深感吃力的,曾打算去杞县一趟向李信求助。现在既然李信来到开封,他可以不发愁了。他决定不用李自成一两银子,使这位"名应图谶"的英雄对他更加尊重。

鹁鸽市离鼓楼很近。每交几更,鼓楼上敲几下鼓声,全城都能听见。宋献策在床上数着三更、四更、五更。五更的鼓声刚停,大相国寺的钟声就锵然而鸣,声音洪亮而清越,散满百万人口的汴梁城,并且向四郊传去。今天不逢节气,也不是初一、十五,只因连日为禳灾祈雨做法事,每早都撞大钟。开封人传说这钟声在霜天的早晨听得最远,所以把"相国霜钟"列为汴梁八景之一。如今正是九月深秋,五更寒意侵人。献策披衣而起,开门仰视,星斗稀疏,残月在天,瓦上有淡淡白色,不知是薄霜还是月光,只觉得钟声比平日格外响亮,也格外好听。他点上灯,匆匆漱洗,为牛金星的官司再卜一课,是个好课,心中越发高兴,随即坐在灯下观看兵书。

早饭后,宋献策换上一身玄色汴绸夹道袍,内套丝绵坎肩,出鹁鸽市,穿过第四巷,从鄢陵王府的东边走上宋门大街,望着李信的住处走去。

开封城有两个东门：在北边的叫大东门，因为是通往曹州府的大道，所以俗称曹门；在南边的是小东门，因为是通往归德府的大道，而归德是古宋国所在地，所以俗称宋门。要往陈留、杞县、太康、睢州各地，也出宋门。李信的家在开封城内有三处生意，开设在宋门大街东岳庙附近的是一个酱菜园，字号菜根香。他每次来开封都住在这个酱菜园内，一则取其来回杞县方便，二则当时重要衙门多在西半城，他有意离远一点，避开同官场往来太多。

菜根香的掌柜的、账先儿、站柜的伙计们，差不多都认识宋献策。一见献策来到，一齐赔笑相迎。掌柜的一面施礼让坐，一面派小伙计入内禀报。不一会儿，从里边跑出一个仆人，垂手躬身说"请"，于是仆人在前引路，宋献策起身往里走去。到了二门，二公子李侔已经走出相迎。他是一个二十多岁的青年，从外表看，风流洒脱略似李信，只是身材比李信略矮。他一面拱手施礼一面赔笑说："失迎！失迎！"献策赶快还礼，随即拉住李侔的手说：

"二公子，去年弟在京师，听说二公子中了秀才，且名列前茅[①]，颇为学台赏识，实在可贺可贺。"

李侔说："小弟无意功名，所以一向不肯下场。去年因同学怂恿，不过逢场作戏，偶尔得中，其实不值一提，何必言贺。"

献策又笑着说："二公子敝屣功名，无意青云，襟怀高旷，犹如令兄。然乡党期望，师友鞭策，恐不许二公子恬退自守。今年己卯科乡试，何以竟未赴考？"

"天下扰攘，八股何能救国？举业既非素愿，故今年乡试也就

[①] 前茅——据说春秋时代楚国军队在作战时以茅草为标志，引导军队向前。因此，在科举时代，人们把榜上名字在前的称为名列前茅。

不下场了。"

宋献策哈哈大笑说："果然不愧是伯言公子之弟！"

他们边说边走，不觉已穿过三进大院落，来到一个偏院，有假山鱼池，葡萄曲廊，花畦中秋菊正开，十分清静幽雅。坐北朝南有三间花厅，为李信来开封时下榻与读书会友之处；上悬李信亲书匾额"后乐堂"，取范仲淹名句"先天下之忧而忧，后天下之乐而乐"的意思。李侔将献策让进后乐堂，让座已毕，说道：

"家兄因今早汤太夫人偶感不适，前去问候，马上即回。与老兄一别三载，家兄与小弟时在念中，却不知芳踪何处，有时听说兄遨游江南，有时又听说卖卜京师。老兄以四海为家，无牵无挂，忽南忽北，真可谓'逍遥游①'了。"

献策说："惭愧！惭愧！说不上什么'逍遥游'，不过是一个东西南北之人耳。"

"江南情形如何？"

"江南如一座大厦，根基梁柱已朽，外观仍是金碧辉煌，彩绘绚丽。没有意外变故也不会支持多少年；倘遇一场狂风暴雨，必会顷刻倒塌，不可收拾。"

"江南情形亦如此可怕么？难道一班士大夫都不为国事忧心忡忡么？"

"目下江南士大夫仍是往年习气，到处结社，互相标榜，追名逐利。南京秦淮河一带仍是花天酒地，听歌狎妓。能够关心大局，以国事为念的人，千不抽一。那班自命风雅的小名士，到处招摇，日夜梦想的不过是'坐乘轿，改个号②，刻部稿，娶个小'。侯大公子回来，弟再详细奉闻。"

---

① 逍遥游——原是《庄子》中的一个篇名，此处借用。
② 改个号——封建时代，文人们除有表字之外，还有别号。一个人可以有几个别号。有别号表示风雅。

"如此甚好,家兄感念时事,常常夜不成寐。我们总以为北方已经糜烂,南方尚有可为。如兄所言,天下事不堪问矣。"李侔叹口气,又说:"今日略备菲酌,为兄洗尘,已经派仆人们到禹王台准备去了。"

献策忙说:"实在不敢,不敢。怎么要在禹王台?"

"有几位知己好友,昨晚来说,重阳节虽然过去,不妨补行登高,到禹王台赋诗谈心。家兄想着这几位朋友都是能谈得来的,所以就决定在禹王台为兄洗尘,邀他们几位作陪。"

献策说:"啊呀,这怕不好。我平生不善做诗,叨陪末座,岂不大杀风景?"

李侔笑着说:"不要你做诗,只要你谈谈江南情形就好。"

宋献策和李侔随便谈着闲话,等候李信。这个后乐堂他从前来过几次,现在他打量屋中陈设,同三年前比起来变化不大,只是架上多了些"经济"之书。三年前朋友们赠送他的几部《闱墨选胜》、《时文精髓》、《制义正鹄》之类八股文选本,有的仍放在书架一角,尘封很厚,有的盖在酒坛子上,上边压着石头。墙上挂着一张弓、一口剑、一支马鞭。献策平生十分爱剑,就取下来抽出一看,不禁点头叫道:

"好剑!好剑!"

李侔笑道:"家兄近两三年来常住乡下,平日无他嗜好,就是爱骏马、宝剑、经世有用之书。上月来汴,除买了一车书运回乡下,还花了一百五十两银子买了一口好剑。"

"什么宝剑这样值钱?"

"一家熟识的缙绅之家,子孙不成器,把祖上留下的好东西拿出去随便贱卖。这是宋朝韩世忠夫人梁红玉用的一口宝剑,柄上有一行嵌金小字:'安国夫人梁'。据懂得的人说,这口古剑倘若到了古玩商人之手,至少用三百两银子方能买到。"

"这口宝剑现在何处?快请取出来一饱眼福。"

"家兄买到之后,想着这原是巾帼英雄之物,就派人送给红娘子。谁知红娘子怕留下这口宝剑在身边容易惹祸,退了回来。后来趁着派仆人往乡下运送书籍,将这口宝剑也带回杞县去了。"

"啊,啊,无缘赏鉴,令人怅惘!说起红娘子,听说她近来轰动一时,可惜我回大梁晚了几天,她已经往归德府卖艺去了。既然令兄如此看重,必定色艺双绝,名不虚传。"

"献策兄,近三年来你不常在河南,不怪你对红娘子不甚清楚。红娘子虽然长得不丑,但对她不能将色艺二字并提。讲到艺,红娘子不仅绳技超绝,而且弓马娴熟,武艺出众。关于这些,弟不用细说,将来仁兄亲眼看见,定会赞不绝口。家兄之所以对她另眼相待,不仅因为她武艺甚佳,更因为她有一副义侠肝胆。遇到江湖朋友困难,她总是慷慨相助。手中稍有一点钱,遇到逃荒百姓便解囊救济。所以江湖上和豫东一带百姓提到红娘子无不称赞。可是有些人总把她当做一般绳妓,在她的身上打肮脏主意。其实,她原是清白良家女子,持身甚严,并非出身乐籍①,可以随便欺负。去年敝县知县的小舅子和一个缙绅子弟想加以非礼,被她打了一顿,几乎酿出大祸。幸而家兄知道得快,出面转圜,她方得平安离开杞县。从那次事情以后,她对家兄十分感激,家兄也常常称赞她不畏强暴。"

献策忙问:"昨日闻令兄谈到上月红娘子又出了一点事,可是什么事?"

李侔问:"商丘侯家的几个公子你可知道么?"

"你说的可是侯公子方域?"

李侔正要回答,一个仆人跑来禀报陈老爷到,随即看见一位三十多岁的瘦子迈着八字步跨进小院月门。李侔赶快出厅相迎。来

---

① 乐籍——籍隶官府的各类妓女,即官妓,统称乐籍。

客随便一拱手,笑着说道:

"我是踢破尊府门槛的人,算不得客,所以不等通报就闯了进来。德齐,伯言何在?"

"家兄因事往汤府去了,命小弟恭候台驾。请大哥稍坐吃茶,家兄马上就回。"

来客走上台阶,见一矮子在门口相迎,赶快向矮子一拱手,刚问了一声"贵姓?"李侔忙在一旁介绍说:

"这位就是家兄昨晚同大哥谈到的那位宋献策先生。"又转向献策说:"这位是陈留县陈举人,台甫子山,是家兄同窗好友,也是我们的诗社①盟主。"

二人赶快重新见礼。陈子山也是洒脱人,不拘礼节,拉着献策说:

"久闻宋兄大名,今日方得亲聆教益。弟原来以为老兄羽扇纶巾,身披鹤氅,道貌清古,却原来是晏平仲②一流人物;衣着不异常人,惟眉宇间飒飒有英气耳。"说毕,捻须大笑,声震四壁。

李侔觉得陈子山有点失言,正怕献策心中不快,而献策却跟着大笑,毫不介意地说:

"愚弟只是宋矮子,岂敢与晏婴相比!"

正谈笑间,一个仆人来向李侔禀道:"大公子命小人来禀二公子,大公子在汤府有事,一时尚不能回来。他说倘若宋先生与陈老爷已经驾到,请二公子陪同前往禹王台,大公子随即赶到。另外的几位客人,恐怕已经去了。"

李侔听说,立刻命套一辆轿车,鞴一匹马。他让宋献策同陈举

---

① 诗社——明末士大夫结社之风甚盛,其中少数有政治色彩,而多数只是附庸风雅的诗社、文社。
② 晏平仲——姓晏名婴,字仲,死后谥平,故后人称他为晏平仲。他是春秋时代的著名政治家,曾为齐相多年,著有《晏子春秋》一书。晏婴是个矮子,故陈举人说宋献策是晏婴一流人物,既是捧场,也是开玩笑。

人坐在轿车上,自己骑马,带着两个仆人出宋门而去。当他们从演武厅旁边经过时,看见低矮的围墙里边有一千左右官军正在校场操练,很多过路百姓站在墙外观看。宋献策一扫眼看见昨天在州桥附近遇到的那个玩猴儿的后生也挤在人堆中看,嘴角似乎带有鄙视的笑容。他的心中突然冒出来一个疑问:他怎么不在街巷里玩猴儿赚钱,倒站在这里闲看?

第 三 章

从汤府出来,李信骑着马,带着两个仆人,一名马夫,也不回家,直往宋门走去。虽然秋收刚毕,但开封街道上到处是逃荒的,扶老携幼,络绎道旁。差不多家家门口都站有难民在等候打发,哀呼声此起彼落,不绝于耳。李信两三天来见开封城内的灾民比一个月前多得多了,想着到冬天和明年青黄不接的大长荒春,惨象将不知严重到何等地步,将不知有多少人饿死道旁。这豫东一带在全省八府十二州一百单六县中,战乱还算比较少的,天灾也还算比较轻的,如今也成了这样局面,茫茫中原,已经没有一片乐土!万一再有人振臂一呼,号召饥民,中原大局就会不堪收拾。为着朝廷,也为着他自己,他都不希望中原大乱。现在他一边往宋门走一边心中忧愁,脸色十分沉重。

刚出宋门,过了吊桥,看见十字路口聚了一大堆人。他策马走近一望,看清楚是一个小商人在狠狠地打一个骨瘦如柴的逃荒孩子,为的这孩子从他的手中抓了一个烧饼就跑。这孩子已经被打得鼻口流血,倒卧地上,他还在一边用脚踢一边骂道:"你装死!你装死!老子要打得叫你以后不敢再抢东西吃!"李信喝住了这个商人,跳下马来,分开众人,走近去看看地上的逃荒孩子,抬起头来严厉地瞪了商人一眼,说道:"为着一个烧饼你用着生这么大的气?他瘦得不成人形,经得住你拳打脚踢?打出了人命你怎么办?"商人看看李信的衣服和神气,又见他骑着高头大马出城,跟着仆人和马夫,吓得不敢说话,从人堆中溜走了。李信又看看地上的孩子,不过十三四岁,讨饭用的破碗被打得稀碎,一只手拿着打狗棍,一只手紧紧地攥着已经咬了两口的烧饼,睁着一双眼睛望他,好像又怕他,又感激他的救命之恩。李信问他是哪里人,才知道他是从杞县逃荒出来的,居住的村庄离李信的李家寨只有二十里远近。李信随即命仆人将这个孩子扶到路北关帝庙门口坐下,替他买碗热汤和两个蒸馍充饥,再替他买一个讨饭的黑瓦碗。

这时大批人把十字街口围得密不通风,有爱看热闹的小商小贩,过路行人,也有成群的逃荒难民拥来。这群难民中有好些是杞县人,还有人曾经见过李信。人场中马上传开了,都知道他就是一连两年来每年冬、春设粥厂和开仓放赈的李公子。难民老的、少的、男的、女的,挤到前边,愈来愈多,把他团团围住。有的叫着:"李公子你老积积福,救救我们!"有的伸出手等他打发。刹那之间,在他的面前围了一大片。李信身上只带了二三两散碎银子,掏出来交给一个仆人,叫他买蒸馍烧饼,每人打发两个,对年老的和有病的就另外给几个黄钱,让他们能买碗热汤。吩咐一毕,他就分开众人,准备上马离开。当他刚从马夫手中接过马缰时,忽然听见人群中有谁小声问道:

"这是哪位李公子?"

另一个声音答道:"是杞县李信。他老子李精白曾做过山东巡抚,首先替魏忠贤建生祠,十分无耻,后来又挂了几天什么尚书衔。今上登极,魏阉伏诛,李精白以'又次等'定罪,不久也病死了。此人因系阉党之子,不为士林所重,故专喜赈济饥民,打抱不平,做些沽名钓誉的事,笼络人心。"

李信听毕,猛地转过头去,恨不得三拳两脚将这两个谈论他的人打死。这时看热闹的人正在散开,不少人边离开边回头看他。人群中有两个方巾儒生背着手缓步向吊桥而去,并不回顾。他猜想必是这两个人中间的一个对他恶意讥评,但是他想起来《留侯论》中的几句话①,忍了一口气,跳上马,抽了一鞭,向南扬长而去。

他本来心中就很不愉快,这个人的话更狠狠地刺伤了他。国事和身世之感交织一起,使他对世事心灰意冷,连往禹王台的兴趣也顿觉索然。当天启三年,东林党人开始弹劾魏忠贤的时候,他父亲李精白在朝中做谏官,也是列名弹劾的一人。不知怎么,李精白一变而同阉党暗中勾结,三四年之内就做到山东巡抚。天启末年,全国到处为魏忠贤建立生祠。李精白首先与漕运使郭尚友在济宁为魏阉建昭忠祠,随后又在济南建隆喜祠,所上奏疏,对魏忠贤歌功颂德,极尽诌谀之能事,确实无耻得很。当时谄事阉党,不仅地主阶级的读书人都认为无耻,连一般市民也很憎恨。一年前阉党以天启皇帝名义派锦衣旗校到苏州逮捕人,曾激起数万市民骚动,狠打锦衣旗校,当场打死一人。至于替魏忠贤建立生祠,更被人们认为是"无耻之尤"。当李精白在山东替魏忠贤建生祠时候,李信住在杞县乡下,得知这事,立刻给父亲写信苦谏,劝父亲以千秋名节为重,赶快弃官归里。但是李精白的大错已经铸成,不能挽回。李信气得哭了几天,避不见客,恨不得决东海之水洗父亲的这个污点。魏忠贤失败之前,升李精白为兵部尚书衔,以酬谢他首建生祠之功。由于李信苦谏,李精白称病返乡,同时和阉党的关系也稍稍疏远。不久崇祯登极,诛除阉党,因知李精白与阉党交结不深,将他从轻议罪,判为徒刑三年,"输赎为民"了事。李信在二十岁那年,中了天启七年丁卯科举人,由于家庭关系,绝意仕途,不赴会试。明末士大夫间的门户成见和派系倾轧,十分激烈。李信尽管有文武全才,却因为他父亲名列阉党,深受地方上缙绅歧视。特别是杞县离商丘只有一百多里,本县缙绅大户不少与商丘侯家沾亲

---

① 《留侯论》中的几句话——《留侯论》是苏轼的一篇散文,此处指下边几句:"古之所谓豪杰之士者,必有过人之节。人情有所不能忍者,匹夫见辱,拔剑而起,挺身而斗,此不足为勇也。天下有大勇者,猝然临之而不惊,无故加之而不怒,此其所挟持者甚大,而其志甚远也。"

带故,互通声气。侯家以曾经名列东林,高自标榜。凡是与侯家通声气的人,更加歧视李信。李信愈受当权缙绅歧视,愈喜欢打抱不平,周济穷人,结交江湖朋友和有才能的"布衣之士"。歧视他的人们因他立身正派,抓不到什么把柄,又因他毕竟是个举人,且是富家公子,更有些有力量的亲戚朋友,对他莫可如何。李信见天下大乱,很爱读"经世致用"的书。他对国家治乱的根本问题看得愈清,愈讥笑那班只知征歌逐酒、互相标榜的缙绅士大夫,包括侯公子方域在内,不过是"燕雀处于堂上"①罢了。如今他因周济了一群逃荒难民,被人恶言讥评,揭出他父亲是阉党这个臭根子,使他十分痛苦和愤怒,但也无可奈何。

从宋门去禹王台要从大校场的东辕门前边过,这条路也就是通往陈留、杞县、睢州、太康和陈州等地的官马大道。现在有成群结队的难民在这条路上走着,也有倒卧路旁的。李信触目惊心,不愿多看,不断策马,一直跑到禹王台下停住。一个仆人已经在这里张望多时了。

禹王台这个地方,相传春秋时晋国的音乐家师旷曾在此审音,所以自古称做古吹台。到了明朝,因将台后的碧霞元君庙改为禹王宫,所以这地方也叫做禹王台。禹王台的西边有一高阁,上塑八仙和东王公,名为九仙堂。这九仙堂背后有座小塔,塔后有井一眼,水极甘洁,名叫玉泉。围绕玉泉有不少房子,形成一座院落,称为玉泉书院。实际上并无人在此讲学,倒成了大梁文人诗酒雅集的地方。这时重阳已过去十天了,西风萧瑟,树叶摇落,禹王台游人稀少。道士们因为今日是杞县李公子和陈留陈举人在此约朋友饮酒做诗,一清早就把玉泉书院打扫得一干二净,不让闲人进去。

---

① 燕雀处于堂上——这是《孔丛子》中一个著名的比喻,原文是:"燕雀处堂,子母相哺,煦煦然其相乐,自以为安矣。灶突炎上,栋宇将焚,燕雀颜色不变,不知祸之及己也。"

李信因宋献策才从江南回来,原想今日同他在后乐堂中畅谈天下大事。后因晚上陈子山同几位社友去找他,一定要在今天来禹王台补行登高,他不好拒绝,只好同意。这几个社友除陈子山是个举人外,还有两个秀才和三个没有功名的人。这班朋友有一个共同之点,就是深感到国事不可收拾但又无计可施,在一起谈到国事时徒然慷慨悲歌,甚至常有人在酒后痛哭流涕。李信喜欢同他们亲近,加入他们的诗社。但有时心中也厌烦这班人的空谈无用。当李信随着仆人走进玉泉书院时,社友们已经等候不耐,停止高谈阔论,开始做诗填词。

陈子山一见他就抱怨说:"伯言,汤府里什么事把你拖住了?你看,已经快近中午,我们等不着你,已经点上香,开始做诗。今日不命题,不限韵,不愿做诗的填词也行,可必须有所寄托,有'兼济天下'之怀,不可空赋登高,徒吟黄花,寄情闲适。目今天下溃决,沧海横流,岂'悠然见南山'之时耶?……快坐下做诗!什么事竟使你姗姗来迟?"

李信赔笑说:"汤母偶感不适,弟前去问安。谁知她老人家因官军两月前在罗猴山给张献忠打得大败,总兵张任学已经问罪;左良玉削职任事,戴罪图功;熊文灿也受了严旨切责,怕迟早会逮京治罪。舍内弟在襄阳总理衙门做官,也算是熊文灿的一个亲信。汤母很担心他也会牵连获罪,十分忧虑,所以弟不能不在汤府多留一时,设法劝慰。来的时候,在宋门外又被一群逃荒的饥民围住,其中有不少是咱们陈留、杞县同乡,少不得又耽搁一刻。劳诸兄久候,恕罪恕罪!"

陈子山说:"你快坐下来做诗吧,一炷香三停已经灼去一停了。"

"子山别催我急着做诗,先让我同宋先生谈几句话。怎么,宋先生何在?"

"宋先生同我们谈了些江南情形,令人感慨万端。他过于谦虚,不肯做诗,找老道士闲谈去了。"

李信立刻去禹王台找到宋献策,携手登九仙堂,凭栏眺望一阵,说道:

"献策兄,我本来想同足下畅谈天下大事,恭聆高见,可惜诸社友诗兴正浓,且此间亦非议论国事地方,只好下午请移驾寒斋赐教。昨日兄云有一事须弟帮忙,可否趁此言明,以便效劳?"

献策笑着说:"大公子有一乡试同年,姓牛名金星字启东,可还记得?"

"自从天启七年乡试之后,十二年来我们没再见面。去年弟来开封,遇到一个卢氏县人,听说他同人打官司,坐了牢,把举人功名也弄丢了。上月听说他怎么投了李自成,下在卢氏狱中,判了死刑,详情却不知道。一个读书人,尽管郁郁不得志,受了贪官豪绅欺压,也不应该去投流贼。足下可知道他犯的是不赦之罪么?"

"弟知道得很清楚。牛启东从北京回来,绕道西安访友不遇,转回卢氏。李自成对他十分仰慕,且对他的遭遇十分不平,趁他从商州境内经过,出其不意,强邀而去。牛启东费了许多唇舌,才得脱身回家。地方士绅对启东素怀忌恨,知县白楹又想以此案立功,遂将启东下狱,判成死罪,家产充公。可惜启东一肚子真学问,抱经邦济世之志,具良、平、萧、曹①之才,落得这样下场!"

"我也知道他很有才学,抱负不凡,不过我听说他确实投了李自成,回来窃取家小,因而被获。"

献策笑一笑,说道:"且不论公子所听说的未必可信,即令确实如此,弟也要设法相救。目今四海鼎沸,群雄角逐,安知启东的路子不是走对了?"

李信大惊:"老兄何出此言?"

---

① 良、平、萧、曹——佐刘邦定天下的张良、陈平、萧何、曹参。

献策冷静地回答说:"公子不必吃惊。弟细观天意人事,本朝的日子不会久了。"

"天意云何?"

"天意本自人心,公子何必下问?"

"不,此处并无外人,请兄直言相告。"

"弟只知近几年山崩地震、蝗旱风霾,接连不断。加之二日摩荡,赤气经天,白虹入于紫微垣,帝星经常昏暗不明。凡此种种,岂是国运中兴之兆?况百姓水深火热,已乱者不可复止,未乱者人心思乱。大势如此,公子岂不明白?"

李信心思沉重地说:"弟浏览往史,像山崩地震之类灾害,在盛世也是有的,不足为怪。弟从人事上看,也确实处处尽是亡国之象,看不出有一点转机。不过,今上宵衣旰食,似非亡国之君。"

"这是气运,非一二人之力可以挽回。况今上猜忌多端,刚愎自恃,信任宦官,不用直臣,苛捐重敛,不惜民命。国事日非,他也不能辞其咎。如今国家大势就像一盘残棋,近处有卧槽马,远处有肋车和当头炮,处处受制,走一着错一着。今上头疼医头,脚疼医脚,心中无主,步法已乱。所以败局已定,不过拖延时日耳。"

李信毕竟是世家公子,尽管他不满现实,同地方当权派有深刻矛盾,但是他和他的家族以及亲戚、朋友,同朱明皇朝的关系错综复杂,血肉相连。因此,他每次同朋友谈到国事,谈到一些亡国现象,心中有愤慨,有失望,有痛苦,又抱着一线希望,十分矛盾。现在听了宋献策说出明朝亡国已成定局的话,他的情绪很受震动,默然无言。过了一阵,他才深深地叹口气,说:

"天文,星变①,五行之理,弟不很懂,也不十分信。古人说:'天

---

① 星变——星星的不平常现象。这类不平常现象在今天很容易用科学道理解释,在古代却看做是上天所给的某种预兆和警告。

道远,人道迩。'①弟纵观时事,国势危如累卵。诚如老兄所言,目前朝廷走一着错一着,全盘棋越走越坏。国家本来已民怨沸腾,救死不暇,最近朝廷偏又加征练饷七百三十万两,这不是饮鸩止渴么?目前大势,如同在山坡上放一石磙,只有往下滚,愈滚愈下,势不可遏,直滚至深渊而后已。皇上种种用心,不过想拖住石磙不再往下滚,然而不惟力与愿违,有时还用错了力,将石磙推了一把。石磙之所以愈滚愈下者,势所必然也。以弟看来,所谓气运,也就是一个渐积而成的必然之势,非人力所能抵拒。老兄以为然否?"

献策点头说:"公子说气运即是一个必然之势,此言最为通解。但星变地震,五行灾异,确实关乎国运,公子也不可不信。弟与公子以肝胆相照,互相知心,故敢以实言相告。倘若泛泛之交,弟就不敢乱说了。"

李信虽然也看清楚明朝已经如"大厦将倾",但是他的出身和宋献策不同,既害怕也不愿亲眼看见明朝灭亡。沉默片刻,他忧心忡忡地说:

"献策兄,虽然先父晚年有罪受罚,但舍下世受国恩,非寒门可比。眼看国家败亡,无力回天,言之痛心。……就拿弟在敝县赈济饥民一事说,也竟然不见谅于乡邦士绅,背后颇有闲言。"

献策问:"这倒是咄咄怪事!弟近两三年萍踪无定,对中州情形有些不大清楚。大公子在贵县赈济饥民的事,虽略有所闻,却不知有人在背后说了什么闲话。"

李信勉强一笑,说:"弟之所以出粮救灾,有时向大户劝赈,不过一则不忍见百姓流离失所,饿死道路,二则也怕穷百姓为饥寒所迫,铤而走险。如今世界,好比遍地堆着干柴,只要有一人放火,马上处处皆燃,不易扑灭。可恨乡邦士绅大户,都是鼠目寸光,只知

---

① 天道远,人道迩——意思是"天道"是渺茫难信的,"人道"(人事)是近在眼前,容易懂得的。

敲剥小民,不知大难将至,反说弟故意沽名钓誉,笼络人心,好像有不可告人的心思。可笑!可笑!从朝廷官府到乡绅大户,诸般行事都是逼迫小民造反,正如古人所说的,'为渊驱鱼,为丛驱雀'!"

宋献策低声说:"是的,朝野上下,无处不是亡国之象。目前这局面也只是拖延时日而已。"

李信叹口长气,深锁眉头,俯下头问:"你看,还可以拖延几年?"

"不出十年,必有大变。"

李信打量一下献策的自信神色,然后凭栏沉思。国事和身家前途,种种问题,一古脑儿涌上心头,使他的心头更加纷乱,更加沉重。过了一阵,他重新望着献策,感慨地说:

"既然本朝国运将终,百姓涂炭如此,弟倒愿早出圣人[①],救斯民于水深火热之中。"他把声音压得很低,凑近宋献策的耳朵问道:"那么,新圣人是否已经出世?"

宋献策微微一笑,说:"天机深奥,弟亦不敢乱说,到时自然知道。"

李信正要再问,忽然有人在楼下叫道:"伯言!伯言!"他吓了一跳,把要说的话咽下肚里,故意哈哈大笑。陈子山随即跑上楼来,说道:

"伯言,香已经剩得不多了,大家的诗词都交卷了,你今日存心交白卷么?快下楼吧,咱们诗社的规矩可不能由你坏了!"

"子山,我今天诗兴不佳,向你告个假,改日补做吧。我同献策兄阔别多日,有许多话急于要谈。"

"旧雨[②]相逢,自然会有许多话要谈。但此刻只能做诗,按时交卷,别的社友不做诗尚可,你不做诗,未免使今日诗酒高会减色。

---

① 圣人——古人把皇帝也称做圣人。此处系指开国君主,救世主。
② 旧雨——老朋友。

做了诗,晚上回去,你可以同献策兄做通宵畅谈,岂不快哉?走吧,香快完啦!"

李信和宋献策都确实有很多话要谈,特别是关于牛金星的事献策急于得李信帮助,才仅仅提个头儿。他们都觉得陈子山来得不是时候,但也无可奈何,只好相视一笑,随陈子山一同下楼。

一炷香果然只剩下四指长,日影已交中午了。李信把社友们的新作看了看,最后拿起李侔的五言排律,感到尚不空泛,随手改动了几个字。他平日本来就忧心时势,苦恼万分,刚才宋献策的话又给他的震动太大,使他一时不能够静下心来。他走到院中,背着手走来走去。别人都以为他在为诗词构思,实际上他是想着天下大势和他的自身前途。明朝可能亡国,这问题他早有所感。方才同宋献策在九仙堂楼上短短交谈,使他更加相信明朝的"气运将终"。此刻他不禁心中自问:"既然天下大乱,明室将亡,我是世家公子,将何以自处?既不能随人造反,也无路报国,力挽狂澜,难道就这样糊糊涂涂地坐待国亡家破么?"然而他又不甘心这样下去。想了一阵,越想心中越乱,经陈子山又催促一次,他才把心思转到做词上,选了《沁园春》的词牌子,开始打腹稿。不过片刻就想好了上半阕。正在继续想下半阕,他看见汤府的一个老家人由他自己的仆人带领着走进院来。恰巧他的下半阕也冒出几句,于是赶快一摆手,不让他们把他的文思打断。李侔看出来汤府可能有重要事情,把来的老家人叫到二门外,悄悄询问。李信没有听见他们说什么话,但是他从李侔进来时的脸上神色看出事情大概很重要。他已经把腹稿打成,没有急着问李侔,缓步走回上房,看大家已经把作品题在墙上,便提笔展纸,先写出《沁园春》一个题目,又写了一个小序:

  崇祯己卯,重阳后十日,偕弟德齐与知友数人出大梁城,登古吹台,诗酒雅集,借抒幽情。时白日淡淡,金风瑟瑟;篱菊欲谢,池水初冰。极目平原,秋景萧索;饥民络绎而哭声惨,村落残破而炊烟稀。感念时事,怆然欲泣!诸君各有佳作题壁,因勉成《沁园春》一阕,聊写余怀。

李信停笔看了一遍。社友全在围观,有人点头,有人摇头晃脑地小声诵读,有一个人在背后评论说:"寥寥数语,实情实景,读之深有同感。"李信没有注意,继续写出全词,只在两三个地方停顿一下,略加斟酌。写完以后,他又改动了三个字,但不满意,仍在推敲。陈子山抓起稿子说:"这就很好,何用多事推敲!"他一手拿稿子,一手拈胡须,摇着脑袋,慢声吟哦:

> 登古吹台,
> 极目风沙,
> 万里欲空。
> 叹平林尽处,
> 烟村寥落,
> 田畴如赭,
> 零乱哀鸿。
> 我本杞人①,
> 请君莫笑,
> 常怕天从西北倾。
> 凭谁去,
> 积芦灰炼石②,
> 克奏神功?
> 英雄未必难逢,

---

① 杞人——《列子》中说:"杞国有人忧天地崩坠,身无所寄,废寝食者。"杞县即西周时杞国所在地。
② 积芦灰炼石——上古神话:天倾西北,地陷东南,洪水横流。女娲氏炼五色石以补天,积芦灰以止淫水。淫水就是平地出水。

且莫道人间途已穷。
幸年华方壮,
气犹吞牛;
青萍夜啸①,
闪闪如虹。
应有知己,
弯弓跃马,
揽辔中原慷慨同。
隆中策②,
待将来细说,
羽扇从容。

大家纷纷说好,催李信赶快题壁。李信把稿子要回,重看一遍,怅然一笑,撕得粉碎,投在地上。大家都吃一惊,有的似乎猜出了李信撕稿的一点原因,有的尚在莫名其妙。宋献策的心中完全明白,只是微笑点头不语。李信望着几位社友说:

"今日弟因事迟到,仓促提笔,又加心绪不静,故未能完成一篇,甘愿罚酒三杯。"随即他转向李侔问道:"方才汤府来人何事?"

李侔回答说:"方才汤府来人说,现在各衙门纷传杨武陵受任督师辅臣,出京后星夜赶行,今日午后将至开封,只停半日,明日一早起程,要在月底前赶到襄阳。开封各衙门大人与众乡绅已去北门外恭迎,府、县官直迎至黄河岸上。汤母派家人请哥做过诗以后速去汤府一趟,说是有要事商量。"

这消息完全出众人意料之外,登时议论开了。如今秋征已经开始,陈子山等人平日常在私下议论练饷是祸国殃民之策,只能把

---

① 青萍夜啸——宝剑也不甘寂寞,夜间自动地发出啸声。青萍是古宝剑名。
② 隆中策——诸葛亮隐居襄阳隆中,刘备第三次来访时,他提出了如何争取"三分天下"的大计。

不反的老百姓也逼去造反,但他们还是认为在几个辅臣中,杨嗣昌毕竟算得是较有魄力和才干的人。因此,大家尽管常骂杨嗣昌,但是对他的出京督师都十分重视。大家认为倘非皇上万不得已,决不会让杨嗣昌离开朝廷。陈子山等都认为杨嗣昌到了襄阳,必定一反熊文灿的所作所为,会使"剿贼"军事有些转机。李信轻轻摇头,不多说话。大家问宋献策有什么看法。献策说:

"朝廷军国大事,实非山人所知。且此处也不是妄谈国事的地方,我们还是赶快吃酒吧。"

在吃酒时候,李信的杞县家中差一个仆人骑马跑来,呈给他一封书信。这是他的夫人汤氏的一封亲笔信,告诉他"草寇"袁老山率领几千人马从东边过来,将要进入县境,声言将进攻县城和各处富裕乡寨,催他火速回家去捍卫乡里。这封书子使李信兄弟都心中焦急,也使社友们都无心再猜枚饮酒。按照往例,每次诗酒雅集都要费时一天,下午吃过晚饭才散,但今天李信既要赶快去汤府,还要准备连夜赶回杞县,而别的社友都急于回城打听新闻,所以这酒宴也吃得不痛快,集会草草收场。

在进城的时候,李信故意不骑马,拉宋献策同坐一辆轿车上。他因车上没有外人,而赶车的把式又是家中两代使用的老伙计,便向献策问道:

"献策兄,可惜弟今晚要星夜回乡,不能再畅聆教益。牛启东的事,你要我如何帮忙?"

献策回答说:"牛启东的事,弟已与抚、按各衙门中朋友谈过几次,将死罪改轻不难。倘能改为流、徙,拖延一时,过此数月之厄,自有'贵人打救'。只是,这些衙门中朋友吃的是官司饭,没有银子是不肯认真帮忙的。弟是寄食江湖的卖卦山人,一时从哪里筹措银子?因此只得不揣冒昧,向大公子求将伯之助,不知公子肯慷慨解囊否?"

"不知要用多少？"

"大约需得半千之数。"

"好吧，兄需用之时可到菜根香柜上去取。弟拟将德齐暂留此间，如有不足，请随时与德齐言明。兄将此事办成后，务请到杞县舍下小住，愈早愈好。"

"弟一定遵命趋候。公子如此慷慨仗义，使弟感激难忘！"

"都是为救朋友，老兄何出此言？"李信停了一下，又说："弟处境不佳，易遭物议，请不要对别人说这银子是我出的。"

献策唯唯答应，随即问道："今日公子将佳作撕毁，不使之流传人间，正是公子谨慎之处。像'常怕天从西北倾'一句，深触朝廷忌讳，万一被别人看见，徒以贾祸。"

李信说："与兄在九仙堂谈话下来，弟心思如麻，胡乱写成一阕《沁园春》，颇失检点。后来一看，不觉大惊。不要说'常怕天从西北倾'会触忌讳，那'隆中策'的典故也用得不当。诸葛亮的隆中对策出于群雄割据之时，亦为割据之主而谋。今日天下一统，草莽之臣即欲向朝廷建言，亦不能用隆中策相比。一时糊涂，几至贾祸！"

献策笑着说："确实用这个典故不妥。不过以公子文武全才，这样埋没下去也实在可惜。三年前常听公子说过，大乱已成，专恃征剿不足以灭贼，必须行釜底抽薪之策以清乱源，即均田减赋，抑制兼并，严惩贪官豪强鱼肉小民。公子曾欲写为文章，呼吁当道，如今尚有意乎？"

李信笑一笑，感慨地说："那不过是一时胡想耳。河南一省，藩封甚多，亲王就有七个，郡王以下宗室不知多少。单以洛阳的福藩说，有良田两万多顷；卫辉的潞王原赐庄田四万顷，现在实数不详；开封的周藩有一万余顷。他们的庄田连赋税尚且不出，岂能是均得了的？各县缙绅豪右①,上结朝廷,下结官府,他们的田是均得了的？目今空写文章,有何用处？即使向皇上上书,也是白搭。天门九重②,呼之不应,说不定还将因妄言获罪！"

"目前国家病入膏肓,神医束手;均田减赋,确是空谈。不过公子是杞县右姓,倘若中原溃决,豫东糜烂,公子将作何计较？"

"尚无良策。今日弟尚能率乡丁捍卫乡里,只怕一旦天下分崩,大乱蔓延豫东,这个家欲捍卫也不易了。"

宋献策见李信心思沉重,不好再谈下去。过了一阵,他又问道：

"红娘子出了什么事？怎么说与归德侯家有关？"

李信一笑,说："侯方域的一个堂兄弟见红娘子尚有姿色,调戏不从,竟叫商丘知县诬称红娘子暗通白莲教,将她们一干人等拘押起来。你说可笑不可笑？我托朋友给归德府去封书子,这事已经了了。"

轿车到了菜根香酱菜园门口。李信跳下车来同宋献策拱手相别,并叫赶车把式把献策送回鹁鸽市。他到后乐堂换件衣服,骑马前往汤府。

晚饭后,宋献策在下处接见了刘体纯。体纯作普通商人打扮,坐下之后从怀中掏出两个金锞子,欠身双手奉上,赔笑说：

"一路上官军乡勇搜查,土寇杆子也多,十分难走。小弟想许多办法带来这两个金锞子,聊作晋见薄礼,借表敝东家一点仰慕之意。"

宋献策早已决定不受李自成一个钱以抬高自己身价,所以毫不迟疑地拱手谢绝：

---

① 豪右——封建社会的富豪家族、世家大户又称为右姓。因为秦汉尚右,封建地主和奴隶主等大户住在闾的右边,隶农和奴隶住在左边,所以古代称大户为右姓,富豪为豪右。
② 天门九重——天国有九道门,叫不开,这话出自屈原作品。此处比喻向皇帝上书困难。

"请兄台赶快收起,听山人一言。"

体纯不肯,说:"请先生收下之后,有何盼咐,小弟洗耳恭听。"

"不,你先把锞子放回怀中,山人方好开口。如其不然,山人就无话奉告。"

刘体纯见献策不像是假意推辞,很觉奇怪,只好收回怀中。献策接着赔笑说:

"山人脾气一向如此,请兄台不要见怪。"

"岂敢,岂敢。"

"山人半生书剑飘零,寄食江湖,结交天下豪杰,全靠朋友为生。该要钱处,开口便借,三百两五百两不以为多;如不当要,虽一毫而莫取。闻知宝号近两三年生意不佳,目下仍甚艰难,故决不受宝号礼物。贵东盛情美意,山人心领拜谢。"献策说到这里,拱手一笑。不待体纯开口,又接着说道:"牛先生的事,山人奔走数日,已有眉目,使用数百两银子,可以设法改判。只要能改为流、徙,拖上几个月,案情一松,还可以再花费一点银子,来个因病保释。"

体纯大喜,忙问:"不知一共需用多少银子?"

"大约六七百银子足矣。"

"既然如此,弟星夜赶回西安,将银子汇给先生。"

"不用,西安距汴梁一千二百里,来回颇费时日,岂不耽误了事?区区之数,山人尚可向朋友张罗,不用兄台费心。"

"这个……"

献策突然小声问:"杨嗣昌出任督师辅臣,正在星夜驰赴襄阳,足下听说没有?"

"已经听说。"

"杨嗣昌深受今上宠信,权高威重,且又精明干练,与熊文灿大不相同。此去襄阳,必然要整军经武,大举进剿。商洛山中,恐也免不掉一场血战。兄台可以速速回去,不必在此多留。"

"既然见到先生,牛举人的事也有眉目,小弟明日就动身回去。"

宋献策略微询问了一下商洛山中情形,又说道:"听说近来郑崇俭又调集不少官军,商洛山被围困得更紧,你们回去怕十分困难了。"

刘体纯欠身说:"多谢先生关心。我们只要到了西安,那一段路程敝东家有妥善安排,出进都不困难。"

献策会心一笑,站起来说:"德洁兄,今日相晤,大慰平生。"

体纯赶快站起来说:"小弟不便多坐,就此告辞。"

献策把体纯送出大门,见左右无人,又小声说道:"你的那个小伙计相貌不凡,武艺甚佳,颇为难得。"

体纯笑着说:"他名叫王四。在我们那里,像这样的孩子很有一些。"

"了不得!了不得!"

这一夜,宋献策想了许多问题,睡得很不安稳。第二天早饭后他正要出门,一个年轻人提着一包点心找他。他仿佛不认识,心中发疑,赶快让进屋中。来人坐下说道:

"卖膏药的刘大哥今日天不明就率领伙计们动身了,没有前来辞行,请先生恕罪。他叫小人送上点心一盒,聊表寸心,望先生笑纳。"

献策恍然想起来他就是前天玩猴子的后生,连忙低声问道:"你也是他们的人?"

后生微微一笑,站起来说:"小人今天也要返回家乡,就此告辞。"

宋献策把后生送走,回到屋中,望望点心盒,掂一掂沉重,心中狐疑,打开一看,果然在点心中发现一个红纸包儿,内包金镍两个。

正在这时,从院里传来他的居停主人的苍哑声音:

"献策,要不是皇上万不得已,决不肯钦差杨武陵出京督师。你看,他能够把流贼剿灭么?"

宋献策赶快把金锞子藏进怀中,向外回答说:"这个,等我闲的时候替他卜一卦看看。"

主人又说:"这可是轰动朝野的一件大事,今天汴梁城满城人都在议论!"

李自成 第三卷 紫禁城内外

杨嗣昌出京督师

第 四 章

崇祯天天盼望着湖广和陕西两方面的官军在他的严旨切责下会有所振作,不日就会有捷奏到京。但是一直到了八月中旬,只知道两处都在"进剿",而捷报仍然渺茫。他天天怀着希望和恐惧,心情焦灼,夜不成寐。中秋节过后两天,他在平台召对阁臣,谈到用兵遣将,事事失望,不禁深深地叹口气,怀着一腔愤懑说:

"朕不意以今日中国之大,竟没有如关云长、岳武穆一流将才!"没等到阁臣回话,他又接着说:"朕早已看出来熊文灿没有作为,剿抚无方,敷衍时日,致使张献忠盘踞谷城,势如养虎。但以封疆事重,朕不肯轻易易人。谷城之变,朕还是不肯治他的罪,仍望他'失之东隅,收之桑榆'。没想到因循至今,三月有余,军事尚无转机,深负朕望!"

阁臣们见崇祯怒形于色,一个个十分惶恐,不敢抬头。杨嗣昌赶快跪下说:

"熊文灿剿抚乖方,致有谷城之变,贻误封疆,辜负圣上倚畀之深。臣当时无知人之明,贸然推荐,实亦罪不容诛。但目前鄂西与商州两处大军云集,正在进剿,日内想可有捷报到来。恳陛下宽心等待,不必过于忧虑。"

崇祯沉默片刻,说道:"好吧,且等着两处捷报。"

回到乾清宫,他像热锅上的蚂蚁,坐立不安。他已经决定惩办熊文灿,但是差谁去襄阳主持"剿贼"军事呢?遍想满朝大臣,竟没有一个适当的人。他知道,从才干说,杨嗣昌要比熊文灿高出许多倍,但中枢也不能缺少他这样的人。两年来有些机密大计,特别是对满洲的议和问题,崇祯连首辅也不让知道,只同杨嗣昌秘密商议和暗中进行,而杨嗣昌也完全执行他的主张,任劳任怨。像这样君臣契合,很不易得。倘若把杨嗣昌派去湖广,有谁到中枢来代替他?同满洲议和的事由谁担当?倘若不派他去,"剿贼"军事不但决难于短期收效,甚且将不可收拾。左思右想,没有主意。后来他忽然想道:"何不到大光明殿抽个签问一问军事顺利与否,再做决定?"主意拿定,他就缓步走往坤宁宫,同周后闲话一阵,然后告诉周后:他想明天带她和田、袁二妃去大光明殿烧香求签,要她准备。周后只见他每日为国事心情郁郁,寝食不安,前天的中秋节又传免了百官和命妇朝贺,很担心长此下去会损伤身体。现在一听皇上说要去大光明殿烧香求签,她就趁机说道:

"大光明殿是嘉靖皇爷修炼的地方,想来那里的签一定很灵。明日陛下前去降香,定能得到好签。今年春天,因陛下心绪欠佳,没有去西苑游幸,白白辜负了湖光春色。眼下西苑中秋景如画,天气也很清和。明日陛下何不率领臣妾与田、袁二妃于烧香抽签之后,顺便游玩几个地方?"

"也好,你就给她们传旨吧。"

周后十分高兴,立刻命宫女们分头去承乾宫和翊坤宫向田、袁二妃传旨,叫她们今晚斋戒沐浴,准备明天随驾到大光明殿烧香,并在西苑游玩一天。她又命一长随太监传谕尚膳监,要御膳房早点准备,明日做几样皇上平日最喜欢吃的菜肴送到瀛台,同时也要甜食房预备甜食和糕点,特别嘱咐不要忘记皇上最喜欢吃的虎眼窝丝糖。她又吩咐坤宁宫管事太监明日一早派人骑马去西郊玉泉山取新鲜泉水,以便在西苑为皇上沏茶。

第二天上午,崇祯率领周后和田、袁二妃,在大群太监和宫女的簇拥中,乘辇出玄武门,顺着护城河北岸的御道西去。坐在辇上,他还在想着湖广和陕西方面的军事,盼望着今天能得到捷报。走到团城旁边时,他命一个长随奔回紫禁城中对司礼监掌印太监王德化传旨:倘若湖广和陕西方面的捷报到来,立即到瀛台向他奏明,不必等他回宫。

一到金鳌玉𬟽桥,左右太液池水波荡漾,蒲苇瑟瑟,一片清秋景象。一阵凉风吹来,崇祯的头脑猛然一爽。他望望琼华岛,心想今日没有工夫登琼华岛,等去大光明殿降过香以后不妨先来团城休息一阵,一览西苑全景,然后再去瀛台用膳。于是他向一个随辇侍候的长随轻声说:

"降香后先来团城上吃茶休息。你去传谕王德化:如有湖广捷报,可送到团城上来。"

过了玉𬟽牌坊,大光明殿已经不远了。这是一座富丽巍峨的建筑,坐落在西安门内,如今府右街的西边。那个享尽人间安富尊荣的嘉靖皇帝,妄想长生不死,几十年不理朝政,在这里从道士陶真人炼丹修仙。当年不知花去了多少搜刮的钱粮,耗费了多少人力,在这里建成一大片壮丽宫殿,而大光明殿耸立在这一建筑群的正中间,里边供着玉皇大帝的七宝云龙牌位。从嘉靖以后,历代皇帝都每年正月初九、十二月二十五,亲来烧香。但在另外的日子,如果有特别原因,或由于皇上的一时高兴,也会来此祈祷,或起个醮坛闹腾几天。

昨天得了司礼监的通知,道士们连夜做好了一切准备。从金鳌玉𬟽桥的西头经玉熙宫①前边继续往西,直到大光明殿,一路打扫得特别干净,有些稍嫌低洼的地方还铺了黄沙。当四乘龙凤辇经过玉熙宫前边时,三百多名在此学习官戏②的大小太监在执事太

---

① 玉熙宫——如今的北京图书馆老馆就是玉熙宫的旧址。
② 官戏——明代宫中的所谓官戏,包括院本、水嬉、过锦戏三种。水嬉又写作"水戏",是水上的傀儡戏。

监的率领下跪在御道旁边接驾,口呼"万岁"。四乘龙凤辇一过酒醋局胡同南口,就看见道官和方丈带领全体上百名道士都跪伏在大光明殿的山门外,恭迎圣驾。

崇祯和后妃们下了辇,进去稍作休息,就去玉皇牌位前依次拈香。一时钟鼓齐鸣,玉磬丁冬,既热闹而又肃穆。但见七宝云龙牌位前蜡烛辉煌,香烟缭绕,焚化的青词和黄表冉冉上升,飞近彩绘绚丽的承尘。崇祯先拈香,虔诚地跪在黄缎拜垫上叩了头,默祷一阵,然后轻声说:"签来!"跪在一边侍候的方丈赶快从神几上双手捧起景泰蓝盘龙签筒,重新跪下,对着皇帝把签筒摇了三下。崇祯从里边抽出一根签,交给方丈,然后站立起来。白须垂胸的老方丈把签筒放回原处,照签号取了一张用黄麻纸印的签票,跪下去,捧呈崇祯。崇祯怀着惴惴不安的心情接到手中,看见"第二十六签 中平"一行字,始而感到失望,继而感到有些放心了。这时,只要不是下等签,他就会感到一些满意,何况这比"中下"还略胜一筹。当皇后和二妃分别拈香时,他退出圆殿,站在一株白皮松的下边展视神签,细琢磨签中诗句,不禁心头又沉重起来。

皇后和两位妃子烧过香,走出大殿,看见崇祯的手中拿着签票,在松树下边徘徊,眉头上堆着心事。周后害怕他抽到坏签,赶快走到他的面前,小声问道:

"皇上,那签上怎么说的?"

崇祯没有回答,把签票装入袖中,向太监们吩咐:

"往团城上看看!"

一会儿工夫,四乘龙凤辇重过了金鳌玉𬭚桥,在团城旁边停下。崇祯和后妃们从左边的洞门磴道上了团城。团城上面在明末只有一座圆殿叫承光殿,是就元朝的仪天殿加以重修。承光殿前原有三株大松树,是金朝栽植的,已经几百年了。崇祯初年将两株枯死的连根挖去,铺为平地。现在太监们就在剩下的一株古松下摆了桌子和皇帝、皇后的临时御座,旁边还有替田妃和袁妃摆的椅子。崇祯本来是要在团城上看西苑全景的,只因签上的诗句很不如意,使他欣赏湖山秋色的兴趣没有了。他颓然坐在御座上,叫周后也坐下,注目云天,若有所思,脸色阴沉。周后的心中七上八下,小声问:

"皇上,签上到底是怎么说的?"

崇祯从袖中掏出签票,递给皇后,说:"你自己看看,有几句不大好解。"

周后拿着签票,见上面是一首七言律诗:

春回大地草芊芊,
又见笙歌入画船。
关塞天寒劳戍卒,
江山日暖尚烽烟。
玉楼辜负十年梦,
宝镜空分孤影妍。
莫怨深宫音问少,
一声清唳雁飞还。

自来签上的诗句,多半是若即若离,在似可解与似不可解之间。大光明殿是专为宫中的需要而建的。七八十年以前,那些有学问的道士们在编制签文时为着适合宫中的情形,特别花费了一番心血。就以上边这首签诗说:首联二句非常空洞;颔联二句与国家大事有关,但是和前后的诗句的意思并不连贯;颈联和尾联四句又转到宫怨上,似乎对那些失宠的妃嫔们和不得出头的宫女们表示同情,可是又不至于触犯忌讳。民间的签文在诗后一般都附有"解曰",用三字句或四字句的散文明白地告诉抽签人科举能否得中,谋事能否得成,做官是否顺利,婚姻如何,出外吉利否,做生意是赔是赚,病情是吉是凶,打官司胜负如何,等等。宫里的签上没有"解曰",因为像上边这些问题,在皇帝、后妃、皇子、皇女、宫女和太监身上大部分都不适用。虽然有些太监暗中做生意,有些妃子想得到皇上恩宠,有些宫女想知道有没有出头之日,但这些问题都不好在签诗上明白回答,只能让抽签人凭着一首含义朦胧的律诗瞎猜。

周后将签诗看了一阵,觉得后几句分明有点不吉利,也不免心上凄然。田妃和袁妃都站在周后背后,共看签诗。田妃是一个十分聪明的人,看完后心上也觉沉重。但是宫廷中自古来充满着勾心斗角,纵然是夫妇间也没有多的实话,做妃子的惟一的希望是固宠,惟一的职责是想法儿使皇帝心头高兴。她故意嫣然一笑,说:

"请皇上、皇后两陛下宽心,这个签虽不很好,倒也不坏。依臣妾看来,玉皇指示甚明:从此国运当有转机了。"

崇祯说:"卿试解释一下,让朕与皇后听听。"

"万一臣妾解释得不是,请皇上和皇后两陛下恕臣妾无知妄言,不要见罪。"

"你快坐下解释吧,"周后微笑说,"都是一家人,没有外人听见,你就是解释错了,皇上也不会怪你。袁妃,你也坐。今日陪皇上来西苑游玩,但求愉快舒畅,用不着过分拘礼。"

田妃谢了座,双手接过签诗,坐下说:"依臣妾猜详,这第一句所说的'春回大地',乃是指国运有了转机。春为万物复苏与生长之季,百虫惊蛰,草木向荣。这样诗句,问病则主病愈,问国运则主国运渐次转佳。请陛下试想,这第二句的'又见笙歌入画船'可不是指的天下重见太平景象么?从崇祯初年以来就没有这种太平景象,如今又将有了,所以用'又见'二字。"

崇祯频频点头,说:"这头两句朕也是这般猜详,不会有错,只是下边的几句话不像是吉利的。"

"请陛下放心。其实这后几句也没有什么不吉利。这第三句的意思只是说塞外尚有虏警,却没说虏势猖獗,风声紧急。第四句比较好,是说国运已有转机,几处战乱也快要荡平了。"

"是这样解释么?"

"是的,陛下,这'江山日暖'四字照应第一句的'春回大地',确实指国运已渐转佳。'尚烽烟'只是说尚有烽烟未靖,可见既非烽烟遍地,也非战乱方兴未艾。本来么,国家好像害了一场大病,如今病势回头,就要渐渐痊愈,可是尚有一些毛病,需要继续医治。"

崇祯又不禁微笑点头说:"解得好,解得好。"随即又急着问:"这五六两句呢?"

"陛下十余年来宵旰忧勤,盼望天下早日太平,万民安业,但天下太平尚未到来,所以这第五句说'玉楼辜负十年梦'。陛下为千古尧舜之君,具恫瘝①万民之怀,可惜……"

"你只管大胆直说,不用顾虑。"

"可惜文武臣工不能替陛下分忧,也不能体念陛下孜孜求治的苦心。陛下好像一个绝世佳人,对镜自怜,不免有形单影只之感,所以这第六句是'宝镜空分孤影妍'。"

崇祯和周后不约而同地含笑点头,称赞她解说得好。她又接着说:

"皇上身居九重,心怀万里,日日夜夜都在盼望着好的消息,好比妃嫔和都人们想知道家乡亲人的音信。皇上所盼望的好消息会很快来到,所以这签上最后两句说:'莫怨深宫音问少,一声清唳雁飞还。'"

崇祯苦笑说:"我看这后两句诗分明说盼望消息也是枉然。来的不是好消息,只是孤雁一声,岂非盼望落空了么?"

---

① 恫瘝——病痛、疾苦。古代帝王常用以表示对百姓疾苦的关怀。

田妃说:"请陛下不要过虑。以臣妾愚昧之见,这最后一句诗用的是鸿雁捎书的典故,所以'雁飞还'就是有消息到来。皇上盼望的是什么消息?是军情捷报。有此一句诗,可知捷奏马上就会来到。"

周后连忙说:"但愿照你所解的这样!"

崇祯的心头上稍稍地开朗起来。遗憾的是神签上并没有告诉他派杨嗣昌督师如何,使他仍不能赶快决定。他站起来,凭着女墙,向西南望去,金海中确是湖山如画。北边的蕉园,南边的瀛台,丹桂盛开,古木参天。有许多假山奇石,亭台楼阁,离宫别殿,曲槛回廊,黄瓦红墙,倒影入水,如真似幻。但崇祯看着看着,思想离开了眼前风景,转到对张献忠和李自成的军事上去。正在这时,一个司礼太监送来了一封郑崇俭的飞奏,说他已从西安到了商州,召集诸将面授进兵方略,激励将士杀"贼"立功。又说:商洛山中士民一闻大军"进剿",莫不暗中响应,争相联络,愿助官军杀"贼"。奏疏最后说,他今夜就动身前往武关,亲自督率将士进剿,商州方面由抚臣丁启睿指挥,直逼"闯逆"老营;蓝田方面,官军同时出动,使"流贼"首尾不能相救。崇祯看完这封飞奏,登时高兴起来,抬头向西南天上望去,神驰疆场,仿佛看见万山重叠的商洛山地区处处是官军旗帜,一队一队的官军正在分头前进。凝思片刻,他低下头来,看看郑崇俭拜发①奏疏的日期,计算一下。他是一个平日对公文非常留心的人,从商州来的飞奏需要多少天,他都清楚。他一看拜发奏疏的日期是七月十八日,知道这一飞奏在路上耽搁了十来天,不禁有点生气,但随即又在心中原谅说,路上遇着大雨,山路桥梁冲断,稍有耽误也是难免的。他继续想道:既然这封飞奏在路上有耽搁,倘若郑崇俭进剿顺利,今天应该有奏捷的文书到了。

---

① 拜发——奏疏誊好以后,供在案上,焚了香,上疏的官员跪下叩头,然后发出。所以上疏又叫做拜疏,奏疏发出叫做拜发。

遥想着将士们在沙场鏖战,崇祯忽然动了骑马的兴致。那些伺候他的太监们,每天揣摩他的脾气,惟恐有伺候不到的地方。今天秋高气爽,他们就猜到他可能会一时高兴,同田妃驰马消遣,所以把他较喜爱的四匹御马鞴好鞍子,牵在北海大门外的一株槐树下伺候。崇祯凭着城垛向左边的大槐树下望一眼,轻声说:"晴秋试马,亦乐事也!"随即面带十分稀有的微笑,走下团城。

崇祯的四匹御马都是外表骏美,脾性温驯。当日御马监的太监们按照这两个条件替他从上千匹马中仔细挑选,选出这四匹御马,每日也只训练它们如何跑得平稳,顺从人意,既不训练它们跳越障碍,也不训练它们听到炮声和呐喊而镇静如常。崇祯替这四匹马起了四个十分别扭但他认为是十分典雅的名字:太平骟、玉龙媒、吉良乘、璇台骏。平日他偶然在宫中骑马,总是骑璇台骏,但现在他为要取个吉利,却命太监把吉良乘牵到面前。他踏着朱漆描金楠木马杌,跳上吉良乘,从太监手中接过玉柄马鞭,沿着中南海和护城河之间的驰道南去,开始是缓辔徐行,随后抽了一鞭,让吉良乘平稳地奔驰起来。跑了一个来回,在团城下勒住了马。尽管他是一个蹩脚的骑手,但太监们和宫女们都向他齐呼万岁。一名御前太监扶着他下了马,躬身说:

"皇爷骑术如此精绝,真是英武天纵!"

在太监们和宫女们的欢呼万岁声中,崇祯偶然望见附近一株古槐上有一个乌鸦窝,窝里蹲着一只乌鸦。他叫一个替他照管弹弓的太监赶快把弹弓和盛泥丸的黄缎小口袋递给他。他掏出泥丸,对准乌鸦弹去。只听弓弦一响,泥丸从乌鸦窝的旁边飞过,乌鸦惊飞,同时几片半黄色的干槐树叶飘然下落。一个太监起初把槐树叶错当成被弹子打落的乌鸦羽毛,欢呼万岁,所有团城上下的大群太监和宫女也跟着欢呼。站在崇祯背后的一个太监首先看清楚那飘落的只是树叶,怕皇上不高兴,赶快说道:

"皇爷的弹弓打得真准,弹子紧挨乌鸦的头飞过去,相差不过二指!"

崇祯把弹弓和弹子囊交给太监,兴致致地步上团城,命田妃下去骑马。在他的妻妾中,周后对玩耍的事情都不大喜欢,也不会骑马。袁妃勉强可以骑马,但不熟练。其他妃嫔,很少有机会陪侍崇祯游玩,今天都没有来。田妃是一个多才多艺的人,也会骑马。听了崇祯吩咐,她赶快躬身说声:"领旨!"又向皇后两拜,便在承乾宫的女官和贴身宫女们的簇拥中下了团城。她心中非常机灵,刚才见皇帝不骑璇台骏而骑吉良乘,就猜到皇帝的心思,于是她也不骑别的马而要了太平骟。崇祯有点不放心,凭着城垛问道:

"卿往年随朕驰马总是骑的玉龙媒。玉龙媒最为老实,今日何以不骑它了?"

田妃在黄缎绣鞍上欠身回答:"臣妾想着李自成与张献忠不日即将被官军扑灭,天下从此太平,故今日特意骑太平骟取个吉利。"

崇祯心中喜悦,连声说好,又回头望望周后和袁妃。周后虽然不高兴田妃为人太乖觉,但是她笑着对崇祯说:

"但愿剿贼顺利,早见捷报,应了贵妃①的话。"

田妃的母亲原是妓女出身,弹唱骑马都会,所以田妃在幼年时候学会了骑马和弹琵琶,进宫后曾随驾来西苑骑过多次,只是她将入宫前会骑马这一点一直瞒着崇祯。近来她风闻她父亲田宏遇做了不少坏事,皇帝因她的缘故隐忍着不曾治罪,所以她要趁此机会,不顾危险买得皇帝高兴,稳固宠爱。宫廷中的斗争她非常明白,万一她有一天失了宠,那些平日争风吃醋的人们趁机在皇帝面前进谗言,献媚倾轧,不但会使她和她的一家立时失去了富贵荣华,连性命也难保全。现在她不用宫女搀扶,踏上马机,体态轻盈地纵身上马,扬鞭向西华门疾驰而去。跑着跑着,她照着太平骟的

---

① 贵妃——田妃当时已经晋封贵妃。

屁股上抽了一鞭,使太平骝四蹄腾空,飞奔起来。她的两耳边风声呼呼,心中暗暗抱怨她的父亲说:"唉!你只知道自己是皇亲国戚,在京城胡作非为,怎知道我在宫中是在刀尖底下生活!"过了西华门,马蹄渐慢,她把左边的黄丝缰轻轻一拉,右手中的鞭梢一扬,太平骝立即转回,重新平稳地奔跑起来。回到团城下边,她扶着宫女下马,登上团城,向崇祯和周后躬身说:

"臣妾两年不曾来西苑骑马,控驭不灵,恳皇上同娘娘陛下恕罪。"

崇祯说:"卿入宫后方学骑马,竟能如此娴熟,虽老手不及!"

周后接着说:"今日皇上骑的是吉良乘,难得你又挑选上太平骝,都很吉利,看起来真的会来捷报了。皇上,是么?"

崇祯点点头:"说不定今日就有陕西的捷奏到京。"他因为眼前出了些吉利兆头,游兴突然变得很浓,不等田妃坐下休息,就对左右的太监说:"起驾到瀛台去!"

四乘龙凤辇和大群太监、宫女过了西华门,然后向西转,约走两三百步,入西苑门,过一道朱栏板桥,走不远又过一道桥,便登上瀛台。这儿三面临湖,有一些蓼渚芦港。荷叶已经开始凋残,在西风中瑟瑟打颤,而岛中的梧桐树也不住地有干枯的叶子向地上和水面飘落。这种萧条秋意,在远处是望不清的。崇祯同后妃们到了涵元殿吃茶休息,随后命宫女们将棋盘摆在昭和殿前边的澄渊亭上,要同田妃下棋。

尽管周后不喜欢他对田妃过分宠爱,但是难得见他出来玩耍散心,生怕他闷坏了身体没法照管这八下起火的江山,今天反而希望他单独同田妃玩个痛快。她向崇祯说明她要去大高玄殿①降香,就拉着袁妃起身走了。

---

① 大高玄殿——清代因避康熙帝讳,改名大高元殿。

周后和袁妃带着几个贴身宫女和小答应,坐着有黄缎凉篷的凤头凤尾御舟走在前边,其余的宫女和太监分坐在后边的两只船上。御舟上有四名小太监拿着划桨,在船头两旁划船,一个年纪较大的在船后掌舵。他们都是训练有素、专门在西苑太液池上伺候游幸的。两年多来,崇祯因国事不遂心,不曾前来,皇后和几位妃子自然也都没来。驾船的小太监每天没事可干,找别的太监一起赌博;那个掌舵的太监有一个"菜户"①也在西苑的某一宫中,每天除赌博外就同自己的"菜户"吃酒玩耍。他们平日闲得十分不耐,如今见皇上和皇后带着田、袁二位娘娘来到西苑,好像遇到了一件天大的喜事,用心伺候,将御舟划得又快又稳。一位坤宁宫的随侍女官见周后心情郁悒,跪在船头奏道:

"启奏皇后娘娘陛下,难得陛下与袁娘娘乘舟游湖,又值天朗气清,丹桂飘香。后船上都人们带有几色乐器,要不要命她们奏乐助兴?"

周后一心想着签上的诗句,哪有闲心听宫女奏乐?但为着取个吉利,便轻轻地点一下头。这个女官立刻走到船尾,望着后边的一只船上大声传谕。司乐女官跪下领旨之后,随即吩咐掌乐女官奏乐。这位掌乐女官向众宫女眼波一转,在鼓架上拿起鼓槌,轻敲三下,登时奏起来一派细乐。周后对袁妃笑一笑,说:

"这可不是'又见笙歌入画船'么?"

袁妃说:"臣妾也正在思忖,果然应了签上的话。"

周后叹口气说:"但愿田贵妃猜详得不错,国运从此有了转机,好似春回大地一般。"

"依臣妾看来,田娘娘的猜详不会有错。请娘娘陛下放宽心怀,不必为国事担忧。"

---

① 菜户——太监与宫女结成假夫妻,俗称菜户。这种事起自汉朝,在明朝宫中也是合法的。

"唉,我这些年也不清楚外边到底闹腾成什么样儿,只见皇上总是劳心焦思,寝食不安,我的心也跟着不得一日舒展!"

御舟在金鳌牌楼的附近靠岸。太监们把用一只空船载来的两乘大小不同的凤辇放在皇后的御舟船头,抬皇后和袁妃往大高玄殿。这个庙宇也是嘉靖皇帝常来修炼的地方,建筑也十分壮丽。因为它在煤山与团城中间,距离玄武门不远,所以崇祯也时常带着皇后和妃子们前来祈祷。周后去年特下了一道懿旨,命在道经厂①学习法事的宫女们在这里建醮禳灾。这几十个宫女都穿着鹤氅,长期同女道士们一起念诵道教经咒。每逢初一或十五,倘若风顺,天色将明,更漏未歇,大内寂静,钟磬和铙钹声会飞越紫禁城头,隐隐约约地传入坤宁宫。

周后为表示自己的虔心敬意,命凤辇在大高玄殿的大门外停下。这里,面向护城河有一座牌楼,东西也各有一座。她抬起头来看看东边牌楼上所写的"孔绥皇祚"和西边牌楼上所写的"弘佑天民"。嘉靖时候由奸相严嵩所写的这八个大字又经过一番油漆,焕然一新。往日周后来此降香,对这八个字都只是泛泛看一眼,不很注意,但今天却给她一些特殊感觉,仿佛这真是对于国运的吉利预言。

女道士和穿着鹤氅的宫女们都跪在大门外边接驾,山呼万岁。周后偕袁妃缓步走进山门,在庙院中小立片刻,欣赏着高大的松柏和左右两座十分精巧玲珑的、宫中俗称为九梁十八柱的琉璃亭,又看看左右钟鼓楼和东西配殿。在坤宁宫闷久了,来到这庙院中竟然也使她感到新鲜。等接驾的女道士和学道的宫女们回到正殿跪下以后,她才同袁妃继续走,踏上白玉台阶,进入正殿,依次在三清②像前烧香,祝祷国泰民安,皇上万寿无疆。正殿背后另有一进

---

① 道经厂——宫中太监的一个机构,专掌道教念经、建醮、祈禳等事。
② 三清——道教的三个神,即所谓玉清元始天尊、上清灵宝道君、太清太上老君。

院落,正中间是五间雷坛殿,东西各有一座配殿。再往后又是一院,神殿是两层楼,上圆下方,象征古人想象中的"天圆地方"。上层圆殿悬一匾,题"乾元阁";下层方殿悬一匾,题"坤贞宇"。圆殿中有一圆形高台,上有朱漆神龛,中坐玉皇大帝塑像,长须垂胸,庄严肃穆,此是为皇帝和皇后祈雨之处。周后常听说河南、陕西、山东和畿辅连年大旱,但灾情严重到什么情形,她不清楚,只知道这事很可怕,往古有许多朝代的末梢年都是天灾与人祸交至,最后土崩瓦解,不可收拾。现在她特意同袁妃来到这最后一进院落,偕袁妃在方殿中拜过后土之神,要登上圆殿。虽然太监和宫女们认为楼梯又窄又高,劝她不必上去,但皇后怀着为国祈福的诚心,一定要上去礼拜玉皇。从方殿后边登上圆殿,没有一个窗户,梯道里十分黑暗。宫女们前后打着羊角宫灯,周后和袁妃扶着事先擦得干干净净的红漆扶手,又有宫女前后搀扶,转了半圈,微喘着登上乾元阁,在钟磬声中点焚表,向玉皇跪下叩头,祈祷甘霖。礼毕,走出圆殿,凭着栏杆,默默地伫立片刻,不知道自己的诚心能不能感动上苍。

她们重新乘御舟回到瀛台时,崇祯与田妃刚刚下完一盘棋。周后看见他面有喜色,低声问:"皇上赢了?"

崇祯笑着说:"朕国事鞅掌①,棋艺生疏,勉强赢了田妃一棋,好不容易。"

田妃赶快说:"皇上胸富韬略,谋虑深远,步步有法,臣妾望尘莫及。"

周后对着田妃会心地微微一笑,说:"你的棋艺在宫眷中虽然十分出众,但怎能比得皇上高明?"

崇祯由于他的皇帝身份,从来没有可能同北京城中的高手下棋。就是大臣中有几个会下棋的,限于君臣间界限森严,他也不能

---

① 鞅掌——繁忙。

召什么人进宫对弈。像这样事，他连一个念头也不曾起过。偶尔奉召和他对弈的只有皇后、妃嫔们，还有一两个如王德化之流的大太监。太监同他下棋时只能跪着。从皇后到太监，人人都希望使他愉快，谁敢使他输棋？崇祯是一个非常主观自信的人，从来没有想到别人在他的面前输棋都是故意的，反而以为自己天生聪明，虽不经常下棋，棋艺却高明非凡。他还常把下棋比做用兵，认为自己胸有韬略，所以棋艺无敌。有时他也心中感慨：倘若武将们如同棋子一样听话，依照他的方略"剿贼"，张献忠和李自成等早该扫荡净尽了。这时他的棋兴未尽，命袁妃同他下盘象棋。宫女们立刻撤去围棋盘，换上一个嵌金线的沉香木象棋盘和一副象牙棋子。刚才他同田妃下棋时也不曾忘掉对张献忠和李自成的军事，现在他叫太监点一支香，说他要在香灼完之前杀败袁妃。在举起棋子之前，他暗中向神灵默祝：如果他能在香灼完之前赢了袁妃的棋，陕西和湖广就会有捷报飞来。

袁妃先跪下谢恩，然后请崇祯先走第一步。不管在围棋上或象棋上，她都比田妃差得远，但是比不常有时间下棋的崇祯还是高明一些。她开始时故意让崇祯吃去一个炮，然后认真下棋，一步不让，不大一会儿就逼得崇祯由攻势转为守势，并且渐渐地不能支持。周后有点发急，心中责备袁妃过于老实，频频向袁妃递眼色，无奈袁妃全不理会。左右的宫女们也都捏了一把汗，只怕皇上输了棋会影响今天的愉快游玩。倘若是皇后同袁妃下棋，田妃看见皇后招架不住，常常会代皇后出几个鲜着，转危为安，转败为胜。但崇祯下棋正像他处理军国大事一样，独断专行，刚愎自用，最忌别人提出来与他不同的高明意见，因此田妃站在一旁干着急，不敢做声。她们都不知道崇祯在开始走棋前心中默祝的话，倘若她们知道，简直会吓坏了。

短香只剩下二指长了。崇祯的棋势仍无起色。他自己十分焦急,眉头紧皱,脸色难看。他不仅不能容许别人赢了他的棋,而且他害怕一输棋就真的得不到湖广和陕西方面的捷报。周后又气袁妃,又怕她惹出大祸,却想不出使袁妃聪明让棋的办法。恰好有一只小猫走来,她赶快向田妃使个眼色。田妃会意,赶快将小猫抱到膝上,准备一旦到皇上快输时就将小猫放出,蹬乱棋盘。但她和周后又担心这样做也可能使皇上更加恼怒。她们正在无计可想,忽见袁妃一步疏忽,把一个最得力的肋车给皇上吃了,整盘棋势陡然大变,对袁妃十分不利。又过片刻,袁妃又一疏忽,丢掉了一个沉底炮,接着,一个过河卒也被吃了。袁妃勉强支撑一阵,终于败在崇祯手里。周后的心中猛一轻快,暗暗叫道:"袁妃也够聪明!"她揩去了鼻尖上急出的汗珠,同田妃交换了一个含而不露的微笑。田妃将膝上的小猫放手,那小猫轻轻地跳到地上跑了。

经过苦战,转败为胜,使崇祯特别高兴,何况又想着很快会接到战事捷报!这双重的高兴,使崇祯这样经常郁郁寡欢的人突然放声大笑,望着周后和田、袁二妃说:

"袁妃的棋艺大有长进,但在朕的手下毕竟不行!"

田妃说:"陛下是中兴圣主,旷古稀有,天生英武,挽回国运尚且不难,况此棋艺小道,何足挂齿!"

崇祯更加高兴,吩咐立刻传膳。尚膳监的太监们将酒宴早已准备好了,一声传呼,便由太监和宫女们摆好在澄渊亭上。这儿有人工设计的自然景色:附近有竹篱、茅舍、几片水田;湖岸上立着橘槔,晾着渔网。偏偏凑巧,这时水边卧着一对鸳鸯,浅水中有一只白鹤用一条腿静静地立着,一动不动。崇祯从生下来到现在,向远处只到过昌平皇陵,没见过南方农村景色,而皇后和妃子们自从进宫以后也没有出过紫禁城。他们都感到十分新鲜和有趣。为着不惊动水鸟,不扰乱"田园"的幽静,他在进膳前传免了照例的奏乐。

午饭后,稍作休息,崇祯带着后妃们离开金海,乘辇到玉熙宫看戏。他平日最爱看的是过锦戏。这种戏每一出都很短,大概有一百多个剧目,雅俗皆备。雅的来自院本①,且不去谈。俗戏取材于市井生活,扮演骗子如何行骗,嘲笑笨拙的婆娘,痴呆的丈夫,或扮演狡猾的商贾,刁赖的泼皮,民间词讼和行贿,以及各种杂耍。雅俗相较,俗戏节目较多,也较有趣。宫中扮演这种俗戏,原有三种用意:第一是要皇帝和皇子们看了戏知道一些民间的风俗人情和所谓"民间疾苦",第二是寓讽谏于娱乐之中,第三是逗引皇帝和后妃们快活一笑。因为有这三种目的,所以钟鼓司的太监们和教坊的艺人们有时将一些与现实政治有关的主题或题材编成短剧。

这一天艺人们先演了两出比较高雅的院本,然后演了一出《双骗案》,引得崇祯和周后不住微笑。接着演了一出新编的小戏,是凭空杜撰湖广官军大捷,擒住了张献忠,农民军全部消灭。这个戏是连夜编排成的,希望博得崇祯的高兴。崇祯看过后果然大为高兴,立即命赏赐十两银子。尽管就一个皇帝说这样的赏赐实在太少,但是全体艺人们还是跪下叩头谢恩,山呼万岁。

天下事常常出现巧合,必然的事件通过偶然的形式表现出来。三个月前,当崇祯带着皇后和田、袁二妃正在南宫降香时,张献忠谷城起义和李自成重树大旗的警报飞进宫中。今天当他在西苑同袁妃下棋刚刚获胜时,十几封十万火急的军情奏报送到司礼监设在养心殿内边的值房。其中最使王德化和王承恩等几个值班的秉笔太监震惊的是熊文灿和郧阳巡抚分别奏报官军在房县以西的罗猴山进军失利,死伤了一两万人,军需遗弃很多,豫军著名的战将罗岱被俘,左良玉仓皇溃退。另外的重要军情是郑崇俭和丁启睿分别奏报向商洛山进剿失利。不过,官军因为在商洛山没有损失大将,李自成的义军一时也无力突围,所以战败的实际情形被大大

---

① 院本——金、元两代流传下来的剧本。院是行院的缩语。金、元时代同行的聚处叫做"行院",类似后来的梨园公会。

地隐瞒了。其他军情奏报是关于革里眼、左金王和老回回等在皖西、鄂东和豫南一带的活动,以及豫东、皖北和山东境内的"土寇蜂起",到处攻城破寨。王德化不敢立即到西苑奏闻,直到探知皇帝和后妃们已经用毕午膳,才只带着熊文灿的一封急奏来到玉熙宫,而吩咐王承恩把其余的紧急奏疏和塘报都放在乾清宫的御案上。

崇祯正在高兴,偶一回头,看见王德化神色不安地立在背后,不禁心中吃惊,忙问:"有什么紧急军情?"

王德化走到他的身旁,躬着身子,把奏疏双手呈上。崇祯略微一看,登时脸色灰白,起身向里走去。周后大惊,忙同田妃和袁妃离座,跟了进去。

戏停演了。大家面面相觑。玉熙宫中变得死一般的寂静。过了一阵,从玉熙宫的内殿中传出崇祯的一句谕旨:立即起驾回宫。

在回宫的路上,崇祯认真地考虑差杨嗣昌去湖广督师的问题,但仍然不能决定。在澄渊亭上同田、袁二妃下棋连胜,在玉熙宫看活捉张献忠的过锦戏,这些愉快的事虽然才过去不久,却好像已经隔了多时了;又好像做了两场离奇的短梦,现在从梦中惊醒了。他在心中痛苦地自嘲说:

"朕在棋盘上同二妃连战皆捷,在疆场上竟一蹶不振!"

他下决心要改变目前湖广和陕西的军事状况,把张献忠消灭在川、陕、楚交界地方,把李自成消灭在商洛山中。但是他认为,要改变不利的军事状况,就得把杨嗣昌放京去,把统帅各省"剿贼"军事的重担全交给他。他反复考虑,心中矛盾,向自己问道:

"现在就放杨嗣昌出京么?"

第 五 章

从西苑回来的第二天,崇祯下旨,将熊文灿削职,听候勘问,将总兵左良玉贬了三级,将另一个总兵张任学削籍为民。这天下午,他在文华殿召见杨嗣昌密商大计。

近几天来,杨嗣昌看出来皇帝有意派他去湖广督师,又想留他在朝廷"翊赞中枢"。他自己也把这问题考虑再四,拿不定最后主意。他很明白自己近几年身任本兵,对内对外军事上一无成就。几个月前因清兵入塞,破名城,掳藩王,损主帅,皇上为舆论所迫,不得已将他贬了三级,使他戴罪视事。不料如今熊文灿又失败了,而文灿是他推荐的。若不是皇上对他圣眷未衰,他也会连累获罪。春天,他建议增加练饷①每年七百三十万两,随田赋征收,以为专练民兵之用,遭到朝廷上多人反对。如今练饷马上就要开征,必然会引起举国骚乱。可是编练数十万民兵的事,决难实施。倘若练饷加了之后而练兵的事成了泡影,他就不好下台。近一年来,朝野上下骂他的人很多,他很清楚。虽然他全是遵照皇上的旨意办事,但是一旦皇上对他的宠信减退,朝臣们对他群起抨击,皇上是决不会替他担过的。如其到那时下诏狱,死西市,身败名裂,倒不如趁目前皇上宠信未衰时自请督师。他相信自己的做事练达和军事才能都比熊文灿高明得多,加上皇上的宠信,更加上以辅臣之尊,未出

---

① 练饷——崇祯十二年六月,朝廷以练新兵为名,决定在已经很重的田赋上增加七百三十万两银子,名为练饷。

师就先声夺人,成功是有指望的。但是他也想到目前将骄兵惰,兵饷两缺,加上天灾人祸弄得人心思变,大江以北几乎没一片不乱土地。万一出师无功,将何以善其后呢?

形势急迫,不管对崇祯说,对杨嗣昌说,这个问题都必须赶快决断。在文华殿召对时候,双方都在揣摩对方心思。崇祯先问了问军饷问题,随即转到湖广和陕西军事方面,叹口气说:

"朕经营天下十余年,用大臣大臣渎职,用小臣小臣贪污,国家事遂至于此,可为浩叹!如今决定拿问熊文灿,置之重典,以为因循误事、败坏封疆者戒。洪承畴尚能做事,但他督师蓟辽,责任艰巨,无法调回。举朝大臣中竟无可以代朕统兵剿贼之人!"

杨嗣昌赶快跪伏地上说:"熊文灿深负陛下倚任,拿问是罪有应得,就连微臣亦不能辞其咎。至于差何人赴湖广督师,请陛下早日决断。倘无适当之人,臣愿亲赴军前,竭犬马之力,剿平逆贼,借赎前愆,兼报陛下知遇之恩。"

崇祯点点头说:"倘先生不辞辛劳,代朕督师剿贼,自然甚好。只是朝廷百事丛脞①,朕之左右亦不可一日无先生。湖广方面究应如何安排,倘若先生不去,谁去总督诸将为宜,须要慎重决定,以免偾事。先生下去想想,奏朕知道。"

杨嗣昌回家以后,把崇祯的话仔细体会,认为这几句话既是皇上的真实心情,也未必不含有试试他是否真心想去督师的意思。他找了几位亲信幕僚到他的内书房中秘密计议。幕僚们都认为既然皇上有意叫他前去督师,不如趁早坚决请行,一则可以更显得自己忠于王事,二则暂且离开内阁,也可以缓和别人的攻击。至于军事方面,幕僚们是比较乐观的。他们认为官军在数量上比农民军多得多,像左良玉和贺人龙等都是很有经验的名将,问题只在于如何驾驭。熊文灿之所以把事情弄糟,是因为既无统帅才能,使诸将

---

① 丛脞——烦杂、零乱。

日益骄横,又一味贪贿,受了张献忠的愚弄。在这些方面,熊文灿实不能同杨嗣昌相提并论。他们认为,杨嗣昌以辅臣之尊前往督师,又有皇上十分宠信,只要申明军纪,任何骄兵悍将都不敢不听从指挥。只要战事不旷日持久,能够在一年内结束,国家还是有办法供应的。听了幕僚们的怂恿,杨嗣昌的主意完全拿定。他比幕僚们高明一点,不一味想着顺利成功,也想着战事会旷日持久,甚至失利。他想,目今国势艰难,代皇上督师剿贼是大臣义不容辞的事,万一不幸军事失利,他就尽节疆场,以一死上报皇恩。不过这种不吉利的想法,他没有告诉任何一个幕僚知道。

两天以后,崇祯见到了杨嗣昌的奏疏,情词慷慨,请求去湖广督师剿贼。他仍然因中央缺少像杨嗣昌这样的大臣,将无人负责同满洲秘密议和,犹豫很久。直到八月底,又接到湖广和陕西两地军事失利的奏报,他才下最后决心,命司礼监秉笔太监替他拟了一道给杨嗣昌的谕旨。他提笔改动几句,再由秉笔太监誊写在金花笺纸上,当天发了出去。那谕旨写道:

> 间者,边陲不靖,卿虽尽瘁,不免为法受罚①。朕比因优叙,还卿所夺前官。卿引愆自贬,坚请再三,所执甚正,勉相听许。朕闻《春秋》之义:以功覆过②。方今降徒干纪,西征失律③;陕寇再炽,围师无功。西望云天,殊劳朕忧!国家多故,股肱是倚;以卿才识,戡定不难。可驰驿往代文灿,为朕督师。出郊之事,不复内御④。特赐尚方剑以便宜诛赏。卿其芟除蟊贼,早奏肤功!《诗》

---

① 为法受罚——指几个月前清兵入塞,破名城,掳宗藩,损上将,崇祯在舆论压力下将杨嗣昌贬了三级,戴罪视事。但这一句措辞含义,实际上为杨嗣昌开脱,指出这次受罚不完全是真正有罪,而是因为他当时任兵部尚书,按法不得不然。
② 以功覆过——拿功劳掩盖罪过。
③ 方今……失律——前一句是说张献忠谷城起义,后一句是说往西追剿的官军在罗猴山打了败仗。
④ 不复内御——等于"不从中制"。

不云乎:"无德不报①。"贼平振旅②,朕且加殊锡焉③。

杨嗣昌接到圣旨是在八月二十八日上午,下午就上疏谢恩并请求召对。第二天晚上,崇祯在平台召见了杨嗣昌和首辅薛国观,吏部尚书谢升,户部尚书李待问,新任兵部尚书傅宗龙,讨论调兵和筹饷等问题。他面谕兵、户二部尚书,必须按照杨嗣昌所提出的需要办理,不得有误,又问谢升:

"杨嗣昌此行,用何官衔为宜?"

吏部尚书回奏:"臣以为用'督师辅臣'官衔为宜。"

崇祯觉得这个官衔很好,点头同意,随即把杨嗣昌叫到面前,声音低沉地说:

"朕因寇乱日急,不得已烦先生远行。朕实不忍使先生离开左右!"

杨嗣昌跪在地上,感激流泪说:"微臣实在很不称职,致使寇乱、虏警,接连不断,烦陛下圣心焦劳。每一念及,惶悚万分。蒙皇上赦臣不死之罪,用臣督师,臣安敢不竭尽驽骀之力,继之以死!"

崇祯听到"继之以死"几个字,不觉脸色一寒,心上登时出现了一个不吉的预感,默然片刻,慢慢地说:

"卿去湖广,既要照顾川、楚,也要照顾陕西,务将各股流贼克期歼灭。闯贼于溃败之余,死灰复燃。虽经郑崇俭将他围困于商洛山中,却未能将他剿灭,陕西事殊堪忧虑。听说闯贼行事与献贼大不相同,今日不灭,他日必为大患。卿目前虽以剿献贼为主,但必须兼顾商洛。对闯贼该进剿,该用间,卿可相机行事。总之不要使闯贼从商洛山中逸出。倘若万一闯贼从商洛山中窜出,亦不要使彼与献贼合股或互相呼应。不知先生对二贼用兵有何良策?"

---

① 无德不报——在此处的意思是有功就有奖赏。这句诗出于《诗经·大雅》。
② 振旅——班师。
③ 且加殊锡焉——将给予不一般的奖赏。

杨嗣昌回答说："使二贼不能彼此呼应,更不能使二贼合股滋扰,十分要紧。陛下所谕,臣当钦遵不忘。兵法云'亲而离之'①,况闻二贼素来彼此猜忌,实不相亲。目前用兵,也就是要将他们分别围剿,各个歼灭。至于应如何迅速进兵,方为妥当,臣今日尚难预度。容臣星夜驰至襄阳,审度情势,然后条上方略,方合实际。"

崇祯说："先生驰赴襄阳,对剿灭献贼之事,朕不十分担忧。朕方才所谕,是要先生对闯贼内部用间。倘能使闯贼内部火并,诱使其手下大头领叛闯反正或杀闯献功,此系上策。不然,闯贼善于团结党羽,笼络人心,凭险顽抗,而秦军士老兵疲,何日能剿灭这股凶贼?要用间,要用间。"

杨嗣昌赶快说："皇上英明天纵,烛照贼情。臣至襄阳,当谨遵皇上所授方略,对闯贼部下设计用间。目前也只有这着棋,能致闯贼死命。至于如何用间,臣已有了主意。"

"先生有何好的主意?"

"闯贼原有一个总管名叫周山,前年反正,颇具忠心,时思报效朝廷,现在曹变蛟军中,驻防山海关附近。俟臣到襄阳之后,如就近无妥人可用,即檄调周山去襄阳。臣询明贼中实情,面授机宜。"

崇祯点头说："好,好。卿还有什么需要?"

杨嗣昌奏道："从前贼势分散,故督饷侍郎②张伯鲸驻在池州③,以便督运江南大米。今官军云集于川、楚交界与陕西南部,距离池州甚远。请命督饷侍郎移驻湖广用兵之地,方好办事。"

"卿说得是,即叫兵部办理。"崇祯说毕,向傅宗龙望了一眼。

杨嗣昌又说："左良玉虽然战败,但其人有大将之才,他麾下的

---

① 亲而离之——语见《孙子·计篇》。意思是说:敌人若内部团结,就设计离间他们。
② 督饷侍郎——明末朝廷因军事需要,专设一兵部侍郎,负责督运军饷,称为督饷侍郎。
③ 池州——今安徽贵池县。

兵也还可用。乞皇上格外施恩,封他为'平贼将军'①,以资鼓励。"

崇祯对左良玉本来很不满意,甚至暗中怀恨,但是他立刻表示同意说:"可以,就封他为'平贼将军',以资鼓励。"

杨嗣昌又提出些关于调兵遣将的问题,凡是他所请求的,崇祯无不同意。多少年来,崇祯对督师大臣从没有像这样宠信,言听计从。杨嗣昌最后说:

"臣闻古者大臣出征,朝闻命夕即上道。一应随从、厩马、铠仗等项,均望各主管衙门从速发给,俾微臣不误启程。"

崇祯十分高兴地说:"卿能如此,朕复何忧!所需一切,朕即谕各有司即日供办。"

这时已经有二更多天。诸大臣向崇祯叩了头,由太监提着宫灯引导退出。崇祯把新的希望寄托在杨嗣昌身上,含着微笑,乘辇往坤宁宫去。

崇祯心头上的一股欣慰情绪并没有持续多久。尽管他还不到三十岁,但治理国家已经有十二年了。十二年中无数的挫折给了他相当多的痛苦经验,使他对任何事不敢抱十分希望,现在对杨嗣昌的督师也是如此。在坤宁宫坐下以后,他一面同周后说话,一面继续想着杨嗣昌的受命督师,于欣慰中不免发生了疑虑和担忧。可是不指望杨嗣昌又能够指望谁呢?

过了一天,崇祯下旨恢复杨嗣昌原来的品级,赐他精金百两,做袍服用的大红纻丝表里②四匹,斗牛衣③一件,赏功银四万两,银

---

① 平贼将军——明朝总兵官是武一品,在官阶上不能再提升。如作重大奖励,或封侯、伯等爵位,或荫其子孙,或给予某种将军称号。某种将军称号虽非爵位,也不能世袭,但因为不易获得,所以被视为特殊荣誉。"平贼将军"称号在正德七年(公元1512年)给过仇钺一次。
② 纻丝表里——纻丝就是缎子。表里指袍面子和袍里子。
③ 斗牛衣——补子上绣着斗、牛两星宿图案的蟒袍。

牌一千五百个,纻丝和绯绢各五百匹,发给"督师辅臣"银印一颗,饷银五十万两。宫廷和主管衙门办事从来没有像这样迅速,崇祯本人也很少像这般慷慨大方。杨嗣昌深深明白皇上对湖广和陕西军事有多么焦急,而对他的期望是多么殷切。他当天就上疏谢恩和请求陛辞,并于疏中建议七条军国大计。

崇祯对他的建议全部采纳,当晚派遣太监传旨:明天中午皇上在平台赐宴,为他饯行。

第二天是九月初四。

午时一刻,杨嗣昌由王德化引进平台后殿,在鼓乐声中随着鸿胪寺官的鸣赞向皇帝行了常朝礼。光禄寺官在殿中间摆了两席:一席摆在御案上,皇帝面向南坐;一席摆在下边。杨嗣昌又一次跪下叩头谢宴,然后入席,面向北坐。崇祯拿着自己面前的玉斝举一举,表示向督师辅臣敬酒。杨嗣昌离开座位,跪在地上,双手捧着自己的酒杯,毕恭毕敬地送到唇边,轻轻地呷了一下,不敢认真喝下去,却把酒浇在地上,哽咽说:"谢万岁皇恩!"音乐停止了。崇祯问了几句关于他启程的话,又吩咐太监敬他三次酒。王德化望望皇帝,转向鸿胪寺官使个眼色。鸿胪寺官走出殿门,说声"奏乐!"随即殿庑下又奏起来了庄严的音乐。

杨嗣昌不知为什么又突然奏乐,赶快站立起来,离席垂手躬身而立。

一个小太监双手捧着一个很大的黄绫云龙长盒,走到他的面前站住,用眼睛向他示意,王德化尖声说:

"杨嗣昌赶快谢恩!"

杨嗣昌忽然明白,赶快跪下去叩头谢恩,山呼万岁,然后捧接锦盒。

崇祯说:"先生出征,朕写诗送行,比卿为周之方叔[①]、汉之亚

[①] 方叔——周宣王时的大臣,曾经平了荆蛮(长江流域的一个部族)的叛乱。

夫①。愿先生旌麾所指,寇氛尽消,不负朕的厚望。"

杨嗣昌又一次叩头谢恩,山呼万岁,用颤抖的双手打开锦盒,取出御制诗。旁边的太监替他捧住锦盒。他将一卷正黄描金云龙蜡笺展开,上有崇祯亲题七绝一首,每字有两寸见方,后题"赐督师辅臣嗣昌"七个字,又一行字是"大明崇祯十二年己卯九月吉日"。蜡笺上盖有"崇祯御笔"和"表正万方之宝"两颗篆体阳文朱印。杨嗣昌颤声朗诵:

> 盐梅②今去作干城,
> 上将威严细柳营。
> 一扫寇氛从此靖,
> 还期教养遂民生。

朗诵毕,杨嗣昌一边拜,一边流泪,却哽咽得说不出一句话来。

赐过御诗后,赐宴的仪式就算完毕,撤去酒肴。光禄寺和鸿胪寺的官员们首先退了出去。随即崇祯挥一下手,使太监们也退出去。他叫杨嗣昌坐近一点,声调沉重地说:

"目今万不得已,朕只好让先生远离京城。剿贼成败,系于先生一身。不知先生临行前还有何话要对朕说?"

杨嗣昌站起来说:"臣以庸材,荷蒙知遇,受恩深重,惟有鞠躬尽瘁以报陛下。然臣一离国门,便成万里;有一些军事举措,因保机密,难使朝廷尽知,不免蜚语横生,朝议纷然,掣臣之肘。今日臣向陛下辞行,恳陛下遇朝议掣肘时为臣做主,俾臣得竭犬马之力,克竟全功。"

"本朝士大夫习气,朕知之最悉。先生可放心前去,一切由朕

---

① 亚夫——即周亚夫,西汉名将,文帝时防御匈奴,驻军咸阳细柳地方,称为细柳营。景帝时他又带兵平七国之乱。
② 盐梅——上古时调味品很简单,主要靠盐和梅子。在醋发明之前,想吃酸味,就加点梅子进去。据说殷高宗命傅说为相时就拿盐和梅两种东西比贤相的重要。

做主。"

杨嗣昌又说:"兵法云:'兵贵胜,不贵久。''夫兵久而国利者,未之有也。'然以今日情势而言,欲速胜恐不甚易。必须使官军先处于不败之地,而后方可言进剿,方可言将逆贼次第歼灭。"

"如何方能使官军先处于不败之地?"

"目前官军将骄兵惰,如何能以之制贼?微臣此去,第一步在整肃纪律,使三军将士不敢视主帅如无物,以国法为儿戏,然后方可以显朝廷之威重,振疲弱之士气,向流贼大举进剿。"

崇祯点头说:"正该如此。"

杨嗣昌又奏:"襄阳控扼上游,绾毂数省,尤为豫楚咽喉,故自古为军事重镇,为兵家所必争。万一襄阳失,则不惟豫、楚大局不堪设想,甚且上而川、陕,下而江南,均将为之震动。臣到襄阳后,必先巩固此根本重地,然后进剿。总之,目前用兵,志欲其速,步欲其稳,二者兼顾,方为万全。至于其他详细安排,俟臣到襄阳后再为条陈。"

"先生说的很是。以目前剿贼军事说,湖广的襄阳确是根本重地,十分要紧。"崇祯用手势使杨嗣昌坐下,停一停,又说:"得先生坐镇襄阳,指挥剿贼,朕稍可放心。只是东虏势强,怕他不待我剿贼成功,又将大举入犯。"

"是,臣所虑者也正在此。"

"倘若东虏入犯,如何是好?"

"辽东各地,北至黑龙江外,皆祖宗土地,满洲亦中国臣民。只因万历季年,朝廷抚驭失策,努尔哈赤奋起为乱,分割蚕食,致有今日。以臣愚见,抚为上策。只有对东虏用抚,羁縻一时,方能专力剿贼。俟流贼剿除,国家再养精蓄锐,对满洲大张挞伐不迟。"

"我看傅宗龙未必能担此重任。"

"臣之所以荐傅宗龙任本兵,只是因为他熟知军旅,非为议抚着想。若将来对东虏议抚,陈新甲可担此重任。陈新甲精明干练,实为难得人才。"

"卿当时何不荐陈新甲担任本兵?"

"陈新甲资望较浅,且非进士出身,倘若即任本兵,恐难免招致物议。现新甲已任总督,稍历时日,皇上即可任他做本兵了。"

崇祯点头说:"过些时朕用他好了。至于东虏方面,朕以后相机议抚。望先生专意剿贼,不必分心。流贼为国家腹心之忧,千斤重担都在先生肩上。"

杨嗣昌离开座位,跪下叩头说:"臣世受国恩,粉身不足为报。此去若剿贼奏捷,则朝天有日;若剿贼无功,臣必死封疆,决不生还。"

这"必死"二字说得特别重,连站在殿外的太监们都听得清楚。崇祯的脸色灰白,又一次在心上起了个不吉的预感。停了片刻,他说:

"已令大臣们明日在国门外为卿饯行。朕等待卿早日饮至①,为劳旋之宴。"

杨嗣昌辞出以后,崇祯命太监把今日御宴上所用的金银器皿统统赐他,另外还赐他宫中所制的御酒长春露和长寿白各一坛。如今他把"剿灭流贼"、拯救危局的希望全放在杨嗣昌的身上了。

赐宴的次日清早,杨嗣昌进宫陛辞,随即带着大批僚属、幕宾、卫队、奴仆,前呼后拥地启程。文武百官六品以上由首辅薛国观率领着在广宁门外真空寺等候。这座寺庙虽然算不得十分壮丽,但在明代后期也大有名气。世宗嘉靖皇帝从湖广钟祥来北京继承皇位,群臣就是在这里接驾。供嘉靖临时休息的黄缎帐殿设在寺的西边。万历六年六月,大学士张居正由故乡回京,皇帝在寺内赐

---

① 饮至——古时皇帝慰劳将帅凯旋的隆重典礼。

宴。今天文武大臣奉旨郊饯督师辅臣，仍用这个有历史意义的地方，使人特别感觉着皇恩隆厚，意义重大。因为文武大臣人数众多，在偌大的一座寺院中临时搭起了布棚，摆满了桌椅。寺门外，车、马、轿子、各色执事人等，兵丁和奴仆，像赶会似的，沿大路两旁两三里长的地方填得满满的。杨嗣昌的轿子一到，三品以下官在寺门外半里远的地方躬身肃立迎接，首辅、众阁臣、六部尚书和侍郎，都察院左右都御史以及所有三品以上官都在山门外边迎接。杨嗣昌距寺门半里远，在三声礼炮和鼓乐声中下轿，对那班三品以下官拱手还礼，以示谦逊，然后重新上轿，直抬到山门外边。

因为是钦命百官为他饯行，所以杨嗣昌在寺院中先向北叩头谢恩，然后入席就座。他说了几句逊谢的话，就由薛国观等大臣率领全体文武同僚敬酒三杯。从今天郊饯仪式的隆重和所到文武大臣人数的众多，充分表现出朝廷对杨嗣昌此行特别重视，好像国运能否中兴都系于他的一身。尽管有人对他的成功不敢完全相信，但在此时此地也只能举起杯来向他说几句恭维的话。为着杨嗣昌王命在身，酒宴并没有拖延多久。他望着北京城"叩谢天恩"，然后向大家辞别，上轿登程，向卢沟桥方向奔去。

此处属宛平县境，所以宛平知县事先赶来，率领城中士绅，在东门外道旁跪接，俯伏在地，不敢仰视。杨嗣昌在轿中没有理会，只隔着亮纱窗向他们瞟了一眼。等他的幕僚们骑着马跟着他的轿子都过去以后，这一群地方官绅才从飞腾的黄尘中站立起来。他们平生第一次看见以内阁辅臣之尊出京督师，想着大概在军事上会有转机了。

几百幕僚、家人和护卫兵丁簇拥着督师辅臣的绿呢八抬大轿，像一阵风似的穿城而过。到了卢沟桥上，杨嗣昌吩咐停轿。一个家人趋前一步，替他打开轿帘。他从轿中走出，靠着栏杆，把右手放在一只石狮子头上，遥望西山景色。他是很迷信风水的，不免感慨地在心中问道:"看,这一道龙脉从山西奔来,千里腾涌,到北京结了穴,郁郁苍苍,王气很盛,故历金、元和本朝都以北京为建都之地,难道如今这王气竟暗暗消尽了么?不然何以国运如此不振?"向西山一带望了一阵,他把头转过来,怀着无限的依恋心情,向北京的方向望去,在树色和尘埃中,似乎隐隐约约地望见了北京城头,还有一个在远树梢上耸出的雄伟影子,大概是广宁门的城楼。这些灰暗的影子后边是几缕白云。他想象着紫禁城应该在白云下边。忽然想到自己出来督师"剿贼",也许永远不能再回京师,不能再看见皇上。想到这里,他不禁满怀凄怆,随即向身旁的家人吩咐:

"伺候上轿!"

杨嗣昌沿路不敢耽搁,急急赶路。轿夫们轮流替换,遇到路途坎坷的地方他就下轿乘马。每日披着一天星星启程,日落以后方才驻下。每隔三天,他就向朝廷报告一次行程。自来宰相一级的大臣出京办事,多是行动迟缓,沿途骚扰,很少像他这样。所以单看他离京以后"迅赴戎机"的情形,满朝文武都觉得他果然不同,就连平日对他心怀不满的人也不能不认为他到襄阳后可能把不利的军事局面扭转。至于崇祯,他平日就认为杨嗣昌忠心任事,很有作为,如今每次看见杨嗣昌的路上奏报,感到很大欣慰。

当时从北京去襄阳的官道是走磁州、彰德、卫辉、封丘、开封、朱仙镇、许昌、南阳和新野。他在开封只停留半天,给地方长官们发了一道檄文,晓谕朝廷救民水火的"德意",勉励大家尽忠效力。二十九日夜间到了襄阳,以熊文灿的总理行辕作为他的督师辅臣行辕。在他从开封奔赴襄阳的路上,他用十万火急的文书通谕湖广巡抚、郧阳巡抚以及在荆、襄、郧阳和商州一带驻防的统兵大员,包括总兵、副将和监军,统统于九月底赶到襄阳会议,并听他面授机宜。这些火急文书都交给地方塘马以接力的方法日夜不停地飞马传送。宁可跑死马匹,文书不许在路上滞留。这些被召集的文官武将,除少数人因驻地较远和其他特殊原因外,接到通知后都不敢怠慢,日夜赶路,奔赴襄阳。一般的都能够提前到达,来得及在樊城东郊十五里的张家湾恭迎督师。从这件事可以看出来杨嗣昌以辅相之尊,加上为天子腹心之臣,出京后先声夺人,说出的话雷厉风行。

倘若是别的大臣,经过二十多天披星戴月的风尘奔波,到襄阳后一定要休息几天。但是杨嗣昌不肯休息,到襄阳的第二天就召见了湖广巡抚和其他几个大员,详询目前军事和地方情形,并且阅览了许多有关文书。仅仅隔了一天,他就在行辕中升帐理事。从他到襄阳的这一天起,明朝末年的国内战争史揭开了新的一章。

第 六 章

按照古老风俗,十月初一是一个上坟的节日。襄阳家家户户,天色不明就焚烧冥镪、纸钱和纸剪的寒衣。城内城外,这儿那儿,不时发出来悲哀哭声。但是督师行辕附近,前后左右的街巷非常肃静。自从杨嗣昌到了襄阳,这一带就布满岗哨,不许闲人逗留,也不许有叫卖声音。今天因为要召开军事会议,更加戒备森严,实行静街,断绝行人往来。那些靠近行辕的居民,要出城扫墓的只好走后门悄悄出去;想在家中哭奠的,也不敢放声大哭。

辕门外,官兵如林,明盔亮甲,刀枪剑戟在平明的薄雾中闪着寒光。一对五六丈高的大旗杆上悬挂着两面杏黄大旗,左边的绣着"盐梅上将",右边的绣着"三军督司",这都是在一天一夜的时间中由裁缝们赶制成的。另外,辕门外还竖立着两行旗,每行五面,相对成偶,杆高一丈三尺,旗方七尺,一律是火焰形杏黄旗边,而旗心是按照五方颜色。每一面旗中心绣一只飞虎,按照所谓五行相生的道理规定颜色,例如代表东方的旗帜是青色,而中间的飞虎则绣为红色,代表南方的则是红旗黄飞虎,如此类推。这十面旗帜名叫飞虎旗,是督师行辕的门旗。这一条街道已经断绝百姓通行,连文武官员的马匹也都得离辕门左右十丈以外的地方停下。

咚咚咚三声炮响,辕门大开。从辕门到大堂,是深深的两进大院,中间一道二门。二门外站着八个卫士;从二门里到大堂阶下,宽阔的石铺甬路两旁也站着两行侍卫。两进院子里插着许多面颜色不同、形式各别的军旗,按照五行方位和二十八宿的神话绣着彩色图案。二门外石阶下,紧靠着左边的一尊石狮子旁树了一面巨大的、用墨绿贡缎制成的中军坐纛,镶着白绫火焰形的边;旗杆上杏黄缨子有五尺长,上有缨头,满缀珠络为饰;缨头上露出银枪。大纛的中心用红色绣出太极图,八卦围绕,外边是斗、牛、房、心等等星宿。大堂名叫白虎堂,台阶下竖两面七尺长的豹尾旗①,旗杆头是一把利刃。这是军机重地的标志。门外竖了这种旗子,大小官员非有主将号令不许擅自入内,违者拿办。在明朝末年,主帅威令不行,军律废弛,成了普遍情形。所以杨嗣昌今天开始升帐理事就竭力矫正旧日积弊,预先指示僚属们认真做了一番布置,以显示督师辅臣的威重,使被召见的文官武将们感觉到这气象和熊文灿在任时大不相同,知所畏惧。

第一次鸣炮后,文武大员陆续进入辕门,在二门外肃立等候。郧阳巡抚和商洛地区的驻军将领都因路远没有赶到,如今来到的只有驻在二百里以内的和事先因公务来到襄阳的文武大员。第二次炮响之后,二门内奏起军乐。杨嗣昌身穿二品文官仙鹤补服,腰系玉带,头戴乌纱帽,在一大群官员的簇拥中从屏风后缓步走出。他在正中间围有红缎锦幛的楠木公案后边坐下,两个年轻而仪表堂堂的执事官捧着尚方剑和"督师辅臣"大印侍立两旁,众幕僚也分列两旁肃立侍候。承启官走到白虎堂前一声传呼,二门内应声如雷。那等候在二门外的文武大员由湖广巡抚方孔昭领头,后边跟着监军道、总兵、副将和参将等数十员,文东武西,分两行鱼贯而入。文官们按品级穿着补子公服,武将们盔甲整齐,带着弓箭和宝剑。文武大员按照品级,依次向杨嗣昌行了报名参拜大礼,躬身肃立,恭候训示。

杨嗣昌没有马上训话,也没让大家就座。因为今天是十月朔

---

① 豹尾旗——长条形,上绣花纹,像豹子尾巴一样。

日,他先率领全体文武向北行四拜贺朔①礼,然后才命文武官员就座。军乐声停止了。白虎堂中和院中寂静异常。杨嗣昌拈拈胡须,用炯炯目光向大家扫了一遍,随即慢慢地站起来。所有文武大员都跟着起立,躬身垂手,屏息无声,静候训示。杨嗣昌清一下喉咙,开始说话,他首先引述皇帝的口谕,把大家的剿贼无功训诫一顿,语气和神色十分严峻,然后接着说:

"本督师深荷皇上厚恩,畀以重任,誓必灭贼。诸君或世受国恩,或为今上所识拔,均应同心勠力,将功补过,以报陛下。今后剿贼首要在整肃军纪,有功必赏,有罪必罚。如有玩忽军令、作战不力者,本督师有尚方剑在,副将以下先斩后奏,副将以上严劾治罪,决不宽贷!"

众将官震惊失色,不敢仰视。杨嗣昌又训了一阵话,无非勉励大家整饬军纪,为国尽忠,救百姓于水火之中,成国家中兴之业,等等。关于今后作战方略,他只说为机密起见,随后分别训示。全体到会的文武大员都对杨嗣昌的辅臣气派和他的训话留下深刻印象,感到畏惧,也感到振奋。训话毕,杨嗣昌又用威重的眼光向大家扫了一遍,吩咐大家下去休息,等候分别传见,然后离开座位,向大家略一拱手,在幕僚们的簇拥中退回内院。众文武大员躬身叉手相送,等他走了以后才从白虎堂中依次肃然退出。大家不敢离开督师行辕,等候传见。过了片刻,只见承启官走出白虎堂高声传呼:

"请湖广镇总兵左大人!"

总兵左良玉是辽东人,今年三十九岁,体格魁梧,紫铜色面皮。十年以前,他在辽东做过都司,因在路上劫了国家运往锦州的军资,犯法当斩。同犯丘磊是他的好朋友,情愿牺牲自己救活他,独

---

① 贺朔——文武官员,逢每月初一向皇帝行礼致贺,叫做贺朔。

自把罪案承担下来。左良玉由主犯变为从犯,挨了二百军棍被革职了。过了很久,无事可做,他跑到昌平驻军中做了一名小校。由于他的武艺、勇敢和才干样样出众,渐渐地被驻守昌平的总兵官尤世威所赏识。崇祯四年八月,清兵围攻大凌河①很急,崇祯诏昌平驻军星夜赴援。当时侯恂②以兵部侍郎衔总督昌平驻军,守护陵寝,并为北京的北面屏障。接到上谕后,侯恂苦于找不到一个可以胜任率兵赴援的人。只有尤世威久历战阵,但昌平少不得他。他正在无计,尤世威向他保荐左良玉可以胜任,只是左良玉目前是个小校,无法统率诸将。侯恂说:"如果左良玉真能胜任,我难道不能破格替他升官么?你去告他说,就派他统兵前去!"

当天夜里,尤世威亲自到左良玉住的地方找他。他一听说总兵大人亲自来了,以为是逮捕他的,大惊失色,对自己说:"糟啦,一准是丘磊的事情败露啦!"他想逃走已经来不及,慌忙藏到床下。尤世威用拳头捶着门,大声说:

"左将军,你的富贵来啦,快拿酒让我喝几杯!"

左良玉觉得很奇怪,从来不曾梦想到有朝一日会有人称他将军。开门以后,尤世威把事情的经过对他说了,他仍然手足无措,战栗不止,过了片刻才稍稍镇定下来,扑通跪到尤世威面前。尤世威也跪下去一条腿,把他搀起来。恰在这时,侯恂亲自来了。

第二天早晨,侯恂在辕门内大集诸将,当着众将的面以三千两银子给左良玉送行,又赐他三杯酒,一支令箭,说道:

"这三杯酒是我以三军交将军,给你一支令箭如同我亲自前去。"他又望着出征的将领说:"你们诸位将军一定要听从左将军的命令,他今天已经升为副将,位在诸将之上。我保荐左将军的奏本,昨夜就拜发了。"

---

① 大凌河——指大凌河城,在辽宁锦州东北数十里处,为明朝山海关外的军事重镇。
② 侯恂——河南商丘人,字若谷,即侯方域的父亲。

左良玉出辕门时向侯恂跪下去,用头叩着石阶,发誓说:"我左良玉这次去大凌河倘若不能立功,就自己割掉自己脑袋!"

他率领几千将士驰赴山海关外,在松山和杏山①打了两次胜仗。不过一年多的时光,他从一个有罪的无名小校爬上总兵官的高位。最近几年他一直在黄河以南和长江以北的广大中国腹地同农民军作战,尤其河南和湖广两省成了他主要的活动地区。自从曹变蛟随洪承畴出关以后,在参加对农民军作战的总兵官中,以他的兵力最强,威望最高。因此,尽管平素十分骄横,军纪很坏,扰害百姓,杀良冒功,两个月前又在罗猴山打了败仗,贬了三级,但杨嗣昌仍不得不把希望指靠在他的身上,所以离京前请求皇上封他为"平贼将军",而今天首先召见的也是他。

承启官引着左良玉穿过白虎堂,又穿过一座大院,来到一座小院前边。小院的月门外站着两个手执宝剑的侍卫,刚才插在白虎堂阶前的豹尾旗已经移到此处。从月门望进去,竹木深处有一座明三暗五的厅堂,虽不十分宏敞,却是画栋雕梁,精致异常。堂前悬一朱漆匾额,上有熊文灿手书黑漆"节堂"二字。左良玉对于自己的首被召见,既感到不胜宠荣,又不免提心吊胆。在熊文灿任总理时,这地方他来过多次,但现在来竟异乎寻常地心跳起来。忽听传事官传报一声:"左镇到!"随即从节堂中传出一声"请!"一位中军副将自小院中迎出,而另一位侍从官赶快打起节堂的猩红缎镶黑边的夹板帘。左良玉紧走几步,一登上三层石阶就拱着手大声禀报:"湖广总兵左良玉参见阁部大人!"进到门里,赶快跪下行礼。

杨嗣昌早已决定要用"恩威兼施"的办法来驾驭像左良玉这样的悍将,所以对他的行大礼并不谦让,只是站起来拱手还礼,脸孔上略带笑容。等左良玉行过礼坐下以后,杨嗣昌先问了问近来作战情况,兵额和军饷的欠缺情况,对一些急迫问题略作指示,然后

---

① 松山和杏山——松山指松山堡,在锦县南。杏山指杏山驿,在锦县西南。

用略带亲切的口气叫道：

"昆山①将军！"

左良玉赶快起立，叉手说："不敢，大人。"

"你是个有作为的人，"杨嗣昌继续说，也不让左良玉坐下，"所以商丘侯先生拔将军于行伍之中，置之统兵大将之位，可谓有识人之鉴。不过自古为大将者常不免功多而骄，不能振作朝气，克保令名于不坠。每览史书，常为之掩卷叹息。今日正当国家用人之时，而将军亦正当有为之年。日后或封公封侯，名垂青史，或辜负国恩，身败名裂，都在将军自为。今上天纵英明，励精图治，对臣工功过，洞鉴秋毫，有罪必罚，不稍假借，想为将军所素知。罗猴山之败，皇上十分震怒，姑念将军平日尚有战功，非其他怯懦惜死的将领可比，仅贬将军三级，不加严罚，以观后效。本督师拜命之后，面奏皇上，说你有大将之才，兵亦可用，恳皇上格外降恩，赦免前罪，恢复原级，并封你为平贼将军，已蒙圣上恩准。在路上本督师又上疏题奏，想不久平贼将军印即可发下。将军必须立下几个大功，方能报陛下天覆地载之恩，也不负本督师一片厚望。"

左良玉跪下叩头说："这是皇上天恩，也是阁部大人栽培。良玉就是粉身碎骨，也难报答万一。至于剿贼的事，末将早已抱定宗旨：有贼无我，有我无贼。一天不把流贼剿灭干净，末将寝食难安。"

"昆山请起。请坐下随便叙话，不必过于拘礼。"

"末将谢座！"

杨嗣昌接着说："将军秉性忠义，本督师早有所闻。若谷先生不幸获罪，久系诏狱。听说昆山每过商丘，不避嫌疑，必登堂叩拜太常卿碧塘老先生②请安，执子弟礼甚恭。止此一事，亦可见将军

---

① 昆山——左良玉的字。上级长官称部属的字，表示亲切和客气。
② 碧塘老先生——侯恂的父亲名执蒲，字碧塘，天启时官太常卿，因忤魏忠贤罢归。

忠厚,有德必报,不忘旧恩。"

左良玉回答说:"倘没有商丘侯大人栽培,末将何有今日。末将虽不读诗书,但听说韩信对一饭之恩尚且终身不忘,何况侯府对末将有栽培大恩。"

杨嗣昌点点头表示赞许,捋须微笑说:"本督师与若谷先生是通家世交。听说若谷先生有一位哲嗣名方域,表字朝宗,年纪虽轻,诗文已很有根柢。昆山可曾见过?"

"三年前末将路过商丘,拜识这位侯大公子。"

"我本想路过河南时派人去商丘约朝宗世兄①来襄阳佐理文墨,后来在路途上听说他已去南京,殊为不巧。"停了片刻,杨嗣昌忽然问道:"据将军看来,目前剿贼,何者是当务之急?"

"最要紧的是足兵足饷。"

杨嗣昌又问:"足兵足饷之外,何者为要?"

"武官不怕死,文官不爱钱。"

杨嗣昌明白左良玉所说的文官爱钱是对熊文灿等有感而发,轻轻点头,说:"昆山,你说是'武官不怕死,文官不爱钱',确是十分重要,但还只是一个方面。依我看来,目前将骄兵惰,实为堪虑。倘若像今日这样,朝廷威令仅及于督抚,而督抚威令不行于将军,将军威令不行于士兵,纵然粮饷不缺,岂能济事?望将军回到防地之后,切实整顿,务要成诸军表率,不负本督师殷切厚望。倘能一扫将骄兵惰积习,使将士不敢以国法为儿戏,上下一心,勠力王事,纵然有一百个张献忠,一千个李自成,何患不能扑灭!"

当杨嗣昌说到"望将军回到防地之后"这句话时,左良玉赶快垂手起立,心中七上八下。等杨嗣昌的话一完,他赶快恭敬地回答说:

"末将一定遵照大人钧谕,切实整顿。"

---

① 世兄——明清时期,士大夫对通家子侄的客气称呼。

"将军年富力强,应该趁此时努力功业,博取名垂青史。一旦剿贼成功,朝廷将不吝封侯之赏。"

左良玉听了这几句话大为动容,诺诺连声,并说出"誓死报国"的话。他正等待杨嗣昌详细指示作战方略,却见杨嗣昌将茶杯端了一下,说声:"请茶!"他知道召见已毕,赶快躬身告辞。杨嗣昌只送到帘子外边,略一拱手,转身退回节堂。

回到公馆以后,左良玉的心中又欣喜又忐忑不安。他知道朝廷和杨嗣昌在剿贼一事上都得借重他,已经封他为"平贼将军",并且杨阁部特别提到与商丘侯家是通家世谊,显然是表示对他特别关心和亲近的意思,这一切都使他感到高兴。但是他同时想到,杨嗣昌与熊文灿确实大不相同,不可轻视,而自己的军队纪律不好,平日扰害百姓,杀良冒功,朝廷全都晓得,倘再有什么把柄落在阁部手里,岂不麻烦?他吩咐家人安排家宴庆贺受封平贼将军,却没有把自己的担心流露出来。

左良玉离开节堂以后,杨嗣昌匆匆地分批召见了巡抚方孔昭、几位总兵、监军、副将和十几位平日积有战功的参将,其余的大批参将全未召见。午饭后,他稍作休息,便坐在公案边批阅文书。传事官在节堂门外踌躇一下,然后掀帘进来,到他的面前躬身禀道:

"方抚台同各位大人、各位将军前来辕门辞行,大人什么时候接见?"

杨嗣昌嗯了一声,从文书上抬起头来,说:"现在就接见,请他们在白虎堂中稍候。"

这班来襄阳听训的文武大员,从前在熊文灿任总理时候也常来襄阳开会和听训,除非军情十分紧急,会后总要逗留一些日子,有家在此地的就留在家中快活,无家的也留在客馆中每日与同僚们召妓饮酒,看戏听曲,流连忘返。有些副将以下的官在襄阳玩够了,递手本向总理辞行,熊文灿或者不接见,或者在两三日以后传见。由于上下都不把军务放在心上,那些已经辞行过的,还会在襄阳继续住几天才动身返回防地。杨嗣昌一到襄阳就知道这种情形,所以他在上午分批接见文武大员时就要大家星夜返防,不得任意在襄阳逗留。

全体文武大员由巡抚方孔昭率领,肃静地走进白虎堂,分两行坐下等候。他们根据官场习气,以为大概至少要等候半个时辰以上才能够看见杨嗣昌出来,没想到他们刚刚坐定,忽然听见一声传呼:"使相①大人驾到!"大家一惊,赶快起立,屏息无声。杨嗣昌身穿官便服,带着几个幕僚,仪态潇洒地从屏风后走了出来。就座以后,他嘱咐大家固守防地,加紧整顿军律,操练人马,以待后命。话说得很简单,但清楚、扼要、有力。随即他叫左右把连夜刻版印刷成的几百张告示拿出,分发众文官武将带回,各处张贴。这份告示的每个字几乎有拳头那么大,内容不外乎悬重赏擒斩张献忠和李自成,而对于罗汝才则招其投降。众将官接到告示,个个心中惊奇和佩服。一退出白虎堂,大家就忍不住窃窃私语,说阁部大人做事真是雷厉风行,迅速万分。等他们从行辕出来,看见各衙门的照壁上、十字街口、茶馆门外、城门上,已经到处粘贴着这张告示,老百姓正在围观。

杨嗣昌回到节堂里同几个亲信幕僚研究了襄阳的城防问题,日头已经平西了。他决定趁着天还不晚,也趁着襄阳百姓还不认识他的面孔,亲自去看一看襄阳城内的市容,看一看是否有许多散兵游勇骚扰百姓,同时也听一听百姓舆论。幕僚们一听说他要微服出巡,纷纷劝阻。有的说恐怕街巷中的秩序不很好,出去多带人暗中护卫则不机密,少带人则不安全。有人说他出京来一路上异

---

① 使相——唐、宋两朝,皇帝常派宰相职位的文臣出京作统帅或出镇一方,称为使相。"使"是节度使的简称。明朝官场中也沿用使相这个词称呼那些以辅臣身份督师的人。

常劳累,到襄阳后又不曾好生休息,劝他在行辕中休息数日,以后微服出巡不迟。但是杨嗣昌对大家摇头笑笑,回答说:

"嗣昌受恩深重,奉命督师剿贼,原应鞠躬尽瘁,岂可害怕劳累。《诗》不云乎?'王事靡盬,不遑启处。'①今日一定要亲自看看襄阳城内情形,使自己心中有数。"

他在家人服侍下脱去官便服,换上一件临时找来的蓝色半旧圆领湖绉绿绵袍,腰系紫色丝绦,戴一顶七成新元青贡缎折角巾,前边缀着一块长方形轻碧汉玉。这是当时一般读书人和在野缙绅的普通打扮,在襄阳城中像这样打扮的人物很多。只是杨嗣昌原是大家公子出身,少年得志,加上近几年又做了礼、兵二部尚书,东阁大学士,位居辅臣,这种打扮也掩盖不住长期养成的雍容、尊贵与威重气派。他自己对着一面大铜镜看一看,觉得不容易遮掩百姓眼睛,而亲信幕僚们更说不妥。他们在北京时就风闻熊文灿任总理时候,襄阳城内大小官员和地方巨绅都受了张献忠的贿赂,到处是献忠的细作和坐探,无从查拿,所以他们很担心杨嗣昌这样出去会露出马脚,万一遇刺。杨嗣昌随即换上了仆人杨忠的旧衣帽,把这一套衣帽叫杨忠穿戴。他们悄悄地出了后角门,杨忠在前他在后,好像老仆人跟随着年轻的主人。杨忠清秀白皙,仪表堂堂,顾盼有神,倒也像是个有身份的人。中军副将和四名校尉都作商人打扮,暗藏利刃,远远地在前后保护。杨忠也暗藏武器。杨嗣昌走过几条街道,还走近西门看了一阵。他看见街道上人来人往,相当热闹。虽然自从他来到后已经在重要街口加派守卫,并有马步兵丁巡逻,但街上三教九流,形形色色,仍很混杂;有一条巷子里住的几乎全是妓女,倚门卖俏,同过往的行人挤眉弄眼;城门盘查不严,几乎是随便任人出进。这一切情形都使杨嗣昌很不满意。他

---

① 王事靡盬,不遑启处——语出《诗经》,意译就是:"君王的差事没办完,忙得我起坐不暇。"盬,音 gǔ。

想,襄阳是剿贼根本重地,竟然如此疏忽大意,剿贼安能成事!

黄昏时候,杨嗣昌来到了襄阳府衙门前边,看见饭铺、茶馆和酒肆很多,十分热闹,各色人等越发混杂,还有不少散兵游勇和赌痞在这一带鬼混,而衙门的大门口没有守卫,二门口只有两个无精打采的士兵守卫,另外有两个吊儿郎当的衙役拿着水火棍。他的心中非常生气,叹息说:"熊文灿安得不败!"他决定赶快将老朽无能的现任知府参革①,在奉旨以前就便宜处置②,举荐一位年轻有为的人接任知府,协助他把襄阳布置得铁桶相似。他一边这么想着,就跟在杨忠的背后进入一家叫做杏花村的酒馆。当他们走到一张桌子边时,杨忠略微现出窘态,不知如何是好。杨嗣昌含着微笑使个眼色叫他大胆地坐在上首,自己却在下首坐定,向堂倌要了酒菜和米饭。随即,作商人打扮的中军副将和校尉们都进来了。中军副将单独在一个角落坐下,四个校尉分开两处坐下。杨嗣昌是一个十分机警的人,一坐下就偷偷地用眼睛在各个桌上瞟着,同时留心众人谈话,饮酒吃饭的客人几乎坐满一屋子,有的谈官司,有的谈生意,有的谈灾荒,而更多的人是谈阁部大人的来到襄阳督师和今天张贴出来的皇皇告示。大家都说,皇上要不是下了狠心也不会钦命杨阁部大人出京督师,又说阁部大人来襄阳后的一切作为果不寻常,看来剿贼军事从此会有转机。杨嗣昌听到人们对他的评论,暗暗感到高兴。他偶一转眼,看见左边山墙上也粘贴着他的告示,同时也看见不少人在注意那上边写的赏格,并且听见有人说:

"好,就得悬出重赏!你看这赏格:活捉张献忠赏银万两,活捉李自成赏银也是万两……"

---

① 参革——上本参奏(弹劾),给以革职处分,叫做参革。
② 便宜处置——按正常程序,知府任免须要通过吏部衙门,并在形式上要经皇帝批准。此处写杨嗣昌决定一面弹劾旧官一面举荐新官接事,这叫做便宜处置,是皇帝给的特权。给尚方剑也象征这种特权。

这杏花村酒馆是天启年间山西人开的。自从熊文灿做了"剿贼总理",驻节襄阳,杏花村生意兴隆,财源茂盛,前后整修一新,成为襄阳城内最大的一个馆子。这馆子里的大小伙计多是秦、晋两省的人。它的管账先生名叫秦荣,字华卿,是延安府安塞县人,年纪在四十五岁上下,来到此地已经十几年了。自从张献忠驻扎谷城以后,他同献忠就暗中拉上了乡亲瓜葛,这店中的堂倌中也有暗中替献忠办事的。东家一则因秦、晋二省人在外省都算同乡,二则处此乱世,不得不留着一手,所以他对秦华卿等人与献忠部下暗中来往的事只好佯装不知。当晚生意一完,关上铺板门,秦华卿就将一个年轻跑堂的叫到后院他住的屋子里,含着世故的微笑,小声问:

"今晚大客堂中间靠左边的一张桌子上曾来了两位客人,上首坐的人二十多岁,下首坐的不到五十,你可记得?"

跑堂的感到莫名其妙,带着浓重的陕北口音说:"记得,记得。你老问这两位客人是什么意思?"

秦华卿只是微笑,笑得诡秘,却不回答。跑堂的越发莫名其妙,又问:

"秦先儿,你到底为啥直笑?"

"我笑你有眼不识泰山,怠慢了要紧客官。"

"我的爷,我怎么怠慢了要紧客官?"

"你确是怠慢了要紧客官。我问你,你为什么对下边坐的那位四十多岁的老爷随便侍候,却对上首坐的年轻人毕恭毕敬?"

跑堂的笑了,说:"啊,秦先儿,你老是跟我开玩笑的!"

"我怎么是跟你开玩笑的?"

"你看,那坐在上首的分明是前日随同督师大人来的一位官员,下边坐的是他的家人。咱们从来没有看见过他们来过,所以决不是总理衙门的人。据我看,这年轻官员的来头不小,说不定就是督师大人手下的一位重要官员或亲信幕僚,奉命出来私访。要是平时出来,一定要带着成群的兵丁奴仆,岂肯只带着一个心腹老仆?就这一个老仆人,他为着遮人眼目也没作仆人看待,还让他坐在同一个桌子上吃酒哩!"

秦华卿微微一笑,连连摇头,小声说:"错了,错了!完全错了!"

跑堂的感到奇怪:"啊?难道我眼力不准?"

"你的眼力还差得远哩!"秦华卿听一听窗外无人,接着说:"今晚这两个客官,坐在上首的是个仆人,坐在下边的是他的主人,是个大官儿,很大的官儿。如果我秦某看错,算我在江湖上白混了二十年,你将我的双眼挖去。"

跑堂的摇摇头,不相信地笑着问:"真的么?不会吧。何以见得?"

"你问何以见得?好,我告诉你吧。"秦华卿走到门口,开门向左右望望,退回来坐在原处,态度神秘地说:"他们一进来,我就注意了,觉得这二位客人有点奇怪。我随即看他们选定桌子后,那年轻人迟疑一下。那四十多岁的老爷赶快使个眼色,他才拘拘束束地在上首坐下。这就叫我看出来定有蹊跷。你跑去问他们要什么菜肴,吃什么酒。那年轻人望望坐在下边的中年人,才说出来一样菜,倒是那中年人连着点了三样菜,还说出要吃的酒来。这一下子露出了马脚,我的心中有八成清楚了。等到菜肴摆上以后,我一看他们怎样拿筷子,心中就十成清楚了。我是久在酒楼,阅人万千,什么人不管如何乔装打扮,别想瞒过我的眼睛!"

跑堂的问:"秦先儿,我不懂。你老怎么一看他们拿筷子就十分清楚了?"

秦华卿又笑一笑,说:"那后生拿起筷子,将一双筷子头在桌上蹾一下,然后才去夹菜,可是那中年人拿起筷子就夹菜,并不蹾一下,这就不同!"

"我不明白。"

"还不明白?这道理很好懂。那后生虽然衣冠楚楚,仪表堂堂,却常常侍候主人老爷吃饭,侍候筵席,为着将筷子摆得整齐,自然要将筷子头在桌上轻轻蹾一下,日久成了习惯。那中年人平日养尊处优,给奴仆们侍候惯了,便没有这个习惯。再看,那后生吃菜时只是小口小口地吃,分明在主人面前生怕过于放肆,可是那中年人就不是这样,随随便便。还有,这两位客人进来时,紧跟着进来了五个人,都是商人打扮,却分作三处坐下,不断抬头四顾,眼不离那位老爷周围。等那位老爷和年轻仆人走时,这五个人也紧跟着走了。伙计,我敢打赌,这五个人分明是暗中保镖的!你想,那位四十多岁的官员究竟是谁?"

跑堂的已经感到有点吃惊,小声问:"你老的眼力真厉害,厉害!是谁?"

秦华卿说:"这位官员虽说的北京官话,却带有很重的常德口音。这,有八成是……"他凑近青年堂倌的耳朵,悄悄地咕哝出几个字。

跑堂的大惊,对他瞪大了眼睛:"能够是他么?"

"我猜有八成会是他。他要一反熊总理的所作所为,要认真做出来一番大事,好向皇上交差,所以他微服出访,亲眼看看襄阳城内情形,亲耳听听人们如何谈论!"

"啊呀,真厉害!看起来这个人很难对付!"

秦华卿淡淡一笑,说:"以后的事,自有张敬轩去想法对付,用不着你我操心。此刻我叫你来,是叫你知道他的厉害,决非熊文灿可比。听说他今天白天召见各地文武大员,十分威严。你再看,他已经悬出赏格:捉到张敬轩赏银万两,捉到李闯王也赏银万两。趁着督师行辕中咱们的人还在,你要杀一杀他的威风。你做得好,日后张敬轩会重重赏你。"

"你要我如何杀他的威风?"

秦华卿本来是成竹在胸,但是为着他的密计关系十分重大,万一考虑不周,事情败露,会使许多人,包括他自己在内,死无葬身之地,所以低下头去,紧闭嘴唇,重新思索片刻,然后对着后生的耳朵悄悄地咕哝一阵。咕哝之后,他在后生的脊背上轻拍一下,推了一把,小声说:

"事不宜迟,趁着尚未静街,去吧!"

杨嗣昌回到行辕,在节堂里同几位亲信幕僚谈了很久,大家对军事都充满乐观心情。幕僚辞出后,杨嗣昌又批阅了不少重要文书,直到三更才睡。

天不明杨嗣昌就起了床,把昨晚一位幕僚替他拟的奏疏稿子看了看,又改了几个字,才算定稿,只等天明后命书吏誊清,立即拜发。他提起笔来给内阁和兵部的同僚们写了两封书信,告诉他们他已经到了襄阳,开始视事,以及他要"剿灭流贼"以报皇上厚恩的决心。他在当时大臣中是一位以擅长笔札出名的,这两封信写得短而扼要,文辞洗练,在军事上充满自信和乐观。写毕,他把昨天张贴的告示取两份,打算给兵部和内阁都随函附去一份。他暗暗想着,悬了如此大的赏格,也许果然会有人斩张献忠和李自成二人的首级来献。他正在这么想着,又提起笔来准备写封家书,忽然中军副将进来,神色张皇地把一张红纸条放在他的面前,吃吃地低声说:

"启禀大人,请看这个……"

杨嗣昌一看,脸色大变,心跳,手颤,手中的京制狼毫精品斑管笔落在案上,浓墨污染了梅花素笺。中军拿给他看的是一个没头

招贴,上边没写别的话,只用歪歪斜斜的字体写道:

　　有斩杨嗣昌首级来献者赏银三钱

　　他从没头招贴上抬起眼睛,直直地望着中军,过了片刻,略微镇定,声色严厉地问道:

　　"你在什么地方揭到的?"

　　"大堂上、二堂上、前后院子里、厨房、厕所,甚至这节堂月门外的太湖石上,到处都贴着这种没头帖子。"

　　杨嗣昌一听说这种没头帖子在行辕中到处张贴,心头重新狂跳起来,问道:

　　"你都撕掉了么?"

　　"凡是找到的,卑职都已撕去;粘得紧,撕不掉的,也都命人用水洗去。如今命人继续在找,请大人放心。"

　　杨嗣昌惊魂未定,面上却变得沉着,冷笑说:"这还了得!难道我的左右尽是贼么?"

　　"请大人不必声张,容卑职暗查清楚。"

　　"立刻查明,不许耽误!"

　　"是,大人!"

　　"你去传我口谕:值夜官员玩忽职守,着即记大过一次,罚俸三月。院内夜间守卫及巡逻兵丁,打更之人,均分别从严惩处,不得稍存姑息!"

　　"是,大人!"

　　中军退出后,杨嗣昌想着行辕中一定暗藏着许多张献忠的奸细,连他的性命也很不安全,不胜疑惧。他又想着这行辕中大部分都是熊文灿的旧人,不禁叹口气说:

　　"熊文灿安得不败!"

　　一语刚了,仆人进来禀报陈赞画大人有紧要公事来见。杨嗣昌说声"请",仆人忙打起帘子,一位姓陈的亲信幕僚躬身进来。杨嗣昌自己是一个勤于治事的人，挑选的一些幕僚也都比较勤谨，不敢在早晨睡懒觉。但是幕僚像这样早来节堂面陈要事，却使他深感诧异。他不等这位幕僚开口，站起来问道：

"无头帖子的事老兄已经知道了？"

"知道了，大人。"

"可知道是什么人贴的？"

"毫无所知。"

"那么老兄这么早来……？"

幕僚走近一步，压低声音说："阁部大人，夜间三更以后，有几个锦衣旗校来到襄阳。"

杨嗣昌一惊："什么！要逮熊大人么？"

"是的，有旨逮熊大人进京问罪。"

"何时开读①？"

"卑职一听说锦衣旗校来到，当即赶到馆驿，请他们暂缓开读。熊公馆听说了，送了几百两银子，苦苦哀求暂缓开读。他们答应挨延到今日早饭后开读。夜间因阁部大人已经就寝，卑职未敢前来惊动。不知大人对熊大人有何言语嘱咐，请趁此刻派人前去嘱咐；一旦开读，熊大人便成罪臣，大人为避嫌起见，自此不再同熊宅来往为宜。皇上是一个多疑的人，不可不提防别人闲言。"

杨嗣昌出京前就知道熊文灿要逮京问罪，但是没想到锦衣旗校在他出京之后也跟着出京，而且也是星夜赶程。他想着皇上做得如此急速，足见对熊文灿的"剿抚两失"十分恼恨，逮进京城必斩无疑。杨嗣昌对这事不仅顿生兔死狐悲之感，而且也猜到皇上有杀鸡吓猴之意，心中七上八下，半天没有做声。熊文灿是他举荐的，如今落此下场。如果他自己将来剿贼无功，如何收场？他到襄

---

① 开读——锦衣旗校逮捕官吏时对着被捕的人宣读圣旨，叫做开读。被捕者要跪着听旨，还要叩头谢恩。

阳之后,曾同熊文灿见过一面,抱怨熊弄坏了事,现在没有别的话可再说的。过了一阵,他对幕僚说:

"皇上圣明,有罪必罚。我已经当面责备过熊大人贻误封疆,如今没有什么要嘱咐的话。"

等这位亲信幕僚退出后,他拿起那张没头帖子就灯上烧毁,决意用最迅速的办法整肃行辕,巩固襄阳,振作士气,打一个大的胜仗,以免蹈熊文灿的覆辙。

第 七 章

三个多月以后,到了崇祯十三年正月下旬。已经打过春十多天了,可是连日天气阴冷,北风像刀子一样。向阳山坡上的积雪有一半尚未融化,背阴坡一片白色。

一天清晨,尽管天气冷得老鸹在树枝上抱紧翅膀,缩着脖子,却有一队大约五十人的骑兵从太平店向樊城的方向奔驰,马身上淌着汗,不断从鼻孔里喷出白气。这一小队骑兵没有旗帜,没穿盔甲,马上也没带多的东西,必要的东西都驮在四匹大青骡子上。队伍中间的一匹菊花青战马上骑着一位不到四十岁的武将,满面风尘,粗眉,高颧,阔嘴,胡须短而浓黑。这时战马一个劲儿地用碎步向前奔跑,他却在马鞍上闭着眼睛打瞌睡,魁梧的上身摇摇晃晃。肩上披的茄花紫山丝绸斗篷被风吹开前胸,露出来茶褐色厚绒的貉子皮,也不时露出来挂在左边腰间的宝剑,剑柄的装饰闪着金光。

六天以来,这一队人马总在风尘中往前赶路,日落很久还不住宿,公鸡才叫头遍就踏着白茫茫的严霜启程。白天,只要不是特别崎岖难行的山路,他们就在马上打瞌睡,隔会儿在马屁股上加一鞭。从兴安州①附近出发,千里有余的行程,抬眼看不尽的大山,只是过石花街以东,过了襄江,才交平地。一路上只恐怕误了时间,把马匹都跑瘦了,果然在今天早晨赶到。有些人从马上一乍醒来,睁开困倦的眼睛看见襄、樊二城时,瞌睡登时散开了。那位骑在菊

---

① 兴安州——今陕西安康。

花青战马上的武将,被将士们的说话声惊醒,用一只宽大而发皱的手背揉一揉干涩的眼皮,望望这两座夹江对峙的城池和襄阳西南一带的群山叠嶂,不由得在心里说:

"他娘的,果然跟老熊在这儿时的气象不同!"

几个月前,当左良玉在罗猴山战败之后,这位将军曾奉陕西、三边总督郑崇俭之命来襄阳一趟,会商军事。那时因军情紧急,他只在襄阳停留了两个晚上。回去后他对郑崇俭禀报说:虽然襄樊人心有点儿惊慌,但防守的事做得很松。现在他距离这两个城市还有十里上下,可以看见城头上雉堞高耸,旗帜整齐,远远地传过来隐约的画角声,此伏彼起。向右首瞭望,隔着襄江,十里外的万山上烟雾蒸腾,气势雄伟。万山的东头连着马鞍山,在薄薄的云烟中现出来一座重加整修过的堡寨,雄踞山头,也有旗帜闪动。马鞍山的北麓有一座小山名叫小顶山,离襄阳城只有四里,山头上有一座古庙。他上次来襄阳时,曾抽空儿到小顶山上玩玩,看了看山门外大石坡上被好事者刻的巨大马蹄印,相传是刘玄德马跳檀溪后,从此经过时的卢马留的足迹。现在小顶山上也飘着旗帜,显然那座古庙里也驻了官军。从小顶山脚下的平地上传过来一阵阵的金鼓声,可惜傍着江南岸村落稠密,遮断视线,他看不见官军是在操演阵法还是在练功比武。

这一些乍然间看出来的新气象,替他证实了关于杨嗣昌到襄阳以后的种种传闻,也使他真心实意地敬佩。但是他实在困倦,无心多想下去,趁着离樊城还有一段路,又矇矇眬眬地打起瞌睡。过了一阵,他觉得他的人马停住了,面前有争吵声,同战马的喷鼻声和踏动蹄子声混在一起。随后,争吵声在他的耳边分明起来,原来有人向他的手下人索路引或公文看,他的中军和亲兵们回答说没路引,也没带别的公文,不叫进城,互相争吵。他完全醒了,虎地圆睁双眼,用米脂县的口音粗声粗气地对左右说:

"去！对他们说,老子从来走路不带路引,老子是从陕西省兴安州来的副将贺大人！"

守门的是驻军的一个守备,听见他是赫赫有名的陕西副总兵贺人龙,慌忙趋前施礼,赔着笑说:

"镇台大人路上辛苦！"

贺人龙睒着眼睛问:"怎么？没有带路引和正式公文就不叫老子进城？误了本镇的紧急公事你可吃罪不起！"

"请镇台大人息怒。大人不知,自从阁部大人来到襄阳,军令森严,没有路引或别的正式公文,任何人不准进襄、樊二城,违者军法不饶。倘若卑将连问也不问,随便放大人进城,不惟卑将会给治罪,对大人也有不便。"

贺人龙立刻缓和了口气说:"好家伙,如今竟是这么严了？"

"实话回大人说,这樊城还比较松一些,襄阳就更加严多了。"

"怎么个严法呢？"

"自从阁部大人来到之后,襄阳城墙加高了三尺且不说,城外还挖了三道壕堑,灌满了水,安设了吊桥。吊桥外安了拒马叉,桥里有箭楼。每座城门派一位副总兵大人把守,不验明公文任何人不许放进吊桥。"

"哼,几个月不来,不料一座襄阳城竟变成周亚夫的细柳营了。"贺人龙转向中军问:"咱们可带有正式公文？"

"回大人,出外带路引是小百姓的事,咱们从来没带过什么路引。这次是接奉督师大人的紧急檄令,星夜赶来请示方略,什么文书也没有带。"

贺人龙明白杨嗣昌非他人可比,不敢莽撞行事,致干军令。沉吟片刻,忽然灵机一动,从怀里掏出来副总兵官的大铜印对站在马前的守备连连晃着,说:

"你看,这就算我的路引,可以进城么？"

守备赶快回答说:"有此自然可以进城。卑将是奉令守此城门,冒犯之处,务恳大人海涵。"

贺人龙说:"说不上什么冒犯,这是公事公办嘛。"他转向随从们:"快进城,别耽误事!"

从后半夜到现在已经赶了九十里,人困马乏,又饥又渴,但是贺人龙不敢在樊城停留打尖。他们穿过一条大街,下到码头,奔过浮桥。一进到襄阳城内,他不等人马的驻处安顿好,便带着他的中军和几名亲兵到府衙前的杏花村漱洗和早餐。他上次来襄阳时曾在这里设宴请客,整整一天这个酒馆成了他的行馆,所以同这个酒馆的人们已经熟了。现在他一踏进杏花村,掌柜的、管账的和一群堂倌都慌了手脚,一句一个"大人",跟在身边侍候,还有两个小堂倌忙牵着几匹战马在门前遛。尽管他只占了三间大厅,但是整个酒馆不许再有闲人进来。贺人龙一边洗脸一边火急雷暴地大声吩咐:

"快拿酒饭来,越快越好!把马匹喂点黄豆!"

当酒饭端上来时,贺人龙自居首位,游击衔的中军坐在下首。闻着酒香扑鼻,他真想痛饮一番,但想着马上要晋谒督师大人,只好少饮为妙,心中不免遗憾。看见管账的秦先儿亲自在一旁殷勤侍候,他忽然想起来此人也是延安府人氏,十年前来湖广做买卖折了本,流落此间,上次见面时曾同他叙了同乡。他笑着问:

"老乡,上次本镇请客时叫来侑酒的那个刘行首[①]和那几个能弹会唱的妓女还在襄阳么?"

"回大人,她们都搬到樊城去了。"

"为什么?"

"自从杨阁部大人来到以后,所有的妓女都赶到樊城居住,一切降将的眷属也安置在樊城,襄阳城内五家连保,隔些日子就清查

---

① 行首——班头,多指妓女。行,音 háng。

一次户口,与往日大不同啦。"

贺人龙点点头说:"应该如此。这才是打仗气象。"

"不是小的多嘴,"秦先儿又低声说,"从前熊大人在此地时太不像样了。阁部大人刚来的时候,连行辕里都出现无头帖子哩。"

贺人龙在兴安州也听说这件事,并且知道后来竟然没查出一个奸细,杨嗣昌怀疑左右皆贼,便将熊文灿在行辕中留下的佐杂人员和兵丁淘汰大半,只留下少数被认为"身家清白"的人。但是像这样的问题,他身为副总兵,自然不能随便乱谈,所以不再做声,只是狼吞虎咽地吃着。秦先儿不敢再说话,同掌柜的蹑手蹑脚地退了出去。

过了一阵,贺人龙手下的一名小校面带惊骇神色,从外边走了进来。贺人龙已经吃毕,正要换衣,望着他问:

"有什么事儿?"

"回大人,皇上来有密旨,湖广巡抚方大人刚才在督师行辕被逮了。"

贺人龙大惊:"你怎么知道的?"

"刚才街上纷纷传言,还有人说亲眼看见方抚台被校尉们押出行辕。"

"你去好生打听清楚!"

从行辕方面传过来三声炮响和鼓乐声,贺人龙知道杨嗣昌正在升帐,赶快换好衣服,率领着中军和几个亲兵,骑马往行辕奔去。这是他第一次来晋谒权势烜赫的督师辅臣,心情不免紧张。

今天是杨嗣昌第二次召集诸路大将和封疆大员大会于襄阳。预定的升帐时间是巳时三刻,因为按五行推算,不但今日是黄道吉日,而这一刻也是一天中最吉利的时刻,主大将出师成功。三个多月来,他已经完成了一些重要工作,自认为可以开始对张献忠进行围剿了。倘若再不出兵,不但会贻误戎机,而且会惹动朝中言官攻讦,皇上不满。特别是这后一点他非常害怕。近来,有两件事给他的震动很大:一是熊文灿已经在北京被斩,二是兵部尚书傅宗龙因小事违旨,下入诏狱,传闻也将处死。这两个人都是他推荐的,只是由于皇上对他正在倚重,所以不连带追究他的责任。他心中暗想,虽说他目前蒙皇上十分宠信,但是他已远离国门,朝廷上正有不少不懂军事的人在责备他到襄阳后不迅速进兵,万一再过些天,皇上等得不耐,圣眷一失,事情就不好办了。所以他在十天前向各处有关文武大员发出火急的檄文,定于今天上午在襄阳召开会议,面授进兵方略。

升帐之前,他派人把方孔昭请到节堂,只说有事相商。方孔昭是桐城人,对杨嗣昌说来是前辈,在天启初年曾因得罪阉党被削籍为民,崇祯登极后又重新做官,所以在当时的封疆大吏中资望较高。他从崇祯十一年春天起以右佥都御史衔巡抚湖广,一直反对熊文灿的招抚政策,在督率官军对农民军的作战中得过胜利,这样就使他对熊文灿更加鄙视。杨嗣昌来到襄阳督师,他虽然率领左良玉等由当阳赶来参见,心中却不服气。一则他认为熊文灿的招抚失败,贻误封疆,杨嗣昌应该负很大责任;二则他一向不满意杨嗣昌在朝中倚恃圣眷,倾轧异己。杨嗣昌见他往往不受军令,独行其是,也明白他心中不服,决心拿他开刀,替别人做个榜样。恰巧一个月前方孔昭在麻城和黄冈一带向革里眼和左金王等义军进攻,吃了败仗。杨嗣昌趁机上本弹劾,说他指挥失当,挫伤士气,请求将他从严治罪。同时,他举荐素以"知兵"有名的宋一鹤代方孔昭为湖广巡抚。崇祯为着使杨嗣昌在军事上能够得心应手,一接到他的奏本就准,并饬方孔昭交卸后立即到襄阳等待后命。崇祯自认为是一位十分英明的皇帝,其实从来对军事实际形势都不清楚,多是凭着他的主观愿望和亲信人物的片面奏报处理事情,所以他只要听说某一个封疆大吏剿贼不力就切齿痛恨。他把方孔昭革职之后,隔了几天就给杨嗣昌下了一道密旨,命他将方孔昭逮送京师。杨嗣昌接到密旨已经两天,故意不发,要等到今天在各地文武大员齐集襄阳时来一个惊人之笔。

方孔昭已经上疏辩冤,但没有料到皇上会不念前功,把他逮入京师治罪。杨嗣昌把他请进节堂,让了座,叙了几句闲话,忽然把脸色一变,站起来说:"老世叔,皇上有旨!"方孔昭浑身一跳,赶快战栗跪下。杨嗣昌从袖中取出密旨,宣读一遍,随即有两名校尉进来把方孔昭押出节堂。杨嗣昌送到节堂门外,拱手说:"嗣昌王命在身,恕不远送。望老世叔路上保重。一俟上怒稍解,嗣昌自当竭力相救。"方孔昭回头来冷冷一笑,却没说话。杨嗣昌随后吩咐家人杨忠取五百两银子送到方孔昭在襄阳的公馆里作为他的人情。

三声炮响过之后,奏起鼓乐。杨嗣昌穿好皇上钦赐的斗牛服,在幕僚们的簇拥中离开节堂,到白虎堂中坐定。白虎堂没有多少变化,只是飞檐下多了一个黑漆金字匾额,四个字是"盐梅上将"。屏风上悬挂着用黄绫子装裱的御制诗,檀木条几上放着一个特制的小楠木架,上边插着皇帝钦赐的尚方剑。白虎堂前一声吆喝,众将官和监军御史在新任湖广巡抚宋一鹤的率领下由二门外鱼贯而入,行参见礼。熊文灿的被斩,傅宗龙的下狱,方孔昭的革职,本来已经给大家很大震动,明白皇上在军事上下了最大决心。不到半个时辰前方孔昭被突然逮京治罪,更使大家十分惶恐。因此,虽然今天督师行辕的仪卫比上次并未增加,可是在大家的感觉上,气氛似乎更为严重。

第一个进白虎堂报名参见的是宋一鹤。他的年纪不到四十岁,身穿四品文官[①]云雁补子红罗蟒袍,头戴乌纱帽,腰系素金带。

---

① 四品文官——明朝的巡抚未定品级,一般挂金都御史衔,故为正四品文官。清朝巡抚地位较高,定为从二品,挂侍郎衔的为正二品。

这个人以心狠和谄媚为熊文灿所信任，现在又以他的"知兵"受到杨嗣昌的重用。说到心狠，他曾经有一次用毒药毒死了一千多个被骗受抚的义军将士。自从杨嗣昌到襄阳后，为要避嗣昌父亲杨鹤的讳，他每次呈递手本总把自己的名字写成宋一鸟。如今宋一鹤躬身走进白虎堂，在离开杨嗣昌面前的公案约五尺远的地方跪下，高声自报职衔：

"卑职右佥都御史、湖广巡抚宋一鸟参见阁部大人！"

杨嗣昌点头微笑，说声"请起"。站立在左右的幕僚们和随侍中军全都心中鄙笑，暗中交换眼色。特别是江南籍的幕僚们因"鸟"字作屌字解释，读音也完全一样，在心中笑得更凶。宋一鹤叩了个头，站起来肃立左边。看见杨嗣昌和他的亲信幕僚们面带微笑，他的心中深感荣幸。

等众将官和监军等参拜完毕，杨嗣昌正要训话，忽然承启官走进白虎堂，把一个红绫壳职衔手本呈给中军。中军打开手本一看，赶快向杨嗣昌躬身禀道：

"兴汉镇[①]副总兵官贺人龙自兴安赶到，现在辕门外恭候参见。"

杨嗣昌喜出望外，略微向打开的手本瞟了一眼，说了声"快请！"中军随着承启官退出白虎堂，站在台阶上用洪亮的声音叫：

"请！"

"请！！"二门口几个人齐声高叫，声震屋瓦。

咚，咚，几下鼓声，雄壮的军乐重新奏起来。

贺人龙全副披挂，精神抖擞，大踏步走进二门，在两行肃穆无声、刀枪剑戟闪耀的侍卫武士中间穿过，向大厅走去。他见过朝廷的统兵大臣不少，并且在洪承畴手下几年，可是看见像这样威风的上司还是第一回。他一边往里走一边心中七上八下，暗暗地说：

[①] 兴汉镇——陕西兴安州和汉中府在明末曾暂时划为一个军区，称为兴汉镇。

"好大的气派,不怪是督师辅臣!"等他报名参拜毕,就了座,杨嗣昌于严肃中带着亲切的微笑问:

"兴安距均州是七百里,距此地千里有余,山路险恶,将军走了几天?"

贺人龙起立回答:"末将接奉钧檄,即便轻骑就道。一路星夜奔驰,不敢耽搁,一共走了六天。"

"将军如此鞍马劳累,请下去休息休息。"

"末将不累,听训要紧。听训后末将还有陕西方面的剿贼军情面禀。"

杨嗣昌心中高兴,点点头说:"也好,将军只好多辛苦了。"

看见贺人龙千里赴会,又对答如此恭顺,杨嗣昌不由得想起左良玉来。上次左良玉从当阳来会,他曾用心笼络,想使这位骄横成性的大将能够俯首帖耳地听他驱使,为朝廷效劳。没想到左良玉调到郧西一带,恢复原级,由朝廷加封为"平贼将军",颁给印绶之后,竟然又骄横如故。这次他召集诸路大将来会,左良玉不愿以櫜鞬礼晋见①,借口军情紧急,竟然不来,只派他手下的一位副将前来。一个要扶植和依靠贺人龙的念头就在这一刻在他的心上产生了。

杨嗣昌向全场扫了一眼,开始训话。所有文武大员都立即重新起立,垂手恭听。他首先说明,三个月来之所以没有向流贼大举进剿,一则为培养官军锐气,二则为准备粮饷甲仗,三则为使襄阳这个根本重地部署得与铁桶相似,使流贼无可窥之隙。如今诸事准备妥善,官军的锐气也已恢复,所以决定克日进兵,大举扫荡,"上慰皇上宵旰之忧,下解百姓倒悬之苦"。说到这里,杨嗣昌又向

---

① 以櫜鞬礼晋见——古代武将晋见上司行礼,应该全身披挂,才算十分尊敬。不但要戴着盔,穿着铠甲,还要背着弓箭。用这套装束行礼叫做"櫜鞬(gāo jiān)礼"。櫜是盛箭的,又叫做箙;鞬是盛弓的,又叫做弢。

大家扫一眼,声色俱厉地接着说:

"可是,三个月来,诸将与监军之中,骄玩之积习未改;藐视法纪,违抗军令,往往如故。本督师言之痛心!岂以为尚方剑无足轻重耶?如不严申号令,赏罚分明,将何以剿灭流贼!"

众将军和监军御史们惊惧失色,不敢仰视。杨嗣昌特别向左良玉派来的副将脸上扫了一眼,然后把含着杀气的眼光射在一位四十多岁的将军脸上,厉声喝问:

"刁明忠!本督师命你自随州经承天①赴荆门,你何故绕道襄阳?"

副将刁明忠两腿战栗跪下说:"回阁部大人,末将有老母住在襄阳,上月染病沉重,所以末将顺路来襄阳探亲。"

"不遵军令,律当斩首。左右,与我绑了!"

不容分辩,立刻有几个武士将刁明忠剥去盔甲,五花大绑,推出白虎堂。全体武将和监军御史谁身上没有许多把柄?都吓得面色如土,不知所措。总兵陈宏范资望最高,年纪最长,已经须发如银,带头跪下求情。跟着几位总兵、副将,大群参将,也都跪下,连贺人龙也不得不随着大家跪下。杨嗣昌本来无意杀刁明忠,害怕会激变他手下的亲信将士投入义军,然而他并不马上接受大家的求情,狠狠地说:

"数年来官军剿贼无功,多因军纪废弛,诸将常以国法为儿戏。如不振作,何能克敌制胜!斩一大将,本督师岂不痛心?然不斩刁明忠,将何以肃军纪,儆骄玩?非斩不可!"

陈宏范叩头说:"目今出师在即,临敌易将,军之大忌。万恳使相大人姑念刁明忠此次犯罪,情有可原,免其一死,使他戴罪图功。"

"哼!汝等只知刁明忠来襄阳原为探母,情有可原,却忘记军

---

① 承天——今湖北钟祥县。

令如山,凡不听约束者斩无赦。为将的若平日可以不遵军令,临敌岂能听从指麾,为朝廷甘尽死力!今日本督师宁可挥泪斩将,决不使国法与军威稍受损害。诸君起去!"

宋一鹤正在一旁察言观色,忽然瞥见杨嗣昌身边的一位幕僚向他以目示意,他赶快向杨嗣昌躬身叉手说:

"阁部大人!刁明忠身为大将,干犯军令,实应斩首。昔孙子①三令五申之后,吴王有宠姬二人不听约束,斩之以徇,然后军令整肃。大人代皇上督师,负剿贼重任,更非孙子以妇人小试兵法可比。刁明忠不遵军令,实属可恨,按律该斩。但恳大人念他平日作战尚称勇敢,不无微劳,贷其一死,使他戴罪立功。倘不立功,二罪俱罚。千乞大人开恩!"

"请大人开恩!"全体监军和幕僚一齐叉手说。

杨嗣昌沉默片刻,说:"好吧,姑念他是初犯,准诸君所请,法外施仁,免他一死。重责一百鞭子,革职留用,戴罪效力。诸位将军请起!"

刁明忠挨过鞭子以后,被架回来跪下谢恩。杨嗣昌望着他问:

"刁明忠,你以后还敢藐视军令么?"

"末将永远不敢。"

"下去!"杨嗣昌的眼光转向文官班中:"殷太白!"

"卑职在!"兴山道监军佥事殷太白惊魂落魄地从班中走出,跪到地上。

杨嗣昌问:"殷太白,你两次违反军令,该当何罪?"

殷太白叩头说:"卑职误干军令,前已陈明原委,不敢有一毫欺饰……"

"不许狡辩!绑出去!"

---

① 孙子——名武,春秋时齐国人,在吴国为将,所著《孙子》(又称《孙子兵法》、《兵法》)十三篇为我国古代兵法的不朽名著。

"求阁部大人恩典！求阁部大人恩典！"

"立斩！"

众文武大员一则已经替刁明忠讲过情，二则看见杨嗣昌正在盛怒，都不敢出班讲话。尤其几个监军御史各人自顾不暇，只有筛糠的份儿，哪有说话的勇气？等殷太白被武士褫去衣冠，推出白虎堂以后，杨嗣昌对众文武宣布了殷太白两次违反军令的罪款。其实二条罪款都不是多么了不得的大事，在当时官军中比这些更严重几倍的罪行天天发生，杨嗣昌心中尽知，只是因为殷太白是文官，手中无兵，可以借他的一颗头替自己树威罢了。他离开座位，向北拜了四拜，从楠木架上请下来尚方剑，脱去黄绫套，露出来镂金的鲨鱼皮鞘和镀金剑柄，向一位随侍亲将说：

"接剑！"

青年亲将跪下去，双手接了尚方剑，捧出大堂。过了片刻，他捧剑回来，跪下禀道：

"禀大人，殷太白已在辕门外斩讫！"

中军代接了尚方剑，插入黄绫套，放回原处。杨嗣昌望望大家，声音低沉地说：

"本督师并非好杀，实不得已。我深知殷太白是一个有用人才，罪亦不重。但今日非承平之世，不可稍存姑息，所以只得忍痛斩他。倘若死者有灵，九泉下必能谅我苦衷。"说到这里，他的眼泪簌簌地滚落下来，回头吩咐中军，将殷太白的尸首用好的棺木装殓，对其在襄阳的妻子儿女好生抚慰，资助还乡。吩咐毕，他向湖广巡抚宋一鹤望了一眼，不再做声。

宋一鹤明白杨嗣昌为什么望他一眼，尽管他心中认为殷太白死非其罪，却赶快欠身说道："没有霹雳手段，不显菩萨心肠。使相大人执法从严，不过为早日剿灭流贼，佐皇上中兴之业，救斯民于水火耳。为国为民苦衷，昭如天日。昔孔明挥泪斩马谡，马谡死而不怨。陈寿《三国志》称孔明:'善无微而不赏,恶无纤而不贬。……邦域之内,咸畏而爱之,刑政虽峻而无怨者,以其用心平而劝戒明也。'大人实为今日之诸葛武侯,敢信殷太白九泉下必无怨言。"

听了宋一鹤的阿谀话,杨嗣昌的心中感到舒服。他向宋一鹤点点头,又向全体文武扫了一眼,等待别人说话。众人看透了杨嗣昌滥用斩刑,想借殷太白的头颅树威,既心中不平,也兔死狐悲,都不肯像巡抚那样说话,一个个低头不语。一个监军道从刚才的震栗失色中恢复了镇静,在心中说:

"可惜你不是诸葛武侯,殷太白并非马谡!"

杨嗣昌不再等待,又向大家扫了一眼,接着训话:"去年十月间,革、左诸贼掠叶县,陷沈丘,焚项城四关,又犯光山。副将张琮与刁明忠率禁旅剿贼,斩首一千余级。本督师立即称诏颁赏,如今刁明忠藐视军令,即予严惩,决不宽贷。这就是有功必赏,有罪必罚。望诸君以殷太白、刁明忠为戒,恪遵军令,努力杀贼,勿负朝廷厚望,勿负国恩!"

众文武肃立,齐声回答:"谨遵钧谕!"

杨嗣昌向中军瞟了一眼。中军会意,立即挥手使那些侍立在白虎堂中和飞檐下的校尉、武士和仆人等全体回避,连阶下的武士也退后几丈以外。杨嗣昌开始指示进兵方略,虽然声音不高,但十分清晰。他首先说明当时农民军分为四大支:张献忠势力最强,在楚、蜀与陕西交界处屯兵养锐;曹操和过天星等数股人马较多,散布在南漳、房县、远安、兴山四县之间的广大区域,与献忠互相呼应;革、左数营从大别山中出来,出没于随州、应山、麻城、黄冈一带,目的在从后边牵制从襄阳西进的官军;李自成人数最少,且大半都在病中,被围于商洛山中。杨嗣昌说明了四大支农民军的分布情形以后,接着说:

"在这四股逆贼之中,最可虑者是献、闯二贼。献贼狡黠慓悍,部伍整齐,且有徐以显等衣冠败类为之羽翼,实为当前心腹大患。古人云:'擒贼先擒王。'只须用全力剿灭献贼一股,则曹贼可不战而抚。革、左诸贼,素无远图,不过是癣疥之疾耳。至于闯贼,虽两年来迭经重创,目前又陷于四面被围,然此人最为桀骜难制,不可以力屈,亦不可以利诱,观其行事,可算得是群贼中之枭雄。望诸君万勿以此贼力弱势穷而忽之。倘不将此贼扑灭,则必为国家大患。故目前用兵方略:对献贼是全力围剿,务期一鼓荡平。对闯贼是加紧围困,防其逃逸,用计诛之。倘不能用计诛之,当俟荡平献贼之后,再移师扫荡商洛。至于曹操、革、左诸贼,暂且防其流窜,一旦献、闯授首,彼等即无能为矣。对此作战方略,诸君有何高见?"

众人唯唯称是,确实佩服这个集中兵力,先献后闯的作战方略。杨嗣昌见无人提出不同意见,就更进一步说出对张献忠的用兵计划。他说:

"献贼虽有数万之众,但真正精兵不过两万人。献贼与闯贼,狡黠慓悍相似,但深浅大不相同。自从罗猴之战以后,献贼骄气横溢,视官军如无物。凡用兵,将骄则备疏,轻敌则易败。本督师已严檄蜀抚邵捷春将入蜀各处隘口严密防守,断献忠入蜀之路;檄秦督郑崇俭沿汉水设防,断其入秦之路;湖广大军自东面促之,使之不得回头逃窜。此为圆盘围剿,点滴不漏之计。左总兵与贺副将当乘献贼骄而不备之际,突然进兵,直捣巢穴。至于详细用兵机宜,本督师将另行分别指示。诸君立大功,成大名,在此一举,本督师有厚望焉。今午敬备水酒,一为诸位洗尘,二为预祝成功。在入席之前,请各位去看看军需武库。"

杨嗣昌说毕,退入节堂休息。全体文武大员等他走后才从白虎堂鱼贯退出,由他的中军和一位幕僚引导,参观了粮食和武库。

大家看见杨嗣昌在短短的三个月中调集的粮食和甲仗堆积如山,足供防守襄阳数年之用,不能不十分惊佩,同时对于打仗也增强了胜利信心。参观毕,回到白虎堂中赴宴。杨嗣昌在鼓乐声中几次向大家举杯劝酒,目的是要大家既畏其威,也怀其德。他还单独向贺人龙敬一杯酒,慰劳他一个月前在川、陕交界处打了一个小胜仗。贺人龙感到说不出的荣幸,心中十分激动,但在使相面前,不敢放怀痛饮。杨嗣昌看见诸将感奋,脸上露出满意的微笑。

所有到会的文武大员,或单独,或分批,都按照杨嗣昌的幕僚们排好的次序,由他在节堂召见,面授机宜。在接见时,他对有的人确实提出些具体指示,而对有的人也仅仅询问了一些情况,勉励几句。他深知做官人们的心理:只要被他督师辅臣召见,给点好颜色,再给几句慰勉的话,就会受宠若惊,愿意出力做事。他事先叫人把皇帝赠他的御制诗用双钩影摹法刻版印刷了很多张,都用黄绫装裱,檀木为轴,每一个被召见的文武大员都送给一幅,外加新从北京运到的兵部职方司刊本《练兵实纪》①一部。

杨嗣昌把召见贺人龙的时间安排在第二批,而且是单独召见,以表示特别看重。自从到襄阳以来,他遍观诸将,能够有些作为的实在很少,贺人龙虽然有许多缺点,毕竟还是一员战将,手下有不少降兵降将,实力仅次于左良玉。一个多月前,贺人龙在兴安州境内遇到张献忠派出来的小股打粮部队,截住厮杀,获得小胜,作为一次大捷报功。杨嗣昌明知贺人龙报功不实,但是正要利用他的战功上奏朝廷。贺人龙畏威怀德,所以在兴安州一接檄召,便星夜奔来襄阳。

在节堂中接见贺人龙时,杨嗣昌的态度特别亲切,同上午相比,如同两人。他像同世交子弟闲话一样,问了问贺人龙的家庭情

---

① 《练兵实纪》——戚继光著,共九卷,附杂集六卷。

形,"投笔从戎"①的经过,然后才问到部队人数和粮饷情形。当贺疯子说到部队欠饷三个月时,他立即答应催秦督郑崇俭照发。关于如何向张献忠进攻的问题,他做了一些补充指示,无非是要贺人龙在兴安、平利一带凭险防守,使献忠不能逃入陕西境内,并分兵协同左良玉深入扫荡。他因贺人龙是米脂人,与李自成同里,又打过多年仗,所以对李自成的情形问得特别详细。后来他又问道:

"贺将军,依你看来,目前秦军将商洛山紧紧围困,除感到兵力不足外,还有何项困难?为何不能将闯贼一鼓荡平?"

贺人龙恭敬地欠身回答:"末将愚见,除兵力不足外尚有三点困难。"

"哪三点?"

"第一,李自成盘踞之地,四面有崇山峻岭,易守难攻。第二,李贼在商洛山中打富济贫,笼络人心,故山中军事机密不易探明,且有从贼百姓助他作战。第三,李贼平日粗衣恶食,与士卒同甘苦,故能上下一心,至死不散。"

杨嗣昌拈须微笑,说:"闯贼在商洛山中确实防守严密,也能笼络人心,不过我已经有制闯之策了。"

"大人神机妙算,自然有擒闯之策。敢请明示方略。"

"你专力对付献贼,不必为剿闯军事分心。商洛山中不日定有捷报。"

贺人龙心中半信半疑,但偷看杨嗣昌的神情,分明对胜利很有把握。他忽然想起来曾听说降将周山在一个半月前自山海关外曹变蛟的军中回来,奉杨嗣昌之命去到商州,莫非这个人快要建立惊人之功么?他只能胡乱猜想,不敢多问;又谈了一阵,起身告辞。杨嗣昌把贺人龙送出节堂,拍拍他的肩膀说:

"贺将军,勤力杀贼,不要辜负朝廷。俟将军再打几个胜仗,我

---

① 投笔从戎——贺人龙是以秀才从军发迹的。

一定保奏将军如左帅一样。"

贺人龙赶快转过身来躬身叉手说："感谢大人栽培！"

回到住处，贺人龙立刻叫亲兵们拿来热酒佳肴，拉两位亲将陪他痛饮，并赏给每一个随侍左右的亲兵一大杯酒。正饮到三分酒意，忽然笑着骂道：

"他妈的，今日本镇十分高兴，可惜没有个弹唱侑酒的人！"

一个亲兵赶快说："大人，方才我到杏花村要酒菜，陈掌柜悄悄告我说，那位刘行首今日午后回襄阳来探亲戚，晚上没有走。她听说大人在此，十分高兴，只恨不能前来伺候。"

贺人龙瞪大眼睛："怎么，她回到襄阳来了？"

"是的，大人，她今晚未出襄阳。"

"可知她在什么地方？"

"杏花村的陈掌柜知道。"

"快去，趁静街以前，叫一乘小轿把她抬来。"

"怕的是督师大人知道了……"

"咱不敲锣打鼓，他又深居行辕，如何得知？"

"怕的是他下边耳目众多。"

"他手下人同本镇素无嫌怨，谁管这种屁事，招惹麻烦？快去，用轿子把那个姓刘的抬来助兴！"

这天晚上，贺人龙过得非常快活。他对杨嗣昌一方面暂时"畏威怀德"，一方面却开始暗中破坏着他的纪律。第二天，他吩咐亲将们把带来的贵重礼物分送给杨嗣昌的左右亲信，并在襄樊置办了一些苏杭绫罗绸缎，时兴物品，准备带回送人。下午，杨嗣昌的一位亲信幕僚前来看他，对他说阁部大人对他十分倚重，决定即日拜本上奏，保他升任总兵；如果他再打一个大胜仗，阁部大人将奏请皇上将左良玉的"平贼将军"印夺来给他。他听了后又振奋，又感激，巴不得插翅飞回防地，使出全力打一胜仗，不使杨嗣昌失望。

因为明天五鼓就要启程回防,申时以后他去督师行辕辞行。杨嗣昌留他吃晚饭,又说了些勉励的话,并说保他升任总兵的题本已经拜发。看来杨嗣昌今天的心情十分愉快,对未来军事胜利确有把握。在贺人龙临走时,杨嗣昌对他含笑说:

"商州方面,今日有密报前来,大约不出一月,就有人将李自成、刘宗敏等人首级送到襄阳。剿灭献贼之事,单看将军与左将军努力了。"

李自成　第三卷　紫禁城内外

张献忠与左良玉

第 八 章

　　从谷城起义以后,有半年时间,张献忠的处境很顺利,和李自成的遭遇完全不同。五月下旬,他同曹操在房县境内会师,推动曹操重新起义,联合攻破房县。七月间,当李自成在商洛山中面临着惊涛骇浪的时候,张献忠在房县西边的罗猴山大败明军,杀死了明朝的大将罗岱,几乎俘虏了左良玉,歼灭了明军一万多人。张献忠的这一胜利,使崇祯不得不下决心叫杨嗣昌出京督师,而将熊文灿速进北京斩首。正当杨嗣昌在北京受命督师的时候,献忠在竹溪县西北的白土关又打了一个胜仗。

　　一遇顺境,打了胜仗,张献忠就骄傲起来。从屯兵谷城的时候起,他的左右就来了一群举人、秀才和山人之类的人物,一方面使他的眼界洞开,懂得的事情更多,一方面大大助长了他原有的帝王思想。谷城起义时虽然半路上逃走了举人王秉真,可是监军道张大经和他的左右亲信幕僚却被迫参加了起义。破了房县,又有一些穷困潦倒而没有出路的读书人参加了他的义军。这班读书人,一旦背叛朝廷,无不希望捧着张献忠成就大事,自己成为开国功臣,封侯拜相,封妻荫子,并且名垂青史。阿谀拍马的坏习气在献忠的周围本来就有,如今变得特别严重。

　　白土关胜利之后,徐以显的头脑比较清醒,他一再对献忠指出目前正是兢兢业业打江山的时候,不应使阿谀奉承之风滋长下去,劝献忠学唐太宗"从谏如流",杜绝谄媚。献忠听了,想了一下,忽然拍着军师的肩膀说:

"嗨,你说得对,对!老子好险给他们这群王八蛋的米汤灌糊涂啦!老徐,你放心,老子要找个题目整整他们!"

当日晚饭后,张献忠同老营中的一群文武随便聊天。谈到新近的白土关大捷,有人说不是官军不堪一击,而是大帅麾下将勇兵强,故能所向无敌;还有人说,单是大帅的名字也足使官军破胆。献忠在心中说:"龟儿子,王八蛋,看咱老子喜欢吃这碗菜,连着端上来啦。"他用一只手玩弄着略带黄色的大胡子,把双眼眯起来,留下一道缝儿,从一只小眼角瞄着那些争说恭维话的人们,微微笑着,一声不做。等大家说了一大堆奉承话之后,他慢慢地睁开一只眼睛,说:

"打胜仗,不光是将士拼命,也靠神助。不得神助,纵然咱们的将士有天大的本领也不行。"

一个人赶快说:"对,对。大帅说的极是。大帅起义,应天顺人,自然打仗时得到神助。倘非神助,不会罗猴山与白土关连战皆捷。"

另一个人赶忙接着说:"靖难之役①,永乐皇帝亲率大军南征,每到战争激烈时常见一位天神披发仗剑,立在空中助战。那剑尖指向哪里,哪里的敌军纷纷败退。事成之后,想着这在空中披发仗剑的必是玄武神,故不惜用数省钱粮,征民夫十余万,大修武当山,报答神佑。"

献忠问道:"咱也听说永乐皇帝大修武当山是因为玄武神帮助他打败了建文帝,我看这话不过是生编出来骗人的。即使果然有神在空中披发仗剑,怎么就知道是玄武真君?不会是别的神么?"

"大帅问的有道理。永乐当时认为他受封燕王,起兵北方,必是北方之神在天助战。夫玄武者,北方之星宿也,主武事,故知披

---

① 靖难之役——公元1399年秋,明燕王朱棣(即明成祖)起兵反叛,宣称他的军队是"靖难之师"。经过三年内战,朱棣打到南京,夺得皇位,史称这一次战争为靖难之役。

发仗剑之神必是玄武。"

献忠觉得这解释还说得过去,又问:"咱老子出谷城以后连打胜仗,你们各位想想,咱们应该酬谢哪位神灵?"

人们提出了不同意见。有人说献忠也是起兵北方,也必是得玄武真君护佑。有人说玉皇姓张,大帅也姓张,必是玉皇相佑。献忠自己是十分崇拜关羽的,想了想,摇摇头说:

"我看,咱们唱台戏酬谢关圣帝君吧。他是山西人,咱是陕西人,山西、陕西是一家,咱打胜仗岂能没有他冥冥相助?玉皇自然也看顾咱,不过他老人家管天管地,公事一定很忙,像白土关这样的小战事他老人家未必知道。这近处就有一座关帝庙,先给关帝唱台戏,等日后打了大胜仗,再给玉皇唱戏。"

众人纷纷附和,都说献忠"上膺天命",本是玉皇护佑,但玉皇事忙,差关帝时时随军相助,极合情理。还有人提议:在给关帝爷唱戏时最好替张飞写个牌位放在关公神像前边,因为他同献忠同姓,说不定也会冥冥相助。献忠听众人胡乱奉承,心中又生气又想笑,故意说:

"中啊,就加个张三爷的牌位吧。他姓张,咱老子也姓张,要不是他死了一千多年,咱老子要找他联宗哩。你们各位看,戏台子搭在什么地方好?"

几个声音同时说:"自然是搭在庙门前边。"

献忠摇摇头,说:"不行。庙门前场子太小,咱的将士多,看戏不方便。我看这庙后的地方倒很大,不如把戏台子搭在庙后。"

片刻沉默过后,开始有一个人说好,跟着第二个人表示赞成,又跟着差不多的人都说这是个好主意,使将士们看戏很方便。还有人称赞说:像这样的新鲜主意非大帅想不出来,也非大帅不敢想。张献忠把胡子一甩,眼睛一瞪,桌子一拍,大声骂道:

"你们全都是混账王八蛋,家里开着高帽店,动不动拿高帽子给老子戴,不怕亏本!老子说东,你们不说西;老子说黑的是白的,你们也跟着说黑的是白的。自古至今,哪有酬神唱戏把戏台子搭在神屁股后?老子故意那么说,你们就对我来个老母猪吃桃黍——顺杆子上来了。照这样下去,咱们这支人马非砸锅不成,打个屁的天下!从今日起,以后谁再光给老子灌米汤,光给老子戴高帽子,老子可决不答应!"

看见左右几个喜欢阿谀奉承的人们有的脸红,有的害怕,有的低下脑壳,献忠觉得痛快,但又不愿使他们过于难堪,突然哈哈大笑,把尴尬的局面冲淡。他又说:

"本帅一贯不喜欢戴高帽子,巴不得你们各位多进逆耳忠言,不要光说好听的。咱们既然要齐心打江山,我就应该做到从谏如流,你们就应该做到知无不言。这样,咱们才能把事情办好。对吧?"

大家唯唯称是。每个人都重新感到张献忠待部下平易、亲切、胸怀坦率,同时大家的脸上重新挂出轻松的笑容。有一个叫做常建的中年人,原是张大经的清客,恭敬地笑着说:

"自古创业之主,能够像大帅这样礼贤下士,推诚待人的并不罕见,罕见的是能够像大帅这样喜欢听逆耳忠言,不喜欢听奉承的话。如此确是古今少有!我们今后必须竭忠尽虑,看见大帅有一时想不到的地方随时进言,辅佐大帅早定天下,功迈汉祖、唐宗。"

献忠捋着大胡子,微微点头。虽然他立刻意识到常建的话里也有阿谀的成分,但是他觉得听着还舒服,所以不再骂人。他站起来,在掌文案的潘独鳌的肩上一拍,说:

"走,老潘,跟我出去走走,有事商量。"

自从谷城起义以来,潘独鳌参与密议,很见信任,自认是张良、陈平一流人物,日后必为新朝的开国功臣。他喜欢做诗,马鞍上挂着一个锦囊,做好一首诗就装进去。遇到打仗时候,他将诗囊系在身上,在任何情况下都不使遗失。现在张献忠带着他看过关帝庙前搭戏台子的地方以后,就拉他在草地上坐下,屏退左右,小声问道:

"老潘,杨嗣昌到襄阳以后,确实跟老熊大不一样,看来他等到襄阳巩固之后,非同咱们大干一仗不可。伙计,你有什么好主意?"

潘独鳌回答说:"此事我已经思之熟矣。杨嗣昌在朝廷大臣中的确是个人才,精明练达。倘若崇祯不是很怕大帅,决不肯放他出京督师。但是别看他新官上任三把火,到头来也是无能为力。"

"怎见得?"

"大势是明摆着的,不用智者也可以判断后果。第一,朝廷上大小臣工向来是党同伐异,门户之见甚深。杨文弱纵有通天本领,深蒙崇祯信任,也无奈朝廷上很多人都攻击他,遇事掣肘。尽管那班官僚们也痛恨义军,可是对杨嗣昌的督师作战却只会坐在高枝上说风凉话,站在岸上看翻船。如此一个朝廷,他如何能够有大的作为?第二,崇祯这个人,目前焦急得活像热锅台上的蚂蚁一样,加上性情一贯刚愎急躁,对待臣下寡恩。别看他目前十分宠信杨文弱,等到一年两年之后,杨文弱劳师无功,他马上会变为恼恨,说罚就罚,说杀就杀。第三,近年来明朝将骄兵惰,勇于殃民,怯于作战,杨文弱无术可以驾驭。时日稍久,他们对这位督师辅臣的话依样不听,而杨也对他们毫无办法。他的尚方剑只能够杀猴子,不能吓住老虎。还有第四,明朝的大将们平日拥兵自重,互相嫉妒,打起仗来各存私心,狼上狗不上。有此以上四端,所以我说这战事根本不用担忧,胜利如操在掌握之中。"

张献忠沉吟说:"你说得很有道理。徐军师也是这么看的。不过,伙计,目前杨嗣昌这王八蛋调集人马很多,左良玉和贺人龙等一班大将暂时还不敢不听从他的调遣,我们用什么计策应付目前局势?"

潘独鳌说:"目前我们第一要拖时间,不使官军得手;第二要离间他们。既要离间杨嗣昌和几位大将不和,也要离间左良玉同贺疯子不和。总之,要想办法离间他们。"

"好!……怎样离间这一群王八蛋们?"

"我正在思索离间之策。一俟想出最善之策,即当禀明大帅斟酌。"

"好。咱们都想想。老潘,近来又做了不少诗吧?"

"开春以来又做了若干首,但无甚惬意者,只可供覆瓿①而已。"

献忠笑着说:"伙计,你别对我说话文绉绉的。你们有秀才底子的人,喝的墨汁儿多啦,已经造了反,身上还带着秀才的酸气。"

"大帅此话何指?"

"你不明白我指的什么?比如,你要想谦虚说自己的诗做得不好,你就直说不好,何必总爱说什么'覆瓿'?咱们整年行军打仗,哪有那么多坛坛罐罐儿叫你拿诗稿去盖?瞎扯!哈哈哈哈……"掀髯大笑之后,献忠又说道:"伙计,快念一首好诗叫咱听听。你别看我读书不如你们举人秀才多,别人做了好诗我还是能听得出来。"

"请大帅不要见笑。我去年秋天做的一首五律,这几天又改了一遍,现在拿出来,敢乞大帅指疵。"

潘独鳌从腰里解下锦囊,取出一卷诗稿,翻到《白土关阻雨》一首,捧到献忠面前,让献忠看着诗稿,然后念道:

秋风白雨声,
战客听偏惊。

---

① 覆瓿——古人说自己的著作无足重视便说只可覆瓿。瓿是盛酱的瓦罐儿,音 bù。

漠漠山云合,
　　漫漫涧水平。
　　前筹频共画,
　　借箸待专征。
　　为问彼苍者,
　　明朝可是晴?

献忠捋着胡子,没有做声。虽然像"前筹"、"借箸"这两个用词他不很懂得,但全诗的意思他是明白的。沉默一阵,他微微一笑,说:

"老潘,你虽然跟咱老张起义,一心一意辅佐我打江山,可是你同将士们到底不一样啊!你说我说得对么?说来说去,你是个从军的秀才,骨子里不同那班刀把儿在手掌上磨出老茧的将士一样!"

"大帅……"

"去年九月间,在白土关下过一场大雨之后,第二天咱们狠狠地杀败了官军。将士们头一天就摩拳擦掌,等我的令一下,你看他们多勇猛啊!喊杀声震动山谷,到处旌旗招展,鼓声不绝,把龟儿子们杀得尸横遍野,丢盔弃甲。可是你这首诗是大战前一天写的,一点儿鼓舞人心的劲头也没有。你的心呀,伙计,也像是被灰云彩遮着的阴天一样!诗写得很用心,就是缺乏将士们那种振奋的心!还有最近做的好诗么?请念首短的听听。"

潘独鳌本来是等待着献忠的夸奖,不料却受到"吹求",心中有一些委屈情绪。他很不自然地笑一笑,又念出一首七绝:

　　三过禅林未参禅,
　　纷纷羽檄促征鞭。
　　劳臣岁月皆王路,
　　历尽风霜不知年。

献忠听完,觉着音调很好听,但有的字还听不真切,就把诗稿要去自看。他看见这首诗的题目是《过禅林寺》,又把四句诗念了一遍。由于他是个十分颖悟的人,小时读过书,两年来他的左右不离读书人,所以这诗中的字句他都能欣赏。他把诗品味品味,笑着说:

"这首诗是过年节写的,写得不赖,只是也有一句说的不是真话。"

"请大师指教,哪一句不是真话?"

"这第一句就不真。咱们每次过禅林寺,和尚们大半都躲了起来,你去参个屁禅。再说,你一心随俺老张打江山,并不想'立地成佛',平日俺也没听说你多么信佛,这时即使和尚们不躲避,你会有闲心去参禅么?"

潘独鳌替自己辩解说:"古人做诗也没一字一句都那么认真的,不过是述怀罢了。"

"伙计,这第三句怎么讲?"献忠故意笑着问。

"这句诗中的'劳臣'是指我自己,意思是说,辛劳的臣子为王事奔波,岁月都在君王的路上打发掉了。"

"君王是谁?"

"自然是指的大帅。"

"咱的江山还没有影子哩。"

"虽然天下未定,大帅尚未登极,但独鳌既投麾下,与大帅即有君臣之谊。不惟独鳌如此,凡大帅麾下文武莫不如此。"

潘独鳌的这几句话恰恰打在献忠的心窝里。他在独鳌的脸上看了一阵,将独鳌的肩膀一拍,哈哈地大笑起来,随即说:

"还是你们读书人把有些道理吃得透!"

从潘独鳌的这一首七绝诗里,可以看出来在献忠建立大西朝的前三四年,他的左右亲信,特别是一些封建地主阶级出身的读书人,已经在心理上和思想感情上同他形成了明确的君臣关系。由于形成了这种关系,当然更会助长献忠的骄气和他周围的阿谀之风。当张献忠正在陶醉于连续胜利和周围很多人的阿谀之中时,杨嗣昌已经将向他包围进攻的军事部署就绪了。

杨嗣昌第二次在襄阳召集诸将会议过了十几天,左良玉的军队和陕西的官军各路齐动,要向张献忠进行围攻。献忠事先得到住在襄阳城内的坐探密报,知道了杨嗣昌的作战方略和兵力部署,但没有特别重视。他对左右亲信说:

"老左是咱手下败将,他咬不了咱老子的屌!"

尽管张献忠瞧不起左良玉,但还是做些准备。闰正月下旬,献忠将人马拉到川、陕交界的太平县(今万源)境内,老营和三千人马驻扎在玛瑙山[①],各营分驻在周围两三个地方,为着打粮方便,相距都有二十里以上。这儿是大巴山脉的北麓,山势雄伟,地理险要,而太平县又是从陕南进入川北的一个要道。献忠暂时驻军这里,避开同左良玉作战,一面休息士马,一面收集粮食,打算伺机从太平县突入四川,或沿着川、陕边界奔往竹溪、竹山,设法重新与曹操会师。陕西、三边总督郑崇俭在汉中和兴安驻有重兵,所以他无意奔往汉中一带。

他刚到玛瑙山几天,探得左良玉的追兵已经由湖广进入陕西,在平利按兵不动。多数将领和谋士们都认为左良玉被杨嗣昌催促不过,做一个前来追剿的样儿给朝廷看看,未必敢真的冒险深入。纵然有几个人认为左良玉可能向玛瑙山追来,但在张献忠的面前都不敢多说。一种骄傲和麻痹的气氛笼罩着献忠的老营。有一天在晚饭后闲谈中间,军师徐以显提到须要在一些险要路口派兵把守,以防官军偷袭。张献忠笑着说:

---

① 玛瑙山——在四川万源县西北七十里处,靠近陕西镇巴县境。

"老徐,你不用过于担心。左良玉这龟儿子,自从罗猴山那一仗吃了大亏,几乎把他的老本儿折光,听到咱老张的名字就头皮发麻。倘若他再像那样惨败一次,不只是受崇祯严旨切责,给他一个降级处分,只怕他的前程也难保啦,说不定还会送了他的狗命。虽说朝廷轻易不敢杀手握兵权的大将,可是,伙计,杨嗣昌在军中,找机会杀个大将为朝廷树威,还怕无机可寻?依我看,老左这家伙,只好在平利按兵不动,不敢冒险深入。如今朝廷大将,谁不是只想着保持禄位。他们的上策是拥兵观望,下策是实打硬拼。老左可没有鬼迷心窍!"

张大经频频点头,说道:"大帅所言极是。俗话说:一年被蛇咬,三年怕草绳。左昆山在罗猴山受过教训,不过半年多一点时间,前事记忆犹新,决不敢再一次贸然深入。"

徐以显摇头说:"不然,不然。左昆山久历戎行,也知道胜败乃兵家常事,断不会因吃了一次败仗就惊魂落魄,不敢再战。听说朝廷对他的拥兵骄横颇为不满,杨嗣昌实想找机会夺他的'平贼将军'印交给贺疯子,这事他也知道。如今老左进到平利,贺疯子等人率领的秦军也从兴安州向我们逼近,都想寻觅机会建功,而老左更想赶快打一个胜仗给杨嗣昌看看。打仗的事儿,总要有备无患,免得临时措手不及。"

张献忠哈哈大笑,在徐以显的肩上一拍,说:"我的好军师!如今是闰正月,高山上还很冷,你这把鹅毛扇子偏扇冷风,不扇热风!你全不想一想,从罗猴山一战之后,咱们的士气旺盛,官军更加怯战,老左何必来玛瑙山向老虎头上搔痒?他一向同贺人龙各怀私心,尿不到一个壶里,如何能同心作战?你放心吧,他们谁也不敢往玛瑙山来。咱们的粮食不多,每天派小股人马四出打粮要紧!"

潘独鳌接着说:"大帅料敌,可谓知己知彼。目前不怕官军前来,但怕缺粮。应该多派出一些人马打粮,打粮多者有赏,打不到粮食的受责。只要我们军中粮足,何患官军前来!"

左右一些从谷城和房县投入义军的文职人员都附和献忠的看法,说军师虽然足智多谋,却没有看清左良玉实无力量前来作战。徐以显轻轻摇头,仍是放心不下,但是怕触献忠恼怒,不愿多说了。

张献忠随即命亲兵叫来一群担任打粮的大小头目,因为打粮的成绩不好,将他们臭骂一顿,威胁说以后谁如果打不到粮食回来,轻则五十军棍,重则砍头。大家本来想说出来在这人烟稀少的大巴山中打粮的种种困难,但看他正在雷霆火爆地发脾气,都低着头不敢吭声。献忠虽然对着打粮的头目们骂得很粗鲁,但心中也明白大家确实有困难,所以忽然收了怒容,走到一个只有二十出头年纪的小头目面前,扯着他的耳朵问道:

"春牛,你这个小王八羔子,咱老子平日很喜欢你是个能干的小伙子,怎么今日率领两百人出去两天,连一颗粮食子儿也没打到?"

青年小头目疼痛地歪着脑袋,大胆地说:"大帅,请你丢了我的耳朵让我回禀。你的手狠,快把我的耳朵扯掉啦。"

献忠放了他的耳朵,亲切地骂道:"好,你龟儿子说清楚吧。"

小头目望着他说:"大帅!方圆几十里内,只要是有人住的地方,有粮食的人们都逃走啦,有的人家没逃走,也给我们将粮食搜光啦。如今要想打来粮食,非到一百里以外不行。可是,大帅你限定只能两天在外,时间限得太紧,我能够屙出粮食?你就是砍了我的头,只流血,流不出一颗粮食子儿!"

献忠问:"来去限三天如何?"

"至少得宽限三天,五天最好。"

献忠捋着长须想一想,说:"好,刘春牛,只要你龟儿子能够打到粮食,三天回来行,五天回来也行。可是至迟不能超过五天。"他望着全体打粮的头目说:"老子把话说在前头,你们哪个杂种倘若在五天内仍是空手而回,休想活命!大家还有什么话说?"

大家纷纷回答没有别的话说,准定在三天以外,五天以里,带着粮食回来。献忠高兴起来,大声喊叫:

"老营司务!给他们每个小队发两坛子好酒,两只肥羊。今日虽然打粮不多,有的空手回来,可是既往不咎,下不为例。念弟兄们天冷辛苦,发给他们羊、酒犒劳。"

大家齐声欢呼:"谢大帅恩赏!"

献忠回到屋中,向火边一坐,同那些围坐在火边的文武人员谈论着打粮的事。人们有的称赞他对部下有威有恩,明日出去打粮的各股将士定能满载而归;有的说他今年正交大运,一时军粮困难无碍;另有的说他自去年破房县以后,威名更震,左良玉实不敢前来寻战,不妨在此休军半月,然后转往兴归山中①就粮,湖广毕竟要富裕一些;还有的建议他在玛瑙山得到一点粮食之后,突然杀往平利,出左良玉不意,杀他个落花流水;并且说,自从罗猴山一战之后,左兵听到献忠的名字就胆战心惊,西营大军一到,左兵必将惊慌溃逃。献忠对各种阿谀奉承的话已经听惯,既不感到特别喜欢,也不感到厌恶,有时还忍不住含笑点头或凑一二句有风趣的骂人话,然后哈哈一笑。后来他靠在圈椅上,拈着长须,闭着眼睛,听大家继续谈话,听着听着就矇眬入睡了。

张献忠完全没有料到,左良玉指挥的官军已经分几路向玛瑙山逼近,更没有料到刘国能已经从郧阳调来,任为左军前锋,他的一支人马已经进到离玛瑙山只有几十里的地方,埋伏在深谷密林之中,偃旗息鼓,不露炊烟,正在等待向玛瑙山突然扑来。

刘国能是延安人,与李自成、张献忠同时起义,自号射塌天,在早期起义首领中也算是有名人物。在崇祯十年秋天农民革命战争

---

① 兴归山中——漫指湖北省兴山和秭归一带山中。

转入低潮时候,这个自号射塌天的人物开始动摇,不想再干了。到崇祯十一年正月初四日,他首先在随州投降,无耻地跪在熊文灿的面前说:"国能是个无知愚民,身陷不义,差不多已经十年,实在罪该万死。幸蒙大人法外施恩,给小人自新之路,涮洗前罪,如赐重生。国能情愿率领手下全部人马编入军籍,身隶麾下,为朝廷尽死力!"熊文灿大为高兴,说了些抚慰和勉励的话,给他个署理守备官职,令他受左良玉指挥。他小心听从良玉约束,毫无二心。在一年多的时间里,他确实做了朝廷的忠实鹰犬,屡立"战功",又招诱了闯塌天李万庆等首领投降,遂由署理守备破格升为副总兵。他的官职升得越快,越想多为朝廷立功,也对左良玉越发奉命惟谨。

他一到这里就探知张献忠派小股人马四出打粮的情形,在一个山路上设下埋伏。今天上午,当刘春牛率领弟兄们带着粮食转回玛瑙山时,刘国能的伏兵突起,截断去路,喊叫投降。刘春牛不肯投降,率众突围,勇猛冲杀,身负重伤。他的手下弟兄一部分当场战死,部分受伤,部分被俘。凡是没有死的人和牲口、粮食,都被押到刘国能的驻地,由他审问俘虏。刘春牛因流血过多,已经十分衰弱。刘国能问他玛瑙山寨的防守情形,守寨门的人数和头目姓名,以及打粮小队在夜间叫寨门规定的暗号。刘春牛一句不答,只是望着刘国能破口大骂,口口声声骂他是无耻叛贼。刘国能命手下人将春牛斩了,继续审问别人。半个时辰以后,他骑马向左良玉的驻地奔去。

左良玉由于杨嗣昌连来羽檄并转来崇祯手诏,催他进兵,十万火急,他不得已于几天前暗暗地将大军向玛瑙山附近移动,而在平利县城内虚设了一个镇台行辕的空架子,装做他仍在平利县境按兵未动。他是昨天来到紫阳县南的一个山村驻下,行踪十分诡秘。因为玛瑙山一带地势很险,他深怕再蹈半年前罗猴山大败的覆辙,不敢贸然深入。他向杨嗣昌飞禀他已到玛瑙山下,将献忠包围,逐步攻杀前进,不断斩获献忠的小股游骑,而实际按兵不动,等待机会。他正在心中焦急,刘国能来了。

刘国能将他俘虏了张献忠的一支打粮小队和得到的情况向左良玉当面禀报之后,又献了一个袭破玛瑙山寨的计策。左良玉心中大喜,忘记他平日的威严和挂"平贼将军"印的崇高地位,从椅子上忽地站起,将刘国能的肩膀一拍,大声说:

"刘将军,你立大功的日子到了!"

刘国能赶快起立,恭敬地说:"国能自从反正以来,无时不想报效朝廷,以洗前罪。如此次能袭破玛瑙山寨,也全是大人指挥调度之功,国能不过是在大人前效犬马之劳罢了。"

左良玉忽然感到不放心,问:"张献忠十分狡猾,万一有备奈何?"

刘国能说:"张献忠虽然狡猾,但是一胜利便骄傲,一骄傲便疏忽大意,他这个老毛病我知道得最清。如今正是他骄傲自满时候,最容易利用他疏忽大意,袭破他的老营,将他擒获。"

"他有一个军师叫徐以显,会提醒他做好戒备。"

"张献忠半年多来,连胜几仗,志得意满,纵然徐以显会提醒他,他也只会当做耳旁风,不会听从。"

左良玉默思片刻,认为刘国能的计策确实可行,又问:

"将军愿做前锋?"

刘国能说:"请大人立即下令,职将愿做前锋,准能成功。"

"好,你快去准备吧。我立刻就向众将下令,随你前进。万一此计不成,献贼已有防备,在玛瑙山发生混战,我军也必须有进无退,苦战破贼。你我既食君禄,就当以身许国,宁可战死疆场,不可死于国法。"

"是,是。请大人放心。倘若献贼已有防备,国能纵然粉身碎骨,决不后退一步。"

刘国能不待吃午饭，奔回驻地。左良玉在他退出后，立刻召集诸将，面授机宜。未时未过，刘国能先带着自己的两千人马和俘获的打粮小队迅速出发，秘密进军，而左营精兵紧紧地跟随在后。另外，左良玉派出两千人马奔往砖坪村①附近埋伏，占据险要地利，截断张献忠向湖广东逃之路；又以三千人为后援，以防张可旺等奔救玛瑙山。他又派出飞骑，檄催秦军贺人龙和李国奇两支人马从西北向玛瑙山包围，不使张献忠向汉中方面逃跑。他不担心张献忠会从太平县逃入四川，因为他知道不仅大巴山高处的路径被大雪封断，而且各隘口都有川军防堵。他自己在申时以后从驻地起身，追赶奔袭玛瑙山的部队，以便亲自督战。他骑在马上想，倘若此战大捷，不惟一雪罗猴山之耻，而且使杨嗣昌不敢再操心夺去他的"平贼将军"印。临近黄昏，他在马上将鞭梢一扬，对中军参将吩咐：

"替我向前传令：加速前进，不得我的将令不许停下来休息打尖！"

在二月初七日，玛瑙山一带像近几天一样，在黎明时候就开始起雾。在白雾和曙色的交融中，山寨寂静，只偶尔有守寨士兵的询问声，不见人影。寨门上边仍有灯笼在冷风中摇动，也很朦胧。山寨中绝大多数将士们还在酣睡，既没有黎明的号角声，也没有校场中的马蹄声和呼喊声。实际上，这里地势险峻，寨内外没有较为宽阔平坦的地方可做校场，所以将士们都乐得好生休息，不再在寒冷的霜晨操练。

突然有一个守寨门的士兵听见从一里外的浓雾中传来了马蹄声，警觉起来，赶快叫醒坐在火堆旁打盹的两个弟兄，一起走出窝铺，凭着寨垛下望。但是什么也看不见，只觉马蹄声更加近了。一

---

① 砖坪村——今陕西岚皋县城所在地。

个弟兄向旁边问：

"不会是官军来劫营的吧？"

"不会。一则老左在罗猴山尝过滋味，眼下还不敢来自讨没趣，二则咱们在山脚下还扎有一队人马，官军如何能飞过来？"

第三个弟兄说："没事儿。我看，准是又一队打粮的弟兄们回来啦。不信？老子敢打赌！"

第一个弟兄说："对，对，又一队打粮的回来啦。不管怎么，把小掌家的叫起来再开寨门。"

守寨门的小头目从被窝里被叫醒了，边揉着惺忪睡眼边打哈欠，来到寨门上，凭着寨垛下望。几个刚惊醒的弟兄簇拥在他的背后。他听见了众多的脚步声，喘气声，向寨门走来，并且看见了走在最前边的模糊人影，他完全清醒了，向寨下大声问：

"谁？干啥的？"

寨外拍了两下掌声。寨上回了两下掌声。

"得胜？"寨上问。

"回营。"寨外答。

"谁的小队？"

一个安塞县口音回答："刘春牛的打粮小队。啊，王大个，你在寨上？对不起，惊醒了你的回笼觉①。"

寨上的头目说："啊呀，春牛，是你，恭喜回来啦！打的粮食很多吧？"

"这一回打到的粮食不少，自家兄弟背不完，还抓了一百多民夫，来去正好五天。紧赶慢赶，没有误了限期。别的打粮队都回来了没有？"

"伙计，只剩下你这一队啦，大家都在为你担心哩。"

说话之间，打粮的队伍来到了寨门下边，在晓雾中拥挤着，站

---

① 回笼觉——五更时候，睡醒了重又矇眬入睡。

了很长,队尾转入山路的弯曲地方,看不清楚。那绰号叫做王大个的小头目吩咐快开寨门,他自己也下了寨墙,同一群弟兄站在门洞里边,迎接这最后满载而归的打粮队。当他看见进来的弟兄们每两三个人夹着几个衣服破烂的民夫,都背着粮食口袋,夹在队伍中的马背上也驮着粮食,他高兴地说:

"各位弟兄辛苦啦,辛苦啦。你们打这么多粮食,大帅定有重赏!"

伪装的刘春牛怕自己被认出是假,一直停在寨门外,好像忙着照料打粮队伍进寨。另一个伪装的小头目进寨后停留在王大个的身边没动。

一个没有背粮食口袋的大汉夹在队伍中间,来到王大个的面前,忽然将眼睛一瞪,带着不怀好意的笑容问:

"你认识我么?"

王大个忽然感到不妙,抓住剑柄,回答说:"我想不起来,好像在哪儿见过。你是谁?"

"我是射塌天!"

王大个刚刚拔出剑来,已经被刘国能一脚踢倒,接着被刘的一个亲兵一剑刺死。站在城门洞里的西营弟兄们措手不及,登时都被砍倒。刘国能率领手下人呐喊杀奔献忠老营,乔装民夫的那一部分人都把农民的破袄脱掉,露出明兵号衣,新降的打粮士兵都遵照事先规定,一边呐喊带路,一边在左臂上缠了白布。其中有些人不愿投降,在混乱中将身边敌人砍死,四散奔窜,大声狂呼:"官兵劫寨啦!官兵劫寨啦!"在各寨墙上的弟兄们都敲起紧急锣声,大叫:"官兵劫寨啦!"同时向奔跑的人群射下乱箭。

刘国能一路上只担心混不进玛瑙山寨,如今一进了寨门,他像一头凶猛的野兽一样直向献忠的老营奔去。他自己的两千人马像潮水般向寨中涌进,一部分紧跟在他的后边,一部分占领了寨墙,从背后包围献忠的老营,防止献忠出后门逃走。左良玉开来玛瑙山的部队有两千人跟着刘国能的部队一起进寨,其余的部队在山下分为三支,截断要道,要使张献忠纵然能逃出玛瑙山寨也逃不出山下大军的手心。

这天早晨,起得最早的是张献忠的第四个养子张定国和军师徐以显。张定国住在老营右边不远的一个院落里,他的士兵有二百人同他住在一起,另外还有三百人驻在别的两座院落里,相距不远。他为人勤谨,每天早晨听见鸡叫二遍就起床,在院中舞剑,等候士兵们起床练功。这时他已经舞了一阵剑,练了一阵单刀,退立到台阶上看他的亲兵们练功,而住在同院中的弟兄们正在集合站队。另外三百名弟兄也在别的院中集合站队。徐以显带着三十名亲兵住在老营另一边的一个小院中;加上马夫、火夫和其他人员,同住的大约有五十余人。他昨夜同献忠商量了一个奇袭平利的方略,准备天一明就离开玛瑙山往张可旺的驻地,所以他的亲兵们都已经穿好衣服,正在匆匆漱洗,而马夫们正在从后院中牵出战马。

一听到呐喊声,张定国立即拔出宝剑往外跑,同时大叫一声:"全跟我来!"他的亲兵们紧跟在他的身边,而那两百名正在站队的士兵也拔出刀剑随着奔出。定国一看进来劫营的敌人已经扑到了老营的大门口,而守卫的弟兄们正准备关闭大门,已经来不及了,有的在混战中被敌人砍倒,有的仍在拼死抵抗。定国将宝剑一挥,又说声:"跟我来!"冲进敌人中间,勇不可当。刘国能正要冲进献忠老营院中,冷不防从右边冲出一支人来,在他的背后猛杀猛砍。他只好回头来对付这一股没命的勇士,不能够冲进老营院中,尽管那大门是敞开的,守门兵已经死尽,院里的将士尚未来得及奔出大门口进行抵抗。

徐以显一听到呐喊声就奔出小院大门,看见官兵进寨的多如潮水,前队正在猛扑老营。他立刻退回,将大门关闭,吩咐人们从里边用石头顶牢,同时率领亲兵们首先爬上房坡。院中连少数妇女在内,全都跟着上了房坡。他们向敌人成堆的地方用弓、弩不停地射箭,没有弓和弩的人便用砖瓦投掷,使敌人登时受到损伤,不得不分兵应付。

张献忠的老营是并排两座大宅院连在一起,驻有三四百人,其中妇女有几十人。他的第三个养子张能奇住在里边,专负守卫老营的重任。他刚起床,正在扣衣服,听见呐喊声就提剑奔到院中,一边呼叫一边向大门奔去。他的亲兵们和其他将士有的已经起床,有的刚被惊醒,有的是听见他的呼叫才醒来,几乎是出于本能,都拿着兵器向大门奔去,并没有畏缩不前或打算自逃性命的。有许多人来不及扣衣扣,敞着怀奔了出来,甚至有的人赤膊奔出。当能奇奔近大门时,守门的弟兄们已经死伤完了。有人在他的身边急促建议:"关大门!关大门!"他没有理会,稍停片刻,看见身边已经有一百多人,其余的继续奔来,他命令一个小校率领二十名弟兄死守大门,随即将刀一挥,大声呼叫:

"弟兄们,跟我来,杀啊!"

在老营前边的打谷场上进行着激烈的混战。在最激烈的中心反而不再有呐喊声和喊杀声,只有沉重的用力声,短促的怒骂声,混乱的脚步声,刀剑的碰击声,以及狼牙棒猛然打在人身上和头部的闷响声。战斗的人群在不断移动,好像激流中的漩涡,有时有人流加进去,有时又有负伤者退出来。那处在激流和漩涡中的人们,不断地踏着血泊,踏着死尸和重伤的人,前进,后退,左跳,右闪,有时自己倒下去,被别人践踏。除老营大门外是主战场之外,寨中有许多地方都发生混战,战斗的方式各有特色。

当呐喊声刚起时,张献忠在敖夫人的房里突然惊醒,从床上一跃而起,迅速穿好衣服,顺手摸了一把大刀(那把"天赐飞刀"昨日放在丁夫人的床头,未曾带在身边),奔到院中。他听一听,果然是官军进到寨内,大门外正在厮杀。转眼之间,他的身边已经聚集了一群刚穿好衣服的亲兵亲将,有的一边穿衣服一边向他跑来。他沉着地低声说:"走,将龟儿子们赶出寨去!"便向大门奔去。当他穿过两进院子跑到大门口时,分明各处寨墙都被官军攻占,有几个地方已经起了火。他听见从东西南北传过来呐喊声和带着胜利口气的呼叫:

"不要叫张献忠逃走了!不要叫张献忠逃走了!……"

第 九 章

老营大门外的一阵白刃混战完全出官军将领们意料之外。按照左良玉和刘国能事前估计,官军一旦大队拥进玛瑙山寨,义军惊恐失措,纵有抵抗,也必定是零零星星,一触即溃,四散逃命。没有料到,正要杀进张献忠老营时候,突然从左边附近院落中冲出的一小股人竟是那样勇猛顽强,宁死不退。刘国能亲自指挥众人围攻这一小股人,不期看见张定国正在狂呼奋战,左冲右突。他隔着一些人,向定国大声招呼:

"宁宇侄,不认识你刘叔么?赶快投降,愚叔保你不死!"

张定国连劈死扑到身边的两个敌人,才有机会看是谁向他呼唤。一看见是刘国能,对于山寨如何被劫的事,心中恍然清楚。他冲到刘国能面前,骂了一句:"叛贼休逃!"猛向国能刺去。刘国能用刀格开他的宝剑,转身便走,却由他的将士们将定国等几个人围住厮杀。

当张能奇率领一起人奔出老营大门时,定国身边的弟兄们已经伤亡殆尽,他自己也带了两处轻伤,退到老营大门的台阶下,但是他仍旧鼓励左右奋力杀贼,不使敌人顺利地杀进老营。一看见能奇出来,他格外勇气百倍,随在这一起生力军中向敌人猛烈冲杀,同时对能奇大声说:

"三哥,刘国能在这里,莫饶他!"

转眼之间,张献忠也率领一起人杀奔出来,同两个养子会合,竟将多于他们几倍的敌人赶出了打谷场,还救出了定国手下的几十名弟兄,那是驻扎在另外两座院落中的三百名经过混战仅存的勇士,大半都挂了轻重不同的彩。

天已经大亮了。拥进玛瑙山寨的官军已经占据了各个路口、各处寨墙和重要宅院。徐以显的宅子已经被官军点着,火光与浓烟冲向天空。老营的后门已被攻破,双方继续在院中混战,一部分人从大门奔出,一部分人爬上房去向院中的敌人射箭和投掷砖瓦。敌人从四面向献忠围了上来,大呼要"捉活的"。徐以显已经带伤,身边只剩下五六个人,杀开一条血路奔到献忠身边,大声说:

"大帅快走!不可迟误!"

献忠说:"走,杀出去!"

张定国在前开路,献忠和徐以显在中间,能奇在后,一边同敌人厮杀一边向西撤退。西寨上已有官军占领,人数虽不很多,却是左良玉的精锐部队,奉命等在这里。他们中间没有刘国能的士兵,所以不认识张献忠。他们拦住了登城的路,为首的军官大声威胁说:

"快投降!你们已经跑不脱了。倘若有献贼混在你们里边,赶快交出投降!"

张献忠将定国向旁一推,昂然上前,举刀大叫:"八大王来了!"那军官猛一惊骇,同时举刀一挡。只见两道白光同时一闪,碰在一起,铿然一声。献忠因见手中的大刀折断,虚砍一刀,一跃上寨,迅速飞起一脚向敌将裆中踢去。敌将向旁一闪,随手一刀砍来。献忠刚用半截刀格开,敌将就被张定国一剑刺死。寨上的官兵在片刻间大部分被杀死,剩下的惊慌逃散。张献忠看看半截断刀,见刃上带着几处缺口和血迹,说声:"去你妈的!"抛到寨下;弯腰拾起来敌将的宝刀,拿眼一看,满意地点点头,随即又解下敌将的刀鞘挂在自己腰间。这时差不多有七八百官军从三个方面包围上来,距离在一箭之外,呼叫着活捉献忠。献忠向敌人扫了一眼,嘴角闪出一丝嘲讽的微笑。

三天以后,张献忠辗转到了名叫水右坝的小镇上驻下来,身边有一千六七百人,大部分是从玛瑙山溃散出来的,陆续集合到他的身边,只有五百人是张可旺派来为他护驾的。虽然玛瑙山老营被劫,但西营的主力由献忠的两个养子张可旺和张文秀率领,驻军距玛瑙山有二十里以上,未受损失。献忠的重要军需、金银珍宝也多在可旺和文秀营中。他们当时因隔着大山,不知老营被劫;等天明以后很久,才得消息,已经来不及出兵援救。第二天,左良玉、刘国能、贺人龙和李国奇的人马在玛瑙山附近集结得很多,使张可旺和张文秀无力向官军进攻,而官军也无力消灭他们。双方在紧张的局面中保持着停战状态。

张献忠在水右坝驻军两天,对于他在玛瑙山的损失才大体清楚。偏裨将领有曹威等十六人阵亡,另有偏将扫地王张一川和小校三百多人被俘或投降。骡马损失一千多头。他的九个妻妾,随老营守卫将士突围逃出的只有二人,高氏和敖氏等五人被俘,其余一个姓张的被杀于乱军之中,还有一个是新野丁举人的妹妹,抱着不满两周岁的、曾被王又天称为"贵不可言"的婴儿,在逃上寨墙后因被追兵包围而投崖自尽。张大经在突围时被官军杀死。潘独鳌突围后不知下落。献忠当时只带着二百多将士翻过玛瑙山寨,趁着晨雾未散,潜行于崖谷密林之中,脱险出围。官军搜山三天,没有搜到他,反以为他已经死了。

为要安定军心、鼓舞士气,并决定今后去向,张献忠在水右坝小镇上召开军事会议。张可旺、张文秀、白文选、马元利等重要将领都从驻地赶来参加。他不许将领们多谈玛瑙山的失败,特别是不愿听到有谁提到他的几个妻妾的被俘和死亡。虽然他心中为这次挫败感到痛苦,但是他用满不在乎的口气说:

"他妈的,这点损失算得鸡巴大事!别说是这点损失,就是全部打光了,老子也要从头再来!"他随即换成了嘲笑的口吻接着说:"哼哼,我以为左良玉王八蛋有多大本领,原来是用叛贼刘国能赚开寨门!老子在山下设的那道关,派三百人把守,也是上了刘国能的当,没有动一刀一枪给王八蛋龟儿子们吃掉啦。咱这一回亏吃得好,有意思。咱老子一向惯使人扮作官军赚城劫寨,这一回却叫别人学咱的拳路捣咱的心窝。吃过这回亏,下回就学乖啦。这次输,下次赢,胜败兵家之常嘛。"

正在商议时候,细作回营禀报:左良玉和刘国能的人马进到玛瑙山寨之后,除全部杀死因负伤不能逃出的西营将士外,寨中原来留下的百姓,十二岁以上和五十岁以下的妇女都被轮奸,有的因轮奸致死,有的奸淫后被掳入营中带走,有的被杀,青壮年男子都被杀光。山中本来人烟稀疏,未逃走的百姓几乎被杀光了。左良玉上报"斩贼"三千三百多级,请监军道检验。有的首级下颏溜光,耳垂上带有小孔,明是妇女首级,但无人敢说破。张献忠听到这里,骂道:

"哼,明朝将军们都有一个传家本领:拿老百姓的首级邀功!"

细作又接着禀报说:"听说左良玉和刘国能两家将士为抢夺玛瑙山老营妇女和财物,互相打架,杀伤了二十几个人。刘国能及时赶到,把自己的将士喝退,将抢到的一颗金印、八面令旗和八支令箭、两个卜卦金钱和一根镂金缠龙棒,还有大帅常用的那口'天赐飞刀'都献给左良玉,才算没事。要不的,左良玉还要怪罪他哩!"

献忠骂道:"操他娘,射塌天投降以后的日子也不好过。奴才不是好当的!"他转望着徐以显笑着说:"老徐,这个刘国能你不认识,他王八蛋替自家起个诨名叫射塌天,却总想受朝廷招抚。我当面骂过他:'老刘,咱老张看你不会射塌天,迟早会落进人家的裤裆里!'瞧瞧,老子的话应验了吧!"

徐以显向细作问:"你探听出潘先生的下落么？究竟是被俘了还是死了？"

细作回答:"回禀军师,潘先生的下落仍然不明。人们都猜他并没有死但不知他逃出后藏匿到什么地方。"

命细作退出以后,张献忠继续同众将商议军事。这时明朝的湖广军张应元和汪之凤两部正在向水右坝靠近,川军老将张令的部队在川、楚交界处把守隘口。献忠的西营将士陆续集结在水右坝一带的约有两万人,力量仍然雄厚。献忠想着倘若打张应元和汪之凤两军,左良玉必然会前来相救,不如专力杀败张令,打开一条入川之路。他命令张可旺和张文秀先走,白文选和马元利护卫老营后行。徐以显、张能奇和张定国都在玛瑙山负伤未愈,随着老营医治。

十七日,明军到水右坝时,献忠已经退走,殿后部队与明军发生战斗,小有损失。十九日,献忠的前锋部队在川、楚交界处的岔溪和千江河一带与川军张令的部队相遇,小有接触。时天色已晚,互相不知虚实,各自后退。张令一面发塘马向督师辅臣和四川巡抚报捷,一面退守靠近四川的重要市镇柯家坪。

闰二月二十七日,西营大军突然向柯家坪发起猛攻,弥山漫野,将张令全军包围。另一个川军将领方国安在张令的后边,一看义军势盛,没法抵御,便扔下张令,从艰险的小路逃脱。七十多岁的张令在当时是一位有名的悍将,手下的五千川军也很能打仗,没路可逃,战斗得非常顽强。柯家坪缺少泉水,也缺乏溪流,恰巧下了一场大雨,解决了被围川军的吃水问题,并使义军的进攻增加了困难。献忠将张令围困了十二天,到了三月初八,眼看就要攻破柯家坪,官军数路援军齐到,只好解围而去。第二天,献忠的一部分人马同官军在寒溪寺相遇,双方都略有伤亡。初十日,献忠在盐井打个败仗,损失了一千多人。跟着,献忠又向木瓜口和黄墩进攻,都未得手,白折了一些人马。他怕受秦、楚官军合力包围和追击,打算转移到兴归山中度夏,休息士马,收集散亡,补充军需,和驻扎在巫山和大昌境内的曹营靠近。

秦、楚、川各路明军集结在三省交界处的虽然有六七万人,但经过玛瑙山战后,被献忠放在眼中的只有左良玉一军人马。他知道川军以保境为主,不会远出川境以外;秦军也只想保境,不肯入湖广作战;至于楚军,只有左良玉是真正战将,实力也比较雄厚。听说杨嗣昌正在催促良玉进兵,而左营人马也确实在日夜向平利集中。他担心左良玉奉杨嗣昌之命追赶不放,使他在兴归山中休息士马的打算落空。于是他在竹溪县境内同徐以显、张可旺和马元利密商之后,把一个离间敌人的计策决定了。

当晚,献忠叫徐以显替他写一封给左良玉的信。写成之后,献忠仔细听听,摇摇头说:

"老徐,这样写不行。咱老张没学问,他老左不识几个字,更不如咱。给他的书子,不要太文,也不要太长。太文啦他听不懂,还得旁人讲解;太长啦他不耐心听,反而会漏掉要紧的话。咱们把书子写得简短一些,没有闲话,不绕弯子,槌槌打在鼓点上,句句话的意思都很明白,叫他龟儿子把咱的话细细嚼,品出滋味。伙计,你说对么?"

徐以显笑着点头说:"甚是,甚是。还是大帅所见英明。"

"来,老徐,我的好军师,你虽然是秀才出身,可是这封书信的大意你得听我说。我说出来的话,你把字句稍微弄顺就行啦。书信的头尾都用你刚才写的那个套套子,中间的话用我的。来,咱俩写吧。"

徐以显挑大灯亮,把纸摊好,膏好羊毛笔,按照献忠口授的大意将书子写成,略加润色,自己先看一遍,忍不住微笑,频频点头,心中越发佩服献忠的聪明过人。他添了一个漏字,抬起头来问道:

"我念给大帅听听？"

"念吧，念吧。连你那前后套套子都念出来！"

徐以显随即念出了书信，全文如下：

西营义军主帅张献忠再拜于昆山将军麾下：玛瑙山将军得胜，已足以雪罗猴山之耻，塞疑忌将军者之口。不惟暂消杨阁部夺印之心，且可邀朝廷之厚赏。将军目前可谓踌躇满志矣。然有献忠在，将军方可拥兵自重，长保富贵；献忠今日亡，则将军明日随之。纵将军十载汗马功高，亦难免逮入京师，斩首西市，为一贯骄玩跋扈、纵兵殃民者戒。故献忠与将军，貌为敌国，实为唇齿。唇亡齿寒，此理至明，敬望将军三思，勿逼献忠太甚。且胜败兵家之常，侥幸岂可再得？倘将军再战失利，能保富贵与首领乎？不尽之意，统由马元利代为面陈。谨备菲仪数事①，伏乞哂纳。倚马北望，不胜惶恐待命之至！张献忠顿首。

献忠听过之后，又自己看了一遍。看到那句"不胜惶恐待命之至"，笑了笑，心中说："咱老子惶恐个屁！"但是他懂得这是文人书信中的一句"成套"，没有叫军师改掉。

当下，马元利赶快将随行士兵和一应需要带的东西和伪造的文书准备好，四更以后，同随行将士们饱餐一顿，悄悄地出发了。同一天，张献忠将人马分成数股，偃旗息鼓，向兴归山中开去。尽管他断定马元利去见左良玉无危险，但有时仍不免在心中自问：

"老左这龟儿子会不会对他下毒手？"

张献忠在谷城屯兵时候，曾仿刻和仿制了湖广巡抚衙门的关防、印信、笺纸、封套，以备使用。这些东西同另外一些重要文件和贵重军需都放在张可旺营中，尚未运往玛瑙山，所以未曾损失。如

---

① 数事——数件。

今马元利乔扮做官军偏裨将官,随带一名亲信小校和二十几名弟兄,一色穿着湖广巡抚标营的号衣,骑的马也烙有"湖广"二字。这些战马和号衣,都是过去在战争中获得的。马元利的身上带着伪造的湖广新任巡抚宋一鹤致左良玉的一封紧急文书,一封致巴东守将的文书,还有一个文件是证明他去左良玉军前和巴东、荆州一带军前"公干",类似近代的所谓护照。前两封文书所用的封套都有一尺二寸长,六寸宽。由于他们的装扮和文件都十分逼真,加上马元利仪表堂堂,遇事机警、沉着,应对如流,所以在路上穿城过卡,常遇官军盘查,都没有露出马脚。

在玛瑙山胜利之后,左良玉把人马驻扎在兴安州和平利、紫阳两县境内,对张献忠并不追赶,一则由于张可旺和张文秀、白文选等所率领的义军精锐并未损失,使他不敢穷追,二则他同杨嗣昌有矛盾,不愿意为朝廷和杨嗣昌多卖力气。现在杨嗣昌一再催促进军,他只好赶快集中人马,并把自己的老营移到平利城内,以便随时前进。马元利在一天下午到达了平利县城,把带来的弟兄们安顿一个地方,便带着亲随小校寻找左良玉的承启官。当张献忠屯兵谷城时,马元利曾奉差去左良玉军中一次,给左良玉本人和他的左右亲信送过贿赂,所以知道在左良玉的老营中什么人能够帮忙。因为他假充是湖广巡抚衙门来的急差,又是一位将军,所以很快就见到了承启官。承启官一见他,吓了一跳,带他到一个僻静地方,小声问道:

"你如何来到此地?"

马元利神色自若地笑一笑,回答说:"无事不登三宝殿……"

承启官截住他的话,低声警告说:"这里不是三宝殿,是龙潭虎穴,不是随便可以来的。你真大胆!"

"谢谢阁下关心。在下是奉张帅之命,前来晋谒镇台大人,商议投降之事。敬恳鼎力相助,设法引见。小弟带有些许薄礼,请阁下笑纳。"随即取出两锭元宝和两个金锞子塞进对方手里,接着说:"这只是聊表微意,请阁下莫嫌礼薄。一俟大事告成,另当重谢。事情很急,成与不成,我都不能在此多停,务乞费心通融,就在今晚引见。"

承启官想了想,说:"马将军,我劝老兄赶快回去,不要在此停留。阁部大人严令,如曹操等一切头领都可招抚,惟独不许招抚你家八大王。我家镇台大人受阁部大人节制,如何敢违命受降?"

马元利又笑了一笑,说:"老兄所见差了。第一,官府做事,向来是虎头蛇尾,变化不定。杨阁部说惟独对我们张帅不赦,我看也不过是那么说说罢了,何必对这句话看得认真?第二,左帅大人只是朝廷一个总兵,我们张帅如果投降,也只能向朝廷投降,由杨阁部代朝廷受降。我们只是想请求左帅大人探探阁部口气,并非径向左帅大人投降。此事倘若不成,对左帅大人无损;倘若成了,也可说是左帅大人玛瑙山一战之功。况且我家张帅差我给左帅大人带了些贵重礼物,不管左帅肯不肯在杨阁部前探探口气,我都须将礼物当面呈上,方好回去销差。"

"你们给镇台大人带来些什么礼物?"

元利从怀中取出一张红纸礼单,请承启官看看。承启官不看则已,看罢之后,脸上露出笑容,将礼单藏在自己怀中,说:

"老马,咱们是熟人,请不必瞒我。你们张帅行事十分诡诈,这是否是一个缓兵之计?"

"我们张帅行事该诚则诚,该诈则诈。"

"此话怎讲?"

"倘若他没有一片诚心待人,为什么几万将士肯生死相随?至于打仗,自古'兵不厌诈',哪有那么老实的。倘若你们也老老实实打仗,就袭不破我们玛瑙山老营了。小弟这次奉命来见左帅大人,确实十分诚意,不惟为我们自己,也为使左帅长保富贵。"

"老马,你别胡扯啦。你们想投降,怎么说也为着我们镇台大人长保富贵?"

"朝廷上的事你我都很清楚。有些机密话须要见了镇台大人时方能面陈。"

"好吧,我替你传禀传禀。只是如今朝廷耳目甚多,我们行辕中也有不少人认识你的,万一被人识破,诸多不便。我马上替你找个地方住下,千万不可随便露面。"

"多谢老兄。随小弟来的还有二十几名弟兄,请仁兄安置在一个地方。另外,还有什么事在下该注意的,什么人小弟该见的,请仁兄指示。"

"你同我们中军大人刘将军不是认识么?"

"认识。小弟此来,也给刘将军带了一点薄礼,请仁兄费心引见。"

承启官一听说有礼物带给刘将军,马上点头说:"好,这容易。应该请他帮忙。我只能替你传禀上去,倘若镇台大人不肯见你,我也没有办法。刘将军是镇台大人面前红人,只要他说话,镇台大人没有不听从的。像这样机密大事,非要他……"

承启官话未说完,他手下的一个传事小校匆匆地找了来,告他说由督师辅臣衙门来了紧急机密文书,要他立即呈到镇台大人面前,不能迟误。承启官略微有点吃惊,担心这个小校会认出马元利来,赶快说:

"我马上就去。请他们吃茶休息。"等传事小校走后,承启官向马元利说:"如今风声正紧,老兄此来,真是太冒风险!杨阁部已经来了几道火急文书,催促我们镇台大人进兵。方才来的,准定又是催促进兵的文书。在目前这样节骨眼上,镇台大人未必肯传见老兄。在这平利城中,杨阁部大人的耳目不少,可不是好玩的!"

马元利微微笑着,神色安闲地说:"小弟急欲拜见中军参将刘大人,请老兄早一点费心引见。另外,为着避免众人耳目,请老兄替我安排一个僻静下处,停留一晚。"

"我马上就去找刘中军,将你带来的礼物送上。似此大事,你非仰仗他在镇台大人面前说话不可。请你在此稍候片时,我马上吩咐一个可靠人带你去找一个僻静下处休息。你的随从们也都要万分小心,不可上街走动。"

马元利连声称谢,同时心里说:"只要你不出卖我就好了。"

当时平利城里城外,驻满军队,一片乱糟糟的。左良玉的承启官命自己的手下心腹人在城角一个僻静地方替马元利等人找一个落脚地方。他又在黄昏以后,请左良玉的中军刘参将同马元利见了面。这位刘将军受了重礼,答应尽力帮忙,嘱咐马元利安心等候消息。

一更过后,承启官见左良玉的身边没有别人,只有他的中军参将侍立身旁,便趁机将张献忠差马元利前来乞降的事悄悄禀明,并将礼物单呈上。左良玉因为杨嗣昌不断催促进兵,今日黄昏前又接到火急檄文,正在不知如何应付。他不想接见张献忠的秘密使者,但看承启官摆在他面前案上的礼单,又不免有点犹豫,轻轻骂道:

"操他娘,不知八贼又捣的什么鬼!"

刘中军躬身小声说:"不管八贼捣的什么鬼,这一份重礼不妨收下,马元利不妨许他来叩见大人。肯不肯受降,是朝廷和杨阁部大人的事。大人是否可以探一探阁部大人的口气,等见过马元利再做决定。"

左良玉点点头,对承启官说:"把礼单念给我听听。"

张献忠的礼单上开着纹银三千两,黄金一百两,另有珍珠、玛瑙、古玩、玉器等宝物十件。左良玉听毕,又轻轻点点头,问道:

"马元利来到这里可有外人知道么？"

承启官说："回大人，并无外人知道。"

"好吧，你们先把礼物抬进来，随后引他来见。今夜天不明就叫他离开此地，不可大意。"

当礼物抬进来时，左良玉亲自看了一遍，拿起来一个一尺多长的碧玉如意看了又看，不忍放手。他因为自己名良玉，所以每得到一件美玉就认为是吉利之兆，何况这又是一个如意，象征事事如意。过了一阵，他吩咐将礼物收起来，问道：

"马元利来了么？"

承启官回答说："现在外边等候。"

"带他进来。"

不过片刻，马元利被悄悄地带了进来。平时镇台行辕中的威风，仪注，一切不用，更无大声禀报和传呼。承启官只小声向左良玉禀道："马元利叩见大人！"跟着，马元利小声说道："末将马元利叩见镇台大人！"便跪下行礼。左良玉听马元利自称"末将"感到刺耳。马元利既不是朝廷将领，又不是敌国武官，而是一个"流贼"头目，怎么能在堂堂"平贼将军"面前自己谦称"末将"？但是他已经接受了对方重礼，加之马元利气宇轩昂，举止大方，左良玉心上的不舒服感觉只一刹那就过去了。他略为欠身还礼，并叫元利坐下。元利表示谦逊，谢坐之后，侧着身子就座。左良玉态度傲慢地问：

"是张献忠差你来乞降么？"

马元利恭敬地欠身回答说："回大人，末将并非前来乞降。敝军全军上下深恨朝廷无道，政治败坏，弄得天怒人怨，百姓如在水深火热之中，所以誓为救民起义，绝无乞降之意。"

左良玉不禁愕然。承启官已经退出，站在帘外窃听。中军刘将军侍立在左良玉身边。帘内帘外同时吓了一跳。左良玉一脸怒意，瞪着马元利问道：

"你不是对本镇的中军参将和承启官说过你是奉张献忠之命,要见本镇乞降么?"

"请恕末将托辞请降之罪。倘非末将这样托辞,未必能谒见大人。况如今朝廷耳目众多,万一风声传出,有人知道我奉命前来乞降,大人不允,朝廷也不会怪罪大人。倘若末将随便吐露真实来意,对大人实有不便。"

中军和承启官听了这几句话放下心来。左良玉的圆睁着的眼睛恢复常态,怒意消失,又问:

"不是乞降,来见本镇做甚?"

"末将特来面呈张帅书信一封,敬请钧览。"

马元利从怀中取出张献忠的书信,双手呈上。刘中军替左良玉接住,拆开封套,对着左良玉小声读了一遍。左良玉在片刻中没有做声,思索着书中意思。这封书子因写得很短,字句浅显,所以他一听就完全明白,而且觉得有几句话正好说中了他的心思。但是,那"唇亡则齿寒"一句话又有点刺伤了他,使他恼怒不是,忍受也不是,只好心中苦笑,同时暗暗骂道:"哼,我是朝廷大帅,拜封平贼将军,会同你贼首张献忠'唇亡齿寒',什么话!"由于他养成了一种大将的威严,这心中的苦笑流露到脸上就化成了一股严峻的冷笑。马元利注意到左良玉脸上的冷笑,略微有点担心。他不等左良玉开口,欠身赔笑说:

"大人,这封书信的意思不仅是为着敝军,也是为着大人的富贵前程。杨阁部一方面看来很倚重大人,请求皇上拜封大人为'平贼将军',一方面却对大人心怀不满。今年闰正月,杨阁部曾想夺大人的'平贼将军'印交给贺疯子,此事想大人已经听说。倘若大人没有玛瑙山之捷,此'平贼将军'印怕已经保不住了。所以张帅书子中的话,务请大人三思。"

左良玉阴沉着脸色说:"你这些话都不用再说,本镇胸中自有主见。十天以来,督师大人不断羽檄飞来,督催本镇进兵。今日黄昏,又有檄文前来,督催进兵火急。本镇为朝廷大将,惟知剿贼报国,一切传闻的话,都不放在心上。你是前来替张献忠这狡贼做说客的,休要挑拨离间,顺嘴胡说。你走吧,不然我一旦动怒,或者立刻将你斩首,或者将你绑送襄阳督师行辕。"

马元利不亢不卑地赔笑说:"末将来到平利,好比是闯一闯龙潭虎穴,本来就将生死置之度外。但既然大人不许末将多言,末将自当敬谨遵命,此刻只得告辞。"他从椅子上站起来,微微流露一丝冷笑,跟着又恭敬地说:"可惜末将有一句十分要紧的话,就只好装在肚里带回去了。"

左良玉问:"有什么要紧的话?"

马元利说:"常言道,当事者迷,旁观者清。就旁人看来,大人或是长保富贵,以后封伯封侯,或是功名不保,身败名裂,都将决定于近一两月内。就末将看来,不是决定于两月之内,而是决定于今天晚上。"

左良玉心中一惊,故作冷笑,问:"你这话是什么意思?"

马元利问:"大人允许末将直言不讳么?"

左良玉用眼色示意叫元利坐下,虽然不再说话,却目不转睛地望着元利的脸孔。元利坐下,恭敬地欠着身子说:

"今晚大人如能听毕末将率直陈言,仔细一想,就可以趋吉避凶,常保富贵,不日还会封伯封侯,荫①及子孙,否则前程难保。请大人不要怪罪,末将方好尽言。"

"你说下去。说错了我不怪罪你。"

马元利接着说:"目前我们张帅已入兴归山中,与曹操大军会师。此去兴山、秭归一带,数百里尽是大山,山路崎岖险恶,处处可以设伏,也处处可以坚守。敝军将士人人思报玛瑙山之仇,士气十

---

① 荫——由于立了功勋,子孙被朝廷恩赐官职或功名,叫做荫。有的荫官是世袭的。

分旺盛。大人向兴归山中进兵,倘若受了挫折或劳师无功,那一颗'平贼将军'印还能够保得住么?大人今日的大帅高位和威名能够保得住么?反过来看,今日大人暂时按兵不动,在此地休养士马,既不会稍受挫折,也不会被杨嗣昌加以逗留不进之罪。十余年来,朝廷对于巡抚、总督、督师、总理等统兵大臣,说撤就撤,说逮就逮,说下狱就下狱,说杀就杀,但对于各地镇将却尽量隐忍宽容,这情形不用末将细说,大人知之甚悉。那些倒霉的统兵大臣,不管地位和名望多高,毕竟都是文臣,朝廷深知他们自己不敢造反,他们的手下没有众多亲信将士会鼓噪哗变,所以用他们的时候恩礼优渥,惹朝廷不满意时就毫不容情。当今皇上就是这么一个十分寡恩的人!他对于各地镇将宽容,并非他真心宽容,而是因为他势不得已,害怕激起兵变。去年罗猴山官军战败,大人贬了三级,戴罪任职,但朝廷不敢将大人从严治罪,过了三个月反而将大人拜封为'平贼将军'。为什么?因为大人有重兵在手,朝廷害怕激变。官军罗猴山之败,河南镇总兵张任学责任不大,却削籍为民,一生前程断送。为什么?因为张任学是个文官做总兵,莅事不久,对手下将士并无恩信,朝廷不害怕对他严厉处分会激起兵变。在当前这种世道,做大将的,谁手中兵多,谁就可以不听朝廷的话,长保富贵;谁的兵少,无力量要挟朝廷,谁就得听朝廷任意摆布,吉凶难保。……"

左良玉轻声说:"你不必兜圈子,朝廷上的事我比你清楚。你还有什么话,简短直说吧。"

马元利接着说:"打仗的事,胜败无常。大人用刘国能赚入玛瑙山寨,只能有一,不会有二。目前倘若大人进兵过急,贸然赶到兴归山中,敝军与曹营以逸待劳,在战场上不肯相让,使贵军不能全师而退,使大人手下的亲兵爱将死伤众多,朝廷还能对大人稍稍宽容么?我想恐怕到了那时,轻则夺去'平贼将军'印交给贺疯子,成为大人终身之耻,重则……那就不好说了。末将今晚言语爽直,不知忌讳,恳乞大人三思,并恳恕罪!"

左良玉沉默一阵,问:"你还有别的话要说么?"

马元利立刻又接着说:"目前朝廷的心腹大患是我们张帅;皇上最害怕的也是我们张帅。正是因为这样,皇上才钦差杨阁老来到襄阳督师。在朝廷看来,只要将敝军剿灭,将张帅擒获或杀死,其他各股义军不足为虑,天下也大致可以太平了。不知大人是否知道朝廷的这种看法?"

左良玉轻轻地点头,但不做声。

马元利笑一笑,接着说:"请恕末将直言。按今日大势,敝军绝无被轻易剿灭之理。退一万步说,倘若敝军一旦被剿灭,大人马上就会有大祸临头。因为有张帅在,朝廷才需要大人。何况当今皇上疑忌多端,大人在他的眼中另有看法,所以说,有张帅在,大人可以拥兵自重,长保富贵,封伯封侯;张帅今日亡,大人明日就变成朝廷罪人,大祸跟着临头。"

左良玉微微一笑,说:"你很会说话,不怪在谷城时张敬轩差你几次到襄阳办事,还差你到北京一趟。目下阁部大人催战甚急,日内大概就会有皇上催促进兵的圣旨到来。你回去禀告你家张帅,本镇对进兵事自有主张,不烦你们替本镇操心。你在此不可久留,今夜就离开吧。"

"多谢大人。末将告辞,今夜就出城上路。"

马元利行礼退出,一块心事放下了。当他到前院向承启官告辞时,承启官拉着他的手小声问道:

"你们那里有一位管文案的潘秀才,可知道他的下落?"

元利问:"老兄可晓得什么消息?"

承启官说:"他呀,听说他从玛瑙山逃出以后到了大坪溪,随身带的贵重东西都丢光了,只腰里系着一个锦囊,装着诗稿,饿得走不动路,藏在树林中不敢出来,被秦将郑嘉栋手下人搜了出来。"

元利忙问:"他如今死活?"

承启官笑着说:"眼下没事,在襄阳狱中。他被捉到后假称是黄冈刘若愚,愿见督师言事,请莫杀他。有人认出他是潘独鳌,就将他解到襄阳。听说他进到督师行辕,很是沉着,还摆着八字步哩。他对阁部大人说:'难生怀抱经世之学,有治平天下之策,不幸陷入贼中。逃出玛瑙山后,故意向西北方向走去,费了多日才走到大坪溪附近,原是存心自拔归来,愿为朝廷使用。区区苦衷,实望大人谅鉴。'"

元利心中骂道:"不是东西!"随即又问:"杨阁部如何说?"

"阁部大人说:'尔之才学已为张献忠用尽,尚有剩下的供朝廷用么?况且张献忠识字不多,你替他草飞檄辱骂朝廷,直斥皇上,实系死有余罪!'阁部左右都劝早日杀他。阁部不肯,将他暂且押在狱中。"

"为什么不肯杀他?"

"听说阁部大人想等到捉获你们西营主帅,连同高氏、敖氏、潘独鳌与其他人等,送往京城献俘。这姓潘的,近一年来也算是你们那里的红人儿,如何会轻易就杀?"

马元利用鼻冷笑一声说:"他算个屁!"

辞别了承启官,马元利次日五更就率领从人离开平利城,向兴山的方向奔去。

张献忠把老营驻扎在兴山县城西六十里远的白羊山,大半精兵都驻扎在白羊山下,拱卫老营,其余人马分驻在兴山和秭归两州、县的重要市镇。明朝在巴东、夷陵(今宜昌)、当阳、安远、南漳、房县等地都驻有人马,归州和兴山两城池也在官军手中,对张献忠形成包围形势。但因为左良玉在陕西境的兴安和平利一带按兵不动,别处官军也就不敢贸然进攻。

在玛瑙山被打散的西营将士又陆续回来一些。有一两个同罗汝才联合的义军首领投降朝廷,他们的部下不肯投降,也跑来献忠麾下。献忠严禁部下扰害百姓,向山中百姓购买粮食、草料、油、盐等一应必需物资,平买平卖,这就和官军的扰民害民恰好相反。兴归山中的老百姓同西营义军安然相处,远近官军只要有一点动静,他们就立刻自动地报给义军。有些山寨财主,一则恨官军素无纪律,二则受了张献忠的收买,身披两张皮,时常斩一些零星土匪的首级向官府报功,却把官军的动静密告义军。到了四月中旬以后,献忠的兵力又振作起来了。

有一天,献忠想着应该趁现在不打仗,将谷城起义以来的阵亡将士祭一祭,怕一旦有了战事,就没有工夫做这件事了。祭奠阵亡将士,献忠起义以来搞过多次,供物都用整猪整羊,有时还用几颗官军人头。他在祭奠的时候常常嚎啕痛哭,感动全军。因为死的将士多不识字,从来不用祭文,他说那种文绉绉的东西死的弟兄们没法听懂。但是今年的祭奠略有不同。今年阵亡的有张大经,原是明朝的文官,应该单另给他写个祭文才是,要不,那些跟着张大经起义的人们会心中不舒服。如今虽然潘独鳌没有了,可是献忠的身边并不缺少能够动笔的读书人。张大经带来的就有几个。他叫两个人共同斟酌写了一篇祭文,听了听很不满意:第一把张大经的被迫起义捧得过火;第二废话太多;第三太文,好像故意要写得叫人听起来半懂不懂才算文章好。他对军师徐以显说:

"老徐,你劳神动动笔,写短一点,对死人也说老实话,别奉承得叫人听了肉麻。你写,我等着。唉,可惜王秉真这个不识抬举的王八蛋半路逃走了!"

徐以显是比较懂得献忠的心思和喜爱的,提笔写了篇措词简单而通俗的祭文,读给献忠听听。献忠的脸上露出喜色,频频点头。他接过去看了一遍,推敲推敲,仍然觉得不很满意。这篇祭文虽不似别人写的长,但约略估计也有七八十句,替死人戴高帽子的话仍有一些。他口中不说,心中却想:"给张大经写祭文用这么长,那么给我的有汗马功劳的将士写祭文岂不得用几千句,几万句?"徐以显看见他仍不满意,问道:

"大帅,你说应该怎么写?"

献忠笑着说:"你们摇惯了笔杆子,咱老张耍惯了刀把子,各人的路数不同。打仗不是绣花,同敌相遇,二马相交,三两下子就要结果敌人,没有让你摇头晃脑细细端详的工夫。老徐,莫见怪,咱老张是在战场上滚出来的,看不惯你们这样像裹脚布一样又臭又长的文章。打仗,一刀子砍出去就得见红,可不能拖泥带水,耽误时间。拿笔来,让咱亲自动手改改。改不好,你们这班喝惯墨汁儿的朋友们不要见笑。"

一听说献忠要亲自动笔改祭文,徐以显和帐下文武都感到十分新鲜,都围在附近看他怎么改。尽管他们熟知献忠粗通文墨又极其聪明,但是不相信他能把祭文改好。有些从谷城参加起义的读书人,尽管在旁边垂手恭立,实际上暗中抱着几分看笑话的心理。献忠把徐以显的稿子大笔涂抹,越改越所剩无几,后来连他自己也觉得看不清楚,干脆不改了,要了一张白纸,用核桃大的字体写出来自己编的祭文。这祭文的开头仍用众人用的老套子,但不用"大明崇祯"纪年,而是这样写的:"维庚辰四月某日,西营义军主帅张献忠谨具猪羊醴酒,致祭于张先生之灵前而告以文曰。"照抄了这个套子,他抬起头来向头一次起稿的两个人问道:

"醴酒是什么酒?"

这两位随着张大经起义的师爷平日读书不求甚解,只见别人写祭文用"醴酒"二字,实际不明白醴酒是什么东西,人云亦云地胡乱搬用。经献忠这一问,二人瞠目相望,脸色发红,讷讷回答不出。

到底还是徐以显根底较深,见二人发窘,从旁答道:

"醴酒是一种甜酒,也就是如今人们常喝的糯米酒,醪糟酒。"

献忠笑了,说:"幸而我问了一句!咱们张先生原是海量,好汾酒两斤不醉。像这样给婆婆妈妈和小孩子们喝的糯米甜酒,怎么好用来祭奠张先生?"他向一旁问:"总管,明天用什么好酒祭奠?"

"禀大帅,前天买到几坛子泸州大曲,明天可以拿大曲祭奠。"

"好!泸州大曲也算得是美酒,阵亡将士们和张先生一定高兴。"

他随即将"醴酒"改为"美酒",接着写道:

> 我困谷城,得识先生。义旗西征,先生相从。风尘崎岖,先生与同。大功未就,竟失先生。呜呼哀哉!

献忠写毕,重看一遍,想起来许多阵亡将士,觉得心中凄楚。他放下笔,向左右问道:

"咱老张的祭文就写得这么长,像兔子尾巴一样短。你们说行么?"

那几个读书人和那些认识字的亲将们纷纷赞不绝口。将领们都是真心称赞,徐以显也是真心佩服献忠聪明过人,这祭文简而有味,措词得体,但也有个别读书人觉得这不像祭文,心中暗笑。献忠见左右一味称赞,骂道:

"老子同张先生肝胆相照,所以祭文上有啥说啥,不说一句假话,哪像你们读书人一动笔就说假话。管它行不行,就用这个老实祭文吧。你们休再说好,老子可不高兴戴高帽子!难道白土关酬神唱戏那件事你们忘了?"

那个暗笑的人赶快赔笑说:"大帅放心。我们的称赞都是出自肺腑,实无一字面谀。大帅天纵英明,洞照一切。自白土关被大帅责骂之后,谁也不敢再给大帅戴高帽子了。"

献忠一时没解开这也是一顶高帽子,听了后心中舒服,笑了一

笑,说:

"老子就知道你们不敢再给老子戴高帽子!"一语方了,忽见白文选匆匆走来,献忠忙问:"文选,打探清楚了么?"

"回大帅,已经派人打探清楚,确实是李闯王的人马向咱们这边来了。"

"好家伙,果然是来投奔咱的!离这儿还有多远?"

"还有七八十里。"

"他带了多少人马?"

"连眷属不过一千多人。"

"赶快派人再探!"

"是!"

献忠把李自成的前来看做是一件大事,他把徐以显的肩膀一拍,说:"老徐,同我出去骑马走走!"便同以显走出老营了。

李自成 第三卷 紫禁城内外

从商洛到鄂西

第 十 章

一场春雪过后,商洛山中天气骤暖。桃花已经开放;杏花已经凋谢;杨柳冒出嫩叶,细长的柔条在轻软的东风中摇曳。

自从去年七月下旬官军的几路进犯受挫以后,再没有组织力量进犯,只是用重兵将四面的险关和隘口封锁,防止李自成突围出去,与张献忠互相呼应,并想将李自成困死在商洛山中。李自成的将士们经过一个秋天和冬天,瘟疫已经过去了,不但没有如郑崇俭所期待的军心瓦解,反而士气更旺,大家急不可待地要杀出山去,大干一番。新近传来些不好的战争消息,说张献忠在玛瑙山大败,几乎被俘;又说杨嗣昌限期三个月剿灭献忠,已经调集了几省的十几万大军云集在川、陕、鄂交界地区,重新对张献忠布置好严密包围。李自成不相信张献忠就会给官军消灭,但是也不能不考虑万一献忠不幸被消灭了怎么好呢?到那时,杨嗣昌岂不立刻将大军移到商洛山来?他决计在最近突围出去,决不坐等杨嗣昌腾出了双手向他猛扑。

他已经派出了不少细作,打探官军在商洛山周围的部署情况,以便决定一个巧妙的突围办法。李自成由于自己的人马很少,希望不经艰苦血战就能够突围成功。可惜,像这样的突围机会,似乎很难出现。他已经决定,倘若在一两个月内找不到便宜机会,他拼着折损一部分将士也要突围出去。再留在商洛山中不仅是等待挨打,而且粮食和布匹都十分困难,士气也会因长期坐困而低落。

每天,他一面用各种办法探听周围的官军动静,一面抓紧时间苦苦练兵,准备随时抓机会血战突围。

今天早饭后,他像往日一样,骑马出老营山寨,观看将士操练,但是他挂心着今天的一件大事。他早已知道,崇祯和杨嗣昌一时没有兵力将他打败或困死在商洛山中,已经将叛贼周山从山海关调回襄阳,由杨嗣昌召见一次,派来商州城中,设计诱降他的手下将领,首先差人暗见袁宗第。宗第遵照他的密计,故意与周山暗中勾搭,已有十数日了。昨天夜间,宗第悄悄地来老营见他,谈了话就赶快回马兰峪去。当自成观看将士操练时候,心中等待着从马兰峪来的消息。他虽然平日对宗第的武艺、胆气和机警都很信得过,但是也怕宗第过于蔑视敌人,可能一时粗心,出现"万一"。于是他悄悄地吩咐一个亲兵,飞马往马兰峪去。

去年秋后,袁宗第病好以后,仍旧坐镇马兰峪,与商州的官军相持。刘体纯从开封回来以后,在老营休息几天,仍回马兰峪做袁的助手。今天早饭后,袁宗第把防守马兰峪的责任交给刘体纯,率领五十名骑兵向商州方面奔去,要同叛贼周山在约好的地方会面。

周山和宗第是小同乡,在周山投降官军之前,二人关系较密。周山从关外调回以后,除设法勾引李自成部下的小头目外,在宗第的身上下了最大的赌注。经过许多曲折,他好不容易同宗第挂上了钩,近半月来不断有密使往还。周山同他约定在今日会面,对天盟誓。袁宗第答应在盟誓后三天之内将李自成夫妇和刘宗敏诱至马兰峪,一齐杀害,将三颗首级送往商州,而杨嗣昌同意保奏袁宗第做副总兵,以为奖赏。

他们约会见面的地方离马兰峪有十五六里,那儿山势较缓,有一片丘陵地带,中间横着一道川谷。在大山中住得久的人,一到这里,会感到胸襟猛一开阔,不禁叫道:"呀!这儿天宽地阔!"据说在一千年前,这川中终年有水,原是丹江的主要河源。后来陵谷变迁,这附近地势抬高,河流改道,就成了一道干涸的川谷,长不过十里,宽处在一里以上,而窄处只有几丈。官军和农民军有个默契,双方暂以这道川谷为界,倘有一方面的游骑越过这个界线时就发生战斗。离川谷两边十里以内,因地势不够险要,双方都没驻兵,只有游骑活动。

他们事前约定,为提防泄露机密,来川中会面时各自的身边只许带一个亲随,其余的亲兵不能超过二十人,而且要离开半里以外。周山原是极其狡猾的人,他既希望袁宗第真心投降,也防备自己上当。在今早他正要出发赴会的时候,突然有一个被他勾引的小头目自马兰峪逃来,告诉他袁宗第决非真降,要他小心。他顿时改变办法,派出一支伏兵,等待在会面时活捉宗第。宗第从马兰峪出发时尚未发现寨中逃走一个小头目,没料到事情已经起了变化。他仍按原来计策,在会见地点还有两里远就叫四十名骑兵留下,不使周山看见,到必要时出来接应。在离会面地点半里远的地方,他遵照约定把另外九名弟兄留下来,只带了一名亲兵去见周山。他想,原来约定各人可以带二十名亲兵停在半里外,他现在留在半里外的还不足十个人,大概可以使周山格外放心。他很相信自己的勇力和武艺,也相信自己的好战马,压根儿不把周山放在眼里。周山虽然也只带一个亲兵立马在川中等他,但二十名挑选的骑兵在相距不到百步的地方一字儿排开,弓上弦,刀出鞘,如临大敌。另外五十名骑兵和二百名步兵埋伏在不到半里远的山窝树林中,一百名步兵埋伏在川谷的两边,只等一声锣响就从林莽中跳出来截断宗第的退路,将他活捉过来向朝廷献功。

一到川里,袁宗第就看清楚周山有赚他就擒的诡计。这时如若他把手一招,那留在背后的九名亲兵就会立刻策马追上他,但是他没有这么做,而是毫无畏惧地向周山缓辔走去。在李自成的老八队中,袁宗第不但是一员了不起的骁将,而且以孤胆英雄出名。

在起义之初,他在自成的部下还不大为人所知,一次在作战时单鞭独骑冲入官军阵中,手擒敌将而归,获得全队上下的尊敬。在甘肃真宁县湫头镇歼灭朝廷名将曹文诏一军的著名战役中,曹文诏虽然已被包围,但厮杀了半天还没有结果。前闯王高迎祥非常焦急,问谁能斩了曹文诏的掌旗官,夺得大旗回来。高闯王一语刚了,袁宗第飞骑而出,背后连亲兵也不带一个。曹文诏所率领的是几千名关宁铁骑,虽然死伤惨重,但士气未衰,在土冈上布成一个圆阵,轮番休息,以待洪承畴的援军赶来。曹文诏下马坐在圆阵中央,正与几个亲信将领计议,忽然听见一阵喧嚷之声,猛抬头,只见一员敌将手使铁鞭,已经冲入营门,挡者披靡,马快如飞,一瞬间冲到面前。曹文诏大惊,立即上马迎战。但他刚上马,袁宗第已经一鞭将他的掌旗官的脑袋同头盔一齐打碎,夺得大旗,回马而去。袁宗第刚杀出官军营门,官军从背后炮箭齐发,把宗第射下马来。曹文诏追到,来不及伤害宗第性命,刘宗敏大吼一声赶到,截住曹文诏厮杀,同时高迎祥和李自成督率两三万骑兵从四面发动猛攻,冲开了官军圆阵。曹文诏左冲右突,不能杀出重围,眼看就要被俘,在慌急中自刎而死。他的全军也被歼灭。战役结束后,高迎祥摆宴庆功,亲自敬袁宗第三杯酒,拍着他的肩膀说:"汉举,你真是一员虎将!"从此,袁宗第在高迎祥统率的联军中就以虎将出名。如今他看看周山背后的几十名骑兵,从鼻孔里轻轻地冷笑一声。

周山左手揽辔,右手提鞭,目不转睛地注视着缓辔而来的袁宗第。他看见宗第头戴铜盔,身穿铁甲,外罩紫羔皮猩红斗篷,左腿边挂着竹节铁鞭,背上插着宝剑,另外带有弓、箭,实在威风凛凛。他虽然看见宗第把不上十名的亲兵留在半里外,只带一名亲兵来川中同他会面,一面暗中感到高兴,一面仍不免心惊胆战。两马相距不到十步,周山勉强赔笑拱手说:

"汉举哥,一年多不见,你近来好呀!嫂子也好吧?"

宗第拱手还礼,笑着说:"彼此,彼此。子高,你带来这么多人站在背后,弓上弦,刀出鞘,吹胡子瞪眼睛的,什么意思?看样子你不是来同我会面私谈投降的事,是赚我'单刀赴会',好捉我去献功吧,是不是?"

周山的心中怦怦乱跳,哈哈大笑,回答说:"汉举哥把我周子高看成了什么样人!请千万不要多心。古人说,有文事者必有武备。弟虽无害兄之意,但也不得不防备兄有害弟之心。倘若你确有投降诚意,就请在此歃血为盟,对天发誓,共擒自成夫妇和刘宗敏,为国除害。"

"公鸡、白酒可曾预备?"

"已经预备齐全。"

周山向后一招手,从那二十名骑兵中走出两骑,一人仗剑提酒,一人拿刀提鸡,来到他的左右。站在他背后的亲兵也一手仗剑,一手擎着盘子,催马来到前边。这是按照周山的预定计策,看周山举杯为号,同周山一齐动手,活捉宗第;如不能活捉,就趁他措手不及时将他杀掉。这三个人都是从许多人中挑选的彪形大汉,武艺出众。袁宗第一看见这种情形,心中暗暗骂道:"好小子,原来玩的是这个诡计!"他对自己背后的一名亲兵使个眼色,便催马向前几步。他的亲兵也催马向前,紧靠他的左边,手握双刀,圆睁怒目,注视敌人。袁宗第的马头同周山的马头相距不过三尺,勒马立定,故意装做不曾在意,说道:

"快拿血酒!"

立刻,周山的亲兵们就马鞍上斩了白公鸡头,将鸡血洒在酒中,捧到他和周山的两个马头的中间。就在这大家紧张得要停止呼吸的片刻,那个捧着盘子的亲兵平日深知袁宗第是李闯王手下的有名虎将,禁不住双手震颤。宗第微微一笑说:

"别害怕,今日我们是结盟嘛,又不是打仗。子高,请举杯,我同你对天明誓!"

周山也说声"请"！刚伸出一只手端起杯子，袁宗第的手已经像闪电似的从盘子上离开,拿起十二斤重的竹节铁鞭打死了周山的一个亲兵。第二个刚到身边,又一鞭打下马去,脑浆开花。宗第的亲兵在同时冲上前去,砍翻了一个敌人。周山举刀向宗第砍来,宗第用铁鞭一格,只听当啷一声,那把鬼头大刀飞出一丈开外。他正要策马逃跑,被宗第追上,用左手一抓,擒了过来。但一瞬之间那十八名骑兵已经冲到,将宗第团团围住,要夺回周山。同时,锣声急响,周山埋伏在一里外山坳中的步兵和骑兵发出一声呐喊,齐向川中奔来。

近来,李自成利用商洛山平静无战事,将各营将士轮番抽调来老营操练,凡没有轮到抽调的都在驻地加紧操练。每次抽调来老营的只有三百人,同老营的部分将士混合一起,操练五天。在五天里边,不但操练骑射和诸般武艺,更着重操演阵法,目的是要将士们养成听金鼓和看令旗而左右前后进退的习惯,在战斗中部伍不乱。

今天当闯王来到演武场时,操练刚开始不久。李过站在将台上,手执令旗,正在指挥骑兵变化队形,由圆阵变为方阵。自成站在将台上观看,觉得还是不够迅速和整齐。近两三年,老的战马死伤太多,新添的战马平素缺乏训练,只惯于腾跃奔驰,飞越障碍,不习惯列队整齐,随金鼓声进退有序。骑兵操演毕,李过下令叫大家全都下马步操,让将士们熟悉金鼓和旗号。果然,改成步操,在变化队形时就整齐多了。自成叫双喜和随他来的亲兵们都参加队伍步操,重新从闻鼓前进和闻锣而退这一个最基本的动作开始。李过手中的令旗一挥,数百人的部队变成了一字长蛇阵。令旗又一挥,将台下鼓声大震,数百人整整齐齐地大步前进,并无一人左顾右盼。除刷、刷、刷的脚步声外,一点儿人语声和轻轻的咳嗽声都没有。这一批人是三天前才调来操练的,其中有少数是新弟兄,已经有这么好的成绩,使闯王满心高兴。

校场的尽头是一道干涸的小河床,每当山洪暴发时就成了洪流,一到干旱时就滴水不见,只有大大小小的无数乱石。近来西北风连吹几天,把附近高处的积雪吹到了干河床上,加上打扫校场时也把雪抛了进去,所以如今河床中看不见乱石,只见白雪成垄成堆。当横队走到校场尽头时,李过手中的令旗一挥,鼓声突止,锣声代起,横队转身而回。他手中的令旗又向上连挥两下,向左右摆了三摆,横队变成三路纵队,继续在鼓声中向着将台前进。当纵队进到校场中心时,李过向李闯王问道:

"要他们停下来变化阵法么?"

闯王问:"除圆阵和方阵以外,还学会了什么阵法?"

"会三叠阵,还不很熟。"

"不用操演阵法,令他们转身前进吧。"

李过又将令旗连挥两下,纵队重新变成一字横队;令旗又一挥,横队迅速后转。当横队又进到校场边时,李过正要挥动令旗,却被闯王用手势阻止,因而司锣的小校不敢鸣锣,而司鼓的小校只得继续擂鼓。旗鼓官心中惶惑,频频偷看李过眼色。李过明白叔父的意思,用严峻的眼色瞥旗鼓官一眼,说道:"用力擂鼓!"旗鼓官马上从司鼓的小校手中夺过鼓槌,拼命擂得鼓声震天。

谷可成是这三百人的领队将官,手执小令旗走在前边。当他面朝着将台时,他随时依照李过手中的旗号指挥部队;当他背朝着将台时,便根据锣鼓声指挥部队。这时听见鼓声继续催赶前进,他同将士们都疑惑李过也许没看见已到了校场边沿,不能再前。人们互相望望,有的人还回头望望,原地踏步,等待可成下令。可成回头连望两次,看见李过的令旗对他一扬,他恍然明白,也把令旗一扬,大声喊出口令:"向前走!不许回顾!"横队举着明晃晃的武器走进河床,踏上雪堆。这些雪堆一般有半人深,浅处也有膝盖深,下边是大小不等的乱石。部队走过去相当困难,不断的有人跌倒,但跌倒了就立刻爬起来继续前进。因为鼓声很紧,而谷可成又高举着令旗走在前边,所以没有人敢再回头望或左顾右盼。横队过了河床,一边走一边整好队形,继续向高低不平的荒原前进,直到听见锣声,才向后转。回来时,因为河床上已经踏出雪路,没人再跌跤,队形也较为整齐。随着李过的令旗挥动,横队又变成三路纵队,直到将台前边停下。

闯王脸色严峻,走下将台,先把双喜从队伍中唤出,狠狠地踢他一脚,喝令跪下,随即又喝令谷可成和他手下的几名亲随校尉一齐跪下。他对双喜和谷可成等一干受责罚的将校看了一眼,然后望着全体参加操练的将士说:

"自古常胜之师,全靠节制号令。节制号令不严,如何能临敌取胜?平时练兵,不但要练好武艺,也要练好听从号令。人人听从号令,一万个人一颗心,一万人的心就是主将的心,这样就能够以少胜多,无坚不摧。岳家军和戚家军就是因为人人听号令,所以无敌。临敌作战时倘若鼓声不停,前面就是有水有火,也得往水里火里跳;若是鸣锣不止,前面就是有金山银山,也要立刻退回。在擂鼓前进时,若是有人回顾,就得立刻斩首。当大小头领的回顾,更不可饶。为什么要立即斩首呢?因为正当杀声震天、矢石如雨的时候,有一人回顾,就会使众人疑惧,最容易动摇军心。特别是你们做头领的,弟兄们的眼睛都看着你们,关系更为重要,所以非斩不可。"他又看着谷可成等人说:"今日只是操练,不是临阵打仗,再说我事前也没有三令五申,所以我不予重责。以后操练时只要擂鼓不止,再有回头看的,定打军棍。起来吧,继续操练!"

李自成跳上乌龙驹,准备回老营。那马近来特别有精神,也特别调皮,现在一经主人骑上,便振鬣嘶鸣,前腿腾空,后腿直立,好像要腾入云霄而去。闯王左手勒紧辔头,右手用力抽了两鞭,才使它倔强地打个转身,落下前腿,但还要在地面上刨着前蹄,不断地昂首喷鼻,声如狮吼,过了片刻才安静下来。自成让马头对着将士们,又说道:

"总之一句话,你们要练成习惯,在战场上只看旗号,只听金鼓。倘若旗号和战鼓催你们前进,就是主将口说要你们停止也不许依从,就是天神口说要你们停止也不许依从。大家肯依照旗号金鼓进退,就是大家共一双眼睛,共一双耳朵,共一个心。能够操练到这等地步,不论官军如何众多也不是我们敌手,纵然被包围得铁桶相似也能冲破,比武关险要十倍的地方咱们也闯得过去。大家不要只看见咱们眼前被困在商洛山中,只有几千人,马匹不全,有些马还不是战马。只要渡过这一段苦日子,一切都会有办法。不要几年,我们会有几十万精兵,一个精兵会有两三匹好战马,轮番休息。可是光有人有马也不行,还要训练成节制严明的部队。日后遇到像汉水和淮河这样大河,对岸有敌兵防守,不用浮桥,不用船只,只要令旗一展,战鼓一擂,万骑争渡,没一骑敢踟蹰不前。高闯王在世时候,我们常常谈论有朝一日一定要操练成这样精兵,可惜他死得太早了。今后我们要是不能继承高闯王遗志,不能练成这样一支精兵,我们还有什么出息?打的什么江山?说什么救民水火?连我这个'闯'字旗也就别打了!"

自成说毕,勒转马头,把鞭子一扬,乌龙驹向山寨奔去。双喜的肚子里含着委屈,同亲兵们策马跟随。回到老营,自成命李强立刻点齐三十名亲兵,随他出发。高夫人觉得诧异,问道:

"有什么事,这样紧急?"

他说:"汉举今日上午要活捉周山,到如今不得马兰峪消息。我怕他恃勇吃亏,亲自去看看。"

高夫人没再说话,赶快把他的绵甲取来,帮他穿上。

袁宗第用左手把周山按在马鞍上,右手挥舞铁鞭,打得敌人纷纷倒下。他的九名亲兵已经飞驰来到,同敌人展开混战。敌人虽然没有了周山指挥,但他们多是周山的死党,拼命要夺回周山,并且仗恃人多,眨眼间大队援军就会赶到,所以厮杀得非常凶猛。宗第的目的在擒周山,趁着大队官军未到,大吼一声,连打死两个敌人,对左右亲兵们说了一声"随我来!"自己在前开路,挡者不死即伤。他的马快,四蹄腾空而去。敌人因顾虑保全周山,不敢施放乱箭。周山虽然也是个大个子,自幼练过武艺,但被袁宗第一只左手按在马鞍上,动弹不得。他向宗第恳求说:

"汉举哥,难道就不念昔日的交情么?"

宗第回答说:"老子今日只论公事,对你这个该死叛贼,还有什么私交可讲!"

过了川谷已经半里路了。这时,袁宗第身后的十名亲兵死伤殆尽,几百敌人猛追不放。因为左手在按着周山,他不能取弓箭射杀追兵。他的留在一里外的四十名骑兵被周山埋伏的二百名步兵截住,正在混战,不得过来。他想着只要能杀开一条血路再走不远,自己的人马赶来接应,他就可以将周山交别人送回山寨,回头来杀退官军。但是他的战马正在飞奔,突然中箭,狂跳起来,转个身栽倒下去,把他和周山都抛到地上。周山趁势在地上打个滚身,滚出一丈开外。袁宗第迅速从地上跳起,追赶的骑兵已经冲到相距只有三十步远。为首的是一员敌将,手执长枪,伏着身子,准备马到跟前便一枪将他刺死。袁宗第从地上跳起来的时候本有意追上周山,将他一鞭打死,但就在同一个刹那之间,他知道来不及了,便以快得像闪电般的动作取出弓箭,把敌将射下马去,又连着两箭射死了两个敌人。敌骑惊骇,踟蹰不前。前边的三匹战马因无人收住缰绳,已奔到宗第身边。他抓住一匹战马飞身骑上,大喝一声,举起铁鞭,向敌骑丛中冲去。

袁宗第的那四十名骑兵经过一阵恶战,已经杀散了伏兵,剩下的不到一半,由小校白旺率领,奔救宗第。虽然袁宗第单人独骑,但是他杀起了性子,勇气百倍,简直不把官兵放在眼里。刚才因为左手用力按着周山,没法痛快厮杀;现在他一手使鞭,一手使剑,猛不可挡。他一路挥舞着鞭和剑直穿敌军而过,到了川里,救出了两个身负重伤、仍在同一群敌人死斗的亲兵。他带着他们,重新杀回,恰遇着白旺所率领的骑兵杀到,会合一起。他向白旺问:

"你剩下多少弟兄?"

"还剩下十七个人,派了一个人回去搬兵,十六个人跟在身边。"

"好,随我来,縻住①敌人,不让他们跑掉!"

在宗第想来,这时候如果他率领左右人突围出去,奔回马兰峪,当然十分容易,但是这样就太便宜了敌人。他决定拖住敌人,等候援兵。估计自己的大队骑兵在半个时辰内就会赶到,撑过这一阵,胜利稳在手心。由于他自己的人数很少,又全是骑兵,只利在开阔地方流动作战,于是他在前开路,又杀回川中。

官军的步骑兵都集中在川中,那一股被白旺杀退的步兵也回到川中,企图把袁宗第四面围定,将他捉到。宗第率领着他的一小队骑兵在敌人中穿来穿去,使敌人只能呐喊逞威,不能近身。他拿眼睛到处寻找,多么希望再看见周山,然而却寻找不到!片刻间,周山又出现了。骑着马,带着大约三百名生力军回到战场。原来他从袁宗第的手中逃脱以后,骑着马回去调兵,走不到二三里,遇到一位守备带着一营步兵前来增援。他的胆子壮起来,勒马而回。已经有点疲困的官军见了援军来到,士气复振,喊声震天,鼓声动

---

① 縻住——用绳子拴住牲口不使跑掉。此处作"拖住"解。

地,从四面向袁宗第的小股人马紧围上来。宗第一眼看见周山,眼睛一瞪,差点儿眼眶瞪裂,胡须戟张,大骂一声,正要杀开官军直取周山,却听见白旺在背后说道:

"将爷,莫大意。咱们人马太少,快出水吧。"

袁宗第向左右一看,看见这一刻又损失了几个弟兄,而余下的也多半挂彩,便打消了再捉周山的想法,回答说:

"好吧,随着我撤到那边小土岭上,縻住龟孙们。沉住气,咱们的人马快到啦。"

说毕,他在前,白旺在后,率领着十几个骑兵杀开一条血路,突围出去,撤到不远的小土岭上。官军尾追不放,呐喊着向小土岭上进攻。这里地势狭窄,敌人的人马拥挤,互相妨碍,登时被宗第等射死射伤了十几个人。但周山和几个敌将看袁宗第的身边已经只剩下十来个骑兵,多半挂彩,他们督战更凶,并且悬出重赏,鼓励将士们活捉宗第。宗第等的箭已快射完,惟一的好办法是冲下土岭,再次突围,把官军引向马兰峪近处。他们正要行动,闯王到了。

李自成率领着双喜和三十名亲兵疾驰了二十里路,来到了马兰峪。刘体纯正在命令一百名骑兵站队,看见闯王来到,慌忙禀报:

"闯王,我汉举哥去会见周山,怕要吃亏了。"

"你怎么知道他会吃亏?"

"真糟,我们营中有一个人不见了,我想他一定是逃往周山那里。"

"逃走的是什么人?"

"一个叫薛治国的小头目。前几天他做事犯了错,挨了袁将爷一顿鞭子。今早天刚明他带七八个弟兄出寨砍柴,他自己追赶一只獐子进树林深处,随即不见了。"

自成的心中一惊,忙问:"你是什么时候知道的?"

"我是刚刚知道的。弟兄们打完柴,到处找不到他,想着他说不定是给大虫吃了,赶快回来向我禀报。我想,既然说看见獐子,山上就不会出现老虎,这婊子养的准定是逃走了。我现在赶快点齐一百骑兵,前去接应汉举,免得他吃了周山这小子的亏。"

闯王的浓眉一皱,心中全明白了。两年前在千军万马中他同这个小兵(那时还不是头目)见过一次面。问过姓名和家乡居址,如今并没有忘记。他知道薛治国是周山的邻村人,断定他是挨打后怀恨在心,逃往周山那里去,把袁宗第假意愿降的实情泄露。按他逃走的时间算,距此刻已经有两个时辰。而到官军驻守的山口不会用一个时辰。闯王这么一想,更替宗第担心,又向体纯问道:

"汉举去的时候带多少人马?"

"只带了五十个人。"

"二虎,你多带一点人马,随后赶来。我先去了。"

李自成匆匆说毕,对乌龙驹狠狠地抽了一鞭,飞奔出马兰峪。才跑了大约五里路,忽然东北风送过来战鼓声和喊杀声,分明有几百人厮杀,使他大吃一惊。他在乌龙驹的臀部又猛抽一鞭,跟着骂道:

"他妈的,果然上当了!"

随即又遇见了那个回来搬兵的骑兵,问明情况,闯王更加替宗第担心,继续挥鞭飞驰。离开官军有两百步远,李自成勒住乌龙驹,拔出花马剑,用眼睛将整个战场扫了一遍。他看出来袁宗第虽然身边人马所剩无几,却杀得敌人不敢近身,暂时并无危险。他要等待着刘体纯的大队骑兵赶到,所以不急于投入战斗。"双喜!"他叫了一声,回头对养子吩咐了几句,使他飞马而去。尽管他的心中又愤怒又激动,而乌龙驹也急得喷着响鼻,刨动前蹄,但是他勒紧缰绳,注目战场,脸上的神色异常镇静。那些距他较近的官兵虽然从来没有看见过他,但是他一出现,大家望见那匹高大的旋毛深灰战马,那位身穿蓝色粗布箭袍,敞开胸襟,露出绵甲,头戴农民们常戴的旧毡帽,气宇不凡的魁梧大汉,就断定他必定是闯王无疑,登时引起来一阵恐慌。随即距离较远的周山和他的一伙人都听说了,仔细张望,看明白果然是李闯王和他的乌龙驹,这恐慌就更大了。自从杨嗣昌到襄阳督师,对湖广、四川、陕西和河南各地官军严申军令,凡临敌畏缩者,副将以下斩无赦,副将以上参劾治罪,所以周山只好硬着头皮立马在几百将士的背后督战,没有立刻逃避。另外的一群官军将校,虽然久已被闯王的威名所震,但是一则怕违反军律,二则眼见闯王的身边只有二三十个人,仗恃他们的人马众多,希望侥幸一逞,取得朝廷重赏,所以决定对袁宗第围而不攻,并力来进攻自成。战鼓擂得震耳欲聋,原来是呐喊"活捉袁宗第",忽而变成"活捉李自成"了。袁宗第和左右的人一看见闯王来到,大为振奋,高声欢呼。白旺和弟兄们都急着要冲下土岭同闯王会合,但宗第一摆头,不许大家动。凭着跟随闯王作战的丰富经验,他一看闯王并不杀过来接他突围,而是派双喜飞马离开战场,心中全明白了。他对左右的人们说:

"不要急,待会儿叫你们杀个痛快。"

李自成立马路上,巍然不动,只对背后的亲兵们嘱咐说:"看见后边尘土起时立刻禀我!"官军拥拥挤挤地向他呐喊,叫嚣,却不敢一直向他冲去。他们小心谨慎地前进几步又停下来,看看他没有动,再试着前进几步。当官军小心地进到一百二十步以内时,闯王的亲兵们都急着想射死敌人,但是他命令说:"敌人不到五十步以内不许放箭!"大家只好怒目注视敌人,引满不发。李自成的巍然不动,使敌人增加了畏惧和惊奇。在前边的一位敌将特别不放心,生怕闯王纵马冲来,他自己逃避不及,于是他和他的左右亲兵一齐对着闯王射箭。但因为有的人气力不够,箭射不到,有的人虽然勉强射到,箭力却减弱了。只见闯王不慌不忙,花马剑在阳光中频频闪动,将速度减慢了的流矢打落地上。敌人震骇,停止射箭,既不敢前进,又不肯后退,迟疑一阵,决定从侧面包围自成。这时李强小声对闯王禀道:"已经望见尘土起了。"自成吩咐说:

"前进十步,每人射出一箭!"

弟兄们立刻同闯王催马前进,射倒了拥挤在前边的一批敌人。敌人的前边队伍拥挤着惊慌后退,冲动后边的敌人站立不住,纷纷后退。倘若李自成乘机进攻,敌人就会陷于混乱,互相践踏。但是自成乘机挥队退走,转过山脚,把袁宗第等撇在小土岭上。官军十分诧异,随即想着李自成准是因自己人数太少,不敢久留,所以射出一阵乱箭,掩护逃脱。于是他们的勇气陡增,狂呼追赶。追了半里多路,转过小山脚,看见闯王和他的二三十个亲兵立马等候,大家又疑惧起来,相距百步以外不敢再向前进,只是擂鼓呐喊。自成嘱咐亲兵们,听见背后的马蹄声立即禀报。没过片刻,李强告诉他已经听见了马蹄声,而他自己也隐约地听见了。

李自成张弓搭箭,对敌将虚拟一下。敌将估计自己距自成在一百二十步外,他的前边还有很多人,并不十分在意,只顾鼓励士兵前进,不料闯王手中的箭已射出,中箭落马而死。自成乘着敌人惊慌,接着又射一箭,从那个走在前边的小校的喉头穿过,小校登时倒下马去;那箭又射到路旁的岩石上,砰的一声,火星乱迸,有巴掌大的一块石片飞落两尺以外,箭也从岩石上跳回来一尺多远。敌阵登时大乱,前边的将士争路奔逃,互相拥挤,互相践踏;后边的将士立脚不住往后拥退,不可禁止。自成又连射几箭,恰好刘体纯率领着一百名骑兵奔到,于是他收起弓箭,把花马剑向空中一举,那乌龙驹不等催促,狂嘶一声,腾跃向前,冲入敌人的乱军里边。他的亲兵和刘体纯率领的骑兵一声喊杀,紧紧跟着他冲入敌军,无情地砍杀起来。袁宗第在小土岭上看得清楚,大声喝彩说:"好啊!

这才杀得痛快哩!"他把铁鞭一挥,率领着弟兄们冲下土岭,一路往敌人的后边砍杀,活捉周山去了。

周山一看见刘体纯率领的援兵赶到,闯王开始进攻,知道官军的溃败已不可免,不等袁宗第杀到面前就带着死党策马而逃。在他后边的官军一哄而散,跟他逃命。他们逃过川去不到一里远,被李双喜分率的一支骑兵截住去路,杀得四散,有的又奔回川中。周山带着几个人落荒而逃。双喜离开大队,认定周山盔上的红缨死追不放,他的背后也只有几名骑兵跟随。这一带尽是丘陵和丛林,地形复杂,对逃跑的人比较便利。双喜在追赶中射死了三名敌人,但周山的马快,骑术精熟,总是追赶不上。后来周山的死党死的死,散的散,只剩下他单人独骑逃命,而双喜身边的骑兵有一人中箭,几个人因马力不济落后,只剩下两骑相随。在跳越一道一丈多宽的山沟时,周山稍微迟疑一下,转瞬间双喜赶到。双喜大叫:

"周山小子休想逃命!"

周山并不答话,回射一箭,正当双喜向鞍上俯身躲箭的一刹那,他趁机策马跃过山沟,然后一边绕着山脚逃跑一边回头说道:

"双喜儿,回去告诉闯王说,我永远不会落在你们手里!"

话刚落音,他的战马突然跳起,倒了下去,把他摔到地上,摔伤了一只胳膊和脸孔。他赶快爬起来,顾不得伤疼和脸上流血,窜进树林逃命。双喜策马跳过深沟,追到死马旁边时,已经看不见周山了。双喜下了战马,从死马的身上拔出他的箭,插入牛皮箭袋,留下一人看守三匹战马,带着一人进树林寻找周山。为着提防周山躲在树背后射出暗箭,他们分开走,相距几丈远,耳听八方,眼观四面,慢慢前进。搜索了两座小山包,不见周山的踪影,正在奇怪,忽然看见一棵大树后露出来盔尖上的红缨。双喜用剑尖一指,同他的亲兵从两边悄悄前去。相距只剩几丈远,他一个箭步纵身向前,同时大喝一声:"不许动!"谁知大树那边并没有人,而是周山施的狡计,把他的盔放在一块石头上。双喜看见石头上有用指头蘸血留下"来日算账"四个字,才知道周山带着伤逃脱了,又恨又失望。

从远处传过来一阵锣声,又仿佛听见有人在呼唤。双喜带着亲兵走出树林,看见刘体纯正带着一群骑兵来找他。体纯叫他说:

"双喜,快回去,已经鸣锣收兵啦。"

"不,二虎爹,周山这小子还没有找到哩!"

"没找到也只好拉倒,赶快归队!"

双喜不敢坚持,随着大家策马而去。过了一阵,恨恨地骂出一句:

"唉,真他妈的狡猾!"

战场上死尸枕藉,兵器扔得到处都是。几匹倒在血泊中的战马尚未死讫,有的企图挣扎着站起来却又倒下。义军死伤的有四十多人,而几百官军只有少数逃走,大部分都被歼灭了。其中有跪下投降,哀恳饶命的,但因为义军正杀得火起,又加上痛恨周山,不分青红皂白地把他们多数杀掉。

袁宗第的两手和两袖溅满鲜血,斗篷被刀剑和枪尖划破几处,还被箭射穿了三个窟窿。战争一结束,他就同闯王下了马,分头寻找自家的死伤将士。他们吩咐弟兄们把已经死去的弟兄抬到一处,凡是尚未断气的就吩咐人抱上战马,立即送回马兰峪山寨医治。在死尸堆中,宗第找到了一个叫做钱照新的亲兵,身上带了十几处伤,但还在出气和呻吟。他的周围躺着十来个敌尸,有一个敌尸压在他的腿上,显然在他负了重伤之后又同这个敌人扭打,使敌人跌倒在他的身上,最后被他杀死,而他自己也死过去,隔了许久才苏醒转来。宗第不待左右动手,立即跪下一条腿,把钱照新从血泊中抱起来,放在膝上,连声呼唤:"小钱!小钱!"听见答应,袁宗第赶快撕开官军抛下的旗帜替他裹住流血的伤口,并脱下自己的斗篷将他包裹,派人将他送回马兰峪。

等受伤的弟兄们运走之后,袁宗第下令将全体阵亡弟兄的尸首驮在马上,把敌人大小军官的首级割下,连同敌人的武器和盔甲搜罗一起,运回山寨。因为粮食和物资艰难,那些已经死的和受了重伤的战马也都剥了皮,肉和皮全都带回。但是他的五花马是个例外。他吩咐十来个弟兄用大刀在川中刨一个坑,把它埋葬。本来应该赶快整队凯旋,就为要埋葬五花马,耽搁了时间。闯王很能体会宗第的心情,也不催促。临大家出发时,宗第又亲自割下来两颗敌人首级,摆在马坟前边,折了三棵草插在沙土中权当烧香,然后才上马而去。

从去年七月以后,半年来同官军不断有小战斗,但像今天这样一次痛快地歼灭敌人几百人却是少有。当人马凯旋进马兰峪山寨时,寨门外点着鞭炮,响着鼓乐,将士和百姓夹道欢迎,争看带回的俘虏和首级。李自成派人立刻回老营报捷,并吩咐由老营传知全军。他自己留在马兰峪,抚慰伤号,赶在黄昏前亲自同袁宗第督率众人把战死的弟兄们埋葬在山坡上,并把敌人的几十颗首级摆在坟前祭奠。宗第因为死了许多老弟兄,在胜利的欢乐气氛中一直心情很沉重,这时再也忍耐不住,对着弟兄们的新坟墓痛哭失声。闯王虽然一向遇事冷静,但今天阵亡的多是随他出生入死多年的老弟兄,也不禁挥泪不止。祭奠完毕,他带着双喜和亲兵们返回老营去。

马兰峪是闯王平日常来的地方,每次离开这里都不让袁宗第送他,顶多送到寨门而止。今天宗第送他出寨很远,他却不说叫他"留步"。约摸走了三里多路,到一个转弯的地方,自成勒住乌龙驹,宗第也停住了。宗第总想着自成会狠狠地责备他,一直等候着这一时刻的来到,所以一停下来,他就挥退了跟随的人,不等自成开口就抢先说：

"李哥，我没有听从你的话，粗心大意，损伤了不少人马，没有捉到周山。你骂我吧，你不管怎么罚我都行！"

闯王苦笑一笑，说："我本来要狠狠责备你的，不过既然你自己也明白不该粗心大意，我就不再多说了。吃一堑，长一智，今后知道遇事三思就好。幸而今天没有把你自己的老本儿赔上；要是赔了你的老本儿，那关系可就大啦。"看见宗第噙着愧悔的眼泪不做声，他接着问："汉举，你不会料到就在今日早晨你手下有人投奔周山吧？今后得小心啊！"

"我做梦也没有料到。我日后逮住他狗日的，活剥他的皮！"

闯王同袁宗第又谈了几句话就分手了。一进老营寨内，他就命人将他平日备用的一匹枣骝骏马立刻给宗第送去。老营将士因今天打了胜仗，十分高兴，蜂拥出来迎接他。可是他不像将士们那样高兴。他一则为损伤了一批老弟兄心中难过，一则暗想：杨嗣昌用周山这一计既然不灵，下一手是不是向商洛山大举进犯呢？

第十一章

马兰峪战斗之后,李自成一方面准备迎击官军大举进犯,一方面加紧准备,等待机会突围。到了三月将尽,突然发现驻守桃花铺的敌军撤走了。他立刻派人占领了桃花铺,并且派游骑进到离武关不远的地方,侦察官军的另外动静。据百姓传说,张献忠和罗汝才都在鄂西山中,杨嗣昌正在调集大军将他们分别包围,限期歼灭,并说驻守武关的官军也准备撤走,调往鄂西,武关寨内的许多粮食和各种军需已经开始在夜间运走。李自成的游骑捉到了一个出武关砍柴的官兵,问了口供,同老百姓传说的基本相同。这事使李自成的心中捉摸不定,不相信官军会放弃武关天险。他越发多派人打探武关虚实,准备在时机到来时突然夺取武关,冲杀出去。

过了几天,四月上旬,果然官军在一夜之间从武关撤净了。李自成本人已经进驻桃花铺,一得到消息,立刻命高一功率领五百精兵占领武关,继续探明官军去向。他早就有一个离开商洛山的方案,只等待查明官军撤离武关的真正意图和去向,他就立即行动。如今第一步他已经不费一矢而夺到武关,官军再想占据武关,将他合围,很不容易。

高一功进驻武关以后,派出许多细作去侦探官军踪迹,同时用官军遗弃的粮食赒济武关城内城外百姓。百姓常受官军祸害,纷纷将官军的撤走情况向义军报告。当李自成等来到武关时候,高一功已经汇集了义军探子和百姓的许多报告,把官军的诡计弄清了。

原来杨嗣昌到襄阳以后,暂时只能专力对张献忠用兵,对商洛山的军事很指望周山能够勾引李自成的部下叛降,不费多大力量而使义军全军瓦解,将自成等或擒或斩。后见周山诱降袁宗第失败,对商洛山中的义军无能为力,他重新考虑很久,给郑崇俭写了封亲笔书信,内中说道:

　　……秦军二万,久屯商洛之外,据隘而守,既不能进,亦不能退,劳师糜饷,殊非长策。况师老则疲,锐气易于消磨;困兽犹斗,强寇岂肯坐毙?倘闯贼乘间蹈隙,豕突而出,则合围之势,顿成溃决;欲亡羊而补牢,岂不晚乎?兵法云:"围师必缺。"为今之计,莫若空武关一路使贼逸出,而以伏兵邀之,则贼可歼焉。

郑崇俭正苦于无计可施,一接到督师辅臣的手札便邀集幕僚密议,一致认为杨嗣昌的计策可行;即令此计无效,朝廷追究罪责,也由杨嗣昌顶缸。大家认为,李自成一旦出了武关,只有两条路可走:或者往河南省的南阳一带"奔窜",或者奔往湖广省的郧阳一带,转入兴归山中与张献忠会合。出武关往东,有一个险要地方叫瓦屋里,可以直趋内乡、镇平、南阳;往东南有一个险要地方叫吴村,可以直趋淅川,再出淅川而至邓州、内乡和镇平;或者从吴村到党子口折向南去,可以奔向郧阳府,进入湖广。郑崇俭判断李自成平日与张献忠不和,况且鄂西一带官军云集,决不会往西,所以火速调集重兵,埋伏在向东方和向东南方两条路上,等候李自成落入陷阱。

闯王在武关同刘宗敏、高一功、田见秀和李过等一商量,决定乘机从武关突围。商定了突围的办法以后,李自成把刘宗敏和田见秀留在武关,自己驰回白羊寨,召集全军大小将领开会,讲明官军的诡计和他撤离商洛山的办法。他只率领包括孩儿兵和老营妇女在内不到两千人马退出商洛山,其余的人马交给谷英叔侄和刘体纯率领,和那些原是杆子和地方豪杰率领的起义部队(如今统归黑虎星指挥),留在商洛山牵制官军。

将近十个月来,宋文富一直被拘留在老营寨内,作为人质,使宋家寨不惟不敢死心倒向官军,还得暗中替义军做事。但现在闯王要率领义军的主力离开商洛山了,留下这个人迟早会是祸害。李自成命人把他带到白羊寨,告他说要带他突围,日后放他回家,并叫他将这事写一封书子留下,闯王派人替他把书子送到他的家中。他将家书写了以后,闯王吩咐黑虎星带几个亲兵暗暗地将他拉出武关寨外一个人迹罕至的地方杀掉,将尸首埋了。他将宋文富的亲笔家书交给谷英和黑虎星,悄声嘱咐几句。

那些应该撤走的义军,因为困在商洛山中一年多,如今忽然有机会突围出去,一个个精神鼓舞,喜笑颜开。那些留下的,一部分原是商洛山周围的杆子,一部分原是山中百姓,本来多数不愿意远离本乡本土,被留下正合心愿。还有一部分虽然是高迎祥和李闯王的旧部,但多数是病后或伤后身体尚未复原的,也有些年岁较大的,不适宜随着闯王日夜不停地长途奔波,都明白闯王把他们和他们的眷属留下来是有心照顾。而且不管是本地的或是外来的义军将士,都明白留下来拖住官军不能够追赶闯王,使官军和乡勇不能够随便血洗商洛山,这两层意义有多么重要。他们还坚信闯王少则半年,多则一年,总之迟早会转回来的,等闯王一旦转回,局面就大不同了。

在启程之前,惟一使闯王感到有点作难的是尚炯和郝摇旗。尚神仙新近患病,不能骑马,坐轿子也经不起长途颠簸,而且打起仗来很不好办。自成同大将们商量以后,决定将他留下,叫谷英用心照顾。郝摇旗自从智亭山战事以后,闯王严厉地责备他几次,一直不肯再重用他,不给他兵带。他闲住老营,在义军中的地位似有若无。李过建议把他留下,可是闯王明白,他从前根本不把黑虎星和谷英放在眼里,留下他谁能驾驭?郝摇旗自己决不愿留下来,见闯王恳求说:

"李哥,这半年多,你把我郝摇旗只喂草料,不让我套磨。从前大小战事都没少过我郝摇旗,这几个月我成了盐罐儿里装个鳖,咸圆(闲员)一枚。这日子咱过不惯,还不如你把我杀了好。"他忽然眼睛一红,难过地说:"李哥,李哥,不看金面看佛面,你看在死去的高闯王面子上,派我在前边开路好不好?我别的没能耐,猛冲猛打倒自来不胆怯。李哥,我的好闯王,给我点活儿做做,派我带少数人马在前边替你开路吧。要是我再出纰漏,你砍我这个,这个,"他拍着自己的后脑勺,"我决不说一字怨言。你不砍,我就自己砍下来捧到你面前。李哥,我只求你这一次,请你念着咱们旧日情分,也看在咱们高闯王的面子上答应我吧!"

自成沉默片刻,说道:"好吧。我本来已经派汉举断后,他平日同你还合得来,你就跟他一起吧。我另外拨给你一百弟兄,走在汉举后边,听从他的指挥。我们选择的道路出乎郑崇俭的意外,想着不会有什么追兵。万一看见追兵,你千万不要恋战。你一恋战,大队转瞬走远,你就赶不上了。"

"李哥,你放心,我决不恋战,只不让狗日的扰乱咱们行军就拉倒。"

遵照闯王命令,要撤出商洛山的义军从各处火速向武关集中,留下的义军一步一步地放弃许多险要去处,只保留从智亭山到武关一条线。凡是马上放弃的地方,必先敲锣传知百姓逃避。谷英叔侄先率领一支人马出武关往东,占领几个山村,又派出斥候部队向吴村方面活动,迷惑官军,使郑崇俭误以为李自成果然决定向河南突围。黑虎星的老营设在桃花铺。当高夫人率领老营眷属从白羊寨动身路过桃花铺时,黑虎星和丁国宝一直把她送到武关。

山影突兀。星光灿烂。戍楼上闪着灯光,敲着木梆。武关城门洞开,大队人马匆匆出城,却既没灯笼,也没火把。星光下黑影移动,接连不断,马蹄声和兵器的碰击声不绝于耳。李自成、高夫人、黑虎星、丁国宝,还有双喜、张鼐、大群男女亲兵,都牵着马立在城内道旁。自成对黑虎星说:

"贤侄,我走之后,这商洛地带的事儿全交给谷子杰和你主持啦。我不久还要回来,你不必挂念。你们在这里不要同官军纠缠。等我走远了,你们赶快分成小股,使官军寻找不到。官军一走,你们再聚成大股。或分或合,相机行事,总以不轻易折损人马为主,也要使官军和乡勇不敢在商洛山中任意残害百姓,不敢到处横行。"

黑虎星回答说:"我一定遵照你的吩咐做,等候你率领着十万大军回来。"

闯王又说:"铁匠师傅包仁,弓箭师傅曹老大,我因为他们年纪大,所以把他们留给你。你们不管转往何处,务必把他们带在身边。倘有可以隐藏的安稳地方,送他们暂住一时。"

"这事请闯王放心,我一定记在心上。"

闯王夫妇同黑虎星等在武关的城门外分了手,插进队伍中间,一同出关。黑虎星等望着他们下山,但因为夜色昏暗,只见他们走了十几丈远便望不清楚了。黑虎星和丁国宝返回关内,登上城头,望着黑魆魆的人马影子同夜色和山影融化一起,什么也看不见了,马蹄声也渐渐模糊了,但他们和许多将士仍在城头凝望,依依不舍。许多双眼睛都暗暗红了。

直到李自成出武关三天以后,郑崇俭才得到确实探报,但李自成已经率主力走得无影无踪了。他正在巡视兵营,突然一惊,几乎跌下马背,瞪着眼睛,过了片刻,连说:"怪事!怪事!摆好的陷阱他竟然不跳!"他首先想的是如何向皇帝奏报,尽量替自己开脱责任,诡称李自成确实出武关后陷入伏中,经过血战,李自成的人马死伤将尽,几乎被擒,趁黑夜率少数死党逃逸,他已经飞檄贺人龙等将截堵,务期歼灭,以释皇上"宸忧"。又将类似瞎话写成文书,飞报督师辅臣。他同幕僚们分析当时军事情势,判断李自成必将渡过汉水,前往兴归山中与张献忠、罗汝才等合流。于是他一面发出几封十万火急塘报,通知郧阳、白河、平利等处官军截击李自成,严防李自成渡过汉水往南,务期在汉水以北将自成包围歼灭,一面限令官军夺回武关,并从几个方面向商洛山中进犯。

黑虎星和谷英叔侄在武关凭险坚守,杀得官军在关下积尸累累,支持五天,想着闯王已经离开八天了,这才放弃武关,退守桃花铺,与驻守白羊寨的刘体纯连成一气。商州和龙驹寨两路官军并力进攻智亭山,遇到窦阿婆、丁国宝和黄三耀三个人率义军顽强抵抗,本地百姓组成的义勇营又不断从侧翼和背后扰乱官军,使官军寸步难进。又过三天,谷英因见镇安和山阳的官军已经从西边过来,蓝田的官军也从北边过来,他们在白羊寨召集大小头领开会,把人马分做五大股,即刘体纯一股,设法越过商州以东,到豫、陕边境一带活动;他自己和谷可成一股,在整个商洛山地区流动,剿杀入山的官军和乡勇;丁国宝、窦开远和黄三耀为一股,向山阳和蓝田之间活动,牵制北路和西路官军;牛万才和白鸣鹤(白旺早已跟了袁宗第突围走了)率领的本地义勇百姓为一股,以麻涧为中心,在方圆三十里内,保境安民,有事打仗,无事耕田;第五股是黑虎星,保护留下的伤病人员和义军眷属,并帮助谷英,协调各股进止。闯王留下的粮食和银子,按照各大股人马多少分用。

这一天,有一支官军开始从武关北犯。谷英和可成赶快率领人马开到桃花铺南面,设下埋伏,准备好迎头痛击。黑虎星在白羊寨老营中杀了一匹受伤的战马,款待前来议事的窦阿婆等大小头领。他端起来酒碗说：

"我黑虎星蒙闯王重看和各位兄弟抬举,将商洛山中的事儿嘱咐我帮助谷子杰将爷来管,担子很重。我自幼没喝过墨汁儿,拙口笨舌,说不好什么话。我说,我说,咱们喝下这碗酒,誓同生死,共保闯王,不许有三心二意。谁他妈的有三心二意,天诛地灭,鬼神不容!来,喝干!"

大家端起面前酒碗,纷纷起誓,喝干了酒。黑虎星接着说：

"各位兄弟条子①熟,各人自想办法把人马带往指定的地方,或是夜聚明散,或是同官军打转转,听凭各位看情形自便。只许打富济贫,除暴安良,不许苦害百姓。必须尽力剿杀官兵、乡勇,不许坐视他们到商洛山中来奸掳烧杀。等到闯王要咱们聚齐,听到传知,立刻带人马到我指定的地方会合。谁要是对闯王不忠不义,我操他八辈儿,休想我会饶了他!丑话说头里,免得到时候怪我黑虎星的宝剑无情!"

酒席一散,各位头领匆匆离开。有一个义勇军头领以为黑虎星必然知道闯王消息,悄悄问道：

"黑大哥,闯王如今在哪里?"

黑虎星回答说:"已经同张献忠见面啦。"

这个头领一离开,黄三耀赶快走到他身边问道:"大哥,闯王真的已经同八大王见面了么?"

黑虎星笑着说:"你问我,我问谁?"

李自成率领义军主力出了武关之后,由武关百姓做向导,折向西行,走一条很少人走的小路,奔入山阳县境。再折向西南,奔向白河县,打算找渡口偷渡汉水。这条路都是高山峻岭,十分艰险,往往走一天看不见一处人烟,所以义军的行踪也就不容易被官军

---

① 条子——路。土匪黑话。

侦知。

李自成断定郑崇俭必然会飞檄郧阳和陕西各地官军截击,所以不管黑夜和白天,督促人马不停地前进,饿时吃点干粮,渴时饮点涧水,遇不到水时就只好渴得喉咙冒火。这支部队是骑兵和步兵混合的,很多地方骑兵都得下马,小心地牵着牲口。尽管牵着牲口走,也有少数牲口跌进谷中。这支突围部队虽然是闯王的精兵,但是去年大疫,又经过几次战斗,多数害过病或负过伤,加上商洛山中长期粮食不足,很多人的身体受不住长途折磨。另外还有不能不带着突围的两百多眷属,走路更是困难。出发五天以后,人们的体力消耗更其可怕。有的人正在走着,忽然头一晕,眼一黑,咕咚一声栽到路旁。倘若路旁是道深谷,栽下去也就完了。有的人正走着向路旁一坐,原来只打算休息片刻,定定心,喘喘气再走,谁知一坐下去就再也起不来,头一歪,靠在石头上或树根上睡着了,有的人就这样睡一觉再也赶不上队伍了,有的人就这样坐下去不再醒了。有些弟兄是在商洛山中新投奔闯王不到一年的,对官军作战相当勇敢,但没有经过长途奔波的锻炼,出武关三天后就有掉队的。等奔到白河县境时,清点人数,白白地少去了两百多人。

走到离白河县城五十里的地方,时已黄昏,义军在一座山脚下停住休息。从老百姓口中得到消息,白河是贺人龙的防地,城内的官军只有三四百人,大部分官军在白河的西乡到平利一带,还有一部分驻在郧西,防备张献忠的残部折回头向陕西逃跑,贺人龙本人也驻在平利附近。李自成见将士们疲惫万分,决定在这里休息到二更时候再继续动身,赶在天明时候出敌人不意攻占白河县城,补充一点粮食,渡过汉水。将士们一听到传令休息,都立刻躺在草上睡去,有牲口的人都把缰绳拴在自己的胳膊上,让马在身旁吃草。不睡觉的只有少数巡逻骑兵,还有各队的火头军没有休息,赶快打水、砍柴,埋锅造饭。一则将士们几天来没有吃过一顿热饭,二则明早攻城时还要有一场战斗,所以闯王传令各哨趁机做饭,使将士们饱餐一顿。

历史上最杰出的军事天才也会有失误的时候。李自成前年十月间进入潼关南原的包围圈中,致使全军覆没,是一次失误;如今在这里停下休息,也是一次失误,使义军失去占领白河县城的机会,还不得不付出较大的代价才能够强渡汉水。他向两个当地老百姓打听的消息实际在半日来已经起了变化,只是因为山中交通阻塞,新情况尚无人带到乡下。一天前,贺人龙已经得到了李自成逃出武关往西来的塘报。由于李自成走的是最艰险的山路,往往为攀登一座大山或越过一道山涧不得不花费很多时间,过山阳后又向北绕了个大圈子,所以尽管他在出武关三天后才被郑崇俭发现,但是十万火急的塘报却赶在他的前边飞到了贺人龙的手里。贺疯子立刻亲自率领人马奔救白河,截击闯王。驻扎在山阳境内参加围攻商洛山的官军得到塘报更快,抽出两千人轻装追赶。所幸的是,奉命追赶的两千官军震于李自成和这支义军的威名,害怕吃亏,总是故意同义军相距一天的路程。快进入白河境时,他们相信白河县城必会有官军拦截,就胆大起来,加紧前进,企图在白河县附近夹击义军。在今天黄昏时,这一支追兵离义军不到三十里了。

当将士们休息时候,李自成处理了几项重要军务,因心中有事,仅仅矇眬片时,便一乍醒来,不再入睡。后来他从一棵树下站起来,在宿营地走了一遍。正走着,他听见附近大石后的火光红处有王长顺的声音在说:

"老弟,你是商洛山中人,投闯王不到一年,见过的世面太小。这算什么苦?算个屁!崇祯八年正月间,冰雪盖野,天寒地冻,我们随着高闯王从河南荥阳动身,一路往东打,不到半个月就打破凤阳。要说苦,那才真算苦,可是大家一心想着打胜仗,一心想着去破皇陵,谁也没想到苦。十一年春天,俺们随李闯王退出四川。因为洪承畴堵住剑门,俺们只好走松潘小道,翻过雪山,才到了阶州境内。后来又到了西番地,整整一个月一边走一边同曹变蛟打仗,人不解甲,马不卸鞍,找不到粮食就杀马充饥。离青海湖只剩下几天路程了,闯王带着俺们折往北去,才把官军甩掉。后来我们从嘉峪关附近出了长城,游荡了半个月,没有东西吃,又从兰州附近进长城。那才真叫苦。这几天的行军算个屁!"停一停,王长顺又接着说:"你年纪太轻,投闯王以前是一个庄稼汉,只知道跟在牛屁股后从地这头走到地那头,上街赶回集好像出远门儿,懂得什么叫走路?见过什么世面?那样活到老也是白活。趁年轻,随着闯王山南海北地跑一跑,说不定你们日后会立下汗马功劳,成个气候。即使你成不了大气候,老啦在儿孙面前也有闲话可说。要不儿孙们围着你听古今,你捋捋胡子,不念不念嘴,有什么好说的?"

火边发出来两个小伙子的嘻嘻笑声。随即一个小伙子的声音说:

"王大伯,你这么一说,把我的瞌睡也说跑了。"

自成转过大石那边,看见王长顺在帮助两个年轻的火头军烧火做饭,饭已经做熟了。他叫声"长顺!"等王长顺和两个小伙子转过头来,他接着问:

"你为什么不睡一会儿?"

长顺连忙回答说:"今天下午路不险,我在马上晃呀晃地,睡过一大阵。再说人过四十以后,瞌睡没有那么多,刚才同这两个弟兄一说话,就把瞌睡混跑了。"

"你还是睡一阵好。年纪大了,又挂过多次彩,这几天日夜奔波,也够呛。"

"闯王,你放心,我这把穷骨头越老越硬,累不垮哩。再说,如今已经快二更啦,还睡个什么呢?"

闯王望望北斗星斜垂的勺把子,便不再做声,转身走了。王长顺追在闯王背后说:

"闯王,我看说不定在白河县会同贺疯子打一仗……"

闯王截住问:"你怎么知道明天会同贺疯子在白河打仗?"

"我担心咱们出武关这些天,贺疯子会知道咱们的行踪,在白河县迎接咱们。"

闯王点点头:"我刚才也想到这一层。可是听说贺疯子驻在平利西边,纵然他知道咱们行踪,他也不一定会来得这么快。"

"不管明天看见看不见贺疯子,反正得把咱们的战马先喂饱。刚才我替你的乌龙驹、夫人的玉花骢、总哨刘爷的雪狮子全都喂了黑豆。还剩下一捧黑豆喂了黑妞儿——啊,你看我,又叫她从前的小名儿!——喂了慧剑的大青骡。这姑娘年纪小,也不像慧梅们行军惯了,这几天瘦得很多,眼眶绽大了,我看着就心疼,所以也给大青骡喂点黑豆。"

"乌龙驹和玉花骢都有马夫,刘爷的雪狮子也有马夫,各有专责,你如今是老营的马夫头,告马夫们说一声就是了,何必你亲自喂?你总爱在路上找活干,不歇歇!"

"几个马夫都是年轻人,让他们多睡睡吧。我年纪大,瞌睡少。"

自成转往别处,迎面遇见中军吴汝义,就吩咐中军派人传呼将士们赶快起来吃饭,准备出发。寂静的山脚下登时不寂静了。

义军为不使火光被远处看见,埋锅造饭的地方都是在大石背后,密林深处,或比较隐蔽的山沟中。追击的官军只晓得农民军早就过去,连夜奔向白河,没料到李自成会在这个山脚下从黄昏前停留到二更时候。他们黄昏后稍作休息,吃点干粮,继续追赶。官军不像李自成部队一贯行动诡秘,纪律森严。他们为着走路方便,灯笼火把齐点,走在荒山中远望像一条蜿蜒曲折、断断续续的火龙。

李自成坐在一块石头上,正在吃饭。一个骑马巡逻的小校来到面前,向他禀报说后边来了追兵,离此地七八里路,人马众多,灯光望不到头。自成三口两口把饭吃完,告诉几位大将整队动身,还按照原计划袭占白河,只把袁宗第和郝摇旗的断后部队留下。并命人赶快将所有土灶和火堆弄灭,但不得用水浇湿,也不得显出用脚践踏的痕迹。他带着袁宗第和郝摇旗登上一个高处,瞭望一阵,下来对他们说:

"官军灯光零乱,行进很慢,看来一定都是步兵,十分疲惫,部伍不整。这儿不适宜骑战,你们把马匹留在别处,汉举率领三百弟兄埋伏在这附近树林中,摇旗率领二百弟兄往东走一里路,在路旁的树林中埋伏好。官兵到此处必会停下来。等大部分官军来到此地,乱哄哄的,汉举突然一声呐喊,猛砍猛杀。摇旗听见汉举这边动手,也立刻杀出,截断官军尾巴。这样准可以少胜众,把王八蛋杀得溃不成军。你们杀散官军之后,立刻追赶大队,千万不要恋战,不要拾取官军辎重。我担心贺人龙在白河有了准备,咱们必须越快越好,拼全力杀败老贺,渡过汉水。"

宗第问:"要是官军在这儿不停下休息,继续追赶,我把狗日的拦腰斩断好不好?"

"要是那样,你就放过前队,拦腰斩断,摇旗斩尾,我另外派人拦头痛击。不过,我看他们八成会在这儿停下。"

他微微一笑,叫亲兵找块白布,从土灶中取根桴炭,写了八个大字:

前有伏兵　万勿追赶

写毕,他亲自用石头将白布压在小路中间,带着亲兵们上马走了。

大队人马正在前进,被一道几丈深的山沟阻住。沟上原有独木桥,已经半朽,不但骑兵没法通过,连步兵也不好走。别处更无路越过这道深沟,只好伐木架桥,越快越好。偏偏近处没有树林,刘宗敏和李过亲自同一大群弟兄到一里外砍伐树木。李自成下了乌龙驹,默不做声,立在马头边等候,听着丁丁的伐木声,李自成心急如焚,只觉得树木伐得太慢。几次他想派人去催,但又想着既然捷轩和补之都亲自去了,还以不必催促为是。

全队将士都很焦急。他们对追兵不大在意,而是担心这么一耽误,黎明前再快也没法赶到白河,天色一亮,被敌人发觉,想袭占城池和渡口就困难了。幸而他们还没有想到贺人龙抢先一步到了白河,而担心这一层的只有闯王、高夫人和少数几位大将。高一功提着马鞭子走到闯王身边,小声说:

"这可是上水船偏遇着顶头风。"

高夫人咕哝一句:"是遇着一个浅滩。"

李自成没有做声。他觉得这样耽搁下去,他的根根头发和胡子都会急白。

人群中不断有低语声,听不清楚,后来听见王长顺的声音稍微大一点,说:

"都别担心,只要有咱们闯王同几位大将率领着,大白天抢渡汉水也不困难。咱们这些大将,哪个不是天上的星宿下界?贺人龙算个屁!同他不止交战过三次两次了。我不是吹的,咱们总哨刘爷大喝一声,准叫他浑身打颤,抱不住马鞍桥。你们别笑,我说的全是实话。咱们总哨刘爷在睡梦中打个喷嚏还吓死一只老虎,这可是我亲眼见的!"

一个商州的口音问:"怎么打个喷嚏会吓死老虎?"

长顺接着说:"这是前年夏天的事。那时我们进入长城,冲过洮州,奔到阶州东南略阳、宁强一带的大山里休息过夏。闯王令全军分成许多股,分散盘踞,分头打粮,官军来少啦就收拾它,来多啦就让开,同它在山中推磨。总哨刘爷没有随着老营一道,盘的地方离老营大约有一百多里。这天他有事来老营,一时大意,只带了十几个亲兵。不料路上遇到一百多官兵,恶战一场,杀死了很多官兵,刘爷的身边只剩下三四个人,马匹也都死伤完了。好则天色晚,又无月色,黑漆漆的,他就趁机摆脱官军,摸黑路往老营走。走了大半夜,实在困乏,肚子又饿,就在离老营十来里的地方坐在山路上休息,不想一坐下就往路上一倒,仰面朝天,呼呼睡熟。几个亲兵也跟着睡下,睡得像死人一样。这时忽起一阵怪风,树枝刷刷摇晃,有一只老虎从山坡上下来……"

有一个苍哑的声音问一句:"为什么老虎出来要刮风?"

长顺回答说:"古话说:'云从龙,风从虎'嘛。"

苍哑的声音说:"我们在野人峪的山上也赶过老虎,可没有看见刮风。"

另一个声音说:"别打岔,让王大伯说完。"

长顺接着说:"老虎是不随便吃人的。它吃活人不吃死人。它走到刘爷身边,不知道刘爷是活人还是死人,用鼻子挨近刘爷的脸上闻闻,它的又长又硬的胡子有两根插进刘爷的鼻孔里边。老虎一闻是活人,正要张大血口去吃刘爷,不料刘爷在梦中鼻子痒得难受,猛打一个喷嚏,把老虎吓得跳起几尺高。老虎落下来时偏了一点,落到路旁十来丈深的山沟里,活活地摔死啦。"

听众中迸出来忍抑不住的笑声。慧剑站在大青骡子旁边,靠着鞍子一边矇眬睡觉一边听长顺说话,大家的笑声把她惊醒,前额碰在鞍子上,睁开眼睛,含糊地小声问:

"王大伯,可是真的?"

王长顺说:"怎么不真?老虎出来时刮风不刮风,那是我说顺了口,随便加的,可是刘爷打个喷嚏送了一只老虎的命却是千真万确的。刘爷打过喷嚏后一乍醒来,自己也吓一跳:乖乖,夜里怎么没看清,糊里糊涂睡在这个要命的地方,一边靠山,一边是悬崖峭壁!他到了老营一说,我们去了十几个人,把老虎找到,抬回老营。老虎皮给刘爷做了马鞍鞯,肉给大家吃了,骨头给尚神仙做虎骨酒,还熬了膏药。这都是千真万确的!"

听众里有人又快活又敬佩地笑着点头,有人发出来啧啧声,瞌睡都没有了。王长顺又说道:

"老虎为什么不能吃总哨刘爷?为什么刘爷不早不晚,恰在老虎张大嘴的时候像打雷似的打个响喷嚏?这就是因为咱们刘爷和许多将爷都是天上的星宿下凡来保闯王的,老虎顶多只能闻闻,不能伤害。贺疯子算什么?他能够拦住咱们从白河县过汉水么?你们这些新弟兄还没有见过刘爷在战场上多么厉害。到白河要是遇到官军拦路,你们瞧瞧!"

高夫人望着闯王微微一笑,小声说:"长顺比年轻人身体差,这些日子把他的马跑瘦得露着骨头,他自己也眼窝塌下去,可是你瞧他多快活,还常常说笑话替别人解乏!"

突然从背后几里外传过来喊杀声,使全体将士都转过头去倾听。李自成派亲兵把李友叫到面前,命令说:

"你带一百骑兵去看看,帮他把追兵收拾了。杀败追兵之后,你们大家赶快回来,不要耽搁时间。"

刘宗敏和李过把树木运回来了。他们对于背后的喊杀声好像全不放在心上,只是看着弟兄们迅速架桥。农民军对架桥是有经验的。他们不砍大树,因为大树砍断费事,砍去枝子费事,抬运困难,并排放下时中间缝子太大。他们一律选择碗口粗的小树。今天恰好遇到杉树林,就砍了十几棵杉树抬回来,并排架好,每端两边各钉一根橛子,以防散开,又割了捆草铺在上边。不到片刻工夫,大军开始过桥了。

李自成命吴汝义派一个小校带十名弟兄看守木桥,多预备干草和干树枝子,只等杀败追兵的将士们回到桥这边,便放火把桥烧毁。为着等候袁宗第等的战报,他走在老营人马的后边,边走边听着远处的呐喊声。过了不久,背后的喊杀声就听不见了。人马匆匆赶路,从前头向后传着一个口令:"传!不许说话!步兵叉子放开①!"这声音传到李自成这里,他也像将士们一样重复一遍。他的亲将和亲兵接着把这个口令向后传去。

又过了不到一个更次,袁宗第等率领着几百得胜的骑兵追上大队。原来当追兵到了义军埋锅造饭的山下时,看见土灶中灰烬已冷,想着义军必然已经走得很远,没法追上。大家十分疲困,本来就心中怨天怨地,渴望休息,这时见这里比较平坦,又背风,且有李自成留下的现成土灶,便纷纷坐下去,吵嚷着要在此处宿营。偏在这时,有人在小路上发现了李自成留下的那块白布,看了上边的八个字,越发不愿再向前追。人们说李自成留的话是实话,前边必有埋伏,咱不追就各不相犯,咱要追就对咱不客气,这叫做先把话说明白,明人不做暗事。虽然也有少数人怕李自成在近处确有埋伏,但是他们的话多数人都不愿听。大家有坐下的,有躺下的,有开始点火,准备取水做饭的,乱哄哄地等候主将。袁宗第的人马突然呐喊杀出,郝摇旗随即从后边杀出,把官军杀得落花流水,四散奔逃,几乎把主将活捉到手。李友赶到时,战事已经结束。他们又杀了些藏在树林中和荒草中的人,便上马追赶大队。这一仗,义军的死伤微不足道,而追兵却完全溃散。

胜利的消息立刻由老营传遍全军,激励了全军将士,精神为之振奋,加快前进。

天色渐渐亮了,又渐渐大亮了。离白河渡口还有五六里路。李自成要在拂晓前过汉水袭占白河县城的打算已经吹了。他正在后悔昨晚不该停下休息过久,忽然得到斥候骑兵报告,说白河城上

---

① 叉子放开——土匪黑话。叉子指两条腿。把两条腿放开即是迈开大步的意思。

旗帜稀疏,静悄悄的,城外也很静,看不见老百姓进城赶集,听百姓说,五更时城中城外有人喊马嘶之声,不知何故。闯王一听,心中猜想,必是有大队官军开到白河,做了准备,说不定贺人龙也亲自赶到。他同几位大将在马上一商量,退回去另找渡口也不好办,只好拼力夺取白河渡口,强渡汉水。于是他同刘宗敏和李过率领着骑兵主力,向白河渡口飞奔而去。

连日早晨有雾,而今日早晨却没有雾,万里无云,天空碧蓝。高夫人在马上望望天色,忽然产生了一个奇怪的念头:这么晴朗的天气,天空湛蓝湛蓝的,真不像双方就要杀得人仰马翻!

贺人龙接到总督郑崇俭的十万火急塘报,料想李自成可能从白河县渡过汉水。当时因防备张献忠杀回陕西,他的部队分驻在陕、鄂交界的一片地方,白河县城也是他的防地。他同李自成作战是有经验的。平日对李自成有些害怕,但现在他认为李自成的兵力甚微,且系长途奔波的饥疲之众,他只要能够抢先到白河县,以逸待劳,以众御寡,可以稳操胜券。他那个夺取"平贼将军"印的念头虽因左良玉新近有玛瑙山之捷,已经打消,但是他希望能够在这一次堵截李自成之战中建立奇功,获得朝廷的优厚封赏。另外,他希望这一战除能够捉获或杀死李自成和他的几个主要将领外,也可以夺得李自成的全部战马和其他军需。他的部队在急切中不易集中,而他又害怕贻误战机,所以只率领八百骑兵和一千五百步兵往白河县奔来。加上白河县城中原来驻守的人马,他可以堵截李自成的将士有三千多人。另有一支一千五百人的后续部队将在一天之内赶到。

到了白河县城,贺人龙得到确实探报:李自成的人马疲惫,正在向白河奔来,后边有一支官军追赶,估计天明时可来到白河渡口。白河县是一座弹丸小城,离汉水南岸二里。贺人龙担心李自成一旦渡过汉水就没法堵截,会绕开白河县城向南逃去,也担心李自成看见南岸人马众多,戒备严密,不敢强渡,折往别处逃跑。不管出现哪一种情况,都会使他围歼李自成建立大功的心愿落空,甚至会落个"纵贼他逸"的罪名,受到朝廷和督师辅臣的责备。他已经胸有成竹,故意向左右问:"怎么办方能取胜?"左右将领们建议将重兵埋伏在汉水南岸,"待其半渡而击之",必获全胜。贺人龙摇头一笑,说:

"你们想得倒美,可惜李自成不是笨蛋!"

他叫将士们赶快饱餐一顿,然后留下一部分兵勇守城,将五百名将士埋伏在汉水南岸,他亲自率领两千二百步骑兵迅速渡河。一等渡河完毕,他就下令大小船只都划到南岸,免得被义军夺去。同农民军作战,贺人龙有丰富经验,心中深知道李自成的厉害。他认为李自成率领的虽然是饥疲之师,人数只有一千多人,但也不可轻视。前年冬天潼关南原大战时李自成部队的勇猛善战,贺人龙记忆犹新。他让开李自成奔占渡口的大路,却将人马埋伏在离渡口不远的小山背后,打算在李自成的人马刚刚下到水边正在抢渡时候用全力突然猛攻,将一部分逼下水去淹死,一部分在岸上消灭。他那等候在南岸的五百名将士占据有利地势,专候截杀泅过汉水的少数义军。一切布置就绪,贺疯子坐在一块大石上,等候捉拿李自成夫妇和刘宗敏等。

李自成原想着贺人龙已经派将士扼守渡口,准备用骑兵一阵冲杀将敌人赶跑。不料竟毫不费力地占了渡口,没有遇到一个敌人,也没有见到一只船,几只船都停在汉水南岸。隔河望望白河县城,城门紧闭,城头上静悄悄的,使他深觉奇怪。这时将士们看见离渡口不远的小山背后有旗帜影子,并且望见了南岸上有不少伏兵。李自成恍然猜到了敌人的诡计,将骑兵在江岸上列好阵势,派马世耀和李弥昌两个小将率领三百骑兵往小山坡上搜索敌人,又命李过率领二百骑兵涉水过江占领南岸,并将船只都送过江来。他自己立马岸上,准备迎击贺人龙的伏兵突然杀出。

马世耀等的骑兵冲上山坡,四五百官军步骑混合,略作抵抗,有秩序地往后边退去。马世耀正在追赶,听见江岸上传来锣声,立即退回。李过挑选了二百骑兵,加上他自己的二十名亲兵,来到水边,挥鞭一呼:"随我来!"首先跃马下水,二百多骑兵毫不踌躇,策马竞渡。南岸的敌人原以为这里水流急,水又很冷,农民军不到溃败逃命时候决不会骑马下水,如今看见这种情形,大吃一惊。一个将领把小旗一挥,鼓声大作,同时五百伏兵一齐跃起,奔到水边,齐向江心放箭。由于义军的队形散开,只有很少的人马中箭。过了江心的激流以后,李过一箭射倒敌将,官军登时大乱。弟兄们一面加紧策马前进,一面大呼:"上岸啦!上岸啦!"李过首先跃马上岸,连砍杀十来个人。弟兄们跟着纷纷登岸,向正在溃乱的官军乱冲乱砍。官军立时死伤满地,有一部分跪下求饶,另有一部分抛掉兵器,落荒而逃。李过不许追赶,一面防备另有官军从城中杀出,一面赶快派一批识水性的弟兄,将大小船只一齐撑往对岸。

隔着树林,贺人龙窥见李自成在江岸上列阵严整,又看见一个将领率领大约两百左右骑兵向南岸策马竞渡,竟无一人踌躇,使他心中大惊:这哪像饥疲之师!平日惧怕李自成的心理突然恢复了,胜利的信心动摇了。但是他一则害怕受朝廷责罚,二则还希望趁李自成的人马尚未全到,能够侥幸一逞。于是他下令擂鼓,指挥伏兵杀出,而他自己也迅速跃上战马,拔出宝剑,率领最精锐的镇标亲军,呐喊杀出。

义军后边的步、骑兵全到了。李过在江南岸夺得的大小船只也撑到北岸了。李闯王一声令下,眷属和步兵开始渡江,驮在骡马身上的辎重也都卸下来放在船上。有很少数骑术不精的人也乘船,只让空马渡江。

贺人龙突然从树林中杀出,同时伏兵齐起,向江岸上的义军三面包围而来。李闯王骑在乌龙驹上,立于通向江岸的路口,稳如泰山,左右的亲兵亲将都张弓搭箭,引满待发。贺人龙和官军将士不敢逼近,只在相距两箭之地擂鼓呐喊,虚张声势,一则要恫吓义军,二则为自家壮胆。有一个将领缺乏同李自成作战的经验,立功心急,勒马到贺疯子面前说:

"大人,李自成人马不多,且江岸不利于他的骑兵作战,请赶快下令进攻,机不可失。"

贺人龙看他一眼,说:"不许急躁!兵法说:'穷寇莫追,归师莫遏。'让他的人马过江,'待其半渡而击之',必获大胜。"

义军分批渡江,队伍一直不乱。贺人龙已经打消了活捉李自成的妄想,只希望不折老本,等闯王的人马过得差不多时,截断队伍尾巴,杀伤一些,俘虏一些,夺得一些战马甲仗,然后向杨嗣昌和郑崇俭夸张战果,报成大捷。

李闯王和大部分人马都已经过江了,北岸只剩下三百多骑兵和二百多步兵。这骑兵是袁宗第和郝摇旗率领的断后部队,另外还有刘宗敏带着一群亲兵也未渡江。当刘宗敏带着亲兵们来到水边,正要策马渡江时,但又觉不放心,勒住马头,稍作等候。江水碧蓝。白马的影子映在水中,十分鲜明可爱。水中,马头边有一片白云飘过。刘宗敏抬头望望天,天比江水还蓝。

贺人龙认出来那个骑白马的大汉是刘宗敏,顿时产生了活捉或杀死刘宗敏建立大功的念头,赶快将令旗一挥,所有围观义军渡江的官军都喊杀向前。由于贺疯子亲自督战,又悬了重赏,官军将士尽管被射杀几批,仍然向前进攻。刘宗敏回马登岸,举刀大声命令:

"步兵等船过江,骑兵一齐迎战,收拾贺人龙这个狗日的!"

袁宗第等冲向前去,同敌人在江岸附近展开混战。贺人龙在官军中也是一员猛将,且有多年的战争阅历,如今仗恃人多,就一面包围袁宗第等,一面分兵夺取渡口,使李自成无法回救。刘宗敏猜到贺人龙会有这一着,一直立马江岸未动,见一支官军杀来,用刀向背后一招,大叫:"步兵随我来!"他率领亲兵和步兵杀退这股官军,看见几条船已经拢岸,即令步兵赶快上船,由他率领亲兵掩护。步兵一离岸,宗敏见宗第负伤,和郝摇旗正被一千左右步骑兵围攻,他大吼一声,冲入敌军垓心,直取贺人龙。贺人龙见是刘宗敏,故意且战且退,想把宗敏引过一座小山包,远离江岸,以便捉到活的。宗敏追了一段路,识破诡计,拨马而回,率领袁宗第和郝摇旗以及余下的不足二百骑兵退回江岸。他叫宗第赶快上船,一部分骑兵先渡江,由他自己和郝摇旗带着几十名骑兵在岸上掩护。

贺人龙见自己的计策不灵,反身杀回,大军像潮水般涌到江岸。郝摇旗一则杀得性起,二则要保护刘宗敏,大骂道:"贺疯子不要逃走!"冲入敌人中间厮杀起来。宗敏怕摇旗吃亏,也杀了过去。他们每个人身边只有三四十个骑兵,在敌人中间左右驰突,杀伤敌人很多,差一点夺到了贺人龙的大旗,但自己身边的人很快减少。后来他们被敌人隔开,各自为战。宗敏杀了一阵,不知摇旗在什么地方,又杀往江岸,寻找摇旗。江岸已被官军占定,人马密如墙壁,箭像雨点般地向他射来。他想着摇旗不是阵亡,便是被俘,而自己从这个渡口过江也不可能,于是他勒转马头,狂呼乱砍,杀开一条血路,向下游寻找可以渡江的地方。

所有的道路都被官军截断。离渡口二三里有一个小村庄正在燃烧,几个没有逃走的百姓已被杀死,横尸路边。一个十二三岁的小姑娘被官军捉到,正要强奸,刘宗敏带着几名亲兵奔到。官军始而一惊,随即蜂拥扑来,拦住去路,大喊着要刘宗敏赶快投降,却不敢十分逼近。宗敏看见官军又在肆意烧杀和奸淫,怒不可遏,策马直冲敌人,挥刀砍死为首的敌军小校,其余的四散奔逃。那个小姑娘趁机要往火中扑去,却被刘宗敏俯身抓到,轻轻一提,放到鞍上。看见背后大队官军追来,他将白马抽了一鞭,跳出大火燃烧的小村子,向汉水岸上奔去。

由于地势不熟,刘宗敏陷入绝地。这儿濒临汉水,有三四丈高的悬崖峭壁。江水在此转弯,水色黑绿,大约有几丈深,三十丈宽。宗敏身边只剩下三个亲兵,都已挂彩,打算带他们继续向下游走,却被深谷阻断去路。他看见数百官军已经快要追到,而自己已陷绝地,既不能前进,也不能后退,便立马在一株高大的古松下边,将小姑娘放到地上,吩咐她躲在松树背后,不许乱动。他手握双刀,瞋目向敌,等待敌人来近。这时他听见渡口两岸响着紧密战鼓,喊杀不断,知道自成想强渡汉水,过来救他。但是他心中明白,地形不利,船只又少,想在大敌前强行登岸不惟会死伤惨重,而且很难成功。他向亲兵们瞟了一眼,命令说:

"把你们余下的箭统统给我!"

三个亲兵都把箭交给了他。他命令他们趁敌人未到面前,赶快抛弃马匹,找地方滚下江边,泅水过江。三个亲兵立刻跳下战马,却环立在他的雪狮子旁边不动,等他下马。宗敏命令说:

"快离开我滚下江边,老子来对付这些狗日的!"

亲兵们才知道宗敏要独自留下,一齐要求他先逃走,由他们抵挡官兵。这时官军相距不过一百二十步,宗敏很急,厉声说:

"快离开,违令者斩!"

三个亲兵先用鞭子将战马赶下深谷,宁肯忍心叫他们的战马跌死摔伤,决不让敌人得到一匹。然后他们又一次恳求宗敏先走。宗敏第二次回头对他们将双眼一瞪,目眦欲裂,厉声喝令:"快走!"他们迟疑片刻,无可奈何地互相望望,哭着离开。但是有一个受伤较重的亲兵走了几步又折转回来,藏在一棵松树背后,没有让宗敏看见。

宗敏向后退一步,紧靠松树,张弓搭箭,怒目横扫着呐喊而来的敌人,特别想看看贺人龙是否来到,古铜色的脸孔上挂着轻蔑的微笑。他没有看见贺人龙,略微感到遗憾。尽管官军看见他只剩下单人独骑,大喊着要他投降,却不敢贸然走近。只要有敌人来到百步以内,宗敏箭无虚发,总叫为首的敌人中箭而亡。敌人吃了几次亏,不再打算活捉他,也对他乱箭射来。流矢从宗敏的头上和身边不断地嗖嗖飞过,但是他连动也不动,依然含着轻蔑的冷笑,不断地射杀企图走近的敌人。

官军看见刘宗敏的箭完了,又打算活捉他向北京献俘,不再射箭,向他蜂拥扑来。宗敏想着他的三个亲兵大概已经过了江,也决定自己赶快离开,免得落入敌手。他的战马不知是懂得他的心意还是因看见敌人逼近,忽然奋鬣扬尾,萧萧狂嘶。雪狮子的鸣声未止,刘宗敏大吼一声,山鸣谷应,挥刀向敌人杀去。官军突然听见他的怒吼,又见他挥刀杀来,震栗失措,纷纷奔退,互相拥挤践踏。宗敏趁机勒转马头,俯身抓起来小姑娘放到鞍上,奔到悬崖,猛抽一鞭。只见那匹雪白的战马像闪电一样从悬崖上腾空而起,纵入蓝天,在两丈外向下落去,沉入江底,溅起来的水花闪着银光。

江北岸,人人惊骇。江南岸,人们的心随白马沉落江中。两岸上突然间停了战鼓,也停了呐喊和说话。天地静悄,将士屏息,四周重叠罗列的青山寂寂,一切都在等待着白马的消息。

过了片刻,白马驮着刘宗敏和小姑娘从碧绿的深潭中浮出。江上仍然很静。水中映着蓝天、白云。浪花似银,在灿烂的日光下闪动明灭。白马喷喷鼻子,昂着头,划开绿波,冲着浪花,在激流中向下游的南岸泅去。

官军蜂拥着奔上悬崖。有一个头目举弓就射,箭未离弦,却有一个左臂负了重伤的人从草中一跃而起,剑光一闪,将他砍倒。这个人连砍死几个敌人,自己也被砍倒。悬崖上一片混乱。官军为杀死这个人耽误片刻,才开始向江面上乱箭射去。但刘宗敏的白马已在激流中飘然远去,敌人的乱箭都在他的白马背后噗、噗、噗地落入水中。后来当地百姓把这个悬崖起名叫马跳崖,把刘宗敏曾经立马一旁的大松树叫做百箭松,因为据传说,官军从树身上拔掉的箭足有百支以上。

李自成派一只小船顺流而下,接救宗敏。等小船飞驶到江湾,宗敏已经离南岸不远,策马走上了阳光闪耀的白沙碎石江滩(这地方,后人称做白马坡)。他心中杀气未消,一身水,满面怒容,回到了闯王那里。自成高兴万分,但听说郝摇旗下落不明,又觉难过。宗敏的亲兵一个也没有回来,除一个跳崖跌死和一个因负伤在江心淹死之外,都在北岸战死了。

高夫人将小姑娘通身打量一眼,知道一家人只剩了她一个人被刘爷救出,不免暗暗心酸。她立刻吩咐慧琼带她到树林中将衣服拧干,给她一点干粮充饥,又叫王长顺将多余的骡马给她一匹。

义军立刻整队起程,绕过白河县城向南奔去……

第十二章

强渡汉水以后,李自成把人马拉到房、竹大山中休息,并且分成小股,以便寻找粮食和避免官军追赶。他派出几路细作,探听官军的部署和动静,同时也探听张献忠的消息。张献忠贿赂和离间左良玉的事是非常机密的,他当然探听不到,但是他看见左良玉把人马驻扎在陕西境内,贺疯子也逗留在陕西和湖广交界地方,与其他官军都不乘胜急追,判断出杨嗣昌的尚方剑对这班骄兵悍将也没有多大用处,迟早会一筹莫展。如今跟着他的虽然只有一千多人,而且粮食十分困难,银钱也缺,但是他的心情十分敞朗,坚信只要渡过这段困难日子,局势就会好转,任自己龙腾虎跃。他经常同将士谈闲话,替大家鼓气。这一支小部队在房、竹大山中休息了一个短时期,士气又旺盛起来。

官军只晓得李自成逃到鄂西一带的大山中,却弄不清他到底在什么地方。杨嗣昌虽然明白李自成与张献忠之间平素有矛盾,但是他担心他们在目前困难境遇中会暂时合作。他想,以献忠的用兵狡诈,自成的善于笼络人心和沉毅坚强,曹操的人马众多,三个人一旦合伙,对官军的进剿很为不利。原来以罗汝才为首的所谓房均九营中有一营的首领名叫王光恩,浑名花关索,不愿意跟随罗汝才重新起事,准备投降朝廷,留在房、均境内。杨嗣昌差人带着他给李自成的谕降檄文来到王光恩的营里,密谕他务必将李自成找到,倘若能劝说自成投降,就算他为朝廷建一大功。王光恩得到督师辅臣的密谕，想着他过去同李自成和高一功曾有一面之缘，并无恶感，而自成也正在困难之中，劝降事不无希望，便派他的胞弟王光兴带领一小队人马和一些礼物，往郧阳以南的大山中明察暗访，务期找到自成。

张献忠在十天以前就听说李自成在白河县附近强渡汉水来到鄂西的事，猜想着自成别无地方可去，准是要来投奔他。但后来自成的消息寂然，他想着大概是因为李自成别有去处，不会来了。今天忽然知道李自成已来到兴山境内，离他屯兵的白羊寨只有几十里远，这就使他不能不赶快决定如何处置自成前来投奔的问题。他看出来，杨嗣昌出京来督师是崇祯放出了最后一炮，这一炮放过之后，朝廷上就没有第二个杨嗣昌可派。近来他比李自成更清楚，杨嗣昌对左良玉和贺人龙等的指挥已经有一半不灵，要不了多久就会完全不灵，和熊文灿差不多一样的无能为力。如今义军中兵力较大的罗汝才很听从他的意见，回、革等五营没有多大出息，将来也会听他号令，惟独李自成不肯屈居在他的大旗之下。一旦他把杨嗣昌打败，三四年内时机来到，他就要按照徐以显和潘独鳌等原先商定的主意称王称帝，可是像李自成这样的人一则素有大志，二则继高迎祥称了闯王，决不会在他的面前低头称臣。可是他不愿在目前趁李自成来投奔他的机会将自成除掉，正如同他在谷城时的想法一样。但是李自成是一个有很大声望的义军领袖，到底应该如何处置？

献忠屏退从人，把徐以显带到一棵松树下边，坐在一块磐石上，把右腿搭在左腿上，叫徐以显坐在对面，然后捋着大胡子，眼睛里含着微笑说：

"老徐，你瞧，李自成给官军撵得无处存身，来投咱们啦。怎么样，和尚不亲帽儿亲，把他留在咱这儿，让他喘喘气儿，长好羽毛再飞走吧？嗯，我的赛孔明，你说怎办？"

徐以显早已胸有成竹,只是见献忠的眼睛里含着狡猾的微笑,他就故意望着献忠笑而不言。

"老徐,你怎么装哑巴了?……你想,把他留下好么?"

徐以显反问道:"大帅以为明朝的江山还有多久?"

"我看它好像是快要熟透的柿子,在枝上长不长了。"

"既然这柿子长不长了,大帅想自家摘下来吃呢,还是等着让别人摘去吃?"

"你说的算个鸡巴!老子出生入死,南征北战,打了十几年天下,凭什么快到手中的果子让给别人吃?"

"那么大帅是否想分给人吃?"

"果子可以同别人分吃,江山没有同别人分坐的道理。"

"既然大帅明白明朝的日子不长,又不愿将快到手的江山拱手让人或与别人平分,何不趁机将后患除掉?"

"你要我趁这时除掉自成?"

"是,机不可失。"

"还是你同可旺在谷城的那个主意?"

"还是那个主意,但今日更为迫切。"

"怎么说更为迫切?"

"从杨嗣昌到襄阳督师,到如今已经七八个月了。官军在玛瑙山侥幸一胜,并未损伤我军根本。今日杨嗣昌对左良玉等骄兵悍将渐渐无术驾驭,只要我们小心提防,玛瑙山之事不会再有。依我看,不出一年,杨嗣昌必败,不死于我们之手,即死于崇祯之手,如同老熊一样。今后数月,杨嗣昌必全力对付我军,双方还有许多苦战。李自成已逃出商洛山,他必定趁着咱们同杨嗣昌杀得难分难解,因利乘便,坐收渔人之利。等我们打败了杨嗣昌,我们自己也必十分疲惫,那时李自成已经兵强马壮,声威远震,大帅还能够制服他么?"

献忠心中一动,但故意摇摇头说:"他如今只剩下一千多人,能够成得什么气候!"

"大帅不要这么说。汉光武滹沱河之败①,身边只剩下几个人,后来不是剪灭群雄,建立了东汉江山?李自成今日虽败,比汉光武在滹沱河的时候还强得多哩。"

献忠拧着胡子沉吟片刻,说:"前年冬天,自成在潼关南原全军覆没,到谷城见我,我赠他人、马、甲仗,也算够朋友。他这次来,我留他同我一起,好生待他,也许他不会做对不起我的事。"

徐以显冷笑说:"大帅差矣!刘备败于吕布,妻子被虏。曹操救刘备,杀吕布于下邳,夺回刘备妻子,接刘备同还许昌,表为左将军,礼之愈重,出则同舆,坐则同席。可是刘备何尝感曹操之德?曹操独对刘备心软,对关公心软,致使天下三分,未能成统一大业。后来关公攻樊城,水淹七军,中原震动,吓得曹操几乎从许昌迁都。李自成比刘备厉害得多,终非池中之物,大帅怎能用小恩小惠买住他的心?他的手下战将,如关、张之勇的更不乏人。"

"可是,老徐,李自成没有什么罪名,咱们收拾了他,对别人怎么说呀?"

"欲加之罪,何患无辞!"

"嗯,怎么说?"

"我们可以宣布他暗通官军,假意来投。"

"可是自成不是那号人。说他暗通官军,鬼也不信。"

徐以显站起来说:"大帅!自古为争江山不知杀了多少人,有几件事名正言顺?唐太宗是千古英主,谁不景仰?可是为争江山他杀死了同胞兄弟。南唐二主并无失德,在五代干戈扰攘之际,江南轻徭薄赋,与民休息,有何罪过?可是宋太祖还是派兵伐南唐,

---

① 滹沱河之败——公元24年,刘秀奉更始命北徇蓟(今在北京德胜门外),王郎称帝于邯郸,蓟城响应。刘秀仓皇南逃,在今河北省献县境内逃过滹沱河,身边只剩数骑。

说:'卧榻之侧,岂容他人酣睡!'就以明朝来说,陈友谅未必不如朱洪武,张士诚比洪武更懂得爱惜百姓,可是姓朱的为要坐江山,就兴兵消灭他们……"

献忠不等军师说完就摇摇头,睁起一只眼睛,闭起一只眼睛,用嘲笑的神气望着徐以显。徐以显有时觉得他完全可以掌握献忠的脾气和心思,有时又觉得献忠的心思和喜怒变化不测。现在被献忠这样一看,感到跼踏不安,犹如芒刺在背,笑着问道:

"大帅,难道我说得不对?"

献忠说:"老徐,我笑你这个人很特别,在读书时总是只看见歪道理,把正道理丢到脑后。咱老子读书少,可是也听别人谈过古人古事。五代十国,把中国闹得四分五裂。赵匡胤是个真英雄,才收拾了那个破烂局面。南唐小朝廷割据一隅,比起统一中国的重要来,算他个屁!元朝末年,群雄割据,元鞑子还坐在北京。朱洪武斩灭群雄,赶走了元朝的那个末代皇帝,把中国统一了,干得很对,不愧是有数的开国皇帝。你老徐比我读书多,却又把道理看偏了。你从书本上只学会如何赶快收拾别人,别的你都不看。眼前,咱西营在玛瑙山新吃了败仗,他闯营也是刚刚从商洛山中突围出来,大家都没有站住脚步,同群雄割据不能相比。如今就对李自成下毒手,不是时候!"

徐以显听熟了张献忠的嘲讽和谩骂,从口气里听出来献忠并没有完全拒绝收拾李自成,赶快争辩说:

"大帅,不是我读书只看见歪道理,是因为自古争天下都是如此。我是忠心耿耿保大帅建立大业,要不,我何必抛弃祖宗坟墓,舍生入死,追随大帅?大帅如不欲建立大业,则以显从此他去,纵然不能重返故乡,但可以学张子房隐居异地,埋名终身,逍遥一世。天下之大,何患我徐以显无存身之处?"

张献忠尽管有时也嘲笑徐以显,但实际上他很需要这个人做他的军师,也赞赏他的忠心。他没有马上说话,望着军师微笑,心里说:"你小子,巴不得咱老子日后坐江山,你也有出头之日!"徐以显见他笑而不语,又用果决的口气说:

"我们今日做事,只问是否有利于成大事,建大业,其他可以不问。"

献忠终于点头,说:"老徐,这样吧,咱们对自成先礼后兵。等他来到,我治酒席为他接风,也邀请他那里全体将领。酒席筵前,我劝他取消闯王称号,跟咱合伙。他要是答应,咱们留下他们,不伤害他们性命,免得叫曹操也害怕咱们。"

"要是他不答应呢?或者是假意答应?"

"你去跟可旺商量商量,让我也多想一想。"

"这样好,这样好。据我看,李自成今晚就会来到,我们要在他来到前拿定主意。"

徐以显离开献忠,跳上马,赶快奔往张可旺的营盘去了。

李自成在当天夜里把部队开到离白羊寨大约二十多里的一个地方,扎下营盘。第二天早晨,他派袁宗第代他去见张献忠,说明他从商洛山前来会师,共抗官军的意思,也顺便看看献忠对他的态度如何。王吉元原是献忠手下的小校,要回到献忠那里住几天,和亲戚朋友们团聚团聚。他向闯王请了假,带四名亲兵同袁宗第一起往白羊山去。

自从闯王来到兴山境内,他的部队行踪随时有探子禀报到白羊寨。袁宗第一到,献忠迎出老营,不让宗第行礼,猛一把抓住他的手腕,先不说话,用一只手狠拍袁宗第的脊背,然后亲热地大声说:

"老袁,龟儿子,什么风把你吹来了?你们的人马驻扎在什么地方?为什么不开到白羊寨来?自成呢?嗯?捷轩他们呢?都好吧?尚神仙也来了吧?"

宗第笑着说:"敬帅,你噼里啪啦问了一大串,叫我一口也回答不完。"说毕,哈哈地大笑起来。

献忠也哈哈大笑,又用拳头捶捶宗第的脊背,说:"走,进里边谈话去。好家伙,日子真快,咱们从凤阳一别就是四年多啦!"他忽然转回头,问道:"你是王吉元?在闯王那边还好吧?闯王待你不错吧?"

"回大帅,闯王待我很好。"

"你是回'娘家'走亲戚么?好吧,你龟儿子住在白羊寨玩耍几天吧,没有零用钱,去问咱们老营总管要,就说你已经见过老子啦。"

"谢谢大帅!"

袁宗第同献忠携手进入上房,坐下之后,先回答了献忠所问的话,接着说道:

"我们在商洛山中拖住了两万多官军,使郑崇俭不能派大军进入湖广。近来听说敬帅在玛瑙山吃了点亏,我们也怕长久留在商洛山会坐吃山空,所以闯王就带着一部分人马从武关突围出来,到这里来同敬帅会合。咱们同曹操三股儿拧成一根绳,齐心合力对付杨嗣昌准能取胜。敬帅,你的力量大,我们以后诸事多仰仗你啦。"

"什么话,什么话。我同你们都不是外人,如今水帮鱼,鱼帮水,说什么仰仗!伙计,自成为什么不同你一道来?"

"自成本来今天要亲自来的,因为路途劳顿,身上偶觉不适,临时只好命我前来拜谒,说明前来会合之意,并问大家朋友们好。自成今日稍作休息,明日就亲自来了。"

"既然自成身上有点不舒服,让他好生休息,咱老张今天就去看他。一两年没见他,真是想念!"

献忠问了问商洛山中的困守和突围经过以及沿途情形,随即把总管叫来,命他赶快派人向闯王的驻地送去二十石大米和一些油盐,还有几只猪、羊。袁宗第对献忠的慷慨热情,代闯王表示感谢。献忠手下几个同宗第熟识的将领都来老营看他,互相问长问短。袁宗第虽然留心察言观色,但是看不出献忠和他的左右将领怀有什么恶意。

午宴一毕,袁宗第向献忠告辞。献忠本来准备同宗第一道去看闯王,因曹操派人送来一封密书,他只好让宗第先走,说:

"汉举,你回去告诉自成,就说我把一件事情办毕就去看他和众位朋友。黄昏前我一定赶到,在你们那里谈谈话,夜里回白羊寨。"

袁宗第替李自成一再谦谢,请献忠不要亲自前去,但献忠哪里肯听,说道:

"老弟,你知道咱老张的脾气。咱没有事还在屋里坐不住,何况是自成同众位朋友来啦。我说今天下午去就一定去,没有二话!"

把袁宗第一送走,张献忠立刻把徐以显叫到面前,秘密计议。因为今天中午忽然得到罗汝才派人前来下书,说他已经从大昌动身,将在一二日内赶到白羊山同献忠计议军事,所以献忠对昨天晚上徐以显和张可旺向他建议如何处置李自成的事改变了主意。他不愿把这事做得过急,想等曹操到后,请曹操劝自成取消闯王称号,归到他的大旗下边。徐以显听献忠说出这个打算之后,马上摇摇头说:

"大帅差矣。曹帅遇事老谋深算,狡诈异常,岂肯听大帅随便摆布,随便指示?他近一年半以来虽常以大帅之'马首是瞻',然而他不是大帅部将,也不会屈居人下。今日有李自成的闯王名号在,他的曹营、自成的闯营和我们的西营可以成为鼎足之势。他深知一旦闯营没有了,下一步就会吞并他的曹营,他怎肯替大帅劝说李自成撤销'闯'字旗号?除掉闯王的事,贵在神速。等曹帅来到,锣鼓已罢,他想替自成说话也来不及了。"

"他看见咱们并未同他计议就吃掉闯营,岂不寒心?"

"他自然会感到寒心。然而木已成舟,他自己势孤力单,怕他不俯首帖耳?目前官军势大,他不得不与我营共进退,奉大帅为盟主。等将来打败了官军,他肯效忠大帅就留下他,否则就收拾了他。自古马上得天下者,无不剪灭群雄。只知除暴政,伐昏主,而不知剪灭群雄,徒为别人清道耳,何能得天下!"

献忠拧着大胡子默默不语。李自成确实不是一般义军领袖,劝他取消闯王称号已经不是一件小事,倘若不幸劝说不成,将他与刘宗敏、李过、高一功等一齐杀掉,各处义军将会如何看法?难道不太早么?这些问题到今天仍使他踌躇不决。徐以显打量一下献忠的神情,又说:

"请大帅不要因曹帅将到而忽生犹豫。我熟读史册,留心历代兴亡之迹,深知凡创业之君与有为之主,必有其所以成功之道。……"

献忠截住说:"我知道,不外乎收买民心、延揽英雄,这话你不说咱也知道。在谷城屯兵时秋毫无犯,专整土豪大户,如今到这里仍然是秋毫无犯,这不是收买民心是个屁?咱们这儿兵多将广,连你这种有本事的人也请来做军师,能说咱老张不延揽英雄?"

"我所要说的并不在此。收买民心与延揽英雄为自古建大业者成功之本,自不待言。然除此外必须辅之以三样行事,即心狠、手辣、脸厚。这三样行事我无以名之,姑名之曰'成大功者的六字真言[①]'。当心狠时必须心狠,当手辣时必须手辣。大帅一听说曹帅将至而忽然心软手软,何能成就大事?"

张献忠虽然常同徐以显谈心腹话,都认为有时很需要心狠手

[①] 真言——真诀、秘诀的意思。

辣,但是自来没听到徐以显谈脸厚也是成功立业的一个法儿。他心中不以为然,笑着骂道:

"你说的算个鸡巴。老子从没有听说过成大事立大业的人还必须脸皮子厚!瞎扯,滚你的'六字真言'!"

徐以显不慌不忙地说:"大帅,越王勾践兵败之后,立志报仇,奴颜婢膝地服侍吴王,还尝过吴王的大便,算不算脸厚?"

献忠点点头,拈着长须说:"这倒真是脸厚,可是他不得已,只好施用小计,保性命,图恢复。还有么?"

"还有,还有。"

徐以显从秦、汉说下来,举出了许多历史人物来作例证。张献忠哈哈大笑,但心中骂道:"这狗日的,平日看书看邪啦,一肚子歪心眼儿,在老子手下只可用你一时,久后必成祸害!"他隐藏着对徐以显的蔑视,亲切地骂道:

"你们这号读书人,死后一定下拔舌地狱!伙计,这'六字真言'是你自家读书想出来的?"

"不是。我从前有个老师,是一个很有才学的举人,几次会试不第,不曾做官,满腹牢骚,在谷城南山中隐居教书。他喜读史鉴,得出这'六字真言'。我认为很有道理。"

献忠又笑着骂道:"哈哈,你们这班举人、秀才,喂饱了孔、孟的书,并不是满腹装着仁义道德,倒装着你们的'六字真言'!"

徐以显说:"大帅,这才叫善于读书。细看孔圣人一生行事,也是按照这'六字真言'。只是他老人家光做不说,所以没有经弟子们记在《论语》里边。"

献忠忍不住纵声大笑,几乎连吃的酒饭都喷出来了。笑过一阵之后,他虽然思想上接受了徐以显的一些影响,但还是用嘲讽的眼神瞧了军师片刻,然后说:

"老徐,这可是你们举人、秀才揭了你们祖师爷的老底儿!"又笑一阵,他接着说:"算啦,少扯废话。收拾李自成的事,要不要等曹操来了以后再做决定?"

"依我说,大帅,要在曹帅来到之前办完这事。"

张献忠把大胡子往下一捋,站起来说:"好,依你的,就按照你同可旺的主意行事!"

徐以显走后,张献忠把徐所说的"六字真言"想了一下,忽然联想到自己在谷城那段"伪降"和用跪拜大礼迎接林铭球的事,不禁感到脸上热辣辣的,自认为在这种地方不如李自成宁折不弯。又过片刻,他的思想才重新转到李自成的身上。他毫不犹豫,率领一群亲兵亲将出发了。

张献忠一行人马离闯王的营盘还有三里远,李闯王已经得到了在山头上放哨的士兵飞报,赶快率领几十位大小将领走出营盘,到半里外的山口外边迎候。相距十来丈远,张献忠就跳下马,一边向前走一边向闯王和大家连连拱手,大声说:

"好家伙,你们抬起老窝子来迎我,俺老张可折罪不起!"不等闯王开口,他抢前几步,拉住了迎上来的闯王的手,热情地叫道:"李哥,咱弟兄俩又会合到一起啦!怎么样?咱老张说在去年端阳节动手反出谷城,没有食言吧?说话算数吧?"说毕,哈哈地大笑起来。这笑声是那么洪亮,把藏在三十丈外深草中的一对野鸡惊得扑噜噜飞往别处。随即他望着刘宗敏和田见秀说:"老刘、老田,四年不见了,龟儿子才不想你们!一听说你们全到了,把我老张喜得一跳八丈高。"

刘宗敏和田见秀同声回答:"我们也常在想念八大王。"

张献忠用滑稽的眼神瞅着他们,说:"好,我想念你们,你们也想念我,咱弟兄们到底是一条心!"又是一阵大笑。随即抓住高一功问:"高大舅,听说你前年在潼关挂彩很重,如今不碍事吧?"

高一功回答说:"托敬帅的福,没有落什么残疾。"

"好,好。俗话说,'吉人自有天相'。"献忠又转向刘宗敏:"捷轩,听说你那匹好马在潼关大战时死了,如今可有好马骑?"

"我又弄到一匹,虽不如原来的那一匹,也还将就可用。"

"我那里有几匹好马,你随便去挑一匹吧。在战场上,像你这样的虎将没有一匹得力的牲口可不行。"

"谢谢敬帅。我的这匹马还算得力。倘若不是这匹马,我还过不来汉水哩。"

对跟在闯王身旁的每个大将,张献忠都亲热地寒暄几句,然后由闯王等众人陪着往前走。几十名二级以下的将领早已由吴汝义领队,分作两行,夹道恭立,迎接献忠,十分整肃,鸦雀无声,但见眉宇间喜气洋溢。这喜气确是他们的真情流露。经过几年苦战,谁对今天的会师不感到衷心的高兴和振奋呢?当献忠走近恭立道旁的众将时,吴汝义躬身叉手,代表大家说:

"恭迎敬帅!"

大小将领同时跟着叉手行礼,十分整齐。献忠望望两行众将,又回头望望闯王,笑着说:

"怎么,还来这一套?嗨,你们真是多礼!"他忙向众将拱手还礼,说:"算了,算了。咱老张是个粗人,到你们这儿又不是外人,用不着这一套。再说,你们还缺少鼓乐哩。"

吴汝义说:"回敬帅,我们的乐队在前年打光了。下次迎接敬帅,一定要放炮,奏乐。"

献忠在汝义的肩头上重重一拍,大声说:"好啊,小吴!你倒一点儿也不泄气!"

他从路两旁恭迎的将领中间走过时,不断地同认识的将领打招呼,甚至开句把玩笑,使大家深感到他对人亲热、随便,没有架子。走到双喜和张鼐面前时,他伸手捏住双喜的下巴,把他的脸孔

端起来,叫着说:

"好小子,老子一年多没见你,你往上猛一蹿,差不多跟老子一般高,长成大人了。怎么,双喜儿,箭法可有长进么?"

双喜的脸红了,恭敬地回答说:"小侄不断练习,稍有长进。"

"好,有工夫时老子要考考你。真有长进,老子有赏。"献忠放下双喜,用两个指头拧着张鼐的一只耳朵,拧得张鼐皱着眉头。"小鼐子么?长这么魁梧了?还想家不想?"

"回敬帅,小将不想家。家里没有人啦。"

"小龟儿子,说话也真像个大人一样!"献忠又拧着张鼐的脸蛋儿揉了揉,好像想知道他脸上的肌肉瓷实不瓷实。"你瞧,在凤阳时老子看见你,你才这么高,"他用手在胸前一比,"是一个半桩娃儿。前年在谷城看见你,你呀,他妈的顶多到老子下颏高。可是转眼不见,你就像得了雨水的高粱,往上猛一蹿,长得同老子一般高啦。哼哼,嘴唇上还生出一些软毛哩!"他转向闯王问:"怎么样,他打仗还有种?"

自成回答说:"倒还勇敢。"

献忠拍着张鼐的肩膀说:"小鼐子,你同咱老子都姓张,不如跟老子当儿子吧。哈哈哈……"笑过之后,他对闯王说:"别害怕,我不会夺走你的小爱将。咱是说着玩儿的。"

自成笑着说:"敬轩,你要是喜欢小鼐子,我可以把他送给你,不过,得把你的马元利或张定国换给我。"

"好家伙,你一点儿不肯吃亏!"

大家都快活地大笑起来,倒把张鼐笑得怪不好意思的,脸颊也红了。

从两行恭迎的众将中走过以后,张献忠在闯王和几位大将的陪伴下往营盘走去。他一边走一边说:

"可惜老神仙没有来,倒是怪想念他的。"

自成说:"要不是他正在发高烧,我绝不会把他留在商洛山中。"

"听说郝摇旗不知下落,会不会完蛋了?"

"一点消息也没有,生死很难说。"

"这小子有点浑,倒是一员战将,也是宁死不会投降的好汉子。"

"所以他常做些不冒烟儿的事,我还是原谅了他。高闯王亲手提拔的战将,如今剩下的没几个了。近来为着他下落不明,我心中很不好受。"

献忠说:"你也不必心中难过。勤派人探听消息,说不定他还活着。"

李自成的老营设在一座古庙里。庙周围有七八家人家,都是破烂的茅庵草舍。他的部队都住在庙中和帐篷内,把一个垮子填得满满的。营地四面皆山,旁临一道山溪。因为周围没有战事,离开大股官军在一百五十里以上,也不打算在此地长久驻扎,所以没有在周围布置寨栅,只是在山头上和山路上派兵把守,严密警戒。李自成住在古庙大殿中的神龛旁边,地上摊着干草算作卧铺,好歹找到了一张矮方桌和几个凳子、草墩子,摆在大殿的门槛外。张献忠走进山门,看见高夫人站在庙院中迎接他,连忙拱拱手,大声说:

"哎呀,嫂子!你真是有办法,竟然在崤函山中牵着几千官军团团转!要不是你前年冬天在豫西拖住贺疯子,俺李哥在商洛山中还站不住脚跟哩。"

高桂英笑着说:"敬轩,你可不要相信那些谣言。要不是明远同弟兄们齐心协力,我一个妇道人家有什么办法!"

"别过谦。你这个妇道人家可是不凡,讲斗智斗勇,许多男将也得输你一着棋。"

"瞎说！几年不见你八大王,你倒成了高帽贩子啦。"

大家说笑着,把张献忠让到大殿的前檐下坐下,他的亲兵和几名亲将都坐在山门下吃茶,有的出去找熟人闲话。闯王这边,只留下几位大将相陪,其余的也都散了。献忠口渴了,咕咚咕咚喝了半碗茶,抬头问道:

"李哥,今后有什么打算?"

闯王说:"我自己兵力单薄,特来投靠你,打算跟你在一起抵抗官军。一到这里,你就派人送来了粮食、油、盐接济,还送来几只猪、羊。你这份厚情,我们全营上下都十分感激。好在咱们是好朋友,多的感激话我就不说啦。"

"嘿,这一点小小接济算得什么,不值一提！你们来得正好,我正盼望你来助我一臂之力,给杨嗣昌一点教训。快别说你是来投靠我。咱们是足帮手,手帮足。"

"如今你的人马比我多得多,自然是我来投靠你。"

"虽说我的人马较多,可是今年春天我的流年不利,在玛瑙山也吃了亏,人马损失了一两千,军需甲仗也失去不少。"

自成说:"我们在商洛山中听谣传说你在玛瑙山吃亏很大,还说你的精锐损失快完了,只剩下千把人。我们很焦急,直到过了汉水,才知道所传不实,放下心来。"

献忠哈哈地大笑起来,说:"见他娘的鬼！官军惯会虚报战功,不怕别人笑掉牙齿。不是我的精锐损失殆尽,倒是我的九个老婆丢掉了七个是真的。左良玉把她们得了去,送给杨嗣昌,关在襄阳监中。"

田见秀啊了一声,又连着啧啧两声。献忠满不在乎地望着他笑笑,说:

"玉峰,你不用咂嘴。只要我张献忠的人马在,丢掉几个老婆算不了什么。只要咱打了胜仗,还怕天底下没有俊俏女人?"

高夫人正在东庑檐下同姑娘们一起替将士们补衣服,听到献忠的话,忍不住抬起头来笑着说:

"敬轩,你的五个老婆下在监里你也不心疼,你太不把女人当人啦。难道女人在你们男人眼里不如一件衣服么?"

献忠赶快拱手说:"啊呀,没想到这话给嫂子听见啦。失言,失言。哈哈哈哈……"笑过以后,他郑重其事地问闯王:"自成,你真愿意同我合伙么?"

"不真心打算同你合伙,我们也不会来到这儿。"

田见秀接着说:"今后诸事得仰仗敬帅。"

刘宗敏也接着说:"大敌当前,咱们只有拧成一股绳儿,才能够打败官军。"

自成又说:"说老实话,今后什么时候需要冲锋陷阵,敬轩,只要你嘴角一动,我们决不会迟误不前。"

献忠转着大眼珠慢慢地把大家瞅了一遍,伸伸舌头,把手中的胡子一抛,哈哈大笑几声,随即说:

"乖乖!你们是怎么了?说话这么客气干吗?把俺老张当外人看么?"

李过说:"并非把敬帅当外人看待,我们确实是一片诚意仰仗敬帅。"

献忠说:"喝,我老张能吃几个蒸馍,你们还不清楚?你们越说客气话越显得咱们之间生分了。照说,弟不压兄,应该请自成哥总指挥两家人马才是正理。可是怕手下人意见不一,多生枝节,我就不提这个话了。李哥,你比我多读几句书,比我见识高。我有想不到的地方,请你随时指点。咱弟兄们风雨同舟,齐心向前,别的话全不用讲。"

大家听了他的话,一面点头称是,一面还是说一定要请他遇事多做主,方好协力作战。张献忠站起来说:

"老哥老弟们,补之老侄,客气话都快收起吧。今日蒙你们大家不弃,肯来找我老张,咱张献忠磕头欢迎。"他向大家作了一个罗圈揖,接着说:"为着表一表咱张献忠的一点诚意,我来的时候已经嘱咐安排明日的酒宴,为你们大家接风。务请你们这边大小将领赏光,明日上午去白羊寨敝营赴宴,两家人在一起痛快一番。这个接风酒宴也算是庆贺咱弟兄们拢家①。"

当献忠站起来时,大家也都站起来。听献忠邀请明日去赴宴,李自成说:

"敬轩,你的盛情我们一定领,不过明日用不着我们一窝子都去,只我同捷轩、玉峰去就够啦。"

"不,那你是不抬举我,不给面子!常言道,治席容易请客难,真不假。反正,俺老张是一片诚意,赏不赏面子看你们。另外,请你们明天把人马开到白羊山下边扎营。我已经命将士们把李家坪让出来给你驻扎,一则那里房子多,二则同我的老营很近,有事好随时商量。明天一吃过早饭就开去好不好?"

自成笑着说:"你真是个火烧脾气!明天上午又请我们去吃酒,又叫我们移营,怎么这样急?"

献忠说:"要是你们觉得明天前半晌移营太急促,午饭后移营也好。"

大家同献忠重新坐下。闯王同刘宗敏和田见秀交换一点意见,随即对献忠说:

"既然你把李家坪腾出来,我们决定明日下午移营。如今初到此间,一切尚未就绪,营中不可疏忽大意,必须有将领主持。还是我刚才说的办法:我同捷轩、玉峰明天中午去吃你的酒席,别的人一概不去。"

"怎么,你替我节省?这可不成!酒席已经准备啦,你叫我

---

① 拢家——分开的家庭重新合起来叫做拢家。

怎么办？客人请不到，你叫我在将士们面前怎么下台？我能把脸装进裤裆里？李哥，一句话，至少你们去二十位将领，不能再少！"

自成同大家互相观望，既怕辜负了张献忠的一片诚意，又不愿去的将领太多，使营中空虚，万一有紧急事故不好应付。自成想了一下，说：

"敬轩，这样吧，在座的几位大将全去，其余将领一个不去，照料移营。你看，这样好吧？"

张献忠无可奈何地说："唉，只好如此吧，咱们一言为定，请不要等我催请。你们明天前半晌早点动身，我派可旺同元利在半路迎接。"

这时天色已近黄昏。张献忠因为在晚饭后还要回白羊山，催着拿饭。高夫人已经丢下针线活，在厨房中帮忙做菜，探出头来笑着说：

"敬轩，你别催，菜还没有炒好哩。"

"哎，嫂子，我知道你们过日子一向俭朴，很少动腥荤。其实如今用不着替我炒菜，只用筷子蘸清水在桌上画一盘子红烧猪肉就行啦。"

大家被他的这句话逗得哄然大笑。

晚饭桌上，宾主谈得十分融洽。除谈些两年来的打仗情形和各地义军消息，也谈到罗汝才。但献忠却隐瞒了曹操即将来到的消息，说道：

"曹操在大宁和大昌一带，想渡过大宁河[①]入川，却被母将秦良玉挡住，苦没办法，派人来向我求援。咱们在这儿再休息十天半月，一同入川吧。大宁河算得什么？它能挡住曹操挡不住咱们。

[①] 大宁河——由西北向东南流，经大宁（巫溪）、大昌二县境，至巫山城东边注入长江。

不管它水流多急,老子立马河边,有畏缩不前的立即斩首,看谁敢不舍命抢渡。别说是大宁河,大海也能过去!"

晚饭毕,张献忠同亲兵们动身回白羊山。闯王同众位大将把客人送出一里以外,望着他们的灯笼火把走远了才转回营盘,到古庙大殿中闲谈一阵。大家虽然都明白同张献忠不容易长久相处,但决没有想到他目前就起了吞并的心。把明天移营的事商量一下,各自休息去了。

深夜,张献忠的一起人马仍在崎岖的山路上走着,快到白羊寨了。徐以显同张可旺带着一群亲兵在路上迎他。回到老营,张献忠屏退从人,小声对他们说:

"明天上午自成同他的几位大将前来赴席,其余的将领率领人马在下午移营。看样儿不会变卦,你们快去暗中准备。务要机密,万不能走漏消息!"

第 十 三 章

王吉元回到张献忠的老营,同一些亲戚朋友都见了面。大家对他十分亲热,连着请他吃酒。夜间,他同一个在张献忠老营中当小头目的把兄弟同榻而眠。这个人带着七分酒意,悄悄地告他说,明天中午老营中设宴替闯王接风,恐怕不是好宴,嘱咐他明天躲一躲,不要同闯王带来的亲兵亲将们混到一起。王吉元听了这话,猛吃一惊,酒意全消,问道:

"怎么不是好宴?"

"我看见大少帅同徐军师咬耳朵小声商量,分明是商量明日迎接闯王的事,不像是怀着好心。还有,今日大少帅一面传令把李家坪腾出来给闯王的人马驻扎,却暗暗地把两三千精兵调到李家坪周围埋伏起来。看样儿,闯王明天来赴宴凶多吉少。闯王为人光明磊落,顾全大局,可惜他不防我们这里要做他的黑活!你好在原是咱们西营的人,不干你的事。只要他们动手时你不在场,血不会溅到你身上。咱们八大王如今正在需要人的时候,你回来了,大家十分高兴,一定会得到重用。"

"哥,他们为啥要对闯王下毒手?"

"咱们八大王很嫉恨姓李的称闯王,行事又不一般,怕他将来成大气候。俗话说,一个槽上拴不下俩叫驴,就是这个道理。你莫怕,不干你的事,睡吧。"

王吉元不敢多问,但是怎么能睡得着呢?他的拜兄鼾声雷动,他却睁着双眼想心事。他随着张献忠起义两年,原来把献忠看成个了不起的大英雄,曾下定决心永远赤胆忠心地跟着献忠打江山。前年冬天,献忠赠送给闯王一些马匹、甲仗,还送了一百名弟兄。他是一个小头领,也随着这一百弟兄送给闯王。当时他的心中很难过,认为自己这一生是完了。虽然他听说李自成也很不凡,但是他不信李自成能赶上献忠。从光化县到商洛山中的路上,他留心观察,开始对闯王的平易近人,关心百姓疾苦,与部下同甘共苦——这三样长处感到惊奇。在初到商洛山中时,他还打算将来重回献忠旗下。住了半年之后,尽管生活上比谷城苦得多,但是他再也不想离开闯王的大旗了。住得越久,越增加他对闯王的爱戴和忠心。经过那次犯了罪闯王不曾杀他,反被重用,他时时想着粉身碎骨报闯王。如今知道张献忠对闯王起了黑心,他感到非常气愤,在心里说:

"你八大王不久前在玛瑙山吃了败仗,连几个小老婆都丢啦。李闯王从商洛山突围出来,经过白河血战,奔到这儿,诚心实意要跟你合力对付官军。眼下官军势大,你俩合起手来作战,该多好哇!你八大王也是吃五谷杂粮长大的,竟然如此无情无义,不顾大局,起了黑心,真是岂有此理!"

反复思忖,王吉元下了铁心,要将这消息禀报闯王,愈快愈好。为着怕一觉睡失误,他不敢认真合上眼皮。他知道,没有口号和令箭,夜间想走出白羊山寨是万不可能的,只能等待天明后立即脱身。但是能不能逃过关卡和巡逻的盘查,顺利逃回闯王驻地,毫无把握。他想,只要能走出寨门,沿途纵然有刀山剑树,他也要舍命闯一闯。后来,一个不甚妥当的脱身之计想出来了……

天色麻麻亮,王吉元见拜兄一乍醒来,披衣起床,赶快闭上眼睛,微微扯着鼾声。拜兄向他叫了两声。他翻转身子,含糊答应,随即用手背揉着眼睛。拜兄问道:

"你夜里睡得还好?"

"睡得挺好,连身子也没翻过。"

拜兄凑近他的枕头悄声叮咛:"我现在有事要到徐军师那里听令,不能陪你。你今天千万不要出去走动。你那四个亲兵也别乱动。都知道你如今是闯王的人,倘若动手时你在场,连你也会给收拾了。"

吉元一边慌忙起床一边问道:"我今天暂且离开白羊寨躲一躲,岂不更好?"

"你要躲到什么地方去?"

"到白将军的营盘里探望几个同乡,在那里玩耍一天,行么?"

"行,行。"拜兄心中对献忠的行事也不满,猜到他有意逃回闯营报信,嘱咐说:"要走你早走,路上小心在意。"

王吉元装做不知道白文选驻扎在什么地方,故意向拜兄打听。拜兄说:

"白将爷扎营的地方离此地十八里,离闯王扎营的地方有十几里。不走你们昨天来的那条路,另外有一条羊肠小路。从白将爷的营盘到闯王那里也有路,翻过两个山梁就到。"

"哥,你派个弟兄给我引路好么?"

"中,中。"

王吉元的拜兄立刻唤来一个弟兄,嘱咐他早饭后带吉元到白文选将军的营中,说毕就匆匆走了。吉元想着,如果马上出发,也许还能来得及救闯王,等到早饭后出发就万万来不及了。他用好话同担任带路的弟兄商量,说他急于到白将军营盘看一个小同乡,打听打听老娘的音信,中午前赶回来迎接闯王,要求立刻动身,赶到白将军的营盘吃早饭。而且他只请这个弟兄引一段路,并不要他一直引到白文选的营盘。这个弟兄因见他是头目的把兄弟,又对人十分亲热,欣然答应。吉元立刻唤醒自己的四个亲兵,命他们赶快备好马匹,就趁着天色刚亮,寨门刚开的时候出寨了。

昨天早晨他同袁宗第从闯王的驻地动身之前,他们向老百姓问明白来白羊寨有两条路:一条是近路,就是昨天来时所走的那一条;另一条要多绕六七里,从白文选驻扎的营盘附近通过。他判断如今仍走昨天来时走的那条路一定盘查很严,很难走过,所以他决定走这条比较偏远的路逃回闯营。他明白,即令这条比较偏远的路能够走通,等他奔回闯王驻地,闯王十之八九已经动身许久了。但是他除此以外更无别法可想。他一边策马赶路,一边在心中暗暗祝祷:

"苍天在上!求你保佑我一路平安,赶在闯王动身前回到闯营!"

离开白羊寨走了十里左右,王吉元在一座山头上问清楚方向和路径,便打发向导转回,并说他自己一定在午前回来。然后,他策马前行,只要能够勉强奔驰的地方他就不顾危险地策马奔驰。亲兵们都奇怪他为什么这样心急,但是他暂不说明。中途遇到一个卡子,拦住盘问。王吉元仗恃他自己原是张献忠老营中人,对老营中的情形非常熟悉,诡称奉军师之命有急事去见白将军,对答如流。幸而那时各家农民军的服装大致相同,又没有建立腰牌制度,王吉元毫不困难地混过盘查。过了这道卡子又跑一阵,已离白文选驻扎的小寨不远。吉元到这时才把要赶回老营救闯王的事对亲兵们说明,并且说:

"咱们活着是闯王的人,死了是'闯'字旗下的鬼。如今闯王中计,咱们只有舍死回营报信,才算有忠肝义胆。你们瞅,这半山腰有个岔路口,往右转是进白文选驻扎的寨子,往左去这条路通往咱们闯营,大约还有十五六里。咱们如今奔往闯营,白文选的寨中必会疑心,派人追赶,前边也一定会有人拦截。你们有种的跟我来,冲回闯营报信;没种的我不勉强,留在这里,等我走之后快去向白文选那里投降。"

亲兵们同声说:"舍命相随! 宁死也要在闯王的旗下做鬼!"

"好,好。还有,咱们五个人,不管谁逃回闯营,都要记清一句话,请闯王万勿到西营赴宴,火速拔营快走!"

吩咐一毕,他冲到前边,策马驰过岔路口,顺左边的小路飞奔而去。白文选的一小队在寨外巡逻的骑兵果然一见大疑,一边狂呼他们停住,一边纵马追赶。这里山路稍平坦,王吉元等拼着把马跑死也要甩掉他们。他们跑了几里,看看后边的巡逻队追赶不上了,前头突然从林莽中走出一群士兵,拦住去路。带队的小校挥刀喝道:

"站住! 不许过!"

王吉元略提丝缰,使马匹稍慢,大声说:"闪开路! 我奉大帅之命前往李闯王营中办事,你们怎敢拦我? 滚开!"

"既是奉命,有无令箭?"

"有令箭。"

"拿出查验。"

王吉元已来到小校面前,说声"给令箭",举剑猛劈。小校心中有备,用刀架住,同时几个人一齐来杀吉元。吉元刺倒一个士兵,同时双脚狠踢马腹,使战马趁势向前冲去,来势极猛,又冲倒一个。那个小校一边截住王吉元背后的亲兵厮杀,一边分出一部分人追赶,同时敲响铜锣。前边半里外树林中埋伏的十几个人突然跳出,拦住去路。后边的那一小股骑兵巡逻队也已经赶到。吉元本来希望亲兵们会阻挡一下追兵,但是回头一看,没有看见一个亲兵跟来,明白他们都完了,便不顾一切地向前冲去。俗话说:一人拼命,众人莫敌。一则王吉元要以必死的决心杀开血路,二则他的马匹得力,经过极其短促的砍杀,竟被他冲了过去。尽管他的左腿上中了刀伤,血流如注,但是他自己却不知道。他在前边加鞭飞奔,巡逻的骑兵在后边猛追不舍,不断射箭。吉元突然觉得有什么东西在他的脊背上猛敲一下,使他的身子向前一栽,几乎落马。他心里说:"不好!中箭了!"这话刚说毕,他又连中两箭,身子完全倒在鞍子上,脸孔擦着湿润的马鬃。剑从他的手中落掉。鞭子仍挂在手上。他用最后的一点力气将战马抽了几鞭,这只右胳膊就像折断的树枝一样垂下去,再也抬不起来了。他用左手紧抱鞍桥,闭上眼睛。根据耳边的呼呼风声和身子感觉,他知道自己的战马继续在四蹄腾空飞奔。他尽管已经开始神志不清,但是对逃回去这一个愿望却没忘掉,也没放弃,在喉咙里喃喃地说:

"只要……马不中箭,老子……死也要……回到营里,营里!……"

过了一阵,风声在他的耳边减弱了。马跑得慢了。他又清醒一些,想抬起头回望一下是否有人仍在追赶,却抬不起来。头滚在马的脖颈上,脸孔擦着又热又湿的短毛。他半睁开眼睛,矇眬地看见马蹄仍在跑。随即他的眼皮又闭拢了,觉得像做梦一样,又像在腾云驾雾。但是这两种感觉很快地模糊起来了。

早饭以后,闯王按照昨夜张献忠走后的会议决定,将高一功和李过留下,帮助高夫人在营中照料。关于移营的事,等他们回来决定。他同刘宗敏、田见秀、袁宗第等几位大将,内穿铁甲,带着两百名亲兵往白羊山寨。双喜和张鼐等几个小将也盔甲整齐,随同前往。几个亲兵头目都奉到严令:到张献忠老营之后,弟兄们不许散开,只在献忠的老营院中休息,吃饭时不许滴酒入唇。倘若西营将士甚至是张献忠自己要招待他们到别处休息,或者为他们设宴劝酒,他们要一概拒绝,只说闯营素来军令森严,没有闯王的命令不敢擅自行事。在酒宴时候,闯王和每个大将的身后或近处要有两名亲兵随侍,都是挑选的勇力出众和特别机警的人。李双喜要时时随侍闯王左右。张鼐要时刻同那二百亲兵在一起,见机而作,不可稍有疏忽。

山势险峻,一线羊肠小路十分崎岖,大部分地方只能够容下单骑。因为时间宽裕,他们并不急于赶路,一边走一边观看山景。如今初夏,山花烂漫,草木葱茏,风光特别好看。走上一座山头,大家立马四顾。田见秀不禁赞说:

"果然是出昭君的地方,风景多么秀丽!"

闯王笑一笑,说:"只是山多地少,老百姓穷得没有裤子穿。"

正说话间,有一个小校率领几个骑兵来到,见闯王慌忙下马,站在路边叉手行礼。自成问:

"你们是来迎接我么?"

"回闯王,小的不是来迎接闯王,是奉命来替贵营带条子,移驻李家坪。我们大少帅和马将军在半路上恭迎闯王大驾。"

闯王点点头,同一行人众继续前行。不知不觉离开营盘已经有十几里远,来到一个地方,山势特别雄伟。靠左边弯了进去,有座古庙。庙前是小片平地,下临深谷,水声和松涛声响成一片。庙后靠着悬崖,崖上又有高峰插天。这儿地势高,可以清楚地望见张献忠驻扎的白羊山寨,地形险恶,旗帜很多。离白羊寨几里处也有营盘,但没寨墙,只见一座座帐篷点缀在青山、白云和绿树中间。李自成自从走出武关以来,难得像今日心情安闲;看见这里的风景特别好,又看离晌午还早,便叫大家在这儿休息一阵。他自己首先下马,把缰绳交给亲兵,背着手向山门走去。几位大将也下了马,跟随在他的背后。他站在山门外的台阶上,转回身举目四顾,欣赏山景。望见远处有两座山峰有点像商洛山中的熊耳山,只是这儿的两座高峰要秀丽得多,树木茂盛得多。他忽然想起来留在商洛地区的将士们和老神仙,消息隔绝,十分挂念。但是他没有流露出悬念商洛山的心情,弯腰看一看躺在荒草中的一通断碑。断碑上苍苔斑斓,文字剥蚀,朝代和年号看不清楚。闯王离开断碑,登上石级,走进山门。山门内左右两尊天王塑像毁损很重:色彩古暗,头上和身上带着几道雨漏痕。庙院中一片荒芜,两边房屋多已倾毁。一株秃顶的古柏的干枝上筑着一个老鸹窠,上月有大蛇吃掉雏鸦,老鸹飞往别处,如今窠是空的,有时有一两片羽毛从窠中飘然落下。大雄宝殿中处处是尘土、蜘蛛网、鸟粪和破烂瓦片。殿顶有几处露着青天,神像也损坏很重。有些匾额抛在地上,木板裂开。闯王在大殿门外看了看,没有进去,顺着廊檐转往殿后。从大殿后再登上二十多级台阶,是一座观音堂,已经倒塌。旁有石洞,洞门上刻有"琴音洞"三个字。闯王走到洞口,见洞中深而曲折,十分幽暗;洞顶滴水,洞底丁冬,恍若琴声。料想洞中有泉,但不能看见。他拾起一块石头投了进去,不意吐噜一声惊起来十几只大蝙蝠,飞到洞口又一旋入内。自成等始而一惊,继而哈哈一笑,离开洞口。

回到山门外,闯王站在一棵两人合抱的松树下边,感慨地说:

"天下离乱,民不安业,神不安位。这个庙的景致很好,地方又很幽静,可惜兵燹天灾,百姓自顾不暇,没人修理,任它倒塌,连和尚也不见一个!"

田见秀近一年多来常常在军务之暇焚香诵经,每到一个风景幽美的深山佛寺便禁不住幻想着将来若干年后,天下重见升平,他自己决不留恋富贵,功成身退,遁入空门,做一个与世无争的人。这时他听了闯王的话,也有同感,不觉点头。默然片刻,随即笑着说:

"闯王,等咱们打下江山之后,我但愿有这样一个地方出家,逍遥自在。"

自成一向不赞成田见秀的出世思想,但也不愿多浇他冷水。如今他正在心事重重,望着见秀苦笑一下,叹息说:

"玉峰,咱们如今还在'弃新野,奔樊城',说不定还会走几年坏运,重见升平的日子远着哩!你要常想着老百姓在水深火热之中,不可想着日后出家的事。"

刘宗敏在田见秀的背上拍一下,说:"嘿,田哥,你真是没出息!咱们拼死命跟着闯王打江山,一则为救民水火,二则为建功立业。打下江山之后,咱们下半辈子还应该治天下,事儿多着哩,你想出家!要你住在北京城里享福也不愿?"

田见秀说:"捷轩,叫我看来,要是有一个山明水秀的地方种几亩田,不受官吏与豪强欺压,赋税很轻,不见刀兵,率家人日出而作,日入而息,自耕自食,别说比做官舒服,比神仙也舒服。可是我起义以来,老婆儿子都死了,就怕到那时一个孤老儿做庄稼也很不便,倒不如找一个幽静的所在出家,自由自在地打发余年。"

"瞎扯!你现在才三十多岁,只要你现在想娶老婆,还不容易?娶了老婆,还怕她不替你生儿育女?"

田见秀笑着摇头说:"还是我那句老话:天下未定,要什么家啊!"

袁宗第走到田见秀的身边说:"玉峰哥,等咱们打下江山,只要闯王让你出家,你就出家好啦。到那时,你顶好不要到深山野庙去,请闯王把北京城里顶大的庙宇赐你一个,岂不方便?闯王想你时就随时宣你进宫,我们大家想你时就去你的庙里看你,岂不比你一个人孤孤单单地住在深山野庙里好得多?"

刘芳亮接着说:"你日后不出家则已,要出家还是在京城出家,免得我们见不到你,想得慌。"

刘宗敏又说:"玉峰,咱们得先讲好,你出了家,自己吃素,俺们不管。俺们到庙里看你,你一定得用大酒大肉待我们,不能叫我们跟着你吃斋。"

大家哄然大笑,连闯王也大笑起来。这一群生死伙伴正在说笑当儿,张献忠派来相迎的一起人马已经来近,相距不到二里远

了。由于庙前边山路曲折,林木茂盛,所以直到听见马蹄声才被发现。双喜眼尖,用鞭子指着山腰说:

"爸爸,看,来迎接的人们已经到了。"

大家顺着双喜的鞭子一望,果然看见张可旺和马元利率领约二百名骑兵出现在半山腰的小路上。闯王说:"要不是这儿的风景太好,咱们会多走五六里,免得让人家迎接这么远。"他正要同几位大将到路口迎候张可旺和马元利,忽然张鼐禀报说:

"闯王,等一等,背后有马蹄声跑得很急!"

从背后来的马蹄声确实很急,而另外分明有大队骑兵随在后边。闯王和众人都十分诧异,立刻离开庙门,转过山包,看是怎么回事。只见吴汝义一马当先,后跟几名亲兵,奔到面前,另外二三百骑兵随后奔到。闯王忙问:

"子宜,什么事?"

汝义说:"闯王,快回,中计啦!"

"什么!?"

"刚才王吉元从白羊寨逃回,身中三箭,腿中一刀,逃回营盘时已经昏迷。救了一阵,他只说出来几个字就断气了。夫人命我率领三百骑兵来追闯王与诸位大将,请你们速速回营,不可迟误。"

"王吉元说出来几个什么字?"

"他只说出'闯王中计'四个字,就把眼闭上啦。"

"一功和补之呢?"

"他们怕张献忠袭劫营盘,率领将士和全营老少男女准备迎战。"

这意外的消息使大家既十分震惊又十分愤慨。因为张可旺和马元利已经很近,全体将士一齐拔出刀剑,准备厮杀。自成挥手使大家把刀剑插入鞘中,对袁宗第和刘芳亮说:

"你们两位率领一百名弟兄暂留一步,等候张可旺和马元利,对他们说,我们的营中出了急事,我同几位大将只好转回去看看。今天爽约,万分抱歉,改日见敬轩请罪。"他跳上乌龙驹,扬鞭欲走,又回头叮咛一句:"你们把话说过之后,立刻回营,不可在此多留。"

双喜和张鼐等几位小将和众多亲兵们虽都上了马,却憋着一肚子气,向已经来到半里以内的张可旺投了一眼,又不约而同地望着刘宗敏。闯王看出来大家的意思,对宗敏说:

"捷轩,咱们走吧。"

刘宗敏脸色铁青,胡须戟张,双眼圆睁,望着闯王说:"就这样便宜他们?不行!张敬轩不顾大局,实在混蛋!咱们不能让张可旺和马元利这两个小杂种活着回去!"

自成的心中也很气愤,脸色也是铁青的,但是竭力镇静自己,说:"捷轩,不要这样。咱们同敬轩的账以后算;如今忍耐一时,不要撕破脸皮。"

"还不撕破脸皮?他八大王既然无情,咱们也照他的样儿行事!"

闯王说:"他无情,咱们不能无义。如今到底是怎么回事儿,咱们还不很清楚。二虎相斗,必有一伤,正中杨嗣昌的心怀。在目前应以大局为重,同张敬轩能够不撕破脸皮就不撕破脸皮。算啦,赶快跟我回营,不可耽误!"

刘芳亮说:"闯王,我看不如把张可旺、马元利二人擒住,一则给敬轩一点教训,二则作为人质,使他不敢派兵追赶。"

闯王摇头说:"不要撕破脸皮。有我在,敬轩就不敢贸然来追。一旦撕破脸皮,就没有回旋余地了。"

田见秀在一旁说:"此时要以大局为重,不可造次。"

宗敏忍下一口气,把大手一挥,愤愤地说:"好吧,以大局为重,这笔账日后再算!"

闯王同众人刚离开,张可旺等已经到庙门前了。见此情形,他

们知道所设的圈套已经走风,不禁大惊。张可旺害怕自己吃亏,并不下马,向袁宗第拱手问道:

"汉举叔,闯王仁伯怎么见小侄来到突然走了?"

袁宗第拱手还礼,说:"实在对不起。敝营中出了急事,闯王同捷轩、玉峰二位只好赶快转去。请贤侄回去代闯王拜复敬帅:不恭之处,务乞海涵,改日前来谢罪。"

张可旺又恨又愧,瞠目结舌,不知说什么话好。马元利在一旁笑着说:

"真是凑巧!贵营中出了什么事儿,这样紧急?"

刘芳亮回答说:"现在还不清楚。只知事情很急,非闯王速回营中不可。空劳你们两位远迎,实非得已,万望不要见怪。"

张可旺冷笑说:"奇怪!奇怪!"

袁宗第对刘芳亮使个眼色,又对张可旺和马元利一拱手,说声"对不起,对不起",率领众人策马而去。

李自成回到营盘时,营中所有的帐篷都已拆掉,各种军需都收拾好了,放在骡子身上,全体将士和眷属都做好了随时可战可走的准备。山口守兵很多,各执弓矢火铳在手。高一功、李过同高夫人立马山口,等候闯王。闯王问道:

"到底是怎么回事?"

高夫人回答说:"王吉元回来只说出'闯王中计'四个字,别的话没说出就断气了。据山头上望风的弟兄禀报,近处山谷中似有人马移动。看来敬轩定有吞并之意,给吉元知道了。既然这样,此地不可久留,速走为上。"

闯王愤愤地叹一口气,决定赶快拉走,保全老八队留下的这点根子不被吃掉。刘宗敏等有些人忍不住骂张献忠,他没做声。在站队当儿,他走到庙前看王吉元的尸首,心中十分难过。十二年来,多少贫苦出身的小伙子,怀着忠肝义胆,随他起义,在他的眼前洒尽了热血死去,吉元又是一个!闯王左右的亲兵亲将都怀着满腔悲愤,含着眼泪,默默地望着死者。片刻过后,自成叹息说:

"吉元虽死,重于泰山!"

双喜和几个小将不约而同地说:"我们定要替吉元报仇!"

闯王回顾左右,轻声说:"要学吉元的榜样,不光是想着报仇。"

他知道王吉元的宝剑已经在路上失落,只好吩咐将吉元的剑鞘摘下,交给高夫人保存,作为"念物",然后命人赶快挖个坑,将死者埋葬。等袁宗第和刘芳亮回到营中,闯王立刻率领全营人马动身。

当时向东、南两方都驻有张献忠的西营人马,李自成只能从原路向西北拉走。但是房县、竹山、竹溪各县城内和重要乡镇关隘都扎有官军,沿四川省边界各隘口也扎有官军。李自成的部队人数既少,又加四面皆敌,只能逃往房县以西荒无人烟的大山里边。在出商洛山以后曾天天盼望同张献忠会师,共御官军,打破杨嗣昌的"围剿"部署,没想到刚刚见到献忠,竟几乎遭了毒手,不得不仓皇离开。

为怕献忠追赶,部队不停地赶路,直到第二天上午,已经逃出二百里以外,才在荒山中扎营休息,并等候一部分掉队的步兵。下一步怎么办,李自成和亲信大将们商议结果,只有一个上策,就是把人马分散开,既躲官军,又躲献忠,保住部队不被消灭,以后待机而动,重新大干。

在这里休息两天,人马尚未分开。掉队的步兵只有一部分找回来,其余的不知去向。第三天上午,出去巡逻的骑兵回营禀报,说十里外出现了一支官军,共有四五十人,正向这边走来;官军的四个骑兵在前探路,离小队相离三里以上。李自成想着这队官军背后可能有大队官军,命全营立刻准备打仗或转移地方。他亲自带着李过、吴汝义、双喜和张鼐,还有大批亲兵,策马奔往几里外的小路上察看敌情。

李自成转过一个山包,同四个在前探路的官军相遇。相隔不到二百步。那四个人吃了一惊,略一犹豫,继续策马前进。张鼐取弓要射,李过赶快用手势制止。四个人奔到闯王面前五六丈远时,翻身下马,为头的小校赶快趋前几步,跪下说道:

"闯王!我家帅爷特命二大人来见闯王,寻找多日,今日方才寻到。小的给闯王请安!"随即伏地叩头。

自成害怕中计,既不下马,也不还礼,神色冷峻,说:"起来吧,不用行礼。你家帅爷是谁?你怎么知道我是闯王?"

小校站起来躬身叉手回答:"闯王虽不认识小的,小的却在荥阳大会时见过闯王。我家帅爷姓王,从前是十三家的一个首领,如今驻兵均州。"

闯王恍然明白,说道:"啊,你是不敢称你家帅爷的名讳!他可是王光恩么?"

"是,闯王。"

"二大人是谁?是光兴么?"

"是,闯王。"

自成用鼻孔冷笑一声说:"哼,你们一投降朝廷,连称呼也变了!从前你们向光兴叫二掌盘子的、二掌家的,又叫二帅,如今叫二大人!"

"回闯王,如今也叫他二大人,也叫他二帅。"

"光兴现在哪里?"

"马上就到。"

"他来见我何事?"

"小的只听说我家帅爷命他带上书信一封并有密话面谈,其他一概不知。"

"你们来了多少人?"

"一共五十个人。"

"是不是大队人马尚在后边?"

"请闯王休要疑心,确实并无别的人马。"

自成望着李过说:"你带着弟兄们往前去迎,我回营中等候。"

闯王说罢,就带着吴汝义、双喜和张鼐以及亲兵们转回营去。不到一顿饭的时候,王光兴来到了。闯王用冷冷淡淡的态度站在帐篷外边,刘宗敏等重要将领都各回帐中,暂不与他见面周旋。王光兴是一个二十三岁的青年,一见自成就满脸堆笑,赶快作揖叫着:

"李哥,你盘在这个僻静地方,叫小弟好找!小弟本打算回均州去了,昨日忽然听到百姓说你盘在这儿,小弟才有缘前来拜谒。李哥近来可好?"

"托福,一切还好。令兄可好?"

"托闯王大哥的福,他也很好,诸事尚称顺遂。"

闯王笑一笑,说:"是的呀,你们都做了官,自然诸事顺遂,不像我们这样日夜提防官军,不得安生。"

王光兴没有听明白自成说这话含有挖苦意味,赶快说:"家兄命小弟来见李哥也正是为着这事,想使李哥与贵营全体将士从今后不再东西奔窜,不得安生。"

"啊?……请,请到帐中叙话。"

"请稍等一下,李哥。"王光兴向他的亲兵一招手,说道:"把礼物送这边来!"

登时有人牵骡驮子,有人牵马,来到闯王面前。王光兴笑着说:

"我来的时候,家兄知道李哥困难,特意叫小弟带来几石杂粮,几十匹绸缎,还有五百两银子,都驮在骡子上,另外还给李哥一匹战马。这实在不成敬意,只算是千里敬鹅毛,望李哥笑纳。"说毕,深深地躬身作揖。

闯王还礼,说道:"承令兄不弃,命贤弟远来相看,愚兄已是感激不尽。又蒙厚赐,更不敢当。不过我这里确实困难,贤弟既然远道送来,我就权且收下,改日定要重谢。"

闯王随即吩咐老营总管将粮、银等物收下。他把王光兴让进帐中,坐下之后,笑着问道:

"老弟此来,有何见教?"

王光兴先不说话,取出王光恩的书信和杨嗣昌的谕降书递给闯王。自成看过,哈哈大笑,把王光恩的书子和杨嗣昌的手谕当面撕毁,投在地上,收敛了笑容说道:

"子盛,我原来听说杨嗣昌到处张贴告示,说人人都可招安,只不许我同敬轩投降,我认为他很知道我李自成的为人。如今他却改变主意,命令兄劝我投降,实在可笑。自成是甚等之人,难道你弟兄们也不知道么?"

"李哥,请你不要见怪。家兄同小弟一则是奉督师之命前来,二则也是出于一片好意,想替朋友帮忙。自从你于崇祯十一年春天离开四川以来,奔波逃窜,历尽艰险。从前跟着高闯王的那几股子,有的灭亡了,有的降了,只剩下你这一股。潼关南原一战,你只剩十八个人逃出重围。去年五月间你在商洛山中重树大旗,很快又陷入重围,无路可逃。上月官军一时疏忽,你从武关逃出,身边只剩下一千多人。三年来你一败再败,一度全军覆没,至今一蹶不振,苟延时光。可见天意人事,对你都很不利。李哥虽系硬汉,这样硬干下去,自取灭亡,有甚好处?"

自成冷笑着问:"你还有别的话么?"

王光兴竭力装做毫无惧色,继续说道:"三天前听说你已经到兴山境内同敬轩合伙,我本来打算转回均州复命,不必再见李哥。

昨天忽听老百姓说你从兴山逃回,盘在这里,使小弟不能不急来相见。请恕小弟直言,你如今的处境十分不妙。目前湖广、陕西、四川的官军云集附近十余县,总数在十万以上。你既要逃避官军,又要逃避敬轩,处处陷阱,随时可亡,如其坐等灭亡,何如早日投诚,不失高官厚禄?俗话说,'识时务者为俊杰',望李哥三思!"

自成虎地站起,一手按着剑柄,说道:"我兵困潼关南原的那天晚上杀大天王高见的事,大概你也听说过。你弟兄背叛义军,投降朝廷,为虎作伥,同大天王实是一类的人。今日你来见我,本应将你斩首,以为叛变投降者戒。姑念你们原不是高闯王的人,暂留下你的一颗头颅,记在账上,让你回去向你的大哥复命。望你告诉令兄,务必将我的话转告杨嗣昌老狗:他不要得意过火,我断定他的下场不会比他的老子杨鹤①好。也告诉你们老大说:我李自成继高闯王高举义旗,顶天立地,打不垮,压不扁,吓不倒,拉不转,同你们这班软骨头货压根儿不是一类人,走的不是一条道。你们自己贪生怕死,希图富贵,顿忘起义宗旨,向杨嗣昌摇尾乞怜,做了朝廷鹰犬,别梦想我李自成会照着你们的样儿学。你们自己把脸面装进裤裆里,头朝下走路,别人怎么也会那样呢?你们自己不知羞耻,竟还有脸来向我劝降。哼,可笑!你回去,告诉王光恩:你们甘心做朝廷的小鹰犬决无好下场!"

王光兴被骂得脸红脖子粗,不敢发怒,勉强笑着说:"李哥!咱们各行其是,请不要这样骂我。"

"各行其是?你说得倒美!忠奸不同,黑白各别,怎么能够把是非混为一谈?咱们既然起义兵,诛强暴,救世救民,凡是不畏艰险,一心走这条路的才算是,倒过头投降朝廷的就是非,就是不忠。

---

① 杨鹤——杨鹤于崇祯二年以兵部右侍郎衔任陕西、三边总督。他兼用剿、抚两手对付陕西农民起义。到崇祯四年,陕西农民起义已成燎原之势,朝廷将他下狱,谪戍袁州。崇祯七年死于戍所。

说什么各行其是！"

王光兴被骂得无地自容，喃喃地说："投降朝廷的不光是我们兄弟，连敬轩和曹操也都投降过。"

自成说："对，连敬轩和曹操也都投降过。不管他们的投降是真是假，都不光彩，都是终身之耻。不过，人家如今又在剿杀官军，高举义旗，你们哩？你们哩？你们驻扎均州，时时准备替朝廷打义军，做了朝廷的鹰犬！你们在今天不能够同他们相比！"

"李哥，敬轩想害你死，想吞并你的人马，你难道不恨他么？"

"怎么，你想挑拨离间？实话告你说，尽管敬轩有时很混蛋，也比你们死心塌地投降朝廷的强似万倍！"

"请李哥不要忘记，家兄是见李哥目前的处境十分艰难，才命小弟来面见李哥的，是出于一片好意。"

"好意？你们是乘人之危，来勾引劝说我做一个寡廉鲜耻的人，这叫做鸡巴好意！倘若你们真有好意，帮我忙的办法有的是，你们肯做么？"

"请李哥吩咐，只要我们能办得到的，无不照办。"

"能办得到，能办得到。"自成坐下去，接着说："据我看，不出两个月，杨嗣昌必然督催湖广与陕西边境诸营官军向兴归山中进犯，追赶敬轩和曹操。请你们到时候杀了郧阳巡抚，重树义旗。你们能够这样么？"

王光兴苦笑说："李哥，我们已经投降朝廷，决不能再背叛朝廷，反复无常。你既然不听从好言相劝，小弟也不敢再多说了。以后倘有好歹，请勿后悔。"

自成冷笑说："你放心，我决不后悔。既然敢起义，就不惧担风险。我看官军把我奈何不得。即令官军奈何得我，你知道我的秉性脾气，宁肯在马上战死也不会跪地乞降，苟全性命，像你们王家兄弟一样。"

王光兴又说:"李哥既然把话堵死,小弟就不敢再多言了。只是小弟来时,家兄还有一句话叫小弟转告李哥。家兄说:倘若李哥不肯受招安,我们同李哥仍是朋友。俗话说得好:井水不犯河水。请李哥放心,我们决不会乘李哥在困难之中,背后插刀。"

自成轻蔑地一笑,回答说:"谢谢你们老大!请你对他说:我李自成从来不在乎别人照我的背上插刀。说实在的,今日你们人马不多,没有力量来拣我的便宜,只好发誓赌咒说不向我的背上插刀。既然投降了朝廷,另走一条路,这样的义气话不值半文钱。你们说,咱们今后井水不犯河水。不,事情决不会如此下去。除非你们兄弟回头,发誓不做朝廷鹰犬,跟着大家起义的马蹄往前走。否则,任何一家义军都可以除掉你们。除掉你们是除掉败类,除掉叛贼,并非不讲义气。"

王光兴的身上冒出汗珠,说:"老兄的这几句话我记在心中,回去转告我们老大。既然如此,小弟告辞。"

"你走吧,恕不相留。"

王光兴赶快向李自成拱手辞别,带着从人上马而去。他的心中慌乱,又十分懊丧,既害怕会被李自成的手下将领们追出杀掉,又遗憾劝降不成,不能向杨嗣昌立一大功,也失悔白给李自成送来了不少礼物。等策马奔出几里之后,他回头一望,背后并无追兵,才觉放心。有一个问题他想不明白,在心中暗自说道:

"李自成啊李自成,你兵又少,粮又缺,四面皆敌,还要硬撑下去,岂不是自取灭亡?"

李自成同将士们蹲在一起,吃完用野菜和包谷糁煮的糊涂汤,忽得探马禀报,说看见一股骑兵从兴山方面过来,距此不过十里,因树木遮蔽,人数看不清楚,但估计有两三百人。自成吃了一惊,吩咐再探,并下令全军披挂,准备应付万一。他疑心张献忠派兵追来,被探子看见的是追兵前队。但是还没有探清楚,或走或战,他

不能马上决定。他望望身边的几位大将,说:
"玉峰哥,你留在营中莫动。捷轩、汉举,我们到前边去看看。"

在十里左右出现的是张献忠的一股游骑,虽然它没有向这边继续前进就转回,但是李自成感到了很大威胁。他猜想张献忠可能对于他的去向已经知道了一些消息,所以派出小股游骑追踪查探。同时,他不能不考虑,当杨嗣昌向他招降的时候会准备另外一手,他不投降就会有一支官军前来追剿;说不定在王光兴来寻找他的时候,杨嗣昌已经将准备追剿的檄文下给郧阳巡抚和川、鄂交界地方的驻军了。他同几位亲信大将略作商量,立即下令全军火速收拾好帐篷和各项辎重,整好队伍,由驻地附近的贫苦百姓做向导,向北出发。

二更以后,这一支小部队在雄伟的万山丛中停下,埋锅造饭,让将士们饱餐一顿,就地露天宿营。但是闯王下令:人不许解甲,马不许卸鞍,只将捆好的帐篷和各种军需卸到地上,让驮载的骡马在这些东西的旁边休息和吃草料。

约摸四更时候,李自成带着李强等几个亲兵,将宿营地走了一遍。他明白将士们都很困乏,所以他有意使大家多睡一阵,然后叫醒双喜和中军吴汝义,命他们唤醒大小将领,准备起程。其实,高夫人和有些将领不等叫已经醒来,正在做出发准备。

在全营整队时候,李自成同三个做向导的贫苦百姓说了几句话,向他们道了辛苦,嘱他们再带半天路就各自回家。他又同几位大将密商一阵,然后集合全营大小将领和头目开会,由刘宗敏将今后如何分兵潜伏的决定向大家宣布。经过白河战斗和最近几天的掉队和死亡,如今连眷属和孩儿兵在内,总数不足一千二百人。在当时遍地农民起义和战争如麻的年代,像这样的小部队,一般说不会引起人们注意,但为着做到真正"销声匿迹",按照闯王的意思将人马分作三股：闯王和刘宗敏、高一功、田见秀、刘芳亮率领一大股，包括老营和孩儿兵；袁宗第和李过各率领一小股。三股人马今夜三更之前出发，分头向西北走，到竹山和郧阳之间的大山中潜伏起来。那儿在目前官军较少，山高林密，地区广阔，容易隐藏。前年夏天，李自成的部队曾在汉中以南一带的大山中分散成小股活动，休息士马，前年冬天潼关南原大战之后，李自成也在商洛山中潜伏过一个短时期，所以他和他的将领们都有了不少经验。根据过去的经验，如今明确宣布今后如何相互联系，如何再进一步分散，以及遇有必要，如何迅速集合，等等。

人马快出发了，闯王立在乌龙驹的头左边，静静地听刘宗敏宣布完今后分散开潜伏活动的指示。刚才亲兵们为驱赶蚊子而在会场中心点燃的一堆半干柴草，此刻已经完全烤干了，不再冒烟，风吹火头，呼呼燃烧。在无边浓黑的荒山森林中，这一堆野火红得特别鲜艳。今日虽然已经是五月初一，但高山中的夜晚仍有点轻寒侵人，所以这一堆火也使周围的人们感到温暖和舒服。乌龙驹将头向火堆边探一探，然后抬起来，望望它的主人，头上的铜饰映照着火光闪闪发亮。大小将领们都把眼光移向闯王，等候他说话。他的沉着和冷静的脸孔，炯炯双目，以及他的花马剑柄，用旧了的牛皮箭筒，绵甲上的黄铜护心镜，都在暗沉沉的夜影中闪着亮光。他突然从嘴角流露出一丝微笑，然后用平静的声调说：

"我知道大家的心中很不舒服。大家不要光看着咱们又陷进困难里边，又好像受了挫折，其实，咱们一步一步都有胜利，好运道并不远了。去年五月间，咱们重新树了大旗以后，因为将士们十停有六七停染了时疫，所以被官军围困在商洛山中。郑崇俭两次想趁着咱们将士染病，进攻商洛山，都被咱们上下齐心，以少胜多，杀得大败。他们妄想将咱们困死在商洛山中，内里瓦解，也失败了。杨嗣昌想利用周山搞垮咱们，又失败了。他们最后一计是在出武关往东的路上埋伏重兵,诱我们跳进陷阱,反而使我们抓住机会,不费一刀一矢,从商洛山突围出来。这难道不是我军盼望了一年多的一次大胜利?"

山头上滚过一阵雷声。远处扯着闪电。闯王停一停,借着地上的熊熊火光,向将领们的脸上望了一圈。他看见有人在轻轻点头,有人的神色开朗起来。乌龙驹兴奋地踏着蹄子,扬起尾巴,似乎想昂头嘶鸣。闯王轻轻地将缰绳一扯,使它安静,然后继续说:

"贺疯子妄想以逸待劳,在汉水渡口将咱们杀得大败,使他立个大功。可是结果如何?我们抢渡汉水,杀败了贺疯子。虽说我们死伤了一些人,摇旗到今天下落不明,可是他的人死伤的比我们多几倍!我们原来想同张敬轩合力抵御官军,险些儿给他吃了,这也算不上什么挫折。吃一堑,长一智嘛。"

突然,从山下边传过一只猛虎的吼叫,非常愤怒、雄壮、深沉,在对面高山的峭壁上震荡着回声。乌龙驹侧耳倾听,分明受到了强烈刺激,当猛虎的吼声一停,它便高高地抬起头,发出一阵萧萧长鸣,引逗得附近三匹战马都应和着叫唤起来。等乌龙驹停止了嘶鸣,又喷了几下鼻,李自成才继续往下说。人们从声音中听出来他的感情激昂,再也没法保持刚才的平静。

"我们在商洛山中,"他说,"被围得铁桶相似,万分困难。为什么官军杀不进商洛山呀?为什么咱们能连得胜利?为什么郑崇俭这老狗不能够使咱们饿死在商洛山中呢?你们说,为什么?"

有一个声音回答:"因为有你闯王在,天大的难关也能过。"

闯王用鼻孔冷笑一声:"哼,我李闯王并没有三头六臂!是因为老百姓恨官军奸掳烧杀,咱们硬是剿兵安民,保护商洛山中百姓不受官兵之灾;百姓们一辈辈受够了土豪大户的盘剥欺压,咱们严惩土豪大户,为百姓伸冤报仇;老百姓痛恨官府催粮催捐,苛捐杂派多如牛毛,逼得老百姓活不下去,咱们不许官府派人到商洛山中征粮要款;年荒劫大,百姓们不是离家逃荒,流离失所,便是等待饿死,咱们破山寨,打富豪,弄到粮食就分一半赈济饥民。就凭着这些办法,我们才能够在商洛山中闯过一道一道难关,经历一次一次风险,最后平安地突围出来。我打了十几年仗,只是在商洛山中这一年多才认真地想了些道理,增长了在平日战场上没有过的阅历。从今往后,谁要想同我们联合,可以,但是凡事要听从我们的主张,以我们的宗旨为主。不然,滚他妈的!只要我们为百姓剿兵安民,严惩乡绅土豪,除暴安良,打开大户粮仓赈济饥民,并且使官府不能再向百姓横征暴敛,使百姓稍有喘息机会,只要我们坚决这样行事,还怕老百姓不跟咱们一心么?还怕咱们兵少将寡,力单势弱么?哼哼,恰好相反!我感谢张敬轩,他使我这几天重新回想了许多事,重新悟出了一些道理,长了学问。好,好。我感谢敬轩!"

他的话没有说完,因心中十分激动和愤怒,不得不停顿一下。差不多完全出于下意识,李自成突然腾身上马,仿佛立刻就要出征。众将领因未得他的命令,依然肃立不动,等候他继续说话。山头上又滚过一阵雷声。雷声未停,从近处又传过来一阵猛虎的深沉、威严、震撼人心的叫声,在四面山腰间回响。将士们在鄂西大山中不论是行军或宿营,常听见老虎的叫声、狼的叫声、野猪和猿猴的叫声,以及其他各种大小野兽的叫声,有时还从事围猎,但是这一阵虎叫声却特别引人注意,好像是有意替这一支小小的部队送行似的。虎声仅隔着几十丈外的一道深涧,涧底急流冲击巨石,发出像瀑布一般的响声,时与虎声混合。虎声未停,一阵凉爽的夜风吹过,群山上松涛汹涌澎湃,无边无涯,好像是几万匹战马在广阔的战场上奔腾前进,而乌龙驹和几匹战马一次又一次激动地萧萧长鸣。李自成勒紧马头,提高声音说:

"要做一番英雄事业,就得有一把硬骨头,不怕千辛万苦,不怕千难万险,不怕摔跟头,勇往直前,百折不挠。打江山不是容易的,并不是别人做好一碗红烧肉放在桌上,等待你坐下去狼吞虎咽。真正英雄,越在困难中越显出是真金炼就的好汉。这号人,在困难中不是低头叹气,而是奋发图强,壮志凌云,气吞山河。能在艰难困厄中闯出一番事业才是真英雄。困难中有真乐趣。我就爱这种乐趣。在安逸中找快乐,那是庸夫的快乐,没出息人的快乐。我们的困难不会长久了,闯过去这一段日子就会有大的转机。没有出息的可以随便离开我,我不强留;有出息的,跟随我到郧阳山中!"

他的面前突然起了一阵嗡嗡声。闯王明白大家都誓死跟随他到郧阳山中,使他深深感动,不禁在心中说:"有这样忠心耿耿的将士,在面前横着天大的困难我也不怕!"他重新向大家的脸上扫了一眼。大家肃立无声,注目望着他的脸孔。地上的火光已经暗了。大家仰头看着他骑在高大的乌龙驹上,一双眼睛在昏暗的夜色中闪光,而在他的头顶上,黑洞洞的远天上也有几颗星光闪烁。隔着深涧,又传过来一声虎吼。李闯王将鞭子一扬,发出命令:

"起程!"

火把照着崎岖险峻的羊肠小道。人马分三股出发,而李自成所在的一支人马走在最前。他在马上继续想了许多问题,从过去想到未来,从自己想到敌人,思绪飞腾,不能自止。他也想到住在北京的崇祯皇帝,心中说:"许多人只看见我们的日子困难,其实崇祯的日子也不好过;等我来日从郧阳山中杀出来,会使他的日子更难。会有这一天的!"一丝微笑,暗暗地从他的带着风尘与过分劳累的眼角绽开。

当曙色开始照到西边最高的峰顶时,他的人马还走在相当幽暗的群山之间。但是山鸡和野雉在路旁的深草中扑噜扑噜地舒展翅膀,公雉发出来嘶哑的叫声,而画眉、百灵、子规、黄莺和各种惯于起早的鸟儿开始在枝上婉转歌唱,云雀一边在欢快地叫着,一边在薄薄的熹微中上下飞翔。乌龙驹平日在马棚中每到黎明时候就兴奋起来,何况如今它听着百鸟歌唱,嗅着带露水的青草和野花的芳香,如何能够不格外兴奋?它正在一段稍平的山路上踏着轻快稳健的步子前进,忽然昂首振鬣,萧萧长鸣。许多战马都接着昂首前望,振鬣扬尾,或同时和鸣,或叫声此落彼起,全都精神饱满,音调雄壮,回声震荡,山鸣谷应,飘散林海,飞向高空,越过了苍翠的周围群山。

又过一阵,许多山峰都浸染了曙色,较高的山头上抹着橙红和胭脂色的霞光。大部分山谷中也渐渐亮了。首先从李闯王和将士们的剑柄上和马辔头的铜饰上闪着亮光。

人马已走了几十里路,来到一个地势平坦的山坳里,芳草鲜美,大树上挂着紫藤,青石上响着流泉。倘若在平时行军,遇着这样的好地方,应该命人马停下来休息打尖,然后再走。但是李自成决心早进入郧阳山中,看见吴汝义来向他请示,他用马鞭子向前一挥,一个字也没有说。吴汝义明白了他的意思,立刻对一个亲兵吩咐:

"传!人马不要休息,向前赶路!"

李自成 第三卷 紫禁城内外

紫禁城内外

第十四章

被围困的局面有两种:在崇祯十三年的春天,张献忠曾被包围在川、陕、鄂交界地方,李自成继续被围困在商洛山中,人人都看得清楚,但是崇祯皇帝被层层围困在紫禁城中,却不曾被人们看清楚。他自己只知道拼命挣扎,却对被层层围困的形势并不认识。

三月上旬的一个夜晚,已经二更过后了,崇祯没有睡意,在乾清宫的院子里走来走去。两个宫女打着两只料丝宫灯,默默地站在丹墀两边,其他值班伺候的太监和宫女远远地站立在黑影中,连大气儿也不敢出。偶尔一阵尖冷的北风吹过,宫殿檐角的铁马发出来丁冬声,但崇祯似乎不曾听见。他的心思在想着使他不能不十分担忧的糟糕局势,不时叹口长气。彷徨许久,他低着头,脚步沉重地走回乾清宫东暖阁,重新在御案前颓然坐下。

目前,江北、湖广、四川、陕西、山西、河南、山东、河北……半个中国,无处不是灾荒惨重,无处不有叛乱,大股几万人,其次几千人,而几百人的小股到处皆是。长江以南,湖南、江西、福建等地也有灾荒和骚乱,甚至像苏州和嘉兴一带的所谓鱼米之乡,也遇到旱灾、蝗灾,粮价腾踊,不断有百姓千百成群,公然抢粮闹事。自他治理江山以来,情况愈来愈糟,如今几乎看不见一片安静土地。杨嗣昌虽然新近有玛瑙山之捷,但是张献忠依然不曾杀死或捉到,左良玉和贺人龙等都不愿乘胜追剿,拥兵不前。据杨嗣昌的迭次飞奏,征剿诸军欠饷情况严重,军心十分不稳。虽然军事上已经有了转机,但如果军饷筹措不来,可能使剿贼大事败于一旦,良机再也不会有了。他想,目前只有兵饷有了着落,才能够严厉督责诸军克日进剿,使张献忠得不到喘息机会,将他包围在川、陕、鄂交界的地方歼灭,也可以鼓舞将士们一举而扫荡商洛山。可是饷从哪儿来呢?加征练饷的事已经引起来全国骚动,在朝中也继续有人反对,如今是一点加派也不能了。他在心中自问:

"国库如洗,怎么好呢?"

而且目前国事如焚,不仅仅杨嗣昌一个地方急需粮饷。一连几天,他天天接到各省的紧急文书,不是请饷,便是请兵。蓟辽总督洪承畴出关以后,连来急奏,说满洲方面正在养精蓄锐,准备再次入关,倘无足饷,则不但不能制敌人于长城以外,势必处处受制,要不多久就会变成不可收拾的局面。现在他又来了一封紧急密疏,说他自从遵旨出关,移驻辽东以来,无时不鼓舞将士,以死报国,惟以军饷短缺,战守皆难。他说他情愿"肝脑涂地,以报皇恩",但求皇上饬令户部火速筹措军饷,运送关外,不要使三军将士"枵腹对敌",士气消磨。这封密疏的措词慷慨沉痛,使崇祯既感动,又难过。他将御案上的文书一推,不由得长吁短叹,喃喃地自语说:

"饷呵,饷呵,没有饷这日子如何撑持?"

这一夜,他睡得很不安稳,做了许多噩梦。第二天早晨退朝之后,他为筹饷的事,像热锅台上的蚂蚁一样。想来想去,他有了一个比较能够收效的办法,就是叫皇亲贵戚们给国家借助点钱。他想,皇亲们家家"受国厚恩",与国家"休戚与共"。目前国家十分困难,别人不肯出钱,他们应该拿出钱来,做个倡导,也可以使天下臣民知道他做君父的并无私心。可是叫哪一家皇亲做个榜样呢?

崇祯平日听说,皇亲中最有钱的有三家:一家是皇后的娘家,一家是田贵妃的娘家,一家是武清侯李家。前两家都是新发户,倚仗着皇亲国戚地位和皇后、田妃都受皇上宠爱,在京畿一带兼并土地,经营商业,十几年的光景积起来很大家产,超过了许多老的皇亲。武清侯家是万历皇帝的母亲孝定太后的娘家,目前这一代侯爷李国瑞是崇祯的表叔。当万历亲政①之前,国事由孝定太后和权相张居正主持,相传孝定太后经常把宫中的金银宝物运往娘家,有的是公开赏赐,有的是不公开赏赐,所以直至今日这武清侯家仍然十分富有,在新旧皇亲中首屈一指。在这三家皇亲中能够有一家做个榜样,其余众家皇亲才好心服,跟着出钱。但是他不肯刺伤皇后和田妃的心,不能叫周奎和田宏遇先做榜样。想来想去,只有叫李国瑞做榜样比较妥当。又想着向各家皇亲要钱,未必顺利,万一遇到抵制,势必严旨切责,甚至动用国法。但是这不是寻常事件,历代祖宗都没有这样故事②,祖宗们在天之灵会不会见怪呢?所有的皇亲贵戚们会怎么说呢?这么反复想着,他忽然踌躇不决了。

第二天,华北各地,尤其是京畿一带,布满了暗黄色的浓云,刮着大风和灰沙。日色惨白,时隐时现,大街上商店关门闭户,相离几丈远就看不清人的面孔。大白天,家家屋里都必须点上灯烛。大家都认为这是可怕的灾异,在五行中属于"土灾",而崇祯自己更是害怕,认为这灾异是"天变示儆",有关国运。他在乾清宫坐立不安,到奉先殿向祖宗烧香祷告,求祖宗保佑他的江山不倒,并把他打算向皇亲借助的不得已苦衷向祖宗说明。他正在伏地默祷,忽听院里喀嚓一声,把他吓了一跳,连忙转回头问:

"外边是什么响声?"

一个太监在帘外跪奏:"一根树枝子给大风吹断了。"

崇祯继续向祖宗祷告,满怀凄怆,热泪盈眶,几乎忍不住要在祖宗前痛哭一场。祝祷毕,走出殿门,看见有一根碗口粗的古槐枝子落在地上,枝梢压在丹陛上还没移开。他想着这一定是祖宗不

---

① 万历亲政——万历皇帝朱翊钧即位时只有十岁,受他的母亲监护。到他十六岁结婚后,他母亲才不再监护;到万历十年张居正病故,才由他直接掌管朝政。
② 故事——与"先例"同义。这是当时朝廷上的习用词。

高兴他的筹饷打算,不然不会这么巧,不早不晚,偏偏在他默祷时狂风将树枝吹断。这一偶然事件和两年前大风吹落奉先殿的一个鸱吻同样使他震惊。

大风霾①继续了两天,到第三天风止了,天也晴了。气温骤冷,竟像严冬一样,惜薪司不得不把为冬天准备的红箩炭全部搬进大内,供给各宫殿升火御寒。在上朝时候,崇祯以上天和祖宗迭次以灾异"示儆",叫群臣好生修省,挽回天心,随后又问群臣有什么措饷办法。一提到筹措军饷,大家不是相顾无言,便是说一些空洞的话。有一位新从南京来的御史,名叫徐标,不但不能贡献一个主意替皇上分忧,反而跪下去"冒死陈奏",说他从江南来,看见沿路的村落尽成废墟,往往几十里没有人烟,野兽成群。他边说边哭,劝皇上赶快下一道圣旨罢掉练饷,万不要把残余的百姓都逼去造反。跟着又有几位科、道官跪奏河南、山东、陕西、湖广、江北各地的严重灾情,说明想再从老百姓身上筹饷万万不可。崇祯听了科、道官们的跪奏,彷徨无计,十分苦闷,同时也十分害怕。他想,如今别无法想,只有下狠心向皇亲们借助了,纵然祖宗的"在天之灵"为此不乐,事后必会鉴谅他的苦衷。只要能筹到几百万饷银,使"剿贼"顺利成功,保住祖宗江山,祖宗就不会严加责备。

他打算在文华殿召见几位辅臣,研究他的计划。可是到了文华殿他又迟疑起来。他担心皇亲国戚们会用一切硬的和软的办法和他对抗,结果无救于国家困难,反而使皇亲国戚们对他寒心,两头不得一头。他在文华殿里停留很久,拿不定最后主意。这文华殿原是明代皇帝听儒臣讲书的地方,所以前后殿的柱子上挂了几副对联,内容都同皇帝读书的事情有关,在此刻几乎都像是对崇祯的讽刺。平日"勤政"之暇,在文华殿休息的时候,他很喜欢站在柱子前欣赏这些对联,但今天他走过对联前边时再也没有心情去看。

---

① 大风霾——刮黄沙尘,天昏地暗,古人叫做大风霾。

他从后殿踱到前殿,好像是由于习惯,终于在一副对联前边站住了。他平日不仅喜欢这副对联写得墨饱笔圆,端庄浑厚,是馆阁体中的上乘,也喜欢它的对仗工稳。如今他忍不住又看了一遍。那副对联写道:

　　四海升平　　翠幄雍容探六籍
　　万几清暇　　瑶编披览惜三余

看过以后,他不禁感慨地说:"如今还有什么'四海升平',还说什么'万几清暇'!"他摇摇头,又背着手走往文华后殿。正要踏上后殿的白玉台阶,一抬头看见了殿门上边悬的横匾,上写着:"学二帝三王①治天下大经大法。"这十二个字分作六行,每行二字,是万历皇帝的母亲孝定太后的御笔。她就是武清侯李国瑞的姑祖母。崇祯感到心中惭愧,低头走进了后殿的东暖阁,默然坐了很久,取消了为向戚畹借助的事召见阁臣。

　　崇祯怀着十分矛盾和焦急的心情回到乾清宫,又向御案前颓然坐下,无心省阅文书,也不说话,连听见宫女和太监们在帘外的轻微脚步声都感到心烦。他用食指在御案上连写了两个"饷"字,叹了口气。当他在焦灼无计的当儿,王承恩拿着一封文书来到面前,躬身小声奏道:

"启奏皇爷,有人上了一本。"

"什么人上的本?"

"是一个太学生,名叫李琎。"

崇祯厌烦地说:"我不看。我没有闲心思看一个太学生的奏本!"

---

① 二帝三王——二帝指尧、舜,三王指夏禹、商汤和周文王、武王。这是儒家所理想的上古君主。

王承恩又小声细气地说:"这奏本中写的是一个筹措军饷的建议。"

"什么?筹措军饷的建议?……快读给我听!"

李琎在疏中痛陈他对于江南目前局面的殷忧。他首先说江南多年来没有兵燹之祸,大户兼并土地,经营商业,只知锦衣玉食,竞相奢侈,全不以国家的困难为念。他指出秦、晋、豫、楚等省大乱的根源是大户们只知朘削小民、兼并土地,致使贫富过于悬殊。即使在丰收年景,小民还不免啼饥号寒;一遇荒歉,软弱的只好辗转饿死路旁,强壮的就起来造反。他说,今日江南看起来好像很平稳,实际上到处都潜伏着危机;如不早日限制富豪大户兼并土地,赶快解救小民的困苦,那么秦、晋、豫、楚瓦解崩溃的大祸就会在江南同样出现。他在疏中要求皇上毅然下诏,责令江南大户自动报出产业,认捐兵饷,倘有违抗的,就把他的家产充公,一点也不要姑息。另外,他还建议严禁大户兼并,认真清丈土地,以平均百姓负担。这一封奏疏很长,还提到历史上不少朝代都因承平日久,豪强兼并,酿成天下大乱,以致亡国的例子,字里行间充满着忠君忧国之情。

崇祯听王承恩读完这封奏疏,心中很受感动,又接过来亲自细看一遍。关于清丈土地的建议,他认为缓不济急,而且困难较多,没有多去考虑,独对于叫江南大户输饷一事觉得可行,也是目前的救急良策。当前年冬天满洲兵威胁京师的时候,卢象升曾建议向京师和畿辅的官绅大户劝输军饷,他也心动过,但不像现在更打动他的心。江南各地确实太平了多年,异常富庶,不像京畿一带迭遭清兵破坏,且连年天灾不断。他想,目前国家是这般困难,这般危急,叫江南大户们捐输几个钱,使国家不至于瓦解崩溃,理所应该。但是,冷静一想,他不能不踌躇了。他预料到,这事一定会遭到江、浙籍的朝臣反对,而住在大江以南的缙绅大户将必反对更烈。如今国家岁入大半依靠江、浙,京城的禄米①和民食,以及近畿和蓟、辽的军粮,也几乎全靠江、浙供应,除非已经到无路可走,万不得已,最好不惹动江、浙两省的官绅大户哗然反对,同朝廷离心离德。但是他又舍不得放弃李琏的建议。考虑再三,他提起朱笔批道:

　　这李琏所奏向江、浙大户劝输军饷一事,是否可行,着内阁与户部臣详议奏来。

　　钦此!

倘若崇祯在御批中用的是坚决赞同的口气,南方籍的大臣们尽管还会用各种办法进行抵抗,但也不能不有所顾忌。而且,倘若他的态度坚定,那些出身寒素的南方臣僚和北方籍的臣僚绝大部分都会支持他。但他用的是十分活动的口气批交内阁和户部大臣们"详议",原来可以支持他的人们便不敢出头支持。过了几天,内阁和户部的大臣们复奏说李琏的建议万不可采纳,如果采纳了不但行不通,还要惹得江南各处城乡骚动。他们还威胁他说,如今财赋几乎全靠江南,倘若江南一乱,大局更将不可收拾。这些大臣们怕自己的复奏不够有力,还怕另外有人出来支持李琏,就唆使几个科、道官联名上了一本,对李琏大肆抨击。这封奏疏的全文已经失传了,如今只能看见下面的两段文字:

　　李琏肄业太学,未登仕籍,妄议朝廷大政,以图邀恩沽名。彼因见江南尚为皇上保有一片安静土,心有未甘,即倡为豪右报名输饷之说,欲行手实籍没之法②。此乃衰世乱政,而敢陈于圣人之前。小人之无忌惮,一至于此!

根据乾清宫的御前近侍太监们传说,崇祯看了这几句以后,轻

---

① 禄米——发给文武百官的俸米。
② 手实籍没之法——令业主自报田产以凭征税,叫做"手实"。所报不实便将田产充公(籍没)。此法最早出现于唐朝,宋朝也实行过。

轻地摇摇头,从鼻孔里哼了一声,不自觉地小声骂道:"这般臭嘴乌鸦!"显然,他很瞧不起这班言官,不同意他们说李琎的建议一无可取。停了一阵,他接着看下边一段妙文:

> 夫李琎所恶于富人者,徒以其兼并小民耳。不知郡邑之有富家,亦贫民衣食之源也。若因兵荒之故,归罪富家,勒其多输,违抗则籍没之,此秦始皇所不行于巴清①,汉武帝所不行于卜式②者也。此议一倡,亡命无赖之徒相率而与富家为难,大乱从此始矣。乞陛下斩李琎之头以为小人沽名祸国者戒!

看完了这一封措词激烈的奏本,崇祯对他们坚决反对李琎的建议感到失望,但是很欣赏那一句"不知郡邑之有富家,亦贫民衣食之源也"。他点点头,在心里说:"是呀,没有富人,穷人怎么活呢?谁给他们田地去种?"他从御案前站起来,在暖阁里走来走去,考虑着如何办。过了一阵,他决定把这个奏本留中,置之不理。对李琎的建议,他陷于深深的苦闷之中:一方面他认为这个建议在目前的确是个救急之策,一方面他害怕会引起江南到处骚动,正像这班言官们所说的"亡命无赖之徒相率而与富家为难"。富家大户自来是国家的顶梁柱,怎么能放纵无业小民群起与大户为难?他决定不再考虑李琎的建议,而重新考虑向皇亲们借助的事。他认为别的办法纵然可行,也是远水不解近渴,惟有皇亲们都住在"辇毂之下",说声出钱,马上就可办到。但这是一件大事,他仍有踌躇,于是对帘外侍候的太监说:

"叫薛国观、程国祥来!"

当时有七位内阁辅臣,崇祯单召见薛国观和程国祥是因为薛

---

① 巴清——即巴寡妇清。秦始皇时为大富孀,巴(今四川东部)人,名清。
② 卜式——西汉时人,以经营牧羊致富。

是首辅,程是次辅。另外,他还有一个考虑。薛国观是陕西韩城人,与江南大户没有多的关系,程国祥虽是江南上元人,却较清贫。当朝廷上纷纷反对向江南大户借助军饷时,只有他二人不肯说话,受到他的注意。他希望在向皇亲们借助的事情上他们会表示赞助,替他拿定主意。他今天召见这两位辅臣的地方是在宏德殿,是乾清宫的一座配殿,在乾清宫正殿西边,坐北向南。他之所以不在乾清宫正殿的暖阁里召见他们,是因为他看见每日办公的御案上堆的许多文书就不胜心烦,没有等到他们进宫就跑出乾清宫正殿,来到宏德殿,默默坐在中间设的盘龙御座上,低头纳闷。

过了一阵,薛国观和程国祥慌忙来了。他们不知道皇上突然召见他们有什么重大事情,心中七上八下。在向皇上跪拜时候,薛国观误踩住自己的蟒袍一角,几乎跌了一跤,而程国祥的小腿肚微微打颤,连呼吸也感到有点困难。赐座之后,崇祯叹口气,绕着圈子说:

"朕召见先生们,不为别的,只因为灾异迭见,使朕寝食难安。前天的大风霾为多年少有,上天如此示儆,先生们何以教朕?"

薛国观起立奏道:"五行之理,颇为微妙。皇上朝乾夕惕,敬天法祖,人神共鉴。古语云:'尽人事以听天命。'皇上忧勤,臣工尽职,就是尽了人事,天心不难挽回。望陛下宽怀,珍重圣体。"

崇祯说:"朕自登极至今,十三年了,没有一天不是敬慎戒惧,早起晚睡,总想把事情办好,可是局势愈来愈坏,灾异愈来愈多,上天无回心之象,国运有陵夷之忧。以大风霾的灾异说,不仅见于京师一带,半月前也见于大名府与浚县一带。据按臣韩文铨奏称:上月二十一日大名府与浚县等处,起初见东北有黑黄云气一道,忽分往西、南二方,顷刻间弥漫四塞,狂风拔木,白昼如晦,黄色尘埃中有青白气与赤光隐隐,时开时阖。天变如此,怎能叫朕不忧?"

薛国观又安慰说:"虽然灾异迭见,然赖皇上威灵,剿贼颇为得手。如今经过玛瑙山一战,献贼逃到兴归山中,所余无几,正所谓'釜底游鱼',廓清有日。足见天心厌乱,国运即将否极泰来。望陛下宽慰圣心,以待捷音。"

崇祯苦笑一下,说:"杨嗣昌指挥有方,连续告捷,朕心何尝不喜。无奈李自成仍然负隅于商洛山中,革、左诸贼跳梁于湖广东部与豫南、皖西一带,而山东、河南、河北到处土寇蜂起,小者占据山寨,大者跨州连郡。似此情形,叫朕如何不忧?加上连年天灾,征徭繁重,百姓死亡流离,人心思乱。目前局面叫朕日夜忧虑,寝食难安,而满朝臣工仍然泄泄沓沓,不能代朕分忧,一言筹饷,众皆哑口,殊负朕平日期望之殷!"

薛国观明白皇上是要在筹饷问题上征询他的意见,他低着头只不做声,等待皇上自己说出口来,免得日后一旦反复,祸事落到自己头上。崇祯见首辅低头不语,使一个眼色屏退了左右太监,小声说:

"目前军事孔急,不能一日缺饷。国库如洗,司农①无计。卿为朕股肱大臣,有何良策?"

薛国观跪下奏道:"臣连日与司农计议,尚未想出切实可行办法。微臣身为首辅,值此民穷财尽之时,午夜彷徨,不得筹饷良策,实在罪该万死。"

"先生起来。"

等薛国观叩头起来以后,崇祯不愿再同薛国观绕圈子说话,单刀直入地问:"朕欲向京师诸戚畹、勋旧②与缙绅借助,以救目前之急,卿以为如何?"

薛国观事先猜到皇上会出此一策,心中也有些赞同,但他明白

---

① 司农——户部。
② 戚畹、勋旧——戚畹与戚里同义,即皇亲国戚的代称。勋旧指因先人有大功勋而受封世袭爵位的世家。

此事关系重大,说不定会招惹后祸。他胆战心惊地回答:

"戚畹、勋旧,与国同休,非一般仕宦之家可比,容臣仔细想想。辅臣中有在朝年久的,备知戚畹、勋旧情况,亦望皇上垂询。"

崇祯明白他的意思,转向程国祥问:"程先生是朝中老臣,在京年久,卿看如何?"

程国祥在崇祯初年曾做言官,颇思有所建树,一时以敢言知名。后来见崇祯猜疑多端,刚愎任性,加上朝臣中互相倾轧,大小臣工获罪的日多,他常怕招惹意外之祸,遇事缄默,不置可否,或者等同僚决定之后,他只随声附和,点头说:"好,好。"日久天长,渐成习惯。由于他遇事不作主张,没有权势欲望,超然于明末的门户斗争之外,所以各派朝臣都愿他留在内阁中起缓冲作用,更由于他年纪较大,资望较深,所以他在辅臣中的名次仅排在薛国观的后边。因为"好,好"二字成了他的口头禅,同僚们替他起个绰号叫"好好阁老"。刚才进宫之前,一位内阁中书跪在他的面前行礼,哭着说接家人急报,母亲病故,催他星夜回家。程国祥没有听完,连说"好,好"。随后才听明白这位内阁中书是向他请假,奔丧回籍,又说"好,好",在手本上批了"照准"二字。此刻经皇帝一问,他心中本能地警告自己说:"说不得,可说不得!"不觉出了一身汗,深深地低下头去。崇祯等了片刻,等不到他的回答,又问:

"卿看向戚畹借助还是向京师缙绅大户借助?要是首先向戚畹借助,应该叫谁家做个榜样?"

程国祥跪在地上胆怯地说:"好,好。"

崇祯问:"什么?你说都好?"

"好,好。"

"先向谁家借助为宜?"

"好,好。"程的声音极低,好像在喉咙里说。

"什么?什么好,好?"

"好,好。"

崇祯勃然大怒,将御案一拍,厉声斥责:"尔系股肱大臣,遇事如此糊涂,只说'好,好',毫无建白,殊负朕倚畀之重!大臣似此尸位素餐,政事安得不坏!朕本当将尔拿问,姑念尔平日尚无大过,止予削职处分,永不录用。……下去!"

薛国观见崇祯盛怒,不敢替同僚求情,也有心将程国祥排出内阁,换一个遇事能对他有帮助的人,所以只不做声。程国祥吓得浑身战栗,叩头谢恩,踉跄退出。回到家中,故旧门生纷来探问,说些安慰的话。国祥不敢将皇上在宏德殿所说的话泄露一句,提到给他的削职处分,只说"好,好"。当晚奉到皇上给他的削职处分的手谕,他叩头山呼万岁,赶快上了一封谢恩疏,亲自誊写递上。但是谢恩拜发之后,他忽然疑心自己将一个字写错了笔画,日夜害怕崇祯发现这个错字会给他重责,竟致寝食不安,忧疑成疾,不久死去。

却说程国祥从宏德殿退出以后,崇祯问薛国观想好了没有。国观看出来崇祯很焦急,左右更无一人,赶快小声奏道:

"借助的办法很好。倘有戚畹、勋旧倡导,做出榜样,在京缙绅自然会跟着出钱。"

崇祯叹口气说:"这是一个不得已的办法,但怕行起来会有阻碍。"

薛国观躬身回奏:"在外缙绅,由臣与宰辅诸臣倡导;在内戚畹、勋旧,非陛下独断不可。"

"你看,戚畹中谁可以做个倡导?"

"戚畹非外臣可比,臣不如皇上清楚。"

崇祯又问:"武清侯李国瑞如何?"

"武清侯在戚畹中较为殷富,由他来倡导最好。"

"还有哪一家同他差不多的?"

薛国观明知道田妃和周后的娘家都较殷富,但是他不敢说出。

他因武清侯同当今皇帝是隔了两代的亲戚,且风闻崇祯在信王府时曾为一件什么事对武清侯不满意,一直在心中存有芥蒂,所以他拿定主意除武清侯家以外不说出任何皇亲。

"微臣别的不知,"薛国观说,"单看武清侯家园亭一项,也知其十分殷富。他家本有花园一座,颇擅林泉之胜。近来又在南城外建造一座更大的花园,引三里河的水流进园中,真是水木清华,入其园如置身江南胜地。这座新花园已经动工了好几年,至今仍在大兴土木。有人说他有数十万家资,那恐怕是指早年的财产而言,倘若是他家今日散在畿辅各处的庄子、天津和江南的生意都算进来,一定远远超过此数。"

崇祯恨恨地说:"没想到朕节衣缩食,一个钱不敢乱用,而这些皇亲国戚竟不管国家困难,如此挥霍!"停了片刻,他又说:"李国瑞是朕表叔。今日倘非国库如洗,万般无奈,朕也不忍心逼着他拿出银子。"

"戚畹中哪一家同皇上不是骨肉至亲?总得有一家倡导才好。"

"卿言甚是,总得有一家倡导才好。朕久闻神祖幼时,孝定太后运出内帑不少。今日不得已叫他家破点财,等到天下太平之后,照数还他。不过此事由朕来做,暂不要张扬出去。"

薛国观退出以后,崇祯的眉头舒展了。他想,如果李国瑞能拿出银子,做个榜样,其他皇亲、勋旧和缙绅就会跟着拿出银子。京城里的榜样做好,外省就好办,几百万银子不难到手,一年的军饷就有了着落。他近来对薛国观有许多不满意地方,倒是赞助他向戚畹借助一事使他满意。

但是当崇祯在回乾清宫正殿时候,抬起头来无意中望见正殿内向南悬挂的大匾,不觉心中一动,刚才的决定登时动摇了。这匾上写的"敬天法祖"四个大字,是在崇祯元年八月间他吩咐当时擅长书法的司礼监掌印太监高时明写的。他望望这个匾,不能不想到祖宗朝都没有强迫戚畹借助的事。有三天时间,他为此事陷入了矛盾之中。但是这三天中,各地请饷请兵的奏疏像雪片飞来,逼得他毫无办法。恰巧到了第三天,他收到李国臣的一本密奏,内中说:"臣先父所留之家产不下四十万,臣当得其半。今请全献陛下,助国家充军饷,以尽臣之微忠。"这个李国臣就是李国瑞的庶兄,一向挥霍无度,常常为花钱事同武清侯李国瑞闹家庭纠葛。他同乾清宫的太监有认识的,起初风闻皇帝有向戚畹和缙绅借助的打算,他就动了念头;嗣后听说崇祯已决定在李国瑞的头上开刀,他就赶快上了这个密本,想趁机一则向李国瑞泄愤,二则赚得皇帝高兴。崇祯平日依靠东厂的侦察,对各家皇亲的阴私事知道很多,所以他看了李国臣的密奏之后,轻轻骂道:"不是东西!"然而他的犹豫也终止了。他将司礼监掌印太监王德化叫到面前,吩咐他立刻亲自去武清侯府,口传密旨,要李国瑞借助十万银子。王德化一出去,他就坐在御案前,对着旁边几上的九重博山宣炉,凝视着缥缈的轻烟出神,心中问道:

"会顺利么?嗯?"

乾清宫中的太监很多,本来用不着由王德化这个地位最高的太监头儿亲自去武清侯府传旨。崇祯满心希望第一炮顺利打响,所以破例派司礼监掌印太监亲自出马。约摸过了一个时辰,王德化回来了。崇祯急着问:

"怎么样,他愿意借助十万银子么?"

王德化躬身说:"奴婢不敢奏闻。请皇爷不要生气。"

"难道李国瑞竟敢抗旨?"

"方才奴婢去到武清侯府,口传圣旨,不料李国瑞对奴婢诉了许多苦,说他只能拿出一万两银子,多的实在拿不出来。奴婢不敢收他的银子,回宫来请旨定夺。"

"什么!他只肯拿出一万两?"崇祯把眼睛一瞪,猛一跺脚,骂道:"实在混账!可恶!竟敢如此抗旨!"

王德化本来也想趁机会在李国瑞身上发笔大财,不料他去传旨之后,李国瑞只送给他两千银子,使他大失所望。他当时冷笑说:"皇上国法无私,老皇亲的厚礼不敢拜领!"说毕,拂袖而去。如今见皇上动怒,他赶快又说:

"是的,李国瑞如此抗旨,实在太不为皇上和国家着想了。"

"他都说些什么?"

"他向奴婢诉苦说,连年灾荒,各处庄子都没有收成。在畿辅的几处庄子前年给满兵焚掠净尽,临清和济南的生意也给全部抢光。他本来还打算恳求皇上赏赐一点,没想到里头反来要他借助。他还说,皇上要是不体谅他的困难,他只有死了。"

崇祯在乾清宫大殿中走来走去,眼睛冒火,把太监们和宫女们都吓得屏息无声。他痛苦地想道:"我用尽了心血苦撑这份江山,不光为我们朱家一家好,也为着大家好。皇亲国戚世受国恩,与国家休戚相关。这个江山已经危如累卵,你做皇亲的还如此袖手旁观,一毛不拔!"一件不愉快的旧事突然浮上心头,更增加他的愤恨。这事已经过去十五年了。那时崇祯还是信王。虽系天启皇帝的同父异母兄弟,却因为魏忠贤和客氏擅权乱政,他住在信王府中也每天提心吊胆。为着给魏忠贤送一份丰厚的寿礼,信王府一时周转不灵,派太监去向武清侯借三万两银子,言明将来如数归还。谁知李国瑞对派去的老太监王宏诉了许多苦,只借给五千两。崇祯自幼就是心胸狭窄的人,这件事在当时狠刺伤了他的自尊心,直到他即位两年后还怀恨难忘,打算借机报复。后来年月渐久,国事如焚,这件事才在他的心头上淡了下去。这次向李国瑞借助军饷,原来丝毫也没有想到报复,不料李国瑞竟敢抗旨,这笔旧账就自然也在心头上翻了出来。

"一遇到我借钱,他总是诉苦!"他站住脚步,回头来对王德化说,"像他这号人,给他面子他不要,非给他个厉害看看他才会做出血筒子!"

"奴婢也看他是一个宁挨杠子不挨针的人。"

"去,告他说,要他赶快拿出二十万两银子,少一两也不答应!"

王德化走后,崇祯恨恨地冷笑一声。他从乾清宫大殿中走出来,走下丹陛,在院中徘徊。对于李国瑞的事,已没有转圜余地,非硬着手腕干下去不行,倘若虎头蛇尾,不但以后别想使皇亲、勋旧和缙绅们拿出一两银子,而且他做皇帝的尊严和威权也将大大受损。可是一想到不得不给武清侯严厉处分,他就在思想深处产生许多顾虑。正在这时,一阵北风徐徐吹来,同时传过来隐约的钟、磬声。大高玄殿的钟、磬声在大白天是传不到乾清宫的。崇祯感到奇怪,向一个太监问:

"这是什么地方的钟、磬声?"

"启奏皇爷,今天是九莲菩萨的生日,英华殿的奉祀太监和都人们在为九莲菩萨上供。"

崇祯一惊,说:"我竟然忘记今天是她老人家的生日!"

九莲菩萨就是孝定太后。太后生前在英华殿吃斋礼佛多年,常坐一个宝座,刻有九朵莲花。宫中传说她死后成神,称她为九莲菩萨或九莲娘娘。除在奉先殿供着她的神主之外,又在英华殿后边建筑一殿,替她塑了一尊泥像,身穿袈裟,彩绘贴金,跌坐九莲宝座,四时祭奠,一如佛事。崇祯幼年曾亲眼看见她在英华殿虔诚礼佛,给他的印象很深。如今回忆着她的生前音容,想象着她会震怒,不能不加重了他对李国瑞问题的顾虑。

按照封建礼法,孝定太后已经死了二十多年,逢到她的生日,不必再由皇帝和皇后去上供,而事实上多年来崇祯已经不在她的生日去上供了。但今天崇祯的心情和平日很不同,他吩咐一个御前太监去坤宁宫传旨,要皇后率领田、袁二妃速去英华殿后殿代他献供。

命李国瑞献出二十万两银子的严旨下了以后,崇祯一方面等待着李国瑞如何向他屈服,一方面命东厂提督太监曹化淳和锦衣卫使吴孟明派人察听京城臣民对这件事有何议论,随时报进宫中。为着"天变可畏"和各地灾情严重,崇祯在两天前就打算斋戒修省,只是想来想去,筹饷事没有一点眉目,他没法丢下不管,去静心过斋居生活。如今为着李国瑞的问题深怕祖宗震怒,很觉烦闷,才只好下定决心修省,希望感动上苍。于是他从昨晚起就开始素食,通身沐浴,今早传免上朝,并吩咐一个御前太监去传谕内阁和文武百官:他从今天起去省愆居静坐修省三日,除非有紧急军国大事,一概不许奏闻。吩咐毕,他在宫女们的服侍下匆匆地换上青色纯绢素服,先到奉先殿向列祖列宗的神主上香祈祷,又到奉先别殿①向他的母亲孝纯太后的神主祷告,然后乘辇往省愆居去。

省愆居在文华殿后边,用木料架起屋基,离地三尺,四面通透悬空,象征着隔离尘世。在天启朝,省愆居不曾启用过,栏杆和木阶积满灰尘,檐前和窗上挂着蜘蛛网,木板地上散满了蝙蝠粪,屋前甬道旁生满荒草。到了崇祯登极,重新启用,经常收拾得干干净净。今天他走进省愆居向玉皇神主叩毕头,坐下以后,本来要闭目默想,对神明省察自己的过错,却不料心乱如麻,忽而想着这个问题,忽而想着那个问题。

中午,崇祯用的是最简单的素膳。虽然御膳房的太监们掌握着祖宗相传的成套经验,瞒上不瞒下,把一些冬菇、口蘑、嫩笋、猴头、豆腐、面筋、萝卜和白菜之类清素材料用鸡汤、鸭汤、上等酱油、名贵作料,妙手烹调,味道鲜美异常,素中有荤,但是因为崇祯心中

---

① 奉先别殿——奉先殿的配殿。

烦闷,吃到嘴里竟同嚼着泥土一般。他随便动动筷子,就不再吃,只把一碗冰糖银耳汤喝了一半。太监小心地撤去素膳,用盘子捧上一盏茶。因为是在斋戒期间,用的茶盏也不能有彩绘,而是用的建窑贡品,纯素到底,润白如玉,比北宋定窑更好。崇祯吃了一口茶,呆呆地望着茶盏出神。茶色嫩黄轻绿,浮着似有似无的轻烟。轻烟慢慢散开,从里边现出来李国瑞的可厌的幻影和孝定太后坐在莲花宝座上的遗容。他的心一动,眼睛一眨,幻象登时消失。

他不能不关心军饷问题,特别是关心李国瑞的问题,不可能静心省察自己的过错。越是想着这些事,他越是不能在省愆居枯坐下去,决定将三天的斋戒修省改为一天,而对这一天也巴不得立刻红日西坠,快回乾清宫去处理要务。

由于常常睡眠不足,他禁不住在椅子上矇眬入睡。他做了一些奇奇怪怪的梦,都与军饷有关。后来梦见成千上万的官军围着杨嗣昌的辕门鼓噪索饷。他看见杨嗣昌仓皇走出,百般抚慰,官兵鼓噪更凶,眼看就要酿成大祸,忽然杨嗣昌奔进宫来,到他的面前伏地叩头,恳求火速筹措军饷,而鼓噪声好像已经冲进皇城,逼近紫禁城外。他一惊而醒,出了一身冷汗。他隔着窗子望望太阳,不过申末酉初,觉得白日悠悠,这一天竟是特别的长!

一个近侍太监用银盆端来大半盆温水,跪在他的面前,另一个太监将一块素色贡缎盖在他的腿上,然后替崇祯将袖子卷起。像这样事情,平日都是宫女服侍,今日因为斋戒修省,宫女们不能跟随前来,只好全由太监来做。尽管这些近侍太监都是十七八岁的青年,面貌姣好,服饰华美,动作轻盈,崇祯仍不免觉得他们笨手笨脚,伺候得不能如意。他无可奈何,俯下身子洗了脸,轻轻地叹息一声。他究竟是为着太监们伺候得不如意而叹气,还是为着国事不遂心而叹气,没人知道。当盥洗的银盆和盖在腿上的素缎拿走以后,另一个小太监走来,在面前跪下,双手将一个永乐年间果园

厂制的嵌着螺钿折枝梅花的黑漆托盘举起来。崇祯从托盘上取下茶杯,漱了口,仍旧放回盘中。回头向另一个大太监问:

"王德化在什么地方?"

"启奏皇爷,王德化刚才来到文华殿前边值房中等候问话,因皇爷修省事大,不敢贸然前来,奴婢也不敢启奏。"

这神秘的小木屋只供皇帝修省,不能谈论国事。崇祯想了会儿,决定破例在修省中离开一时,去文华殿问一问王德化,然后回来继续修省。他向玉皇的神主叩了三个头,便走出木屋了。

崇祯一到了文华后殿,向龙椅上一坐,便吩咐一个小答应将王德化唤到面前,焦急地问:

"昨天第二次传旨之后,李国瑞可有回奏么?"

王德化躬身回答:"启奏皇爷,李国瑞尚无回奏。"

"可恶!他家里有何动静?"

"午饭后曹化淳进宫来,因知皇爷正在修省,不敢惊驾,又出宫了。据化淳对奴婢言讲:自前日第一次传旨之后,李国瑞本人虽然待罪府中,不敢出头露面,却暗中同他的亲信门客、心腹家人,不断密议,也不断派人暗中找几家来往素密的皇亲、勋旧,密商办法。"

"商议什么办法?"

"无非是如何请大家向皇爷求情。但是皇亲、勋旧们将如何进宫求情,尚不清楚,横竖不过是替他向皇爷诉苦,大家也顺便替自己诉苦。"

"哼哼,我向谁诉苦呵!都是哪几家皇亲同李家来往最密?"

王德化明知道同李家关系最密的是皇后的父亲周奎,但是他决不说出。他并不是害怕素来不问朝政的皇后,更不是害怕周奎将来会对他如何报复,而是害怕皇上本人变卦。倘若在这件大事上他全心全意站在皇帝一边,将来皇上一旦变卦,后悔起来,他就

会祸事临头。所以他笼统地回奏说:

"李国瑞是九莲娘娘的侄孙,世袭侯爵,在当今戚畹中根基最深,爵位最高,家家皇亲都同李府上来往较密,不止一家两家。"

崇祯又问:"京师臣民可知道这件事么?"

"启奏皇爷,世界上没有不漏风的墙,京师臣民都已经哄传开了。"

"臣民们有何议论?"

"据曹化淳向奴婢说,东厂和锦衣卫两衙门的打探事件的番子听到满城臣民都在纷纷议论,称颂陛下英明神圣,这件事做得极是。大家都说,这些年国家困难,臣民尽力出粮出饷,替皇上分了不少忧,他们这些深受国恩的皇亲国戚们早该报效了。如今皇上英明果断,叫他们为国出点钱,合情合理,大快人心。"

"还有什么议论?"

王德化知道皇亲中还有种种议论,但他不敢让崇祯知道,回答说没有别的议论了。崇祯叫他退出,又吩咐一个太监到内阁去将薛国观叫来。内阁在午门内左边,文华殿正南不远,所以薛国观很快就被叫来了。崇祯望着跪在地上的首辅问:

"朕昨日已二次严谕李国瑞为国输饷,为臣民做个榜样。看来李国瑞有意恃宠顽抗,大拂朕意。据先生看来,下一步将如何办好?在朝缙绅中有何看法?"

在这件案子上,薛国观是站在在朝的缙绅一边。两三天来,他接触到朝中同僚很多,不管是南方的或北方的,尽管平日利害不同,门户之见很深,惟独在这件事情上心中都同情皇帝的苦衷,赞成向戚畹开刀。他们希望皇上从戚畹和勋臣中筹到数百万银子以济军饷,使剿贼军事能够顺利进行,不必再向他们要钱;倘若万一皇亲和勋臣们用力抵抗,使皇上的这着棋归于失败,皇上也不好专向他们借助了。薛国观自然不肯将在朝缙绅的想法向崇祯说出,抬头奏道：

"在朝缙绅都知道当前国库如洗，皇上此举实出于万不得已。但事关戚畹，外臣不便说话，所以在朝中避免谈论。以臣看来，这一炮必须打响，下一步棋才好走。望陛下果断行事，不必多问臣工。"

崇祯点点头，又问了两件别的事，便叫薛国观退出去了。现在知道了京师臣民都对他衷心支持，称颂他的英明，使他增加了决心：如果李国瑞胆敢顽抗，就给以严厉处治。他担心几家较有面子的皇亲会出来替李家讲情，破坏他的捐饷大计。他越想越不放心，更没有心情回到木屋中继续独坐修省，便闷闷地踱出文华门，甩甩袍袖，乘辇回乾清宫去。

他刚刚换了衣服，坐在乾清宫大殿东暖阁的御案前边，王德化把李国瑞的一封奏疏同一叠别的文书捧送到他的面前。他原以为二次传旨之后，李国瑞尽管暗中有所活动，但无论如何不能不感到惶恐，上表谢罪。只要李国瑞上表谢罪，肯拿出十万两银子做个倡导，他不惟不再深究，还打算传旨嘉勉。万没想到，李国瑞在密本中不但对他诉苦，还抬出来孝定太后相对抗，要他看在孝定的情分上放宽限期，好使他向各家亲戚挪借三万两银子报效国家。崇祯看毕这封密奏，向王德化问道：

"这是才送来的？"

"是的，皇爷。"

"你看了么？"

"奴婢看过。"

崇祯将脚一跺："哼，三万两，他倒说得出口！"

"是的，亏他说得出口。"

"朕倒要瞧瞧他胳膊能扭过大腿！"

这一件不愉快的事使崇祯连晚膳也吃不下。所好的是今日因为斋戒修省,晚膳只有十来样素菜,进膳的时候免掉了照例奏乐,耳边十分清静,他还能勉强地吃一点。刚刚用过晚膳,近侍太监奏称新乐侯刘文炳和几位皇亲入宫求见,现在东华门内候旨。崇祯想着他们一定是为替李国瑞求情而来,问道:

"还有哪几家皇亲同来?"

"还有驸马都尉巩永固,老皇亲张国纪,老驸马冉兴让。"

崇祯想道,倒是皇后的父亲周奎知趣,没有同他们一起进宫。他本来不打算见他们,但又想张国纪和冉兴让都是年高辈尊的皇亲,很少进宫,不妨听听他们说些什么。于是他沉吟片刻,吩咐说:

"叫他们在文华殿等候!"

第十五章

　　武清侯的事件给在京戚畹中的震动很大,他们感到恐慌,也愤愤不平。有爵位的功臣之家,即所谓"勋旧",也害怕起来。他们明白,皇上首先向戚畹借助,下一步就轮到他们。再者,戚畹和勋旧多结为亲戚,一家有难,八方牵连。所以那些在京城的公、侯、伯世爵对戚畹都表示同情,暗中支持,希望武清侯府用各种办法硬抗到底。皇亲们经过紧张的暗中串连,几番密商,推举出四个人进宫来替李家求情。其中班辈最高的是万历皇帝的女婿、驸马都尉冉兴让,已经六十多岁,须发如银。其次比较辈尊年长的是懿安皇后①的父亲、太康伯张国纪。他一向小心谨慎,不问外事,也不敢多交游。这次因为一则有兔死狐悲之感,二则李国瑞家中人苦苦哀求,周奎又竭力怂恿,不得不一反往日习惯,硬着头皮进宫。大家都知道崇祯的脾气暴躁,疑心很重,所以四个人在文华殿等候时候,心中七上八下,情绪紧张。

　　崇祯来到文华后殿,坐在宝座上了。四位皇亲首先在文华门的甬路旁跪着接驾,随即来到文华后殿向皇帝行了一跪三叩头礼。崇祯赐坐,板着脸孔问他们进宫何事。他们进宫前本来推定老驸马冉兴让先说话,他一看皇上的脸色严峻,临时不敢做声了。新乐侯刘文炳是崇祯的舅家表哥,本来是一个敢说话的人,但是他的亡妹是李国瑞的儿媳,因为有这层亲戚关系,也不便首先开口。驸马都尉巩永固是崇祯的妹夫,在这几个人中年纪最小,只有二十五

---

① 懿安皇后——天启的皇后张氏,崇祯的嫂子。

岁,秉性比较爽直,平日很受崇祯宠爱。看见大家互相观望,都不敢开口,他忍不住起立奏道:

"臣等进宫来不为别事,恳陛下看在孝定太后的情分上,对李国瑞……"

崇祯截断他的话说:"李国瑞的事,朕自有主张,卿等不用多言。"

巩永固又说:"皇上圣明,此事既出自乾断,臣等自然不应多言。但想着孝定太后……"

崇祯用鼻孔轻轻冷笑一声,说:"朕就知道你要提孝定太后!这江山不惟是朕的江山,也是孝定太后的江山,祖宗的江山。朝廷的困难,朕的苦衷,纵然卿等不知,祖宗也会尽知。若非万不得已,朕何忍向戚畹借助?"

刘文炳壮着胆子说:"陛下为国苦心,臣等知之甚悉。但今日朝廷困难,决非向几家戚畹借助可以解救。何况国家今日尚未到山穷水尽地步,皇上对李国瑞责之过甚,将使孝定太后在天之灵……"

崇祯摇头说:"卿等实不知道。这话不要对外人说,差不多已经是山穷水尽了。"他望着四位皇亲,眼睛忽然潮湿,叹口长气,接着说:"朕以孝治天下,卿等难道不知?孝定太后是朕的曾祖母,如非帑藏如洗,军饷无着,朕何忍出此一手?自古忠臣毁家纾难,史不绝书。李国瑞身为国戚,更应该拿出银子为臣民倡导才是,比古人为国毁家纾难还差得远哩!"

年长辈尊的驸马都尉冉兴让赶快站起来说:"国家困难,臣等也很清楚。但今日戚畹,大非往年可比。遍地荒乱,庄田收入有限。既为皇亲国戚,用度又不能骤减。武清侯家虽然往年比较殷实,近几年实际上也剩个空架子了。"

崇祯冷冷地微笑一下,说:"你们都是皇亲,自然都只会替皇亲方面着想。倘若天下太平,国家富有,每年多给皇亲们一些赏赐,大家就不会叫苦了。"

皇亲们都不敢再说话,低着头归还座位。崇祯向大家看看,问道:

"你们还有什么话说?"

大家都站立起来,互相望望,都不敢做声。巩永固知道张国纪是决不敢说话的,他用肘碰了一下老驸马冉兴让,见没有动静,只好自己向前两步,跪下奏道:

"臣不敢为李国瑞求情,只是想着李国瑞眼下拿二十万两银子实有困难。陛下可否格外降恩,叫他少出一点,以示体恤,也好使这件事早日了结?"

关于这个问题,崇祯也曾反复想过。他也明白如今要的这个数目太大,李国瑞实在不容易拿出来,但他不愿意马上让步,要叫李国瑞知道他的厉害以后再讨价还价。他冷笑说:

"一钱银子也不能少。当神祖幼时,内库金银不知运了多少到他们李家。今日国家困难,朕只要他把内库金银交还。"他转向冉兴让,问:"卿年高,当时的事情卿可记得?"

冉兴让躬身回答说:"万历十年张居正死,神祖爷即自掌朝政,距今将近六十年。从前确有谣传,说孝定太后常将内库金银赏赐李家。不过以臣愚见,即令果有其事,必在万历十年之前,事隔六十年,未必会藏至今天。"

"六十年本上生息,那就更多了。"崇祯笑一笑,接着说:"卿等受李家之托,前来讲情,朕虽不允,你们也算尽到了心。朕今日精神疲倦,有许多苦衷不能详细告诉卿等知悉。你们走吧。"

大家默默地叩了头,鱼贯退出。但他们刚刚走出文华门,有一个太监追出传旨,叫驸马巩永固回文华后殿。其余的皇亲们都暂时不敢走,等候召见。大家起初在刹那间都觉诧异,还有点吃惊。

随即冉兴让和张国纪二人同时转念一想,认为一定是皇上改变了主意,李国瑞的事情有了转机,不觉心中暗喜,互相交换眼色。

崇祯已经离开御座,在文华后殿的中间走来走去,愁眉不展,一脸焦躁神气。看见巩永固进来,他走到正中间,背靠御案,面南而立,脸色严峻得令人害怕。巩永固叩了头,怀着一半希望和一半忐忑不安的心情跪在地上,等候问话。过了片刻,崇祯向他的妹夫问:

"皇亲们对这件事都有什么怨言?"

巩永固猛然一惊,叩头说:"皇亲们对陛下并没有一句怨言。"

"哼,不会没有怨言!"停一停,崇祯又说:"万历皇爷在世时,各家老皇亲常蒙赏赐。到了崇祯初年,虽然日子大不如前,朕每年也赏赐不少。如今反而向皇亲们借助军饷,岂能没有怨言?"

巩永固确实听到了很多怨言,最大的怨言是皇亲们都说宗室亲王很多,像封在太原的晋王、西安的秦王、卫辉的潞王、开封的周王、洛阳的福王、成都的蜀王、武昌的楚王等等,每一家都可以拿出几百万银子,至少拿出几十万不难,为什么不让他们帮助军饷?有三四家拿出银子,一年的军饷就够了。皇上到底偏心朱家的人,放着众多极富的亲王不问,却在几家皇亲的头上打算盘!就连巩永固自己,也有这样的想法。然而他非常了解皇上的秉性脾气,纵然他是崇祯的至亲,又深蒙恩宠,也不敢将皇亲们的背后议论说出一个字来。他只是伏地不起,默不做声。

崇祯见他的妹夫不说话,命他出去。随即,他心情沉重地走出文华殿,乘辇回乾清宫去。

已经是鼓打三更了,他还靠在御榻上想着筹饷的事。他想,今晚叫几位较有面子的皇亲碰了钉子,李国瑞一定不敢继续顽抗;只要明日他上表谢罪,情愿拿出十万、八万银子,他还可以特降皇恩,不加责罚。他又暗想,皇后的千秋节快要到了,向皇亲们借助的事最好在皇后的生日之前办完,免得为这件事闹得宫中和戚畹都不能愉快一天。

武清侯李国瑞因见替他向皇帝求情的皇亲们碰了钉子,明白他已经惹动皇上生气,纵然想拿出三五万银子也不会使事情了结。在几天之内,他单向皇上左右的几位大太监如王德化、曹化淳之流已经花去了三万银子,其他二三流的太监也趁机会来向他勒索银子。李国瑞眼看银子像流水似的花去了将近五万两,还没有一两银子到皇上手里,想来想去,又同亲信的清客们反复密商,决定只上表乞恩诉苦,答应出四万银子,多一两银子也不出了。他倚仗的是他是孝定太后的侄孙,当今皇上的表叔,又没犯别的罪,皇上平白无故要他拿出很多银子本来就不合道理,他拿不出来多的银子不犯国法。有的皇亲暗中怂恿李家一面继续软拖硬顶,一面想办法请皇后和东宫田娘娘在皇上面前说句好话。大家认为,只要皇后或十分受宠的东宫娘娘说句话,事情就会有转机了。

一连几天,崇祯天天派太监去催逼李国瑞拿出二十万两银子,而李国瑞只有上本诉穷。崇祯更怒,不考虑后果如何,索性限李国瑞在十天内拿出来四十万两银子,不得拖延。李国瑞见皇帝如此震怒和不讲道理,自然害怕,赶快派人暗中问计于各家皇亲。大家都明白崇祯已经手忙脚乱,无计可施,所以才下此无理严旨。他们认为离皇后千秋节只有十来天了,只要李国瑞抱着破罐子破摔,硬顶到千秋节,经皇后说句话,必会得到恩免。还有人替李国瑞出个主意:大张旗鼓地变卖家产。于是武清侯府的奴仆们把各种粗细家具、衣服、首饰、字画、古玩,凡是能卖的都拿出来摆在街上,标价出售,满满地摆了一条大街。隔了两天,开始拆房子,拆牌楼,把砖、瓦、木、石、兽脊等等堆了两条长街。在什物堆上贴着红纸招贴,上写着:"本宅因钦限借助,需款火急;各物贱卖,欲购从速!"这是历朝从来没有过的一件大大奇闻,整个北京城都哄动起来。每天京城士民前往武清侯府一带观看热闹的人络绎不绝,好像赶会一般,但东西却无人敢买,害怕惹火烧身。士民中议论纷纷,有的责备武清侯这样做是故意向皇上的脸上抹灰,用耍死狗的办法顽抗到底;有的说皇上做得太过分了,二十万现银已经拿不出来,又逼他拿出四十万两,逼得李武清不得已狗急跳墙;另外,一天清早,在大明门、棋盘街和东西长安街出现了无名揭帖,称颂当今皇上是英明圣君,做这件事深合民心。

这些情形,都由东厂提督太监曹化淳报进皇宫。崇祯非常愤怒,下旨将李国瑞削去封爵,下到镇抚司狱,追逼四十万银子的巨款。起初他对于棋盘街等处出现的无名揭帖感到满意,增加了他同戚畹斗争的决心。但过了一天,当他知道舆论对他的做法也有微词时,他立刻传旨东厂和锦衣卫,严禁京城士民"妄议朝政"、暗写无名揭帖,违者严惩。

崇祯原来希望在皇后千秋节之前顺利完成了向戚畹借助的事,不料头一炮就没打响,在李国瑞的事情上弄成僵局。尽管他要对皇亲们硬干到底,但是他的心中未尝不有些失悔。在李国瑞下狱的第二天,他几乎感到对李国瑞没有办法,于是他将首辅薛国观召进乾清宫,忧虑地问道:

"李国瑞一味顽抗,致使向戚畹借助之事不得顺利进行。不意筹饷如此困难,先生有何主意?"

薛国观心中很不同意崇祯的任性做法,但他不敢说出。他十分清楚,戚畹、勋旧如今都暗中拧成了一股绳儿,拼命抵制皇上借助。他害怕事情一旦变化,他将有不测大祸,所以跪在地上回答了一句模棱两可的话:

"李国瑞如此顽抗,殊为不该。但他是孝定太后的侄孙,非一般外臣可比。究应如何处分,微臣不敢妄言。"

听了这句回答,崇祯的心中十分恼火,但忍耐着没有流露。他决定试一试薛国观对他是否忠诚,于是忽然含着微笑问:

"先生昨晚在家中如何消遣?"

薛国观猛然一惊,心中扑通扑通乱跳。他害怕如果照实说出,皇上可能责备说:"哼,你是密勿大臣,百官领袖,灾荒如此严重,国事如此艰难,应该日夜忧勤,不遑宁处,才是道理,怎么会有闲情逸致,同姬妾饮酒,又同清客下棋,直至深夜?"他素知东厂的侦事人经常侦察臣民私事,报进宫去。看来他昨晚的事情已经被皇上知道了,如不照实说出,会落个欺君之罪。在片刻之间,他把两方面的利害权衡一下,顿首说:

"微臣奉职无状,不能朝夕惕厉,加倍奋发,以纾皇上宵旰之忧,竟于昨晚偶同家人小酌,又与门客下棋。除此二事,并无其他消遣。"

"先生可是两次都赢在'卧槽马'上?"

"不过是两次侥幸。"

崇祯不再对首辅生气了。他满意薛国观的回答同他从东厂提督太监曹化淳口中所得的报告完全相符,笑着点点头说:

"卿不欺朕,不愧是朕的股肱之臣。"

薛国观捏了一把汗从乾清宫退出以后,崇祯陷入深深的苦恼里边。两天来,他觉察出他的亲信太监王德化和曹化淳对此事都不像前几天热心了,难道是受了皇亲们的贿赂不成?他没有抓到凭据,可是他十分怀疑,在心中骂道:

"混蛋,竟没有一个可信的人!"

恰在这时,曹化淳来了。他每天进宫一趟,向皇上报告京城内外臣民的动态,甚至连臣民的家庭阴事也是他向宫中奏报的材料。近来他已经用了李国瑞很多银子,又受了一些公、侯勋臣的嘱托,要他在皇上面前替李国瑞多说好话。今天他在崇祯面前直言不讳地禀奏说:满京城的戚畹、勋旧和缙绅们为着李国瑞的事人人自危,家家惊慌。曹化淳还流露出一点意思,好像李国瑞并不像外边所传的那样富裕。

听了曹化淳的禀奏,崇祯更加疑心,故意望着曹化淳的眼睛,笑而不语。曹化淳回避开他的目光,低下头去,心中七上八下,背上浸出冷汗。他虽然提督东厂,权力很大,京中臣民都有点怕他,但他毕竟是皇帝的家奴,皇帝随时说一句话就可以将他治罪,所以他极怕崇祯对他起了疑心。过了一阵,崇祯忽然问道:

"曹伴伴①,日来生意可好哇?"

曹化淳大惊失色,俯伏在地,连连叩头,说:"奴婢清谨守法,皇爷素知,从不敢稍有苟且。实不知皇爷说的是什么事情。"

崇祯继续冷笑着,过了好长一阵,徐徐地说:"你要小心!有人上有密本,奏你假借东厂权势,受贿不少,京师人言藉藉。"

"奴婢冤枉!奴婢冤枉!皇爷明鉴,奴婢实在冤枉!"曹化淳连声说,把头碰得咚咚响。

看见曹化淳十分害怕,崇祯满意了,想道:"这班奴婢到底是自家人,不敢太做坏事。"为着使曹化淳继续替他忠心办事,他用比较温和的口气说:

"朕固然不疑心你,不过你以后得格外小心。万一有人抓住你的把柄,朕就护不得你了。"

"奴婢死也不敢做一点苟且之事。"

"既然你不敢背着朕做坏事,那就好了。"

"万万不敢!"

"李国瑞下狱后情形如何?"

李国瑞正在患病,曹化淳本来打算向皇帝报告,但此刻怕皇上疑心他替李国瑞说话,不敢照实说出。他跪着奏道:

---

① 伴伴——明代宫中习惯,皇帝对年纪较长、地位较高的太监称呼伴伴,表示亲密。

"他很害怕,总在叹气、流泪。别的情形没有。"

"你同吴孟明好生替朕严追,莫要姑息!"

"是,一定严追!"

李国瑞虽然下狱,但是李府的亲信家人和几家关系最密的皇亲们却按照商量好的主意,暗中加紧活动。他们已经知道,如若不是有薛国观的赞同,皇上未必就决定向戚畹借助。他们还风闻两个月前,有一天崇祯在文华殿召见薛国观,议论国事。当崇祯谈到朝廷上贪贿成风时,薛国观回答说:"倘使厂、卫得人,朝士安敢如此!"当时王德化侍立一旁,他原是东厂提督太监转为司礼监掌印太监,吓了一身冷汗。从那天以后,王德化和曹化淳都有意除掉薛国观。皇亲们现在决定:一方面利用王德化和曹化淳赶快除掉薛国观,使朝廷上没有一个大臣敢支持皇上向戚畹借助;另一方面,他们正在利用嘉定伯府和锦衣都督田府对皇后和田贵妃暗中求情。由于皇后的性情比较庄严,对她不能随便通过太监传话,所以皇亲们首先打通了承乾宫的门路。

近来,田宏遇曾经几次派总管暗中送礼给承乾宫的掌事太监,托他转恳贵妃在皇上面前替李国瑞说话。李国瑞家也给这个掌事太监送了不少银子。田妃深知崇祯最厌恶后妃们过问外事,但无奈她父亲几次托太监向她恳求,使她不好完全拒绝,心中十分为难。昨晚田皇亲府派人进献四样东西:一卷澄心堂纸,一册北宋精拓《兰亭序》,一方宋徽宗的二龙戏珠端石砚,一串珍珠念珠。这四样东西使田妃十分满意。田妃心想这澄心堂纸是南唐李后主所造的名贵纸张,在北宋已很难得,欧阳修和梅圣俞都曾写诗题咏,经过七百年,越发成了珍品,宫中收藏的已经找不到,不料田皇亲府有办法找来一卷送给她画画。北宋拓《兰亭序》虽然在宫中不算稀罕,但是她近两年来正在临摹此帖,喜欢收集不同的名贵拓本,这一件东西也恰恰投合了她的爱好。那一方端石砚通体紫红,却在上端正中间生了一个"鸲鹆眼",色呈淡黄,微含绿意。砚上刻了两条龙,一双龙头共向"鸲鹆眼",宛如戏珠。砚背刻宋徽宗手写铭文,落款是"大宋宣和二年御题"。那一串念珠是一百单八颗珍珠用金线穿成,下边一颗大如小枣,宝光闪灼,十分难得,而最罕见的是四颗黑珍珠,色如浓漆,晶莹照人。田妃近来不知怎地常有"人生如梦"和"祸福无常"的想法,对佛法顿生兴趣,有时背着皇帝焚香趺坐,默诵《妙法莲花经》。如今忽然得到这串念珠,真是喜出望外。她一点没有料到这四样东西都是武清侯府的旧藏,用她父亲田宏遇的名义献进承乾宫来。每一样东西都用锦匣装着,匣上贴着红色洒金笺,上边一行写道:"承乾宫贵妃娘娘赏玩"。下边一行写道:"臣田宏遇叩首恭进"。田妃把这四样东西欣赏、把玩很久,爱不释手,一股思念父母的感情涌上心头。母亲已经于前年死了,而父亲已十二年没见面了。明朝宫廷的家法极严,没有后妃省亲的制度。田妃只知道自从她成为皇上的宠妃以后,她的父母搬到东城住,宅第十分宏敞,大门前有一对很大的铁狮子,京城士民都将那地方叫做铁狮子胡同,但是她自己除看见过母亲一次之外,从来没机缘再见一家骨肉。甚至每次家中派人送东西进宫也只能到东华门内,不能到承乾宫同她见面。如今对着父亲送来的四样东西,在一阵高兴过后,跟着是心中酸楚,连眼圈儿也红了。

这时,宫女和别的太监都不在田妃身边。承乾宫掌事太监吴祥进来,向她躬身低声奏道:

"启禀娘娘,刚才老皇亲派来陈总管对奴婢说:李国瑞在狱中身染重病,命在旦夕,恳求娘娘早一点设法垂救。"

田妃没有做声,想了一阵,仍然感到为难,挥手使吴祥退出。替李国瑞说话还是不说?思前想后,她拿不定主意。她临着《兰亭序》写了二十多个字,实在无情无绪,便放下宫制斑管狼毫笔,走到

廊下,亲自教鹦鹉学语。忽然宫门外一声传呼:

"万岁驾到!"

随着这一声传呼,在承乾宫前院中所有的宫女和太监都慌忙跑去,跪在甬路两边接驾,肃静无声。田妃来不及更换冠服,赶快走到承乾门内接驾。崇祯在田妃的陪侍下一边看花一边往里走去,忽然听见画廊下又发出一声喧呼:"万岁驾到!"他抬头一看,原来是一只红嘴绿鹦鹉在鎏金亮架上学话,不觉笑了,回头对田妃说:

"卿的宫中,处处有趣,连花鸟也解人意,所以朕于万几之暇,总想来此走走。"

田妃含笑回答:"皇上恩宠如此,不惟臣妾铭骨不忘,连花鸟亦知感激。"

她的话刚说完,鹦鹉又叫道:"谢恩!"崇祯哈哈地大笑起来,一腔愁闷都散了。

崇祯爱田妃,也爱承乾宫。

承乾宫的布置很别致。田妃嫌宫殿过于高大,不适合居住,便独出心裁,把廊房改成小的房间,安装着曲折的朱红栏杆,雕花隔扇,里面陈设着从扬州采办的精巧家具和新颖什物,墙上挂着西洋八音自鸣钟。嫌宫灯不亮,她把周围护灯的金丝去掉了三分之一,遮以轻绡,加倍明亮。她是个十分聪明的人,用各种心思获得崇祯的喜欢,使他每次来到承乾宫都感到新鲜适意。她非常清楚,一旦失宠,她和她的家族的一切幸福都跟着完了。当时因为到处兵荒马乱,交通阻塞,南方的水果很难运到北京,可是今天在田妃的桌子上,一个大玛瑙盘中摆着橘子和柑子。屋角,一张用螺钿、翡翠和桃花红玛瑙镶嵌成采莲图的黑漆红木茶几上放着一个金猊香炉,一缕轻烟自狮子口中吐出,袅袅上升,满屋异香,令崇祯忽然间心清神爽。

崇祯每次于百忙中来到田妃宫中,都会感到特别满意。田妃也常常揣摸他的心理,变换着宫中的布置。今天,崇祯在靠窗的一张桌子上看见了一个出自苏州名手的盆景,虽然宜兴紫砂盆长不盈尺,里面却奇峰突兀,怪石嶙峋,磴道盘曲,古木寒泉,梵寺半隐,下临一泓清水,白石粼粼。桌上另外放着一块南唐龙尾砚,上有宋朝欧阳修的题字。砚旁放着半截光素大锭墨,上有"大明正德年制"六个金字,"制"字已经磨去了大半。砚旁放着一个北宋汝窑秘色笔洗,一个永乐年制的剔红嵌玉笔筒,嵌的图画是东坡月夜游赤壁。桌上还放着一小幅宣德五年造的素馨贡笺,画着一枝墨梅,尚未画成。崇祯向桌子上望了望,特别对那个紫檀木座上的盆景感兴趣。他端详片刻,笑笑说:

"倘若水中有几条游鱼,越发有趣。"

田妃回答说:"水里是有几条小鱼,皇上没有瞧见。"

"真的?"

田妃嫣然一笑,亲自动手将盆景轻扣一下。果然有几条只有四五分长的小鱼躲在悬崖下边,被一些绿色的鱼草遮蔽,如今受到惊动,立即活泼地游了出来。崇祯弯着身子一看,连声说好。看了一阵,他离开桌子,背着手看墙上挂的字画。田妃宫中的字画也是经常更换。今天在这间屋子里只挂了两幅画,都是本朝的名家精品:一幅是王冕的《归牧图》,一幅是唐寅的《相村水乡图》。后者是一个阔才半尺、长约六尺余的条幅,水墨浓淡,点缀生动;杨柳若干株,摇曳江干;小桥村市,出没烟云水气之中。画上有唐伯虎自题五言古诗一首。相村是大书画家兼诗人沈石田住的地方。石田死后,唐寅前去吊他,在舟中见山水依然,良友永逝,百感交集,挥笔成画,情与景融,笔墨之痕俱化。崇祯对这幅画欣赏一阵,有些感触,便在椅子上坐下去,叫宫女拿来曲柄琵琶,弹了他自制的五首《访道曲》,又命田妃也弹了一遍。

趁皇上心情高兴,田妃悄悄告诉宫女,把三个孩子都带了进来。登时,崇祯的面前热闹起来。崇祯这时候共有五个男孩子,两个女儿。这五个儿子,太子和皇三子是周后所生,皇二子和皇四子、皇五子都是田妃所生。皇二子今年九岁,皇四子七岁。他们都已经懂得礼节,被宫廷教育弄得很呆板。在奶子、宫女和太监们簇拥中进来以后,他们胆怯地跪下给父亲叩头,然后站在父亲的膝前默不做声。皇五子还不满五周岁,十分活泼,也不懂什么君臣父子之礼。崇祯平日很喜欢他,见了他总要亲自抱一抱,放在膝上玩一阵,所以惟有他不怕皇上。如今他被奶子抱在怀里,跟在哥哥们的后边,一看见父亲就快活地、咬字不清地叫着:"父皇!父皇……万岁!"奶子把他放在红毡上,要他拜,他就拜,因为腿软,在红毡上跌了一跤。但他并不懂跪拜是礼节,只当做玩耍,所以在跌跤时还格格地笑着。崇祯哈哈大笑,把他抱在膝上,亲了一下他的红喷喷的胖脸颊。

崇祯对着美丽多才的妃子和爱子,暂时将筹不到军饷的愁闷撂在一边。他本有心今天向田妃示意,叫她的父亲借助几万银子,打破目前向戚畹借助的僵局。现在决定暂不提了,免得破坏了这一刻愉快相处。"叫田宏遇出钱的事,"他心里说,"放在第二步吧。"然而田贵妃却决定趁着皇上快活,寻找机会大胆地替李国瑞说一句话。她叫宫女们将三个皇子带出去,请求奉陪皇上下棋消遣,想让崇祯在连赢两棋之后,心中越发高兴,她更好替李国瑞说话。不料崇祯刚赢一棋,把棋盘一推,叹口气,说要回乾清宫去。田妃赶快站起来,低声问道:

"陛下方才那么圣心愉快,何以忽又烦恼起来?"

崇祯叹息说:"古人以棋局比时事,朕近日深有所感!"

田妃笑道:"如拿棋局比时事,以臣妾看来,目前献贼新败,闯贼被围,陛下的棋越走路越宽,何用烦恼?"

崇祯又啧啧地叹了两声,说:"近来帑藏空虚,筹饷不易,所以朕日夜忧愁,纵然同爱卿在一起下棋也觉索然寡味。"

"听说不是叫戚畹借助么?"

"一言难尽!首先就遇着李国瑞抗旨不出,别的皇亲谁肯出钱?"

"李家世受国恩,应该做个榜样才是。皇上若是把他召进宫来,当面晓谕,他怎好一毛不拔?"

"他顽固抗旨,朕已经将他下到狱里。"

田妃鼓足勇气说:"请陛下恕臣妾无知妄言。下狱怕不是办法。李国瑞年纪大概也很大了,万一死在狱中,一则于皇上的面子不好看,二则也对不起孝定太后。"

崇祯不再说话,也没做任何表示。虽然他觉得田妃的话有几分道理,但是他一向不许后妃们过问国事,连打听也不许,所以很失悔同田妃提起此事。他站起来准备回乾清宫,但在感情上又留恋田妃这里,于是背着手在承乾宫中徘徊,欣赏田妃的宫中陈设雅趣。他随手从田妃的梳妆台上拿起来一面小镜子。这镜子造得极精,照影清晰。他看看正面,又看看反面,于无意中在背面的单凤翔舞的精致图案中间看见了一首七绝铭文:

　　秋水清明月一轮,
　　好将香阁伴闲身。
　　青鸾不用羞孤影,
　　开匣当如见故人。

崇祯细玩诗意,觉得似乎不十分吉利,回头问道:"这是从哪里来的镜子?"

田妃见他不高兴,心中害怕,躬身奏道:"这是宫中旧物,奴婢们近日从库中找出来的。妾因它做得精致,又是古镜,遂命磨了磨,放在这里赏玩。看这小镜子背面的花纹图样,铭文格调,妾以为必是晚唐之物。"

"这铭文不大好,以后不要用吧。"

田妃恍然醒悟,这首诗对女子确有点不吉利,赶快接过古镜,躬身奏道:

"臣妾一向没有细品诗意,实在粗心。皇上睿智天纵,烛照万物。这小镜子上的铭文一经圣目,便见其非。臣妾谨遵谕旨,决不再用它了。"

崇祯临走时怕她为此事心中不快,笑着说:"卿可放心,朕永远不会使卿自叹'闲身''孤影'。卿将与朕白发偕老,永为朕之爱妃。"

田妃赶快跪下叩头,说:"蒙皇上天恩眷爱,妾愿世世生生永侍陛下。"

崇祯把田妃搀了起来,又说:"卿不惟天生丽质,多才多艺,更难得的是深明事体。朕于国事焦劳中每次与卿相对,便得到一些慰藉。"

田妃把崇祯送走以后,心中有一阵忐忑不安,深怕自己关于李国瑞的话说得过于明显,会引起皇上疑心。但是她又想着皇上多年来对她十分宠爱,大概会听从她的意见,而不会对她有什么疑心。她又想,后天就是中宫的千秋节,阖宫腾欢,连皇上也要跟着快活一天,只要皇上趁着高兴把李国瑞从狱中释放,一天乌云就会散去。

午膳以后,崇祯略睡片刻,便坐在御案前处理军国大事。虽然筹饷的事情受到阻碍,但是首辅薛国观对他的忠心,连家中私事也不对他欺瞒,使他在愁闷中感到一些安慰。他默坐片刻,正要批阅文书,王德化和曹化淳进来了。他望着他们问:

"你们一起来有什么事?"

曹化淳叩了头,站起来躬身说:"奴婢有重要事密奏,乞皇爷不要生气。"

崇祯感到诧异,赶紧问:"密奏何事?"

王德化向左右使个眼色,那侍立在附近的太监和宫女们都立刻静悄悄地退了出去。

"到底有什么大事?"崇祯望着曹化淳问,以为是什么火急军情,心中不免紧张。

曹化淳跪下说:"启奏皇爷,奴婢侦察确实,首辅薛国观深负圣眷,贪赃不法,证据确凿。"

"啊?薛国观……他也贪赃么?"

"是的,皇爷。奴婢现有确实人证,薛国观单只吞没史𡎺的银子就有五万。"

"哪个史𡎺?"

"有一个巡按淮扬①的官儿名叫史𡎺,在任上曾经干没了赃罚银和盐课银三十余万,后来升为太常寺少卿,住在家乡,又做了许多坏事,被简讨②杨士聪和给事中张焜芳相继奏劾……"

"这个史𡎺不是已经死在狱中了么?"

"皇上圣明,将史𡎺革职下狱。案子未结,史𡎺瘐死狱中。史𡎺曾携来银子十余万两,除遍行贿赂用去数万两外,尚有五万两寄存在薛国观家,尽入首辅的腰包。"

"有证据么?"

"奴婢曾找到史𡎺家人,询问确实,现有史𡎺家人刘新可证。刘新已写了一张状子,首告薛国观干没其主人银子一事。"曹化淳从怀中取出状子,呈给崇祯,说:"刘新因是首告首辅,怕通政司不

---

① 淮扬——明朝的扬州府和淮安府合称淮扬。
② 简讨——翰林院官名。本作"检讨",明末因避崇祯帝讳,改写为"简讨",入清朝仍写作"检讨"。

收他的状子,反将受害,所以将状子递到东厂,求奴婢送达御览。"

崇祯将状子看过以后,忽然脸色铁青,将状子向御案上用力一摔,将脚一跺,咬牙切齿地说:

"朕日夜焦劳,志在中兴。不料用小臣小臣贪污,用大臣大臣贪污。满朝上下,贪污成风,纲纪废弛,竟至如此!王德化……"

王德化赶快跪下。

崇祯吩咐:"快去替朕拟旨,着将薛国观削职听勘!"

"是,奴婢立刻拟旨。"

王德化立刻到值房中将严旨拟好,但崇祯看了看,却改变了主意。在刚才片时之间,他恨不得杀掉薛国观,借他的一颗头振刷朝纲,但猛然转念,此事不可太急。他想,第一,薛国观究竟干没史𡎲银子多少,尚需查实,不能仅听刘新一面之词;第二,即令刘新所告属实,但史𡎲原是有罪入狱,在他死后干没了他的寄存银子与贪赃性质不同;第三,目前为李国瑞事正闹得无法下台,再将首辅下狱,必然使举朝惊慌不安,倒不如留下薛国观,在强迫戚畹借助一事上或可得他与廷臣们的助力。他对王德化说:

"重新拟旨,叫薛国观就这件事好生回话!"

王德化和曹化淳退出以后,崇祯又开始省阅文书。他看见有李国瑞的一本,以为他一定是请罪认捐。赶快一看,大失所望。李国瑞仍然诉穷,说他在狱中身染重病,恳求恩准他出狱调治。崇祯想起来上午田贵妃对他所说的话,好生奇怪。默想一阵,不禁大怒,在心中说:

"啊,原来田妃同外边通气,竟敢替李国瑞说话!"

他将李国瑞的奏本抓起来撕得粉碎,沉重地哼了一声,又将一只成窑茶杯用力摔到地上。那侍立附近的宫女和太监都吓得脸色灰白,不敢抬头望他。在他盛怒之下,他想到立刻将田妃"赐死",但稍过片刻,他想到这样做会引起全国臣民的震惊和议论,又想起来田妃平日的许多可爱之处,又想起来她所生的三个皇子,特别是那个天真烂漫的五皇子,于是取消处死田妃的想法。沉默片刻,他先命一个太监出去向东厂和锦衣卫传旨,将李国瑞的全部家产查封,等候定罪之后,抄没入官。关于如何处分田妃,他还在踌躇。他又想到后天就是皇后的生日。他原想着今年皇后的生日虽然又得像去年一样免命妇朝贺,但是总得叫阖宫上下快快活活地过一天,全体妃、嫔①、选侍和淑女都去坤宁宫朝贺。在诸妃中田妃的地位最高,正该像往年一样,后天由她率领众妃、嫔向中宫朝贺,没想到她竟会做出这事!怎么办呢?想了一阵,他决定将她打入冷宫,以后是否将她废黜,看她省愆的情况如何。于是他吩咐一个御前太监立刻去承乾宫如何传旨,并严禁将此事传出宫去。这个太监一走,他心中深感痛苦,自言自语说:

"唉,真没想到,连我的爱妃也替旁人说话。我同李国瑞斗,斗到我家里来啦!"他摇摇头,伤心地落下泪来。

田妃刚才打发亲信太监出宫去将她已经在皇上面前替李国瑞说话的事情告诉她的父亲知道,忽然一个宫女慌忙启奏说御前太监陈公公前来传旨,请娘娘快去接旨。随即听见陈太监在院中高声叫道:"田娘娘听旨!"她还以为是关于后天庆贺中宫千秋节的事,赶快整好凤冠跑出,跪在阶下恭听宣旨。陈太监像朗诵一般地说:

"皇上有旨:田妃怙宠,不自约束,胆敢与宫外互通声气。姑念其平日尚无大过,不予严处,着即贬居启祥宫,痛自省愆。不奉圣旨,不准擅出启祥宫门!除五皇子年纪尚幼,皇上恩准带往启祥宫外,其余皇子均留在承乾宫,不得擅往启祥宫去。钦此!……谢恩!"

---

① 嫔——明代皇帝的妻妾的名号是:皇后、皇贵妃、贵妃、妃、嫔、才人、婕妤、昭仪、美人、昭容、选侍、淑女。但嫔以下的等级不十分清楚。

"谢恩！"田妃叩头说，声音打颤。

田妃突然受此严遣，仿佛一闷棍打在头上，脸色惨白，站不起来。两个宫女把她搀起，替她取掉凤冠，收拾了应用东西，把九岁的皇二子和七岁的皇四子留在承乾宫，自己带着皇五子，抽咽着走出宫门。明朝末年，每到春天，宫女们喜欢用青纱护发，以遮风沙。田妃临出宫时，向一个宫女要了一幅青纱首帕蒙在头上，皇二子和皇四子牵着她的衣裳哭。她挥挥手，叫两个太监将他们抱开。她熟悉历代宫廷掌故，深知不管多么受宠的妃子，一旦失宠，最轻的遭遇是打入冷宫，重则致死或终身没有再出头之日。一出承乾宫门，她不知以后是否有重回东宫的日子，忍不住以袖掩面，小声痛哭起来。

当天晚上，秉笔太监王承恩来乾清宫奏事完毕，崇祯想着王承恩一向奏事谨慎，颇为忠心，恰好左右无人，小声问道：

"你知道近来戚畹中有何动静？难道没有一个人愿意为国家困难着想么？"

王承恩躬身奏道："奴婢每日在宫中伺候皇爷，外边事虽然偶有风闻，但恐怕不很的确。况这是朝廷大事，奴婢如何敢说？"

"没有旁人，你只管对朕直说。"

王承恩近来对这事十分关心，眼看着皇帝被孤立于上，几个大太监背着皇上弄钱肥私，没有人肯替皇上认真办事，常常暗中焦急。可是他出自已故老太监王安门下，和王德化原没有深厚关系，近两年被提拔为秉笔太监，在德化手下做事，深怕王德化对他疑忌，所以平日十分小心，不敢在崇祯面前多说一句话。现在经皇上一问，他确知左右无人，趁机跪下说：

"此事关乎皇亲贵戚，倘奴婢说错了话，请陛下不要见罪。目前各家皇亲站在皇爷一边的少，暗中站在李国瑞一边的多。……"

崇祯截住问:"朕平日听说李国瑞颇为骄纵,一班皇亲们多有同他不和的,怎么如今会反过来同他一鼻孔出气?"

"这班皇亲贵戚们本来应该是与国家同休戚,可是在目前国家困难时候肯替国家输饷的人实在不多。他们害怕皇上勒令李国瑞借助只是一个开端,此例一开,家家都将随着拿出银子,所以暗中多站在李家那边。"

"呵,原来都不愿为国出钱!"崇祯很生气,又问道:"廷臣们对这事有何议论?"

"听说廷臣中比较有钱的人都担心不久会轮到缙绅输饷,不希望李国瑞这件事早日有顺利结果;那些比较清贫的人,明知皇上做得很对,可是都抱着一个明哲保身的想法,力持缄默,没有人敢在朝廷上帮皇爷说话。"

"他们既然自己没钱,将来号召缙绅输饷也轮不到他们头上,为何他们也畏首畏尾,不敢说话?"

"古人说:疏不间亲。皇上虽然将李国瑞下了狱,可是他们有不便说话之处。"

崇祯心中很愿意看见有一群臣工上疏拥护他这件事做得很对,但是这意思他没法对王承恩说出口来。他想,既然有一班臣工们担心他在这事上虎头蛇尾,所以才大家缄默,冷眼观望,他更要把李国瑞制服才行。不然,他在文武群臣眼中的威信就要大为损伤,以后诸事难办。

"你知道内臣中有谁受了李家贿赂?"他突然问。

王承恩吃了一惊。他害怕万一有人窃听,不敢说出实话,伏地奏道:

"奴婢丝毫不知。"

"难道没有听到一些儿传闻?"

"奴婢实在不曾听到。"

崇祯沉默片刻,说:"知道你不会欺朕,所以朕特意问你。既然宫中人没有受李家贿赂的,朕就放心了。下去吧。"

王承恩叩了一个头,退出了乾清宫大殿,在檐前的一个鎏金铜像旁边被一位值班的随堂太监拉住。这位随堂太监是王德化的心腹人,姓王名之心,在宫灯影下对承恩含笑低语说:

"宗兄在圣上面前的回答甚为得体。"

王承恩的心中一惊,怦怦乱跳,没有说话,对王之心拱手一笑,赶快向丹墀下走去。因为国家多故,怕夜间有紧急文书或皇上有紧急召唤,秉笔太监每夜有一人在养心殿值房中值夜,如内阁辅臣一样。今夜是王承恩轮值,所以他出了月华门就往养心殿的院子走去。在半路上遇着王德化迎面走来,前后由家下太监随侍,打着几盏宫式料丝灯笼。王承恩带着自家的小太监肃立路旁,拱手请安并说道:

"宗主爷①还不回府休息?"

王德化说:"今日皇上生气,田娘娘已蒙重谴,我怕随时呼唤,所以不敢擅归私宅。再者,后天就是中宫娘娘的千秋节,有些该准备的事情都得我亲自照料。"

"国家多事,宗主爷也真够辛苦。"

"咱们彼此一样。刚才皇上可问你什么话来?"

王承恩不敢隐瞒,照实回明。王德化点点头,走近一步,小声嘱咐说:

"皇爷圣心烦躁,咱们务必处处小心谨慎。"

"是,是。"

看着掌印太监走去几丈远,王承恩才敢往养心殿的院落走去。他自十二岁进宫,如今有十六年了,深知在宫中太监之间充满了互相嫉妒、倾轧和陷害,祸福无常。在向养心殿院子走去的路上,他

---

① 宗主爷——明代太监们对司礼监掌印太监的尊称。

心中庆幸自己刚才在皇上前还算小心,不曾说出来王德化和曹化淳等人受贿的事,在下台阶时不留意踏空一脚,几乎跌跤。

崇祯在问过王承恩以后,不再疑心左右的太监们有人受贿,心中略觉轻松些儿。但是军饷的事,李国瑞的事,田妃的事,薛国观的事,对满洲的战与和……种种问题,依然苦恼着他。他从乾清宫的大殿中走出来,走下丹墀,在院中独自徘徊,没有什么地方可去,感到十分寂寞和愁闷。过了一阵,他屏退众宫女和太监,只带着一个小答应提着宫灯,往坤宁宫走去。

为着灾荒严重,战火不止,内帑空虚,崇祯在十天前命司礼监传出谕旨:今年皇后千秋节,一应命妇入宫朝贺和进贡、上贺笺等事,统统都免。但是在降下上谕之后,皇后的母亲、嘉定伯府丁夫人连上两本,请求特恩准她入宫朝贺,情词恳切。崇祯因皇后难得同母亲见面,三天前忽然下旨特许丁夫人入宫,但贺寿的贡物免献。他想,既然命妇中还有皇后的母亲入宫朝贺,就不应过分俭啬。

坤宁宫有三座大门:朝东,临东一长街的叫永祥门;朝西,临西长街的叫增瑞门;进去以后,穿过天井院落,然后是朝南的正门,名叫顺贞门。崇祯过了交泰殿,到了永祥门外,不许守门的太监传呼接驾,不声不响地走了进去。他原想突然走进坤宁宫使周后吃一惊,并且看看全宫上下在如何准备后天的庆贺。但是走到了顺贞门外,他迟疑地停住脚步。去年虽然皇后的千秋节也免去命妇朝驾,但永祥、增瑞两座门外和东、西长街上都在三天前扎好了彩牌坊,头两天晚上就挂着许多华贵的灯笼,珠光宝气,满院暖红照人。今年虽然也扎有彩坊,却比往年简单得多,华灯稀疏。他的心中一酸,回身从增瑞门走了出去,默默地回到乾清宫,在堆着很多文书的御案前颓然坐下。

一个太监见皇上自己没说今晚要住在什么地方,就照着宫中规矩,捧着一个锦盒来到他的身边跪下,打开盒盖,露出来一排象牙牌子,每个牌子上刻着一个宫名。如果他想今夜宿在什么宫中,就掣出刻有那个宫名的牙牌,太监立刻拿着牙牌去传知该宫娘娘梳妆等候。可是他跪了好大一会儿,崇祯才望望他,厌烦地把头一摆。他盖好锦盒,怯怯地站起来,屏息地退了出去。整个乾清宫笼罩着沉重而不安的气氛,又开始一个漫漫的长夜。

第十六章

黎明时候,崇祯照例起床很早,在乾清宫院中拜了天,回到暖阁中吃了一碗燕窝汤,便赶快乘辇上朝。这时天还没有大亮,曙色开始照射在巍峨宫殿的黄琉璃瓦上。因为田妃的事,他今天比往日更加郁郁寡欢,在心中叹息说:"万历皇祖在日,往往整年不上朝,也很少与群臣见面,天启皇哥在日,也是整年不上朝,不亲自理事,国运却不像今日困难。我辛辛苦苦经营天下,不敢稍有懈怠,偏偏不能够挽回天心,国家事一日坏似一日,看不见一点转机。朕为着筹措军饷保此祖宗江山,不料皇亲国戚反对,群臣袖手旁观,连我的爱妃也站在外人一边说话!唉,苍天!苍天!如此坐困愁城的日子要到何时为止呢?"过了片刻,他想着督师辅臣杨嗣昌和兵部尚书陈新甲都是能够替他做事的人,新甲正在设法对满洲议和,难得有这两个对内对外的得力大臣,心中稍觉安慰。

今天是在左顺门上朝,朝仪较简。各衙门一些照例公事的陈奏,崇祯都不愿听;有些朝臣奏陈各自故乡的灾情惨重,恳求减免田赋和捐派,他更不愿听。还有些臣工奏陈某处某处"贼情"如何紧急,恳求派兵清剿,简直使他恼火,在心中说:"你们身在朝廷,竟不知朝廷困难!兵从何来?饷从何来?尽在梦中!"但是他很少说话,有时仅仅说一句:"朕知道了。"然后他脸色严峻地叫户部尚书和左右侍郎走出班来问话。因为他近来喜怒无常,而发怒的时候更多,所以这三个大臣看了他的脸色,都不觉脊背发凉,赶快在他的面前跪下。崇祯因向李国瑞借助不顺利,前几天逼迫户部赶快

想一个筹饷办法,现在望着这三个大臣问道:

"你们户部诸臣以目前军饷困难,建议暂借京师民间房租一年。朕昨晚已经看过了题本,已有旨姑准暂借一年。这事须要认真办理,万不可徒有扰民之名,于国家无补实际。"

户部尚书顿首说:"此事将由顺天府与大兴、宛平两县切实去办,务要做到多少有济于国家燃眉之急。"

崇祯点点头,又说:"既然做,就要雷厉风行,不可虎头蛇尾。"

他又向兵部等衙门的大臣们询问了几件事,便退朝了。回到乾清宫,换了衣服,用过早膳,照例坐在御案前省阅文书。他首先看了薛国观的奏本,替自己辩解,不承认有吞没史𦮼存银的事。崇祯很不满意,几乎要发作,但马上又忍住了。他一则不愿在皇后千秋节的前一天处分大臣,二则仍然指望在向戚畹借助这件事情上得到薛国观的一点助力。在薛国观的奏书上批了"留中"二字之后,他恨恨地哼了一声,走出乾清宫,想找一个地方散散心,消消闷气。一群太监和宫女屏息地跟随背后,不敢让脚步发出来一点微声。到了乾清门口,一个执事太监不知道是否要备辇侍候,趋前一步,躬身问道:

"皇爷要驾幸何处?要不要乘辇?"

崇祯彷徨了。从乾清宫往前是三大殿,往后走过交泰殿就是皇后的坤宁宫,再往后是御花园。他既无意去坤宁宫看宫女和太监们为着明日的千秋节忙碌准备,更无心情去御花园看花和赏玩金鱼。倘在平日,他自然要去承乾宫找田妃,但现在她谪居启祥宫了。袁妃那里,他从来兴趣不大;其余妃嫔虽多,他一向都不喜欢。停住脚步,抬头茫然望天,半天默不做声。正在这时,忽然听见从东边传来一阵鼓乐之声。他回头问:

"什么地方奏乐?"

身边的一个太监回奏:"明日是皇后娘娘陛下的千秋节,娘娘怕明日的事情多,今日去奉先殿给祖宗行礼。"

"啊,先去奉先殿行礼也好!"崇祯自言自语说,同时想起来皇后是六宫之主,他应该将处分田妃的原因对她说明,并且也可告诉她,由她暗嘱她的父亲嘉定伯周奎献出几万银子,在戚畹中做个榜样。这样一想,便走出乾清门了。

从乾清宫去奉先殿应该从乾清门退回来,出日精门往东,穿过内东裕库后边夹道就到。但是因为他心思很乱,就信步出了乾清门,然后由东一长街倒回往北走。到日精门外时,他忽然迟疑了。他不愿去奉先殿打乱皇后的行礼,而且也不好在祖宗的神主前同皇后谈田妃的事和叫戚畹借助的事。于是他略微停了片刻,继续往北走去。太监们以为他要往坤宁宫去,有一个长随赶快跑到前面,要去坤宁宫传呼接驾。但崇祯轻轻说:

"只到交泰殿坐一坐,不去坤宁宫!"

在交泰殿坐了片刻,他的心中极其烦乱,随即又站立起来,走出殿外,徘徊等候。过了一阵,周后从奉先殿回来了。周后看见他脸色忧郁,赶快趋前问道:

"皇上为何在此?"

"我听说你去奉先殿行礼,就在这里等你。"

周后又胆怯地问:"皇上可是有事等我?"

"田妃谪居启祥宫,你可知道?"

"我昨日黄昏前就听说了。"周后低下头去,叹了口气。

"你知道我为什么处分她?"

"皇上为何处分田妃,我尚不清楚。妾系六宫之主,不能作妃嫔表率,致东宫娘娘惹皇上如此生气,自然也是有罪。但愿皇上念她平日虽有点恃宠骄傲的毛病,此外尚无大过,更念她已为陛下养育了三个儿子,五皇子活泼可爱,处分不要过重才好。"

"我也是看五皇子才只五岁,所以没有从严处分。"

"到底为了何事？"

"她太恃宠了，竟敢与宫外通声气，替李国瑞说话！"

周后恍然明白田妃为此受谴，心中骇了一跳。自从李国瑞事情出来以后，她的父亲周奎也曾暗中嘱托坤宁宫的太监传话，恳求她在皇帝面前替李国瑞说话。她深知皇上多疑，置之不理，并申斥了这个太监。今听崇祯一说，便庆幸自己不曾多管闲事。低头想了一下，她壮着胆子解劝说：

"本朝祖宗家法甚严，不准后妃干预宫外之事。但田娘娘可能受她父亲一句嘱托，和一般与宫外通声气有所不同。再者，皇亲们都互有牵连，一家有事，大家关顾，也是人之常情。田宏遇恳求东宫娘娘在皇上面前说话，按理很不应该，按人情不足为奇。请皇上……"

崇祯不等皇后说完，把眼睛一瞪，严厉责备说："胡说！你竟敢不顾祖宗家法，纵容田妃！"

皇后声音打颤地说："妾不敢。田妃今日蒙谴，也是皇上平日过分宠爱所致。田妃恃宠，我也曾以礼制裁，为此还惹过皇上生气。妾何敢纵容田妃！"

崇祯指着她说："你，你，你说什么！"

皇后从来不敢在崇祯的面前大声说话，现在因皇帝在众太监和宫女面前这样严厉地责备她，使她感到十分委屈，忽然鼓足勇气，噙着眼泪颤声说：

"皇上，你忘了！去年元旦，因为灾荒遍地，战火连年，传免了命妇入宫，只让宫眷们来坤宁宫朝贺。那天上午，下着大雪。当田妃来朝贺时，妾因气田妃一天比一天恃宠骄傲，有时连我也不放在眼里，皇上你又不管，就打算趁此机会给田妃一点颜色看看，以正壶范。听到女官传奏之后，我叫田妃在永祥门内等候，过了一阵才慢慢升入宝座，宣田妃进殿。田妃跪下叩拜以后，我既不留她在坤宁宫叙话,也不赐坐,甚至连一句话也不说,瞧着她退出殿去。稍过片刻,袁妃前来朝贺,我立刻宣她进殿。等她行过礼,我走下宝座,笑嘻嘻地拉住她进暖阁叙话,如同姐妹一般。田妃这次受我冷待,本来就窝了一肚子气,随后听说我对待袁妃的情形,更加生气。到了春天,田妃把这事告诉皇上。皇上念妾与皇上是信邸患难夫妻,未曾震怒,却也责备妾做得有点过分。难道是妾纵容了她么?"

平日在宫中从来没有一个人敢反驳崇祯的话。他只允许人们在他的面前毕恭毕敬,唯唯诺诺。此刻听了皇后驳他的话,说是他宠惯了田妃,不禁大怒,骂了一句"混蛋",将周后用力一推。周后一则是冷不防,二则脚小,向后踉跄一步,坐倒地下。左右太监和宫女们立刻抢上前去,扑倒在地,环跪在崇祯脚下,小声呼喊:"皇爷息怒!皇爷息怒!"同时另外两个宫女赶快将皇后搀了起来。周后原来正在回想着她同皇帝在信王邸中是患难夫妻,所以被宫女们扶起之后,脱口而出地叫道:"信王!信王!"掩面大哭起来。宫女们怕她会说出别的话更惹皇上震怒,赶快将她扶上凤辇,向坤宁宫簇拥而去。崇祯望一望脚下仍跪着的一群太监和宫女,无处发泄怒气,向一个太监踢了一脚,恨恨地哼了一声,转身走向乾清宫。

回到乾清宫坐了一阵,崇祯的气消了。他本想对皇后谈一谈必须向戚畹借助的不得已苦衷,叫皇后密谕她的父亲拿出几万银子做个倡导,不料他一阵暴怒,将皇后推到地上,要说的话反而一句也没有说出。他后悔自己近来的脾气越来越坏,同时又因未能叫皇后密谕周奎倡导借助,觉得惘然。他忍着烦恼,批阅从各地送来的塘报和奏疏,大部分都是关于灾情、民变和催请军饷的。有杨嗣昌的一道奏本,虽然也是请求军饷,却同时报告他正在调集兵力,将张献忠和罗汝才围困在川、鄂交界地方,以期剿灭。崇祯不敢相信会能够一战成功,叹口气,自言自语说:

"围困!围困!将谁围困?年年都说将流贼围困剿灭,都成空话。国事如此,朕倒是被层层围困在紫禁城中!"

周后回到坤宁宫,哭了很久,午膳时候,她不肯下床用膳。坤宁宫中有地位的宫人和太监分批到她寝宫外边跪下恳求,她都不理。明代从开国之初,鉴于前代外戚擅权之祸,定了一个制度:后妃都不从皇亲、勋旧和大官宦家中选出,而是从所谓家世清白的平民家庭(实即中产地主家庭)挑选端庄美丽的少女。凡是成了皇后和受宠的妃子,她们的家族便一步登天,十分荣华富贵。周后一则曾在信邸中与崇祯休戚与共,二则她入宫前知道些中等地主家庭的所谓"平民生活",这两种因素都在她的思想和性格中留下烙印。平时她过着崇高尊严的皇后生活,这些烙印没有机会流露。今天她受到空前委屈,精神十分痛苦,这些烙印都在心灵的深处冒了出来。她一边哭泣,一边胡思乱想。有时她回想着十六岁被选入信邸,开始做信王妃的那段生活,越想越觉得皇上无情。有时想着历代皇后很多都是不幸结局,或因年老色衰被打入冷宫,或因受皇帝宠妃谗害被打入冷宫,或在失宠之后被废黜,被幽禁,被毒死,被勒令自尽……皇宫中夫妻无情,祸福无常。

大约在未时过后不久,坤宁宫的掌事太监刘安将皇后痛哭不肯进膳的情形启奏崇祯。崇祯越发后悔,特别是明日就是皇后的千秋节,怕这事传出宫去,惊动百官和京城士民,成为他的"盛德之累"。他命太子和诸皇子、皇女都去坤宁宫,跪在皇后的面前哭劝,又命袁妃去劝。但周后仍然不肯进膳。他在乾清宫坐立不安,既为国事没办法焦急,也为明天的千秋节焦急。后来,眼看快黄昏了,他派皇宫中地位最高的太监王德化将一件貂褥,一盒糖果,送到坤宁宫。王德化跪在周后面前递上这两件东西,然后叩头说:

"娘娘!皇爷今日因为国事大不顺心,一时对娘娘动了脾气,事后追悔不已。听到娘娘未用午膳,皇上在乾清宫坐立不安,食不下咽,连文书也无心省览。明日就是娘娘的千秋节,嘉定伯府的太夫人将要入宫朝贺,六宫娘娘和奴婢们都来朝贺。恳娘娘为皇上,为太夫人,也为明日的千秋节勉强进一餐吧!"

周后有很长一阵没做声,王德化也不敢起来。她望望那件捧在宫女手中的貂褥,忽然认出来是信王府中的旧物,明白皇上是借这件旧物表示他决不忘昔年的夫妻恩情,又想着明日她母亲将入宫朝贺,热泪簌簌地滚落下来,然后对王德化说:

"你回奏皇上,就说我已经遵旨进膳啦。"

"娘娘陛下万岁!"王德化叫了一声,叩头退出。

周后尽管心中委屈,却一刻没有忘掉她明天的生日。虽说因为国运艰难,力戒铺张,但宫内宫外的各项恩赏和宫中酒宴之费,估计得花销三四万银子,对皇上只敢说两万银子,不足之数由她私自拿出一部分,管宫庄①的太监头子孝敬一部分。她将坤宁宫掌事太监刘安叫到面前,问道:

"明天的各项赏赐都准备好了么?"

刘安躬身说:"启奏娘娘陛下,一切都准备好了。"

周后又问:"那些《金刚经》可写成了?"

管家婆②吴婉容从旁边躬身回答:"原来写好的一部经卷已经装潢好了,今日上午送进宫来。因娘娘陛下心中不快,未敢恭呈御览。其余的二十部,今日黄昏前都可以敬写完毕,连夜装潢,明日一早送进宫来,不误陛下赏赐。"

周后轻声说:"呈来我看!"

吴婉容躬身答应一声"遵旨!"向旁边的宫女们使个眼色,自己退了出去。一个宫女赶快用金盆捧来温水,跪在皇后面前,另外两

---

① 宫庄——垄断在皇家手中的大量土地统称皇庄,其中直接归坤宁宫及其他宫所有的称为宫庄。
② 管家婆——明代后妃宫中众宫女的头儿。

个宫女服侍她净手。吴婉容也净了手,然后捧着一个长方形的紫檀木盒子进来,到周后面前跪下,打开盒盖。周后取出经卷,眼角流露出一丝若有若无的笑意。这经卷是折叠式的,前后用薄板裱上黄缎,外边正中贴一个古色绢条,用恭楷写着经卷全名:《金刚般若波罗蜜经》。打开经卷,经文是写在裱过的黄色细麻纸上,字色暗红,字体端正,但笔力婉弱,是一般女子在书法上常有的特点。周后用极轻的声音读了开头的几句经文:

"如是我闻:一时,佛在舍卫国,祇树给孤独园,与大比丘众,千二百五十人俱。……"

她显然面露喜色,掩住经卷,交给旁边一个宫女,对刘安称赞说:"难得这都人有一番虔心!"

刘安躬身说:"她能发愿刺血写经,的确是对佛祖有虔诚,对娘娘有忠心。"

周后转向管家婆问:"我忘啦,这都人叫什么名字?可赏赐了么?"

吴婉容跪奏:"娘娘是六宫之主,大事就操不完的心,全宫中的都人在一万以上,自然不容易将每个名字都记在心中。这个刺血写经的都人名叫陈顺娟。前天奉娘娘懿旨,说她为娘娘祈福,刺血写成《金刚经》一部,忠心可嘉,赏她十两银子。奴婢已叫都人刘清芬去英华殿称旨赏赐。陈顺娟叩头谢恩,祝颂娘娘陛下洪福齐天,万寿无疆。"

周后又说:"另外那二十个刺血写经的都人,每人赏银五两。她们都是在宫中吃斋敬佛的,不茹腥荤,每人赏赐蜜饯一盒。陈顺娟首先想起来为本宫千秋节发愿刺血写经,做了别的都人表率,可以格外赏她虎眼窝丝糖一盒。"

"是,领旨!"吴婉容叩头起身,退立一旁。

刘安跪下奏道:"启奏娘娘陛下,隆福寺和尚慧静在明日自焚,为皇爷、皇后两陛下祈福,诸事都已安排就绪。"

周后在几天前就知道此事,满心希望能成为事实,一则为崇祯和她的大明的国运祈福,二则显示她是全国臣民爱戴的有德皇后,连出家人也甘愿为她舍身尽忠,三则皇上必会为此事心中高兴。她望望刘安,轻轻叹息一声,说:

"没想到和尚是方外之人,也有这样忠心!他可是果真自愿?"

刘安说:"和尚虽然超脱尘世,遁入空门,到底仍是陛下子民。忠孝之心,出自天性,出家人也无例外。慧静因知皇爷焦劳天下,废寝忘食,娘娘陛下也日夜为皇爷分忧,激发了他的忠义之心,常常诵经念咒,祈祷国泰民安。今值皇后陛下千秋节将临,如来佛祖忽然启其阿耨多罗三藐三菩提①心,愿献肉身,为娘娘祈福,这样事历朝少有。况和尚肉身虽焚,却已超脱生死,立地成佛,这正是如来所说的'入无余涅槃而灭度之'②的意思。"

周后心中高兴,沉默片刻,说:"既然如此,我也不必下懿旨阻止了。"

刘安又说:"娘娘千秋节,京师各寺、观③的香火费都已于昨天赏赐。隆福寺既有和尚自焚,应有格外赏赐布施,请陛下谕明应给银两若干,奴婢遵办。"

周后心中无数,说:"像这样小事,你自己斟酌去办,用不着向我请旨。"

刘安说:"这隆福寺是京中名刹,也很富裕,不像有些穷庙宇等待施舍度日。不论赏赐布施多少,都是娘娘天恩;赏的多啦,也非皇爷处处为国节俭之意。以奴婢看来,可以格外恩赏香火费两千

---

① 阿耨多罗三藐三菩提——这是梵语音译,义译是"无上正等正觉",也就是佛教所谓真性、佛性。
② 入无余涅槃而灭度之——意即入于不生不死,除灭化度(连用佛法感化超度也不需要了)。这是佛教想象人死后入于"不生不死"的境界。
③ 观——读去声。道教的庙宇称为观。

两,另外赏二百两为慧静的骨灰在西山建塔埋葬。"

周后点点头,没再说话。她在心中叹息说:"如今有宫女们虔心敬意地刺血写经,又有和尚献身自焚,但愿能得西天佛祖鉴其赤诚,保佑我同皇上身体平安,国事顺遂!"

刘安叩头退出,随即以皇后懿旨交办为名,向内库领出两千二百两银子,自己扣下一千两,差门下太监谢诚送往隆福寺去,嘱长老智显老和尚给一个两千二百两银子的领帖。谢诚又扣下五百两银子,只将七百两银子送去。智显老和尚率领全体和尚叩谢皇后陛下天恩,遵照刘安嘱咐写了收领帖交谢诚带回。智显长老确实不在乎这笔银子,他只要能够同坤宁宫保持一条有力的引线就十分满意,何况因举行和尚自焚将能收到至少数万两银子的布施。

次日,三月二十八日,皇后的生日到了。

天色未明,全北京城各处寺、观,钟磬鼓乐齐鸣,僧、道为皇后诵经祈福。万寿山(景山)西边的大高玄殿和紫禁城内的英华殿,女道士们和宫女们为着表现对皇后特别忠心,午夜过后不久就敲钟击磬,诵起经来。从五更起,首先是太子,其次是诸皇子、皇女,再其次是各宫的妃、嫔、选侍等等,来到各色宫灯璀璨辉煌、御烟缥缈、异香扑鼻的坤宁宫中,在鼓乐声中向端坐在正殿宝座上的皇后朝贺。在崇祯的众多妃嫔中,只有袁妃有资格进入殿内行礼,其余的都按照等级,分批在丹墀上行礼。前朝的妃子都是长辈,礼到人不到。懿安皇后是皇嫂,妯娌伙本来可以来热闹热闹,但她是一个年轻的寡妇,一则怕遇到崇祯也来,叔嫂间见面不方便,二则她一向爱静,日常不是写字读书,便是焚香诵经,所以也不来,只派慈庆宫的两位女官送来几色礼物,其中有一件是她亲手写在黄绢上的《心经》[①],装裱精美。周后除自己下宝座拜谢之外,还命太子代她

---

① 《心经》——全名为《般若波罗蜜多心经》,简称《心经》。

赴慈庆宫拜谢问安。田妃谪居启祥宫省愆,不奉旨不能前来,只好自称"罪臣妾田氏"上了一封贺笺。皇五子慈焕由奶子抱着,后边跟着一群小太监和宫女,也来朝贺。周后虽然平日对田妃的恃宠骄傲感到不快,两宫之间曾经发生过一些风波,但是前日田妃因李国瑞的事情蒙谴,她心中暗暗同情,是她们的家运和国运将她们的心拉近了。如今看见田妃的贺笺和五皇子,她不禁心中难过。她把慈焕抱起来放在膝上,玩了一阵,然后吩咐奶子和宫女们带他往御花园玩耍。

一阵行礼之后,天色已经大亮了。周后下了宝座,更衣,用膳。稍作休息,随即有坤宁宫的管家婆吴婉容请她将各地奉献的寿礼过目。这些寿礼陈列在坤宁宫的东西庑中,琳琅满目。在宫内,除懿安皇后和几位长辈太妃的礼物外,有崇祯各宫妃嫔的礼物。宦官十二监各衙门掌印太监、六个秉笔太监、宫中六局执事女官,以及乾清宫、坤宁宫、慈庆宫、承乾宫、翊坤宫、钟粹宫等重要宫中的掌事太监和较有头脸的宫女,太子和诸皇子、皇女的乳母,都各有贡献,而以王德化和秉笔太监们最有钱,进贡的东西最为名贵。东厂提督和一些重要太监,在京城以外的带兵太监和监军太监,太和山提督太监、江南织造太监,也都是最有钱的,贡物十分可观。所有在外太监,他们的贡物都是在事前准备好,几天前送进宫来。周后随便将礼物和贡物看了看,便回到正殿,接受朝贺。当时宫里宫外的太监和宫女约有两万左右,但是有资格进入坤宁宫院中跪在丹墀上向皇后叩头朝贺的太监不过一千人,宫女和各宫乳母不过四五百人。太监和宫女中有官职的,像外廷一样,都有品级。今日凡是有品级的,都按照宫中制度穿戴整齐,从坤宁宫院内到东、西长街,一队一队,花团锦簇,香风飘荡。司礼监掌印太监俗称内相,在宫中的地位如同外朝的宰相,所以首先是王德化向皇后行三跪九叩大礼,其次是东厂提督太监曹化淳,然后按衙门和品级叩拜贺寿,山呼万岁。太监行礼以后,女官照样按宫中六局衙门和品级行礼,最后是各宫奶母行礼。坤宁宫院内的鼓乐声和赞礼声,坤宁宫大门外的鞭炮声,混合一起,热闹非常。足足闹腾了半个多时辰,一阵朝贺才告结束。周后回到坤宁宫西暖阁,稍作休息,由宫女们替她换上大朝会冠服,怀着渴望和辛酸的心情等候着母亲进宫,但是也同时挂心隆福寺和尚自焚的事,怕有弄虚作假,成了京师臣民的笑柄。她将刘安叫到面前,问道:

"隆福寺的事可安排好了?"

刘安躬身回奏:"请娘娘陛下放心,一切都已经安排就绪。在隆福寺前院中修成一座台子,上堆干柴,柴堆上放一蒲团。慧静从五更时候就已登上柴堆,在蒲团上闭目打坐,默诵经咒,虔心为娘娘祈福。京中士民因从未看见过和尚自焚,从天一明就争着前去观看,焚香礼拜,布施银钱。隆福寺一带人山人海,拥挤不堪。东城御史与兵马司小心弹压,锦衣卫也派出大批旗校兵丁巡逻。"

周后又问:"宫中是谁在那里照料?"

刘安说:"谢诚做事细心谨慎,十分可靠,奴婢差他坐镇寺中照料,他不断差小答应飞马回宫禀报。"

周后转向吴婉容问:"那些刺血写经的都人们,可都赏赐了么?"

吴婉容回答:"奴婢昨晚已经遵旨差刘清芬往英华殿院中向她们分别赏赐。她们口呼万岁,叩头谢恩。"

周后向刘安问:"隆福寺定在几时?"

刘安回答:"定在巳时过后举火,时候已经到了。"

周后低声自语说:"啊,恰巧定在一个时间!"

隆福寺钟、磬、笙、箫齐奏,梵呗声调悠扬,气氛极其庄严肃穆。大殿前本来有一个一人多高的铸铁香炉,如今又在前院正中地上用青砖筑一池子,让成千成万来看和尚自焚的善男信女不进入二门就可以焚化香、表。在二门内靠左边设一长案,有四个和尚照料,专管接收布施。香、表已经燃烧成一堆大火,人们还是络绎不绝地向火堆上投送香、表。长案后边的四个和尚在接收布施的银钱,点数,记账,十分忙碌,笑容满面。巳时刚过,在北京城颇受官绅尊敬的老方丈智显和尚率领全寺数百僧众,身穿法衣,在木鱼声中念诵经咒,鱼贯走出大殿,来到前院,将自焚台团团围住,继续双手合十,念诵经咒不止。前来观看的士民虽然拥挤不堪,却被锦衣旗校和东城兵马司的兵丁从台子周围赶开,离台子最近的也在五丈以外。也有人仍想挤到近处,难免不挨了锦衣卫和兵马司的皮鞭、棍棒,更严重的是加一个在皇后千秋节扰乱经场的罪名,用绳子捆了带走。

慧静和尚只有二十三岁,一早就趺坐在柴堆顶上的蒲团上边。他有时睁开眼睛向面前台下拥挤的人群看看,而更多的时间是将双目闭起,企图努力摆脱生死尘念,甚至希望能像在禅堂打坐那样,参禅入定。然而,他不仅完全不能入定,反而各种尘念像佛经上所说的"毒龙",猛力缠绕心头。一天来他的喉咙已哑,说不出话。他现在为着摆脱生死之念和各种思想苦恼,在心中反复地默默念咒:

"揭谛揭谛,波罗揭谛。波罗僧揭谛。菩提萨婆诃!"

他常听他的师父和别的有功德的老和尚说,将这个"般若波罗蜜多咒"默诵几遍,就可以"五蕴皆空[①]",尘念尽消。但是他念到第五遍时,忽然想起来他的身世、他的父亲、他的母亲和一双兄妹……

[①] 五蕴皆空——佛教的所谓五蕴是指:身体的物质存在;感觉;意念和想象;行为;对事物的认识、判断。佛教徒想做到这一切全不存在,就叫做五蕴皆空,也就是寂灭、涅槃的意思。

他俗姓陈,是香河县大陈庄人,八岁上遇到大灾荒,父母为救他一条活命,把他送到本处一座寺里出家。这个寺也很穷。他常常随师父出外托钵化缘,才能勉强免于饥寒。十二岁那年,遇到兵荒,寺被烧毁,他师父带着他离开本县,去朝五台,实际就是逃荒。他随师父出外云游数年,于崇祯六年来到北京,在隆福寺中挂搭。他师父的受戒师原是隆福寺和尚,所以来此挂搭,比一般挂搭僧多一层因缘。寺中执事和尚因他师徒俩做事勤谨,粗重活都愿意做,又无处可去,就替他们向长老求情,收他们作为本寺和尚。慧静自从出家以后,就在师父的严格督责下学习识字、念经,虽在托钵云游期间也不放松。他比较聪慧,到隆福寺后学习佛教经典日益精进,得到寺中几位执事和尚称赞。十八岁受戒,被人们用香火在他的头上烧成十二个小疤瘌。他的师父来到隆福寺一年后就死了。在隆福寺的几百和尚中,和世俗一样勾心斗角,并且分成许多等级,一层压一层。他师徒二人在隆福寺中的地位很低。尽管他学习佛教经典十分用功,受到称赞,也不能改变他所处的低下地位,出力和受气的事情常有他的份儿,而有利的事情没有他的份儿。他把自己的各种不幸遭遇都看成是前生罪孽,因此他近几年持律[1]极严,更加精研经、论,想在生前做一个三藏俱足[2]的和尚,既为自己修成正果,死后进入西方极乐世界[3],也为着替他的父亲和兄、妹修福,为母亲修得冥福。

自从他出家以后,只同父亲见过一面。那是五年前,父亲听说他在隆福寺,讨饭来北京看他。听父亲说,他母亲已经在崇祯七年的灾荒中饿死了;哥哥给人家当长工,有一年清兵入塞被掳去,没

---

[1] 律——佛教的戒律。
[2] 三藏俱足——佛教的"经"、"律"、"论"三部分称为三藏(音 zàng)。精通这三部分就叫做三藏俱足。
[3] 西方极乐世界——佛教所幻想和宣传的乐土,又称净土,类似基督教所宣传的天国、天堂。

有逃回,至今生死下落不明;他的妹妹小顺儿因长得容貌俊秀,在她十四岁那一年,遇着"刷选"宫女,家中无钱行贿,竟被选走,一进宫就像是石沉大海,永无消息。他无力留下他的父亲,也无钱相助,只能同父亲相对痛哭一场,让父亲仍去讨饭。

十天前,寺中长老对他说皇后的千秋节快到了,如今灾荒遍地,战乱不止,劝他献身自焚,为皇后祝寿,为天下百姓禳灾。跟着就有寺中几位高僧和较有地位的执事和尚轮番劝他,说他夙有慧根,持律又严,死后定可成佛升天;他们还说,芸芸众生,茫茫尘世,堕落沉沦,苦海无边,实在没有什么可以留恋的,不如舍身自焚,度一切苦厄,早达波罗蜜①妙境。他们又说,他自焚之后,骨灰将在西山建塔埋葬,永为后世僧俗瞻仰;倘若有舍利子②留下来,定要在隆福寺院中建立宝塔,将舍利子珍藏塔中,放出佛光,受京城官民世代焚香礼拜。经不住大家轮番劝说,他同意舍身自焚。但是他很想能够再同他的父亲见一次面,问一问哥哥和妹妹的消息。他不晓得父亲是否还活在世上,心想可能早已死了。为着放不下这个心事,三天前他流露出不想自焚的念头。寺中长老和各位执事大和尚都慌了,说这会引起"里边"震怒,吃罪不起,又轮番地向他劝说,口气中还带着恐吓。虽然他经过劝说之后,下狠心舍身自焚,但长老和各位执事大和尚仍不放心。昨夜更深人静,台上的木柴堆好了,特意将柴堆的中间留一个洞,洞口上放一块四方木板,蒲团放在木板上,悄悄地引他上去看看,对他说,倘若他临时不能用佛法战胜邪魔,尘缘难断,不想自焚,可以趁着烟火弥漫时拉开木板,从洞中下来,同台下几百僧众混在一起诵经,随后送他往峨眉山去,改换法名,别人绝难知道。由于他几天来心事沉重,寝食皆

---

① 波罗蜜——梵语音译,意译就是彼岸。宗教称灵的世界为彼岸,即人欲净尽的世界,是与尘世(此岸)相对而说的。
② 舍利子——和尚的身体焚化后偶尔在骨灰中遗留的小结晶体,一般多为白色,也偶尔有黑色和红色的。

废,精神十分委顿。昨天长老怕他病倒,亲自为他配药,内加三钱人参。他极其感动,双手合十,口诵"南无阿弥陀佛①!"服药之后,虽然精神稍旺,可是他的喉咙开始变哑。连服两剂,到了昨日半夜,哑得更加厉害,仅能发出十分微弱的声音。别人告他说,大概是药性燥热,他受不住,所以失音。

暮春将近中午的阳光,暖烘烘地照射在他的脸上。他又睁开眼睛,向潮涌的人群观望。忽然,他看见了一个讨饭的乡下老人很像他的父亲,比五年前更瘦得可怜,正在往前挤,被别人打了一掌,又推了一把,打个趔趄,几乎跌倒,但还是拼命地往前挤。他不相信这老人竟会是他的父亲,以为只是佛家所说的"幻心",本非实相。过了片刻,他明白他所看见的确实是父亲,完全不是"幻心"。他的心中酸痛,热泪奔流,想哭,但不敢哭。他不想死了,不管后果如何也要同父亲见上一面!

他正在心中万分激动,想着如何不舍身自焚,忽然大寺中钟、鼓齐鸣,干柴堆周围几处火起,烈焰与浓烟腾腾。他扔开蒲团,又拉开木板,发现那个洞口已经被木柴填实了。他透过浓烟,望着他的父亲哭喊,但发不出声音。他想跳下柴堆,但是袈裟的一角当他闭目打坐时被人拴在柴堆上。他奋力挣扎,但迅速被大火吞没。最后,他望不见父亲,只模糊地听见钟声、鼓声、铙钹声、木鱼声,混合着几百僧众的齐声诵赞:

"南无阿弥陀佛!"

当隆福寺钟、鼓齐鸣,数百僧众高声诵赞"南无阿弥陀佛"的时候,坤宁宫又一阵乐声大作,四个女官导引周后的母亲丁夫人入宫朝贺。

---

① 南无阿弥陀佛——"南无"是梵语音译,有归命、敬礼等义。"阿弥陀"也是梵语音译,意译就是无量,含有无量寿和无量光二义。"南无阿弥陀佛"是佛教徒常用的一句颂词。

往年命妇向皇后朝贺都是在黎明入宫。今天因命妇只有丁夫人一人,而皇后又希望将她留下谈话,所以命司礼监事前传谕嘉定伯夫人。巳时整进西华门,巳时三刻入坤宁宫朝贺,并蒙特恩在西华门内下轿,然后换乘宫中特备的小肩舆,由宫女抬进右后门休息。她所带来的仆从和丫环一概不能入内,只在西华门内等候。等到巳时三刻,由坤宁宫执事太监和司仪局女官导引,并由两个服饰华美的宫女搀扶,走向增瑞门。然后由一位司赞女官[1]将丁夫人引入永祥门,等候皇后升座。趁这机会,丁夫人偷偷地向坤宁宫院中扫了一眼,只见在丹陛下的御道两边立着两行宫女,手执黄麾、金戈、银戟、黄罗伞盖、绣氅、锦旗、雉扇、团扇、金瓜、黄钺、朝天镫[2]等等什物,光彩耀日,绚烂夺目。她的心中十分紧张,不禁突突乱跳。

有两个女官进入坤宁宫西暖阁,奏请皇后升座。皇后一声不响,在一群肃穆的女官的导从[3]中出了暖阁。她想到马上就可以看见母亲,心中十分激动。等她升入宝座以后,四对女官恭立宝座左右,两个宫女手执绣凤黄罗扇立在宝座背后,将两扇互相交叉。十二岁的太子慈烺和皇二子、皇三子侍立两旁。一位面如满月的司赞女官走出坤宁宫殿外,站在丹墀上用悦耳的高声宣呼:"嘉定伯府一品夫人丁氏升陛朝贺!"恭候在永祥门内的丁夫人由宫女搀扶着,毕恭毕敬地穿过仪仗队,从旁边走上汉白玉雕龙丹陛,俯首立定。尽管坤宁宫正中间宝座上坐的是她的亲生女儿,但如今分属君臣,她不敢抬头来看女儿一眼。周后还是几年前见过母亲一面,如今透过丹墀上御香的缥缈轻烟看出来母亲已经发胖,加上脚小,走动和站立时颤巍巍的,非有人搀扶不行,远不似往年健康,不禁

---

[1] 司赞女官——属尚仪局(女官六局之一)。另外太监也有赞礼官。担任这一类官职的,容貌和声音都经过特别挑选。
[2] 朝天镫——仪仗的一种,即镫仗。形似倒立马镫,铜制,鎏金,下有长柄。
[3] 导从——在前边的是导,在后边的是从。

心中难过。她向侍立身旁的一位司言女官小声哽咽说："传旨,特赐嘉定伯夫人上殿朝贺!"懿旨传下之后,丁夫人激动地颤声说："谢恩!"随即由宫女们搀扶着登上九级白玉台阶,俯首走进殿中,在离开皇后宝座五尺远的红缎绣花拜垫前站定。从东西丹陛下奏起来一派庄严雍容的细乐,更增加了坤宁宫中的肃穆气氛。在丁夫人的心中已经将李国瑞的事抛到九霄云外,提心吊胆地害怕失仪,几乎连呼吸也快要停止。

丁夫人依照司赞女官的鸣赞,向皇后行了四立拜,又跪下去叩了三次头。另一位立在坤宁宫门外的司赞女官高声宣呼:"进笺!"事先准备在丹墀东边的笺案由两个宫女抬起,两个女官引导,抬到坤宁宫正殿中。这笺案上放着丁夫人的贺笺,照例是用华美的陈词滥调恭祝皇帝和皇后千秋万寿,国泰民安。贺笺照例不必宣读。司赞女官又高声赞道:"兴!"丁夫人颤巍巍地站起来,又行了四立拜。

当看着母亲行大朝贺礼时,周后习惯于君臣之分,皇家礼法森严,坐在宝座上一动也不能动,但是心中感到一阵难过,滚落了两行眼泪。等母亲行完大礼,她吩咐赐座。丁夫人再拜谢恩就座,才敢向宝座上偷看一眼,不期与皇后的眼光遇到一起,赶快低下头去。

站在门槛外边的司礼监掌印太监王德化怕皇后一时动了母女之情,忘了皇家礼仪,赶快进来,趋前两步,躬身奏道:

"朝贺礼毕,请娘娘陛下便殿休息。"

周后穆然下了宝座,退入暖阁,在一群宫女的服侍下卸去大朝会礼服,换上宫中常服:头戴赤金龙凤珠翠冠,身穿正红大袖织金龙凤衣,上罩织金彩绣黄霞帔,下穿红罗长裙,系一条浅红罗金绣龙凤带。更衣毕,到偏殿坐下,然后命女官宣召嘉定伯夫人进内。丁夫人又行了一拜三叩头的常朝礼,由皇后吩咐赐座、赐茶,然后才开始闲谈家常。周后询问了家中和亲戚们的一些近况。丁夫人站起来一一躬身回奏。在闲话时候,丁夫人一直心中忐忑不安,偷偷观看皇后的脸上神色,等待着单独同皇后说几句要紧体己话的机会。

周后赏赐嘉定伯府的各种东西,昨日就命太监送去,如今她回头向站在背后的吴婉容瞟一眼,轻声说:"捧经卷来!"吴婉容向别的宫女使个眼色,自己轻脚快步出了便殿。另外两个宫女立刻去取来温水、手巾,照料丁夫人净手。随即吴婉容捧着一部黄绫封面的《金刚经》回来,在丁夫人面前向南而立,声音清脆地说:"嘉定伯夫人恭接娘娘恩赏!"丁夫人赶快跪下,捧接经卷,同时叫道:"恭谢娘娘陛下天恩!"吴婉容含笑说:"请夫人打开经卷看看。"丁夫人恭敬而小心地将经卷打开,看见用楷书抄写的经文既不像银朱鲜红,也不是胭脂颜色,倒是红而发暗。吴婉容没有等她细看,便将经卷接回,说:"谢恩!"丁夫人赶快伏地叩头,口呼"娘娘陛下万岁",然后由两个宫女搀扶起身,行了立拜。皇后重新赐座以后,对她的母亲说:

"今年千秋节,因国家多事,一切礼仪从简,该赏赐的也都省去了十之七八。难得有一些都人怀着一片忠心,刺血写经,为我祈福。先由一个名叫陈顺娟的都人写了一部《金刚经》,字体十分清秀,我留在宫中。随后又有二十名都人发愿各写一部,我就拿出十部分赐几家皇亲和宫中虔心礼佛的几位年长妃嫔,另外十部日后分赐京城名刹。但愿嘉定伯府有这一部难得的血写经卷,佛光永照,消灾消难,富贵百世。"

丁夫人起身回答:"上托娘娘洪福,臣妾一家安享富贵荣华。今又蒙娘娘赐了这一部血写经卷,必更加百事如意,不使娘娘挂心。"

吴婉容在一旁向皇后说道:"启奏娘娘陛下,方才的这部《金刚经》已交太监送往西华门内,交嘉定伯府入宫的执事人收下,恭送回府。"

周后轻轻点头,又对她的母亲说:"隆福寺还有一个和尚舍身自焚,为本宫和皇上祈福,这忠心也十分难得。"

丁夫人说:"隆福寺今日有和尚舍身自焚,几天来就轰动了京城臣民。像这样历代少有的盛事,完全是皇上和娘娘两陛下圣德巍巍,感召万方,连出家人也激发了这样忠心!"

周后面露喜色,叹息说:"但愿佛祖保佑,从今后国泰民安。"

丁夫人一再上本恳求入宫朝贺,实为着要当面恳求皇后在皇帝前替武清侯府说句好话。京城里各家有钱的皇亲也都把希望寄托在她的这次进宫。趁着皇后面露喜色,丁夫人赶快将话题引到在京城住家的亲戚们身上。刚谈了几句闲话,忽听永祥门有太监高声传呼:"接驾!"随即院中鼓乐大作。周后赶快离座,带着宫女们到院中接驾去了。

崇祯因昨夜几乎通宵未眠,今天的脸色特别显得苍白。到正殿坐下以后,他看见周后的眼睛红润,感到诧异,问道:

"今天是你的快活日子,为什么难过了?"

周后笑着说:"我没有难过。只因为轻易看不见我的母亲,乍然看见……"

"她已经来了?"

"已经来了。"

"叫过来让我见见。"

崇祯升了宝座。丁夫人被搀过来行了常朝礼,俯伏在地。崇祯赐座,赐茶,随便问了几句闲话。丁夫人不敢在皇上面前久留,叩头出去。宫女们引她到坤宁宫东边的清暇居休息。

崇祯留在坤宁宫同皇后一起吃寿宴。在坤宁宫赐宴的有皇太子、诸皇子和十二岁的长平公主①,另有袁贵妃和陈妃。皇亲中的命妇只有丁夫人。妃以下各种名号的嫔御也就是一般所说的姬妾,都没有资格在坤宁宫赐宴,也不需要她们来坤宁宫侍候。皇后另外赐有酒宴,由尚膳监准备好,送往各人宫中。长辈方面,如刘太妃和懿安皇后等,皇后命尚膳监各送去丰盛酒席,并命皇太子前去叩头。各位前朝太妃和懿安皇后又派宫女来送酒贺寿。皇太子、诸皇子、公主、袁妃、陈妃、丁夫人等都依次向皇帝和皇后行礼,奉觞祝寿。各等名号嫔御,也依次来坤宁宫行礼奉觞。然后是王德化、曹化淳,六位秉笔太监、各监衙门的掌印太监、宫中六局掌印女官,以及乾清、坤宁、慈庆、承乾、翊坤、钟粹等重要宫中的掌事太监和女官,也都依次前来行礼奉觞。但是地位较低的嫔御,所有执事太监和女官,都不能进入殿中,只分批在殿外行礼。他们在鼓乐声中依照赞礼女官的鸣赞行礼,跪在锦缎拜垫上向皇帝和皇后献酒。女官从他们的手中接过来华美的黄金托盘,捧进殿中,跪在御宴前举到头顶。另有两个女官将盘中的两只玉斝取走。又有一对女官换两只空的玉斝放在盘子上。一般时候,崇祯和周后并不注意谁在殿前行礼和献觞,那些玉斝中的长春露酒也都由站在身边侍候的宫女接过去倾入一只绘着百鸟朝凤的大瓷缸中。倘若崇祯和周后偶然向殿外行礼献觞的人望一眼,或一露笑脸,这人就认为莫大恩宠。在太监中,也只有王德化、曹化淳等少数几个人得到这种"殊遇"。

吴婉容在太监们献酒时候,退立丹墀一边,等候偶然呼唤。一个身材苗条的宫女笑嘻嘻地用托盘捧着一个大盖碗来到她的面前,打开描金盘龙碗盖,轻声说:

"婉容姐,请你尝一尝,多鲜!皇爷和娘娘只动动调羹就撤下来了,还温着呢。"

---

① 长平公主——崇祯的长女。

吴婉容一看,是一碗嫩黄瓜汤,加了少许嫩豌豆苗,全是碧绿,另有少许雪白的燕窝丝和几颗红色大虾米。她笑一笑,摇摇头不肯尝,小声赞叹说:

"真是鲜物!"

身材苗条的宫女说:"如今在北京看见嫩黄瓜确实不易,所以听御膳房的公公①们说,这一碗汤就用了二十多两银子。"

"怎么这样贵?"

"听说尚膳监管采买的公公昨天在棋盘街见有人从丰台来,拿了三根嫩黄瓜,要十两银子一根。采买公公刚刚说了一句价钱太贵了,那人就自己吃了一根,说:'我不卖啦,留下自己吃!'采买公公看这人也是个无赖,怕他会真的把三根都吃掉,只好花二十两银子将两根买回,为的是今日孝敬娘娘吃碗鲜汤,心中高兴。外加别的佐料,所以这一碗汤就花去了二十多两。"

吴婉容伸伸舌头,笑着说:"真是花钱如水!好,请费心,将这碗汤放到我的房里桌上去吧。"

又一个宫女来到吴婉容的身边,将她的袖子一拉,凑近她的耳朵小声嘀咕几句。她的脸色一寒,向另外两个宫女嘱咐一声,便走出坤宁宫院子,往英华殿的院子跑去。

住在英华殿院落中吃斋诵经的陈顺娟本来就体弱多病,近两个月刺血写经,身体更坏,十天前就病倒了。为着皇后的千秋节来到,没有人在皇后前提到此事。陈顺娟原是坤宁宫中宫女,同吴婉容感情不错,去年因为久病,自己请求到英华殿长斋礼佛。今日英华殿掌事太监因见她病势沉重,怕她死在宫中,要送她去内安乐

---

① 公公——对于年长的太监一般尊称公公。但是有官职的太监另有称呼。

堂①。虽然她苦苦哀求留下,但碍于宫中规矩,未蒙准许。她又要求在出宫前同吴婉容见一面,得到同意。吴婉容看见她躺在床上,脸色蜡黄,消瘦异常,不禁心酸。她握住吴婉容的手,滚下热泪,有气无力地说:

"吴姐,他们今天要送我到安乐堂去,这一生再也看不见你了。"她哽咽不能成声,将婉容的手握得更紧。

吴婉容落泪说:"你先去安乐堂住些日子,等娘娘陛下高兴时候我替你说句话。她念你刺血写经的忠心,大概会特下懿旨放你出去。你出去,趁年纪还轻,不管好歹许配了人家,也算有出头之日,不枉这一年长斋礼佛,刺血写经!"

陈顺娟哭着说:"吴姐啊,我已经不再想有出头之日了!我大概只能挣扎活两三天;三天后就要到净乐堂②了!"

二人握手相对而泣。过了一阵,陈顺娟从枕下摸出一包银子,递给婉容,说:

"吴姐,你知道我是香河县离城二十里大陈庄人。我入宫时候,虽然家中日子极苦,父母却是双全。我原有两个哥。我的二哥八岁出了家,后来随师父往五台山了。我一进深宫八年,同家中割断音信。这八年,年年灾荒,不知家中亲人死活。八年来每次节赏的银子我都不敢花掉,积攒了十几两银子,加上皇后陛下昨天赏赐的十两银子,共有二十三两三钱……"

吴婉容突然不自觉地小声脱口而出:"一碗黄瓜汤钱!"

陈顺娟一愣:"你说什么?"

吴婉容赶快遮掩说:"我想起了别的事,与你无干。你要我将这二十三两三钱银子交给谁?"

---

① 内安乐堂——在金鳌玉蛛桥西,棂星门北,羊房夹道。明朝这一带是宫中禁地。凡宫女有病、年老或有罪,送至内安乐堂住下。如不死,年久发往外浣衣局劳动。
② 净乐堂——在西直门外不远地方。凡宫女和太监死后如无亲属在京,尸首送此焚化。

陈顺娟接着说:"我的好姐姐,你也是小户人家出身,同我一样是苦根上长的苗子,所以你一向对我好,也肯帮助别的命苦的都人。你在坤宁宫中有面子,人缘也好。请你托一个可靠的公公,设法打听我一家人的下落,将银子交给我的亲人。这是救命钱,会救活我一家人的命。我虽死在这不见天日的地方,也不枉父母养育我到十四岁!"陈顺娟抽泣一阵,忽然注意到从坤宁宫院中传来的一派欢快轻飘的细乐声,想起来酒宴正在进行,便赶快催促说:"吴姐,你快走吧。一时娘娘有事问你,你不在坤宁宫不好。"

吴婉容噙着泪说:"是的,我得赶快回去。还有二十个刺血写经的都人姊妹,听说有的人身体也不好,可是我来不及看她们了。"

陈顺娟说:"我临走时她们会来送别的,我替你将话转到。她们也都是希求生前能够蒙皇后开恩放出宫去,死后永不再托生女人,才学我刺血写经。再世渺茫难说,看来今生也难有出头之日!"她喘口气,又说:"听说今日隆福寺有一个和尚为替娘娘陛下祈福,舍身自焚,看来我们的刺血写经也算不得什么。"

吴婉容心中凄然,安慰说:"你们的忠心已蒙皇后赏识,心中高兴。至于慧静和尚的舍身自焚,自然也是百年不遇的盛事,娘娘当然满意。"

陈顺娟的心中猛一震动,睁大眼睛问:"那和尚叫什么名字?"

"听说名叫慧静。"

陈顺娟更觉吃惊,浑身发凉。但她随即想着二哥随师父去五台山没有回来,与隆福寺毫无关系,天下和尚众多,法名相同的定然不少,就稍微镇静下来,有气无力地说:

"吴姐,你快走吧!"

吴婉容叹一口气,洒泪而别。刚到坤宁门外,遇到了谢诚从隆福寺回来,同刘安小声谈话方毕。她同谢诚是对食,说话随便,轻轻问道:

"谢公公,和尚自焚的事情如何?"

谢诚说:"已经完啦。恰好他的老子从香河县讨饭来京看他,要是早到半日,这事会生出波折。"

吴婉容的心一动,忙问:"这和尚不晓得他老父亲来京么?"

"他老父刚到,火就点着了。我站在近处,看见他举止异常,好像是望见了他的父亲,可是已经晚啦。"

"他难道不呼喊他的父亲?"

谢诚用极低的声音说:"他头两天误吃了喑药,喉咙全哑了,叫不出也哭不出声。"

吴婉容的眼睛一瞪,将脚跟一跺,低声说:"你,还有隆福寺的老和尚,什么佛门弟子,高僧法师,做事也太——太——太狠啦!"

谢诚使眼色不让她多说话,随后嘲讽说:"世间事……你们姑娘家懂得什么!"

吴婉容一转身走进坤宁门,将银子交给一个宫女暂时替她收起来,然后定定神,强做出满面喜悦,走上丹墀,站在坤宁宫正殿檐下的众宫女中间侍候。她偷眼望见皇上替皇后斟了一杯酒,带着辛酸的心情笑着说:

"如今国事大不如昔,事事从俭,使你暂受委屈。但愿早日天下太平,丰丰盛盛地替你做个生日。"

皇后回答说:"但愿从今往后,军事大有转机,杨嗣昌奏凯回朝,使皇上不再为国事忧心。"

宴毕,崇祯匆匆去平台召见阁臣,商议军国大事。袁妃等各自回宫。周后带着母亲来到西暖阁,重叙家常。这儿是她的燕坐休息之处,在礼节上可以比便殿更随便一些,女官们不奉呼唤也不必前来侍候。丁夫人见田贵妃果然没有来坤宁宫,证实昨天关于田娘娘受谴的传闻,使她对于自己要说的话不免踌躇。谈了一阵家

常闲话,她看左右只有两个宫女,料想说出来不大要紧,便站起来小声细气地说:

"臣妾这次幸蒙皇帝和皇后两陛下特恩,进宫来朝贺娘娘陛下的千秋节,深感皇恩浩荡,没齿不忘。家中有一件小事,想趁此请示陛下懿旨。"

周后有点不安地望着母亲:"同李皇亲家的事有关么?"

"是,娘娘陛下明鉴。臣妾想请示娘娘陛下……"

"唉!皇上为此事十分生气。倘若是李家让你来向我求情,你千万不要出口。"

丁夫人吓了一跳,心中凉了半截。在入宫之前,人们已经暗中替她出了不少主意,替她设想遇到各种不同情况应该如何说话,总之不能放过朝贺皇后的这个极其难得的机会。丁夫人怔了片刻,随即决定暂不直接向皇后求情,拿一件事情试探皇后口气。她赔笑说:

"臣妾何人,岂敢在陛下前为李家求情。"

"那么……是什么事儿?"

"李皇亲抗旨下狱,家产查封。他有一个女儿许给咱家为媳,今年一十五岁,尚未过门。此事应如何处分,恳乞陛下懿旨明示。"

周后想了一下,叹口气说:"人家当患难之际,我家虽然不能相助,自然也无绝婚之理。可用一乘小轿将这个姑娘取归咱家,将来择吉成亲。除姑娘穿的随身衣裙之外,不要带任何东西。"

"谨遵懿旨。"丁夫人的心中凉了,知道皇上要一意孤行到底,难以挽回。

周后又嘱咐一句:"切记,不要有任何夹带!"

丁夫人颤声说:"臣妾明白,决不敢有任何夹带。"

周后又轻轻叹口气,说:"皇上对李家十分生气,对你们各家皇亲也很不满意。你们太不体谅皇上的苦衷了!"

丁夫人心中大惊:"娘娘陛下!……"

周后接着说:"皇上若不是国库如洗,用兵吃紧,无处筹措军饷,何至于向皇亲国戚借助?各家皇亲都是与国同体,休戚相共。哪一家的钱财不是从宫中赏赐来的?哪一家的爵位不是皇家封的?皇上生气的是,国家到了这样困难地步,李皇亲家竟然死抗到底,一毛不拔,而各家皇亲也竟然只帮李家说话,不替皇家着想。皇上原想着目前暂向皇亲们借助一时,等到流贼剿灭,国运中兴,再大大赏赐各家。他的这点苦心,皇亲们竟然无人理会!"

丁夫人望望皇后脸上神色,不敢再说二话。恰在这时,司仪局女官进来,跪在皇后面前说:

"启奏娘娘陛下,嘉定伯夫人出宫时刻已到,请娘娘正殿升座。"

周后为着向皇亲借助军饷一事,弄得相持不下,单从这一件事上也露出败亡征兆,她肚里还有许多话想对母亲说出,但碍于皇家礼制,不能让母亲多留,只好哽咽说:

"唉,妈,你难得进宫一趟,不知什么时候咱母女再能见面!"

丁夫人含泪安慰说:"请陛下不必难过。要是天下太平,明年元旦准许命妇入宫朝贺,臣妾一定随同大家进宫,那时又可以同娘娘陛下见面了。"

"但愿能得如此!"

丁夫人向她的女儿跪下叩头,然后由宫女搀扶着,退到坤宁宫丹陛下恭立等候。

周后换上凤冠朝服,走出暖阁,在鼓乐声中重新升入宝座。太子和皇子、皇女侍立两旁。众女官和执事太监分两行肃立殿门内外,另外两个宫女打着交叉的黄罗扇立在宝座背后。一个司仪女官走到丹陛下宣呼:

"嘉定伯夫人上殿叩辞!"

丁夫人由两个宫女搀扶着走上丹墀，又走进正殿，在庄严的乐声中随着司仪女官的唱赞向她的女儿行了叩拜礼，然后怀着失望和沉重的心情退出，毕恭毕敬地穿过仪仗，被搀出坤宁门，不敢回头看一眼。乐声停止，周后退入暖阁，更衣休息。掌事太监刘安进来，向她启奏隆福寺和尚慧静舍身自焚的"盛况"。周后问：

"慧静临自焚时说什么话了？"

刘安躬身说："慧静至死并无痛苦，面带微笑，双手合十，稳坐蒲团，口念经咒不止，为皇爷和娘娘两陛下祈福。真是佛法无边，令人不可思议！"

周后满意，轻轻点头，从眼角露出微笑，刚才心上的许多不快都消失了。她挥手使刘安退出，重新净手，打开陈顺娟用血写的经卷，看着一个个殷红的字，想到刘安的话，又想着自己定会福寿双全，唤起了虔诵佛经的欲望，随即轻声念道：

"如是我闻……"

李国瑞在狱中听说田贵妃为他的事只说了一句话就谪居启祥宫，皇后不敢替他说话，十分惊骇，感到绝望，病情忽重，索性吞金自尽。锦衣卫使吴孟明同东厂提督太监曹化淳秘密商定，只向崇祯奏称李国瑞是病重身亡，隐瞒了自尽真相，以便开脱他们看守疏忽的责任。崇祯得知李国瑞死在狱中的消息，心中很震动，赶快到奉先殿的配殿中跪在孝定太后的神主前焚香祈祷，求她鉴谅。他仍不愿这件事从此结束，想看看皇亲们有何动静。过了一天，他把曹化淳叫进宫来，问他李国瑞死后皇亲们有何谈论。曹化淳因早已受了皇亲们的贿赂和嘱托，趁机说："据东厂和锦衣卫的番子禀报，皇亲和勋旧之家都认为皇上会停止追款，恩准李国瑞的儿子承袭爵位，发还已经查封的家产。"崇祯将曹化淳狠狠地看了一眼，冷笑一下，说：

"去,传谕锦衣卫,将李国瑞的儿子下狱,继续严追!"

曹化淳跪下说:"启奏皇爷,奴婢听说,李国瑞的儿子名叫存善,今年只有七岁。"

"啊?才只有七岁?……混蛋,还没有成人!"

崇祯无可奈何地摇摇头,叫曹化淳起去。过了片刻,他吩咐将李府的管事家人下狱,家产充公。猜到皇亲们会利用李国瑞的死来抵制借助,他下决心要硬干到底,非弄到足够的军饷誓不罢休。他又向曹化淳恨恨地问:

"前些天京中士民说皇亲们在同朕斗法,可是真的?"

曹化淳躬身说:"前几天百姓中确有此话,奴婢曾经据实奏闻。"

崇祯冷笑一声,说:"朕是天下之主,看他们有多大本领!将李家的案子了结以后,看哪一家皇亲、勋旧敢不借助!皇亲们同朕斗法?笑话!"

他摆一摆下颏使曹化淳退出去,然后从椅子上跳起来,在乾清宫中激动地走来走去。

第 十 七 章

由于杨嗣昌的督师,明朝政府在对农民起义的军事上有了一些起色,暂时还居于优势。到崇祯十三年夏秋之间,将张献忠和罗汝才为首的几支农民军逼到川东,四面围堵,大部分已经投降,罗汝才也正在准备投降,被张献忠及时阻止。张献忠为摆脱明军压力,拉着罗汝才奔往四川腹地。李自成销声匿迹,不再为人注意。然而这只是局部的表面现象。实际上,明朝政权从来没有像在崇祯十三年夏秋间陷入全面的深刻危机。从军事上来看,十三年来崇祯一直陷于既要对付大规模农民起义,又要对付日趋强大的清朝的军事压力。到了目前阶段,四川战事胜负未决,前途变化莫测,而山东、苏北、皖北、河北南部、四川北部和河南、陕西各地,到处有农民战争。山东西部、南部和徐州一带的农民大起义,严重威胁着明朝中央政权赖以生存的南北漕运①。在山海关外,崇祯为防备清兵再次南下,催促洪承畴指挥十几万大军向松山、杏山和塔山一带进兵,谋解锦州之围,但是军心不齐,粮饷补给困难,几乎等于是孤注一掷。从财政经济来看,长江以北的半个中国,尤其是黄河流域各省,由于长期战乱,官军纪律败坏,烧杀淫掠,官府横征暴敛,加上各种天灾人祸,农业生产受到极大破坏,人民死亡流离,往往村落为墟,人烟断绝。到了十三年夏秋之间,不但黄河中下游和淮河流域各省的旱灾和蝗灾特别惨重,而且朝廷所依赖的江南也发生了旱灾和蝗灾,苏州府等地粮价飞涨,城市中发生了多起抢粮

---

① 漕运——明代将江南大米和其他物资从运河运往北京,称为漕运,为朝廷生命所系。

风潮。在这种情况下,朝廷的军费开支反而增加,所以财政方面确实快到了山穷水尽地步。军事和财政经济两方面的严重危机,加深了朝廷上的政治危机,一方面表现为崇祯皇帝因借助军饷问题同皇亲、勋旧展开的明争暗斗,另一方面因对拯救危亡的看法不同,崇祯同一些朝臣发生直接交锋。

对于当时明王朝所面临的空前危机,皇亲和勋旧这一个只讲究养尊处优的阶层感受最浅,而在朝臣中却有很多人比较清楚,有些人深为国事担忧。受全面危机的压力最大的是崇祯皇帝。现在他正在为克服这一可怕的危机而拼命挣扎,不过有时他还在幻想做一个"中兴之主",口头上也时常这么说。尽管他不敢想,更不肯说有亡国可能,但这种深藏在心中的无限忧虑和时常泛起的悲观情绪使他更变得刚愎任性,心狠手辣,决不允许任何朝臣批评和阻碍他的行事。

抄家的上谕下了以后,锦衣卫和东厂自然是雷厉风行,趁机发财。住在京城的所有皇亲、勋旧越发兔死狐悲,人人自危。大地主官僚们也担心将来轮到向他们借助,都觉得皇帝未免太任性行事。但廷臣们都害怕皇上震怒,不敢进谏,只是冷眼看这事将如何结局。皇亲们却不能等待,赶快联名上了一封奏疏,恳乞皇上开恩,念李国瑞已死狱中,停止抄家,使其子存善袭爵,以慰孝定太后在天之灵。崇祯一向迷信鬼神,想到孝定太后,心中不免犹豫,打算借着十几家皇亲联名上疏求情的机会赶快转圜,暂停抄家。但过了半天,他想不出另外的措饷办法,各地军事形势又逼得他坐立不安,想来想去,还是决定寸步不让,非将这第一炮打响不可。他在奏疏上用朱笔批"留中"二字,扔向一旁,心中叹息说:"唉,你们这班皇亲国戚、勋旧世家,真是糊涂!你们的富贵自何而来?倘若朕的江山不保,你们不是也跟着家破人亡?皮之不存,毛将焉附!"他又暗恨薛国观,倘若不是他当时赞同向李国瑞头上开刀,另外想一个筹饷办法,何至于今日进退两难!

又过三天,他正在乾清宫中发闷,秉笔太监王承恩送来了一叠文书。他先看了几封奏疏,都是攻击杨嗣昌的,说了一些杨嗣昌的短处,认为他督师剿贼很难成功。其中有詹事府少詹事黄道周的一封奏疏,措词特别激烈。他抨击杨嗣昌加征练饷,引荐陈新甲做兵部尚书是为暗中同满洲议和准备,又攻击杨嗣昌继母死后没有回原籍奔丧守孝,而是"夺情视事"。崇祯看了前几封奏疏已经很生气,看了黄道周的奏疏更加愤怒,在心中恨恨地说:

"这个黄道周,才回京不久,竟敢上疏胡言,阻挠大计,博取清直敢言之名,殊为可恶!"

他没有批语,也没有心情再看别的奏疏,站起来来回走动,脚步特别沉重。忽然,他忍不住叹口气,说出一句话:

"朕的为国苦心,黄道周这班人何曾知道!"

黄道周和崇祯一样,一心要维护摇摇欲倒的明朝江山,但是他坚决反对崇祯的几项重大措施。他不敢直接批评皇帝,只好激烈地批评杨嗣昌的误国。他反对加征练饷,在一定程度上代表了中小地主阶级的利益,但中心目的是害怕朝廷为此而失尽人心,将广大没有造反的百姓逼迫到造反的路上。崇祯为同意加征练饷的事,在去年已引起朝议哗然,但这是出于形势所迫,好比明知是一杯鸩酒,也只好饮鸩止渴。崇祯在心里说:"你们这班朝臣,只会放空炮,没有一个人能想出更好的办法!"关于同清朝秘密议和的事,崇祯最忌讳有人说出,而偏偏黄道周在疏中公然抨击。崇祯一直认为:满洲人原是大明臣民,只是到了万历中叶以后,因边臣"抚驭"失策,才有努尔哈赤之叛,逐渐酿成近二十年来之祸。如今同满洲暗中议和实是万不得已。宋与金的历史,对崇祯说来,殷鉴不远,而他绝不愿在臣民心目和后代史书中被看成是懦弱无能的君主。自从前年由杨嗣昌和高起潜主持,开始暗中同清方议和,他就不许用"议和"一词,只许用"议抚"一词。黄道周在疏中直然不讳地批评杨嗣昌同满洲议和,深深地刺伤了他这个自认为"天下共主"和"千古英主"的自尊心,何况他迫切希望赶快能够同满洲休兵罢战,暂时摆脱两面用兵的困境,以便专力围剿农民起义军。这是他的至关重要的救急方略,不料黄道周竟然如此不达事理,不明白他的苦心!他看得很清楚,满朝大臣中没有一个人在做事干练和通权达变上能够比得上杨嗣昌的。他不允许任何人借弹劾杨嗣昌的题目干扰加征练饷和对满方略,更不许在目前川、鄂一带军事胜利在望的关键时刻,有谁肆无忌惮地攻讦杨嗣昌,要将他赶下台去。他回到御案前重新坐下,又向黄道周的奏疏望了一眼,偏偏看到了抨击杨嗣昌"夺情"的几句话,不禁从鼻孔冷笑一声,心中说:

"朕以孝治天下,这样事何用你妄肆攻讦!自古大臣死了父母,因国事鞅掌,出于皇帝诏旨,不守三年之丧,'夺情视事'或'夺情起复'的例子,历朝皆有,连卢象升也是'夺情'!倘若杨嗣昌和陈新甲都去守三年之丧,你黄道周能够代朕督师么?能够任兵部尚书么?……可笑!"

他又从御案上拿起来一封奏疏,是礼部主事吴昌时讦奏薛国观纳贿的事。吴昌时原是行人司的一个行人,这行人是正九品的低级闲官儿,没有什么大的出息。朝廷遇到颁行诏敕,册封宗藩,慰问,祭祀,出使藩夷等事,派行人前往或参加。去年,吴昌时趁着京官考选的机会,托人向薛国观说情,要求帮助他升转为吏科给事中。薛国观收下他的礼物,口头答应帮忙,但心中很轻视他这个人。考选结果,吴昌时升转为礼部主事,大失所望。吏部是一个热衙门,全国官员的除授、调任、升迁、降职和罢免,都归吏部职掌。吏科给事中虽然按品级只是从七品,却在朝廷上较被重视,是所谓"言官"和侍从之臣,不但对吏部的工作有权监督,且对朝政有较多的发言机会,纳贿、敲诈、勒索的机会较多,前程也宽。礼部主事虽然是正六品,但礼部是个冷衙门,而主事是"部曹",即事务官,所以反不如从七品的给事中受人重视。吴昌时没得到他所理想的职位,认为是薛国观出卖了他,怀恨在心,伺机发泄。近来他风闻皇上因李国瑞的事对薛国观心怀不满,并且皇戚们同几个大太监暗中合谋,要将薛国观逐出朝廷,他认为时机到来,上疏揭发薛国观的一件纳贿的事,尽量夸大,进行报复。崇祯正想借一个公开题目将薛国观逐出内阁,看了这封弹章,不待审查清楚,也不待薛国观自己奏辩,便决定从严处分。他立刻提起朱笔,写了一道手谕:

薛国观身任首辅,贪渎营私,成何话说!着五府、九卿、科、道官即速议处奏闻!

崇祯命一个太监立刻将手谕送出宫去,又继续批阅文书。有十来封奏疏都是畿辅、山东、河南、陕西、湖广和江南各省地方官吁请减免钱粮和陈报灾情的奏疏,其中有一本是畿辅和山东士民一千多人来到京城上的,痛陈这两省地方连年灾荒,加上清兵焚掠和官军供应浩繁的情况。他们说:"百姓生计,已濒绝境;倘不速降皇恩,蠲免新旧征赋,杜绝苛派,拨款赈济,则弱者辗转死于道路,而强者势将群起而走险,大乱将愈不堪收拾矣。"崇祯看完了这个奏本,才知道畿辅和山东士民有千余人来到京城上书,一时不知道应如何处理。恰巧东厂提督太监曹化淳来乾清宫奏事,崇祯就向他问道:

"曹伴伴,畿辅和山东有千余士民伏阙上书,你可知道?"

曹化淳躬身回奏:"奴婢知道。这一千多士民在三天前已经陆续来京,第一次向通政司衙门递本,因有的奏本不合格式,有的有违碍字句,通政司没有收下。他们重新联名写了一本,今日才送到御前。"

"都是真的良民么?"

"东厂和锦衣卫侦事番子随时侦察,尚未见这些百姓们有何轨外言行。他们白天有人在街上乞食,夜间就在前门外露宿街头。五城御史与五城兵马司随时派人盘查,亦未闻有不法之事。"

崇祯向站在身边伺候的秉笔太监王承恩问:"朕不是在几个月前就降旨恩免山东和畿辅的钱粮了么?"

秉笔太监回奏:"皇爷确实免过两省受灾州、县钱粮,不过他们的本上说'黄纸虽免,白纸①犹催'。看起来小民未蒙实惠。"

崇祯不再问下去,挥手使曹化淳和王承恩退出。他知道百姓们所奏的情形都是真的,然而他想:目前军饷无着,如何能豁免征派?国库如洗,如何有钱赈济?他提起朱笔,迟疑一阵,在这个本上批道:

览百姓每②所奏,朕心甚悯。着户、兵衙门知道,究应如何豁免,如何赈济,妥议奏闻。百姓每毋庸在京逗留,以免滋事,致干法纪。

钦此!

他下的这一道御批只是想把老百姓敷衍出京,以免"滋事"。他深感样样事都不顺心,无数的困难包围着他,不觉叹口长气。为图得心中片刻安静,他竭力不再想各省灾荒惨重的问题,略微迟疑一下,另外拿起一封洪承畴从山海关上的奏本。每次洪承畴的奏疏来到,不是要饷,就是要兵,使他既不愿看,又不能不看。现在他怀着惴惴不安的心情看完引黄,知道是专为请求解除吃烟的禁令,并没有提兵、饷的事,才放心地打开奏疏去看。原来在半年以前,他认为"烟"和"燕"读音相同,"吃烟"二字听起来就是"吃燕",对他在北京坐江山很不吉利,便一时心血来潮,下令禁止吃烟,凡再吃烟和种植烟草的杀头。但烟草从吕宋传进中国闽、广沿海一带

---

① 黄纸、白纸——黄纸指皇帝诏书,白纸指地方官吏的文书、告示等。
② 每——同"们"。元、明人常把"们"字写成"每"字。"们"是当时人民群众新造的字,尚不十分流行。

已经有八十年以上历史,由戚继光的部队将这种嗜好带到长城内外,也有七十年的历史,所以他的上谕不但行不通,反而引起驻扎在辽东的将士不满。现在洪承畴上疏说"辽东戍卒,嗜此若命",请求他解除禁烟之令,仍许北直和山东民间种植,并许商人自浙、闽贩运。崇祯将这封奏疏放下,心中叹道:

"吃烟,吃烟!难道真有人来吃燕京?唉,禁又禁不住,不禁又很不吉利!"

两天以后的一个早晨,五凤楼上传出来第一通鼓声。文武百官陆续进入端门,都到朝房等候。有些人在窃窃私语,议论着新增的练饷所引起的全国舆论哗然,百姓更加同朝廷离心的情况;有的在闲谈着湖广和四川等地的战争消息;还有人在谈论着近来的满洲动静。但人们今天最关心的是练饷。尽管许多人嘴里不谈,心上却挂着这件大事。他们避而不谈,只是怕惹祸罢了。

今天是常朝,比每天"御门决事"的仪制隆重。早在五更之前,六只大象就已经由锦衣官押着身穿彩衣的象奴从宣武门内西城根的象房牵到,在午门前的御道两侧悠闲地走动着。午门上二通鼓响过之后,六只大象自动地走到午门的前边,站好自己位置,每一对左右相同,同锦衣旗校一起肃立不动。三通鼓响过以后,午门的左右偏门掖门一齐打开了(中门是御道,平时不开)。一队锦衣将军、校尉和旗手走进午门,在内金水桥南边,夹着御道,分两行整齐排列,肃立不动。校尉手执仪仗,旗手专执旗帜。同时担任仪仗的一群太监从宫中出来,在丹墀下边排班站定。班尾是两对仗马,金鞍、金镫、黄丝辔头、赤金嚼环。尽管崇祯在上朝前总是乘辇,从不骑马,但是四匹漂亮而驯顺的御马总是在三六九上朝前按时牵到伺候,成为仪仗的组成部分。另外四个太监拿紫檀木雕花马凳,以备皇帝上马时踏脚,站在仗马旁边。夹着丹陛左右,肃立着两行扈驾侍朝的锦衣将军,穿铁甲,佩弓、矢、刀、剑,戴红缨铁盔帽。又过片刻,午门上钟声响了。文武百官匆匆地从朝房中走出,从左右掖门入内。当最后一个官员进去以后,一对一对大象都把鼻子互相搭起来,不许再有人随便进去。

文武百官到了皇极门外,按照文东武西,再按照衙门和品级区别,排成两班,恭立在丹墀之上。四个御史官分班面向北立,负责纠仪。

当文武百官在五更入朝时候,一千多畿辅和山东士民由二十几位老人率领,来到长安右门外边。曾经率领乡里子弟打过清兵的姚东照老先生也参加了。他们绝大部分是濒于破产的中小地主,但他们所代表的利益大大超出了他们所属的阶级,也反映了农民、中小商人和手工业主的利益。昨天上午他们见到了皇上的御批,使他们大为失望。他们这一群老人当即又写了一封痛陈苦情的奏本,送往通政司。通政司因皇上已有旨叫他们"毋庸逗留"京城,且见奏本中有些话说得过于激切,不肯收下。他们不管如何恳求,都无用处。他们无奈,便趁着今天是常朝的日子,头顶奏本,"伏阙上书"。古代的所谓阙就是宫门。拿明朝说,就是午门。但如今老百姓向皇帝"伏阙上书",不惟望不见午门,连承天门也无法走近,只能跪伏在长安右门以外。明代的文武官员多住西城,从长安右门入朝。百姓们原希望有哪位内阁辅臣、都察院左右都御史或哪位尚书、侍郎大人怜念小民,收下他们的奏本带进宫去,呈给皇上,谁知守门的锦衣官兵压根儿不许他们走近长安右门,用水火棍和刀、剑将他们赶散。一见大官来到,把他们赶得更远。长安右门外有一座登闻鼓院,小厅三间向东,旁有一小楼悬鼓,有科、道官员在此轮流值日。按照明朝法律规定:百姓有冤,该管的衙门不替申理,通政司又不为转达,百姓一击登闻鼓,值日官员就得如实上报皇帝。但是今天,登闻鼓院附近站立的锦衣旗校特别多,一个个如狼似虎，打得百姓们不能走近。百姓们见长安右门不行，就从棋盘街转过大明门，来到长安左门。在这里，他们遇到的情形一样。有些老人已经完全绝望，但有些老人仍不死心。他们率领大家避开中间的路，跪得离东长安门稍远一点，见从东城上朝的官员过尽，只好恳求守门的锦衣官员收下他们的奏本送进宫中。锦衣官员惟有斥骂，并不肯收。他们想，就这样跪下去，迟早会有人怜悯他们，将他们"伏阙上书"的事上奏皇帝。他们跪得很乱。有人过于饥饿，跪不稳，倒了下去。有人身体虚弱得很，发出呻吟。

在紫禁城内，文武百官排班站定以后，有一个太监走出皇极门，手中拿一把黄丝静鞭，鞭身一丈三尺，梢长三尺，阔有三寸，用蜡渍过，安着一尺长的朱漆木柄，上刻龙头，涂以金漆。他走至丹墀一角站定，挥起静鞭在空中盘旋几下，用力一抽。鞭声清脆，响彻云霄。连着挥响三次，太监收起静鞭，走下丹墀站定。于是，午门内寂静无声，仪仗森森，气象肃穆。

过了片刻，内官传呼"驾到！"崇祯头戴翼善冠，身穿圆领绣龙黄罗袍，面带忧容，在一大群服饰华美的太监们的簇拥中乘辇出来。由翰林、中书、科、道各四人组成的导驾官员，从皇极门导驾而出，步步后退，将龙辇导向御座。文武百官躬身低头，不敢仰视。崇祯下了辇，升入御座，这御座在当时俗称金台。在他的面前是一张有黄缎绣龙围幛的御案。离御案三尺远有一道朱漆小栏杆，以防某一个官员正跪在地上奏事时突然扑近御座行刺。当崇祯坐下以后，有三个太监，一人擎着黄缎伞盖，两人擎着两把黄罗扇，从东西两边陛下上来，站在崇祯背后。他们将黄伞盖擎在御座上边，那两把黄罗扇交叉着擎在他的身后，警惕地保卫着他的安全。如果看见哪一个臣工在御案前奏事时妄想行刺，两个执黄罗扇的太监只须手一动，一道铁线圈会自动落下，从扇柄上露出利刃。原来还有九个锦衣力士手执五把伞盖和四把团扇，立在御座背后和左右。

后来因为皇帝对锦衣力士也不放心,叫他们都立在丹墀下边。在"金台"背后和左右侍立的,如今只有最亲信的各种执事太监了。

仪表堂堂、声音洪亮的鸿胪寺官高唱:"入班行礼!"随即文武百官面向金台,依照鸿胪寺官的唱赞,有节奏地行了一拜三叩头的常朝礼,然后分班侍立。一位纠仪御史跪下奏道:

"今有户部主事张志发,平身起立时将笏落地,事属失仪,合当拿问。请旨!"

崇祯因昨夜几乎通宵未眠,精神疲倦,只低声说了一两句话,群臣都未听清。一位容貌丰秀、身穿圆领红罗朝服、蓝色鹦鹉补子,腰束镶金带,专管上朝传宣的随堂太监,从御座旁向前走出几步,像女人的声音一般,朗朗传旨:

"皇上口谕:姑念他事出无心,不必拿问;着即罚俸三月,以示薄惩。谢恩!"

崇祯手足浮动,似乎十分焦急,心不在焉地看见一位年约六十多岁的老臣从班中踉跄走出,匍匐跪下,颤声奏道:"微臣朝班失仪,罪该万死。蒙陛下天恩浩荡,不加严罚,使微臣生死难报,敬谨叩谢皇恩!"然后他流着泪,颤声高呼:"万岁!万岁!万万岁!"崇祯仍然心不在焉,脸上除原来的忧郁神色外,没有别的表情。

当张志发谢恩站起来的时候,崇祯的眼光正在向左边文臣班中扫去。他没有看见首辅薛国观,明白他是因为受了弹劾,"注籍"①在家。又一位鸿胪寺官跪到面前,向他启奏今日在午门外谢恩和叩辞的文武官员姓名和人数,同时一个随侍太监将一张红纸名单展开,放在御案上。他仅仅向名单扫了一眼,又向午门外望了一下。因为距离午门远,他只看见左右两边门洞外都跪伏着人。鸿胪寺官随即起身,退了几步,面向午门高呼:"午门外谢恩叩辞官

---

① 注籍——朝臣受了弹劾,如果情节较重,就不再上朝,在家等候处理,在大门上贴"注籍"二字,避免与人来往。

员行礼!"当午门外的文武官员们正在依照另一个鸿胪寺官的唱赞,遥遥地向他行五拜三叩头礼时,他又向午门外望一眼,跟着抬起头来,望了望午门的城头和高楼。暗云低沉,雷声不住。他忽然又重复了经常在心头和梦中泛起的渺茫希望:要是杨嗣昌能够成功,将张献忠和李自成拿获解京,他率领太子和诸皇子登上午门"受俘",该有多好!

又是照例地五府、六部等衙门官跪奏例行公事,崇祯都不大在意。他正要向群臣宣布对薛国观的处罚,忽然听见从远处隐隐约约地传过来嘈杂的人声,这在承天门附近是极其稀有的现象。他猜到定是那畿辅和山东来的"无知愚民"不肯离去,不禁皱皱眉头,心中怒恨,想道:"他们竟敢抗旨,仍在京师逗留!"但是他没有忘记要臣民们看他是"尧、舜之君",所以他忍着心中怒气,将户部尚书和侍郎们叫到面前,带着悲天悯人的神色,慢慢说道:

"朕一向爱百姓犹如赤子。有些州、县灾情实在太重的,你们斟酌情形,钱粮是否应该减免,详议奏闻。"随着一阵南风,东长安门的隐约人声继续传来。他忍不住问:"这外边的人声可是上书的百姓么?"

跪在地上的户部尚书李待问抬头奏道:"是山东和畿辅的百姓父老,因灾情惨重,征派不止,来京城吁恳天恩,豁免征派,火速赈济。"

崇祯又一次将眉头皱起,沉默片刻,对站在身旁的一个太监说:"你去口传圣旨:百姓们所奏的,朕已知道了。朕深知百姓疾苦,决不许地方官再事征派。至于赈济的事,已有旨着各有司衙门从速料理,不得迟误。叫百姓们速回原籍,不许逗留京师,滋生事端,致干法纪,辜负朕天覆地载之恩。"

他随即叫五府、九卿、科、道官来到面前。霎时间,被叫的朝臣们在御案前的小栏杆外跪了一片,连轻声的咳嗽也没有。他的脸色格外冷峻,充满怒气,眉宇间杀气腾腾。众文武官深知他喜怒无常,都把头低下去,等候着不测风云。有些胆小的朝臣,不禁小腿肚轻轻打颤。天色已经大亮,乌云比黎明前那一阵更浓,更低,压着五凤楼脊。天边响着沉闷的雷声。他向天上望望,又向群臣扫了一眼,说:

"朕叫你们会议薛国观应如何处分,昨日看你们议后所奏,颇从轻议,显系姑息。薛国观身任首辅,不能辅朕振刷朝政,燮理阴阳,佐朕中兴,反而营私贪贿,成何话说!本应拿问,交三法司①从严议罪;姑念他其他恶迹尚不显著,着即将他削籍了事,不许他逗留京师。你们以后做事,决不要学他的样儿!"

众文武叩头起去,退回朝班。有些朝臣本来有不少重要事要当面陈奏,因见皇上如此震怒,便一声不响了。冷场片刻,崇祯正要退朝,忽然远处的人声更嘈杂了,而且还夹杂着哭声。他大为生气,眼睛一瞪,说:

"锦衣卫使在哪里?"

锦衣卫使吴孟明立刻从武臣班中走出,跪到他的面前。他先向群臣们感慨地说:

"朕自登极以来,敬天法祖,勤政爱民,总是以尧、舜之心为心,务使仁德被于四海。只因国事杌陧,朕宵衣旰食,总想使天下早见太平,百姓们早登衽席。今日赋税科派较重,实非得已。不想百姓们只看眼前一时之苦,不能替朕的万世江山着想。"他转向吴孟明说:"你去瞧瞧,好生晓谕百姓,不得吵闹。倘若仍敢故违,统统拿了!"

那些使皇帝生气的一千多百姓代表从天不明就"伏阙上书,跪恳天恩",跪过长安右门又跪长安左门,得不到一位大臣的怜悯,收下他们的奏本送到皇帝面前。他们只能望见外金水桥和桥前华

---

① 三法司——都察院、刑部、大理寺,统称三法司。

表,连承天门也不能完全望见。上朝时,他们听见了隐约的静鞭三响,随后就一切寂静。好像紫禁城是一个极深的海,而他们远远地隔在海外。长安门、承天门、端门和午门,每道门是一道隔断海岸的大山,使人望而生畏,无法越过。人们的腿跪得麻木,膝盖疼痛。有些人只好坐下,但多数人仍在跪着。有的人想着家乡惨状,呼天无门,在绝望中默默流泪。过路人愈聚愈多,在他们的背后围了几百人,有的完全是看热闹,有的深抱同情,不断地窃窃私语。几次因守卫长安左门的锦衣旗校要驱散众人,发生争吵。突然,一个太监走出,用尖声高叫:"有旨!"所有坐着的赶快跪下,连那些看热闹的人们因躲避不及,也慌忙跟着跪下。太监口传了"圣旨"以后,转身便走。百姓们有的跪在后边,心中惊慌,并未听清"圣旨"内容,只听清"钦此"便完了。但多数人是听清了的,等太监一走,不禁失声痛哭。姚东照老头子登时心一横,虎地跳起,抢过来奏本自己捧着向长安左门追去,大声呼叫:"公公!公公!"只见一道红光一闪,一个锦衣旗校一棍子打在他的头上。他的眼前一黑,天旋地转,身子摇晃,倒在地上,那一字一泪的哀痛奏本仍然紧握在他的手中,而鲜血从头上奔流。老百姓见此情形,胆小的起来乱跑,胆大的扑向前去救他,并且叫道:"你们打死人了!打死人了!"锦衣旗校怕百姓冲进长安左门,一齐向前,用力狠打,赶散百姓,并且逮捕了二十几个人,说他们在宫门外聚众暴乱,送进狱中。东长安街上,一片奔跑声,呼打声,哭叫声。很多商店见街上大乱,赶快关门。胆大的人们聚立在远处观看,有些老人滚下热泪,有些人摇头叹气,姚东照被几个上书百姓冒死救出,抬到东江米巷一个僻静地方放下。大家把他围着,有的含着悲愤的眼泪,有的发出恨声。他醒了过来,睁开眼睛望望大家,叹一口气。他知道自己的伤很重,快要死了。一句话从他的心上蹦出:"大明不亡,实无天理!"但是不肯说出口,跟着又昏过去了。……

锦衣卫使吴孟明走出东长安门时,"伏阙上书"的百姓已经被驱散了,地上留下了几只破鞋和撕碎的奏本。他命令一位锦衣卫指挥同知率领锦衣旗校会同五城兵马司务须将来京上书的山东、畿辅百姓驱逐出内外两城。

当吴孟明走下皇极门丹墀时候,崇祯正要退朝,忽然从文臣班中走出来一位五十多岁的老臣,到御案前的朱红栏杆外跪下。崇祯一看是前日上疏反对加征练饷和攻击杨嗣昌的黄道周,立刻动起火来。不等这位老臣张口,他神色严厉地问:

"你的奏本朕已看过,另有何事要奏?"

黄道周伏地说:"微臣求皇上停征练饷,严惩杨嗣昌以谢天下。布宽仁之政,收拾已溃之人心。"

崇祯因为生气,手脚更加浮动,说:"朕因为虏、寇猖獗,兵、饷俱缺,故去年不得已用辅臣杨嗣昌之议,增加练饷。朕何尝不爱民如子?何尝不深知百姓疾苦?然不征练饷即无法更练新兵,不更练新兵即无法内剿流寇,外御东虏,不得已采纳杨嗣昌之议,暂苦吾民一时。尔等做大臣的,处此国家困难之日,不务实效,徒事攻讦,深负朕意。今嗣昌代朕在外督师,沐雨栉风,颇著辛劳。原来在房县一带的九股流贼,已经纷纷请降;献贼自玛瑙山败后,也成了釜底游鱼,与罗汝才被困于鄂西川东一带,不得逃逸。李自成仍被围困在商洛山中,不日即可就歼。倘朝廷内外不和,动辄掣肘,必将使剿贼大事,功亏一篑。你前日疏中说杨嗣昌建议加征练饷是流毒天下,如此肆意攻讦,岂是为国家着想?"他转向群臣,接着说:"朕切望文武臣工,不论在朝在外,都能和衷共济,万不要各立门户,徒事攻讦。"

崇祯满以为他的这些话可以使黄道周不再与他廷争,也使别的朝臣不敢跟着说话。但是黄道周既没有被说服,也没有被他压服。黄道周的性格非常倔强，又自幼熟读儒家的经史书籍，只想着做个忠臣，学古代那些敢言直谏之士，把"文死谏，武死战"的话当做了为臣的金科玉律，很喜欢苏轼的诗句"居官死职战死绥"。更重要的一点，他出身寒门，又常被贬斥，接近地主阶级的下层。明代末年，朝廷实行了"一条鞭"的聚敛办法，将丁役钱和一切苛捐杂派都并入田赋征收。大地主多为豪绅之家，既享有免役权，也能借官府和胥吏舞弊，将部分田赋负担转嫁到无权无势的中小地主身上。这一阶层和有少量土地的农民，既是官府敲剥聚敛的对象，也是大户进行土地兼并的对象，加上战乱和天灾，随时都有境况沦落，甚至倾家破产和死亡流离的可能。这一阶层加上有少量土地的农民，在人数上仅次于佃农和雇农，所以他们的动向会影响明朝的存亡。崇祯皇帝将豪绅大户看成国家的支柱，而黄道周却将中小地主加上有少量土地的农民看成国家的支柱。他所说的"小民"，就是指的这两个阶层的人，都是直接担负着加征田赋之苦。听了崇祯的话以后，他觉得自己的一片忠心没被皇上理解，立即抬起头来说：

"陛下！臣前日疏中云'杨嗣昌倡为练饷之议，流毒天下，民怨沸腾'，实为陛下社稷着想，为天下百姓着想，并非有门户之见，徒事攻讦。臣二十年躬耕垅亩，中年出仕，两次削夺，今已五十余矣。幸蒙陛下圣恩宽大，赦臣不死，使臣得以垂老之年，重瞻天颜。臣即竭犬马之力，未必能报皇恩于万一；如遇事缄默，知而不言，则何以报陛下？何以尽臣职？增加练饷一事，实为祸国殃民之举。臣上月来京，路经江北、山东、畿辅，只见遍地荒残，盗贼如毛，白骨被野。想河南、陕西两省情况，必更甚于此。盗贼从何而来？说到究底，不过是因为富豪倚势欺压盘剥，官府横征暴敛，使小民弱者失业流离，饿死道旁，而强者铤而走险，相聚为盗。臣上次削夺之后，归耕田园，读书讲学，常与村野百姓为伍，闻见较切，参稽往史，不能不为陛下社稷忧。请陛下毅然下诏,罢练饷以收民心,斩杨嗣昌之头以为大臣倡议聚敛者戒!"

崇祯厉声说:"你是天子近臣,不能代朕分忧。别人拿出筹饷练兵办法,你说是祸国殃民之举,这不是徒事攻讦是什么?加征练饷是朕亲自裁定。你说这个办法不好,哪是你的好办法?"崇祯怒不可遏,将桌子一拍,喝道:"说!"

满朝文武见皇帝如此震怒,个个惊恐失色,替黄道周捏了一把冷汗。紫禁城上空滚动着沉闷的雷声。黄道周前天上疏时已经将最坏的结果作了估计,所以现在他只是想着这正是忠臣死谏的时候,心中并无生死顾虑,倔强地望着皇帝,慷慨回奏:

"臣自幼读圣贤书,考历代治乱兴亡之由,深知今日政事,以苛察聚敛为主。苛察繁则人人钳口,正气销沉;聚敛重则小民生机绝望,不啻为渊驱鱼,为丛驱雀。臣今日尚见有山东与畿辅百姓伏阙上书,他日必将失尽人心,连愿意前来上书的人也没有了。杨嗣昌的加征练饷办法是使朝廷饮鸩止渴……"

崇祯截断他的话头,说:"休再啰嗦!朕因流贼猖獗,东事日急,内外交困,不得不百计筹饷。不料朕向戚畹借助,戚畹抗旨;向百姓加赋,百姓怨言。你是天子近臣,也对加征练饷肆口诋毁,比为鸩毒。哼哼,成何话说!你如此诋毁练饷,试问你有何良策助朕筹饷练兵,以救目前危急?不筹饷,不练兵,罢掉杨嗣昌,派你代朕督师,你能将张献忠、李自成诸贼迅速剿灭或献俘阙下,清国家腹心之患?你不顾朕日夜为国事焦忧,妄肆攻讦,忠君爱国之心何在?哼!"

黄道周说:"臣今日所言者,正是出自一片忠君爱国之心。流贼祸国,致劳宸忧,臣何尝不欲食其肉而寝其皮。至于东虏为患,臣平日既忧且愤,独恨杨嗣昌只知与东虏暗中议款,全忘《公羊》'尊王攘夷'之教。今日人心溃决……"

崇祯又截断说:"我问你有何好办法筹饷练兵!"

黄道周说:"大抵额设之兵,原有额饷。如今兵多虚冒,饷多中饱。但求认真实练,则兵无虚冒,饷自足用。所以核实兵额,禁绝中饱,即可足兵足饷。若兵不实练,虚冒与中饱如故,虽另行措饷,搜尽百姓脂膏,亦无裨益。目前不是无饷练兵,而是缺少清白奉公、认真做事的人。如得其人,则利归公家;不得其人,则利归私室。今日百姓负担之重,为祖宗列朝数倍。皇上深居九重,何能尽知?左右近臣,有谁敢据实奏闻!因陛下天威莫测,使耿介者缄口不言,怕事者唯唯诺诺,而小人则阿谀奉承。皇上左右之人,动不动就称颂陛下天纵英明,明察秋毫,而实在背后各自为私,遇事蒙混,将陛下孤立于上。行间每每掩败为胜,杀良冒功;到处人心涣散,不恨贼而恨兵;官以钱买,将以贿选。凡此种种,积弊如山,皇上何曾洞知?今日臣不避斧钺之诛,冒死直言,恳皇上三思!"

崇祯按捺着一腔怒火,又问:"你如何说今日百姓负担之重为祖宗列朝数倍?"

道周说:"万历时,因辽东军事日急,于正赋之外,每年增抽五百二十万两,名曰辽饷,百姓已经不堪其苦。皇上御极之初,又增加辽饷一百四十万两。崇祯十年,杨嗣昌定了三个月灭贼的期限,增剿饷二百八十万两,原说只征一年。陛下皇皇诏书中也说'暂苦吾民一年耳'。今已四年,并未停征。不意去年又加征练饷七百三十万两。合辽饷、剿饷、练饷共一千六百七十万两,均在正赋之外。请皇上勿再竭泽而渔,杀鸡取卵,为小民留一线生机!"

崇祯被刺到疼处,想大发作,但因为黄道周是当时全国闻名的儒臣,素为清议所推重,只好再忍耐一下。他用手在御案上毫无目的地画来画去,过了片刻,冷笑说:

"你所说的尽是书生之见,知经而不知权。你只看百姓目前负担很重,不知一旦流贼肃清,即可长享太平之乐。你只看练饷增赋七百三十万两,数目很大,不知赋出于土田,土田尽归有财有势之家所有。百亩田只增银三四钱,不惟无害于小民,且可以稍抑富豪兼并。"

黄道周立即回奏:"国家土田,确实兼并成风,富者田连阡陌,贫者无立锥之地。然历朝田赋积弊甚深,有财有势者上下其手,多方欺隐,逃避征赋,土田多而纳粮反少;贫家小户则不敢欺隐,无力逃避,不惟照实纳粮,且受势豪大户转嫁之苦,往往土田少而纳粮反多。况田赋之外,每遇差科①,贪官污吏放富欺贫。故富者愈富,贫者愈贫。昔日中产之家,今多化为贫民,不恨贼而恨官府。陛下说增加田赋可以稍抑大户兼并,这是杨嗣昌去年面奏皇上之言,真是白日说梦,以君父为可欺,以国事为儿戏!"

崇祯喝道:"不必再说,下去!"他看见黄道周不肯起去,便接着训斥说:"国事日非,大臣们应该和衷共济,方不负朝廷厚望。你遇事攻击杨嗣昌,岂非私心太重,忽忘国家困难?如此哓哓争辩,泄汝私恨,殊失大臣体统!"

黄道周说:"臣只知为百姓生计着想,为皇上社稷着想,不知何谓私心。"

崇祯说:"朕听说你平日讲学常讲天理人欲,徒有虚名!朕闻凡事无所为而为者,谓之天理;有所为而为者,谓之人欲。多一分人欲便损一分天理。天理人欲,不容并立。三年前汝因不获入阁,遇事即攻击杨嗣昌,难道是无所为么?"

崇祯自认为是以孔孟之道治天下,而黄道周是当时有名的理学大儒,所以故意拾取宋儒朱熹之流常讲的"天理人欲"的牙慧,批评黄道周,好像忽然找到了一件锋利武器。然而黄道周今天在他面前犯颜廷争的是万分急迫的实际问题,所以不愿多谈"天理人欲"的道理,倔强地回答说:

———————

① 差科——差役和杂派。

"臣,臣,臣如何可以不言?臣读书数十年,于天人义利之辨,稍有所知。惟以忠君爱民为心,不以功名爵禄为怀。臣多年躬耕田垄,胼手胝足,衣布衣,食粗食,清贫自守,不慕荣利,天下人所共闻,岂因未曾入阁而始攻嗣昌!"

崇祯自知责备黄道周有点理亏,虽然神色仍然十分严峻,却用稍微缓和的口气说:"清白操守,固是美德,但不可傲物,不可朋比。古人说伯夷为圣之清者,你比伯夷如何?朕知道你有操守,故屡次将你斥逐,究竟还想用你。没想到你偏激矫情,任性放肆,一至于此!姑念你是讲官①,这一次宽恕了你。以后不准再攻讦大臣,阻挠大计。下去吧!"

黄道周担心朝政这样下去,将有亡国之祸,所以才昧死直陈,希望有所挽救。他是宁死也不愿看见大明亡国的。现在见皇上并不体谅他的忠心,又不许他继续说话,他几乎要痛哭起来,大声说:

"陛下!臣句句话都是为君为国,不存半点私心。'夫民犹水也,水能载舟,亦能覆舟'。臣恐陛下如此一意孤行,必将使人心尽失,四海鼎沸,国事更不可收拾!"

"出去候旨!"

"征练饷,祸国殃民。臣今日不言,臣负陛下,亦负天下万民。陛下今日杀臣,陛下负臣!"

黄道周虽然没有明言将会亡国,但是崇祯十分敏感,从"臣负陛下"四个字听出来这种含意,不禁勃然大怒,动了杀他的心,拍案喝道:

"黄道周!尔如此胡搅蛮缠,争辩不止,全失去臣子对君父体统,实在可恶!你自以为名望甚高,朕不能治你的罪么?哼!少正卯也是闻人,徒以'心逆而险,行僻而坚,言伪而辩,记丑而博,顺非而泽',不免孔子之诛。今之人多类此者!"

---

① 讲官——为皇帝讲书的官。

"臣平日忠孝居心,无一毫偏私,非少正卯一类人物。"

崇祯一想,黄道周是个大儒,确实不是少正卯一类人物,所以尽管十分震怒,却是表现了破天荒的容忍,打算把道周喝退出朝,再议他一个罪名,贬他到几千里外去做个小官,永远不叫他重回朝廷。他怒视着道周,厉声喝道:

"黄道周出去!"

黄道周叩头起来,两腿酸麻,艰难地扭转身,踉踉跄跄地向外走去。崇祯望着他的脊背,想着自己对国事万般苦撑竟不能得他这样的大臣谅解,不由得叹口气,恨恨地说:

"黄道周一生学问,只学会一个'佞'字!"

道周立刻车转身,重新跪下,双手按地,花白的长须在胸前索索颤抖。他沉痛而倔强地说:

"皇上说臣只学成一个'佞'字,臣愿把'忠、佞'二字对皇上剖析一下。倘若说在君父前独立敢言算是佞,难道在君父前谗谄面谀为忠么?忠佞不别,邪正淆矣,如何能做到政事清明!"

"你不顾国家急难,不思君父忧劳,徒事口舌之争以博取敢谏之名,非'佞'而何?"

"陛下所信者惟杨嗣昌。先增剿饷,继增练饷,均嗣昌所建议。嗣昌对东虏不知整军经武,大张挞伐,只一味暗中求和。他举荐陈新甲为本兵,实为继续向东虏议和计。似此祸国殃民,欺君罔上之人,而陛下宠之,信之,不以彼为佞臣。臣读书一生,只学会犯颜直谏,并未学会逢迎阿谀,欺君罔上,竟被陛下目为佞臣。……"

崇祯大喝道:"给我拿了!如此狂悖,拿下去着实打!"

登时上来几个锦衣力士将黄道周从地上拖起来,推了出去。崇祯拍着御案咆哮说:

"着实打!着实打!"

满朝文武都震惊失色,战栗不止,连平日与黄道周毫无来往的人们也害怕他今天会死于廷杖①之下。黄道周被踉跄地拖出午门,摘掉朝冠,扒掉朝服,推倒在地。他想着自己死于廷杖之下不足惜,可惜的是大明的国运不可挽回了。于是他挣扎着抬起头来,向午门望一眼,没有说别的话,只是喘着气呼喊两声:

"天乎!天乎!"

从文班中慌忙走出一人,年约四十多岁,中等身材,身穿六品文官的鹭鸶补服,到御案前一丈多远的地方跪下,叩个头,呼吸急促地说:

"乞皇上姑念黄道周的学问、操守为海内所钦,今日在皇上面前犯颜直谏,纯出于忠君爱国赤诚,宽饶了他。倘若黄道周死于杖下,反而成就了他的敢谏之名,垂之史册亦将为陛下圣德之累。"

崇祯认得他是户部主事叶廷秀,厉声说:"黄道周对君父狂悖无礼,杀之不足蔽其辜。你竟敢替他求情,定是他的一党!"

叶廷秀叩头说:"臣与黄道周素不相识。"

"胡说!既敢为他求情,必是一党。拿下去着实打!"

不容分辩,叶廷秀登时被锦衣拿了,拖往午门外边。叶廷秀因在户部做官,对于农村崩溃情形知道较深,平日较一般朝臣头脑清醒。本来他想趁机向皇上陈述他对国事的看法,竟然连一点意见也没有来得及说出口来。

左都御史刘宗周由于职掌都察院,对朝廷敝政知道得较多且深,又因不久前从他的故乡绍兴来京复职,沿途见闻真切。处处灾荒惨重,人心思乱,以及山东和江北各地农民起义势如燎原,给他的震动很大,常怀着危亡之感。现在文武百官都吓得不敢做声,他一则不愿坐视大明的江山不保,二则想着自己是左都御史,不应该

---

① 廷杖——明朝皇帝往往在朝廷殿阶下用棍子打朝臣,名叫廷杖。中叶以后,行刑处移到午门外边。

缄口不言,于是迈着老年人的蹒跚的步子走出班来,跪下叩头。他还没有来得及张嘴说话,崇祯愤愤地问:

"你是想替他们求情么?"

刘宗周回答说:"叶廷秀虽然无罪,但因为他是臣的门生,臣不敢替他求情。臣要救的是黄道周。道周于学问无所不通,且极清贫,操守极严,实为后学师表。臣知陛下对道周并无积恨在心,只是因他过于戆直,惹陛下震怒,交付廷杖。一旦圣意回转而道周已死于廷杖之下,悔之何及!"

"黄道周狂悖欺君,理应论死!"

"按国法,大臣论死不外三种罪:一是谋逆,二是失封疆,三是贪酷。道周无此三罪。此外,皇上平日所深恶痛绝者是臣工结党,而道周无党。道周今日犯颜直谏,是出自一片是非之心,如鲠在喉,不得不吐,丝毫无结党之事。如说道周有党,三尺童子亦不肯信。臣与道周相识数十年,切知他实在无党。"

"今日不打黄道周,无法整肃朝纲。你不必多说,下去!"

"臣今年已六十三岁,在世之日无多……"

"下去!"

"愿陛下……"

"下去!"

"愿陛下为尧、舜之主,不愿陛下有杀贤之名。陛下即位以来,旰食宵衣,为国忧勤,至今已十三年了。然天下事愈来愈坏,几至不可收拾,原因何在?臣以为陛下求治太急,用法太严,颁布诏令太繁,进退天下士太轻。大臣畏罪饰非,不肯尽职;一二敢言之臣,辄蒙重谴;故朝廷之上,正气不伸,皇上孤立。"

"胡说!朕何尝孤立?从万历以来,士大夫喜好结党,互相倾轧,已成风气。朕对此深恶痛绝,不稍宽容。这正是要伸正气,正士风。汝素有清直之名,岂能不知?显系与黄道周一鼻孔出气！……下去！"

"臣今日不将话说出来,死也不退。"

"你还要唠叨些什么?"

"臣以为目前大局糜烂,其症结在正气不伸,皇上孤立,故天下有人才而不得其用,用而不能尽其力;有饷而不能养兵,额多虚冒;有将而不能治兵,有兵而不能战,常以杀良冒功为能事。黄道周适才所奏,虽过于戆直,然实为救国良药。古人云,良药苦口利于病,忠言逆耳利于行。陛下若想收已失之人心,必须以尧、舜之心行尧、舜之政。若仍严刑峻法,使直言者常获重谴;日日讲聚敛,使百姓生机愈困;则天下事不堪问矣!"停了停,咽下去一股热泪,他抬起头继续说:"陛下痛愤时艰,锐意求治,而二帝三王之道未暇讲求。……"

"非是朕不讲求,而是诸臣负朕。"崇祯忽然转向内侍问:"黄道周打了没有?"

王德化跪下回奏:"现在就要行刑。"

"快打!不要姑息!"崇祯回头来望着刘宗周,气呼呼地说:"你们这班有名望的儒臣,只会把错误归给朝廷,博取高名。今日朕不责你,你也莫再啰唆。下去!"

"既然陛下重责黄道周,臣愈不能不将话说完。说出之后,虽死无憾。"

"你如此执拗,着实可恼!好吧,等打了黄道周、叶廷秀之后,再容你说。暂且起去!"

"臣话未说完,死不起去。"

"那你就跪着等候。"

雷声在紫禁城的上空隆隆响着。午门外的西墀下早已做好了行刑的准备,只是锦衣卫使吴孟明和监刑的东厂提督太监曹化淳想着皇上听了左都御史刘宗周的求情可能赦免黄、叶二人的廷杖,所以迟迟没有动刑。如今一声吆喝,廷杖就开始了。

作为崇祯的心腹和耳目,曹化淳坐在午门前的西墀上,监视行刑。吴孟明坐在他的右边,指挥行刑。大约有三十名东厂太监和锦衣卫的官员侍立在他们左右。在西墀下边站着一百名锦衣旗校,穿着有很多褶儿的猩红衣服,手执朱红大棍。黄道周被脸朝下按在地上。他的手和脚都被绑牢。有四个人用绳子从四面牵拽,使他的身子不能转动。当崇祯在金台上说出来"快打,不要姑息"的话以后,立刻就由随侍太监将这句话传出午门。吴孟明知道刘宗周求情不准,便对众旗校厉声吩咐:

"搁棍!"

"搁棍!!"站在下边的一百名旗校同声呼喊,声震午门。

喊声刚住,一个大汉从锦衣旗校队中走出,将一根红漆大棍搁在黄道周的大腿上。吴孟明喝一声"打!"下边一百名旗校齐声喝"打!"开始打起来。打了三下,吴孟明为着怕曹化淳在皇上面前说他坏话,大声喝:"着实打!"一百名旗校齐声喝:"着实打!"每打五下换一个行刑的人,仍像从前一样地吆喝一次"着实打"。吴孟明深知黄道周是当代大儒,不忍心使黄道周立刻死于杖下,所以总不喝出"用心打"三个字。如果他喝出这三个字,行刑的旗校只须几棍子就会结果道周的性命。曹化淳明白吴孟明的意思,他自己同黄道周也素无积怨,并不说话。

黄道周的脸碰在地上,鼻子和嘴唇碰破,斑白的胡须上染着鲜血。在受刑中他有时呼喊"苍天!苍天!"有时呼喊"太祖高皇帝"或"二宗列祖",却没有一句哀怜求饶的话。他的叫声逐渐衰弱。被打到四十棍以后,便不知道疼痛,不省人事,只仿佛听见远远的什么地方有微弱的吆喝声,同时仿佛觉得两腿和身子随着每一下打击震动一下。又过片刻,他的感觉全失了。

锦衣旗校用凉水将黄道周喷醒,因皇帝尚无恩旨赦免,只好再打。打到六十棍时,黄道周第二次死过去了。监刑太监曹化淳吩咐停刑,走到皇帝面前请旨,意思是想为黄道周留下来一条性命。崇祯的怒火丝毫未消,决心要把黄道周处死,给那些敢触犯"天威"的大小臣工做个样子。他只向曹化淳瞟了一眼,冷冷地说:

"再打二十!"

黄道周又一次被人用凉水喷醒,听说还要受杖,他只无力地呼叫一声:

"皇天后土!……"

廷杖又开始了。黄道周咬紧牙关,不再做声,心中但求速死。吴孟明有意关照,所以这后来的二十棍打得较轻。打过之后,黄道周的呼吸只剩下一股游丝般的幽幽气儿。人们按照廷杖老例,将他抬起来向地上摔了三次,然后往旁边一扔。虽然吴孟明使眼色叫大家轻轻摔,但是摔过之后,他第三次死了过去。一个旗校又替他喷了凉水,过了很久才看见他慢慢苏醒。

叶廷秀被打了一百棍子。亏他正在壮年,身体结实,只死去一次。等曹化淳报告两个罪臣都已经打毕,崇祯只轻轻说了两个字:"下狱!"然后把愤怒的眼睛转向刘宗周。这个老臣在地上跪有半个多时辰了。

"你还有什么话说?"崇祯用威胁的口气问。

刘宗周抬起头来说:"方才午门外杖责二臣,喊声动地,百官战栗。今日对二臣行刑,天暗云愁,雷声不歇,岂非天有郁结之气不能泄耶?黄道周学养渊深,并世无二;立身行事,不愧古人;今以垂老之年蒙此重责,故天地为之愁惨。臣不为道周惜,而为陛下惜,为国法惜,也为天下万世惜!"说到这里,他觉得鼻子很酸,喉咙壅塞,几乎哽咽起来,只好略停片刻,然后接着说:"昔魏征面斥唐太宗,太宗恨之,曾想杀之而终不肯杀,反且宠之,重之。汉武帝恶汲黯直谏,将汲黯贬出长安,实则予以优容。陛下既然想效法尧、舜,奈何行事反在汉、唐二主之下?这是老臣所惶惑不解的!至于……"

崇祯不等他说完就大声喝道:"尽是胡说!听说汝平日讲学以诚敬为主。对君父如此肆意指责,诚敬何在?"

宗周说:"臣在朝事君之日不多,平日岁月大半在读书讲学,也确实以诚敬为主,并着重慎独功夫。数十年来身体力行,不敢有负所学。臣向来不以面从为忠,故今日不避斧钺,直言苦谏。在君父面前当言不言,既是不诚,亦是不敬。臣今生余日无多,愿趁此为陛下痛陈时弊……"

崇祯将御案一拍,喝道:"不准多说!尔与黄道周同恶共济,胆敢当面责备君父,实在可恶之极!着即革职,交刑部从重议罪。给我拉下去!"

刘宗周被拖出午门以后,崇祯在心中悻悻地说:"唉,没想到朝纲与士风竟然如此败坏!这些大臣们目无君父,不加严处,如何了得!"他向内臣们瞟一眼,无力地低声吩咐:

"宣诸臣近前来,听朕面谕。"

文武百官听了宣召,无声地走到栏杆前边。勋戚、内阁辅臣和六部尚书靠近栏杆立定,其余百官依次而立,班次不免稍乱。御史和鸿胪官股栗屏息,忘记纠仪。全体朝臣除宽大朝服的窸窣声和极其轻微的靴底擦地声,没有任何别的声音。崇祯向大家的低垂着的脸孔上看了看,没有马上说话。刚才他的眼睛里愤怒得好像要冒出火来,现在虽然怒气未消,但多了些痛苦和忧郁神色。他心中明白,尽管他把黄道周和叶廷秀行了廷杖,把刘宗周交刑部议罪,尽管他也看得出如今恭立在他面前的文武百官大部分吓得脸色灰白,连大气儿也不敢出,但是他知道自己的雷霆之威并没有慑服黄道周等三个人,也没有赢得百官的诚心畏服。他从大家的神色上感觉到自己是孤立的,似乎多数文武还不能真明白他的苦衷。在平日上朝时他说话往往口气威严,现在他忽然一反往常,用一种很少有的软弱和自责的口气说:

"自朕登极以来,内外交讧,兵连祸结,水旱洊臻,灾异迭见。朕夙夜自思:皆朕不才,不能感发诸臣公忠为国之心;不智,不能明辨是非邪正,忠奸贤愚;不武,不能早日削平叛乱,登吾民于衽席。此皆朕之德薄能寡,处事不明,上负神明,下愧百姓,故'皇天现异,以戒朕躬'!"

百官很少听到皇上在上朝时说过责备自己的话,很多人都心中感动。但是大家也都明白他此刻如此,另一个时候就会完全变个样儿,所以只有一个朝臣向崇祯说几句阿谀解劝的话,别人都不做声。

崇祯喝了一口茶,又说:"人心关系国运,故有时人心比天心更为可怕。有一等人,机诈存心,不能替君父分忧,专好党同伐异,假公济私。朝廷不得已才行一新政,他们全不替国家困难着想,百般阻挠,百般诋毁。像这等人,若论祖宗之法,当如何处?看来这贼寇却是易治,衣冠之盗甚是难除。以后再有这等的,立置重典。诸臣各宜洗涤肺肠,消除异见,共修职掌,赞朕中兴,同享太平之福。"

全体文武跪奏:"谨遵钦谕!"

崇祯叫大家起来,又戒谕他们不要受黄道周和刘宗周二人劫持,同他们一样目无君父,诽谤朝廷,阻挠加征练饷,致干重谴。最后,他问道:

"你们诸臣还有什么话说?"

几位阁臣趁机会跪下去为刘宗周求情,说他多年住在绍兴蕺山①讲学,只是书生气重,与黄道周原非一党,请皇上对他宽宥。崇祯说:

---

① 蕺山——在绍兴北郊,上有蕺山书院,为刘宗周讲学地方。

"自从万历以来，士大夫多有利用讲学以树立党羽与朝廷对抗，形成风气，殊为可恨。这刘宗周多年在蕺山讲学，是否也有结党情形？"

一位阁臣奏道："刘宗周虽在蕺山讲学多年，天下学者尊为蕺山先生，尚未闻有结党情形。"

崇祯想了想，说："念他老耄昏聩，姑从诸先生之请，暂缓议罪。他身居都宪，对君父如此无礼，顿忘平生所学。着他好生回话。如仍不知罪，定要加重议处，决不宽容！"

他还要对叶廷秀的事说几句话，但是刚刚开口，一阵狂风夹着稀疏的大雨点和冰雹，突然来到。五凤楼上，雷电交加。一个炸雷将皇极门的鸱吻击落，震得门窗乱动。那个叫做金台的御座猛烈一晃，同时狂风将擎在御座上的黄罗伞向后吹倒。崇祯的脸色一变，赶快站起，在太监们的簇拥中乘辇跑回乾清宫。群臣乱了班次，慌张地奔出午门。那威严肃穆的仪仗队也在风、雨、冰雹、雷电中一哄跑散。

回到乾清宫以后，崇祯对于刚才雷震皇极门，动摇御座，以及狂风吹倒黄罗伞这些偶然现象，都看做大不吉利。他的心情十分灰暗，沉重，只好去奉先殿向祖宗的神灵祈祷。

第十八章

刘宗周侥幸没有交刑部议罪,回到家中。朝中的同僚、门生和故旧有不少怕事的,不敢前来探看;有的只派家人拿拜帖来问问情况,表示关怀。但是亲自来看他的人还是很多。这些人,一部分是激于义愤,对刘宗周怀着无限的景仰和同情,由义愤产生胆量;一部分是平日关系较密,打算来劝劝刘宗周,不要再触动上怒,设法使这件事化凶为吉。刘宗周深知皇上多疑,耳目密伺甚严,对所有来看他的人一概不见,所有的拜帖一概退回,表示自己是戴罪之身,闭门省愆。

从朝中回来后,他就一个人在书房中沉思。家人把简单的午饭替他端到书房,但他吃得很少,几乎是原物端走。刘宗周平日照例要午睡片刻,所以在书斋中替他放了一张小床。今天,他躺下去不能成寐,不久就起来,时而兀坐案前,时而迈着蹒跚的脚步踱来踱去,不许家人打扰。起初,家人都以为他是在考虑如何写本,不敢打扰他;到了后半晌,见他尚未动笔,全家人都感到焦急和害怕起来。他的儿子刘汋字伯绳,年约四十上下,在当时儒林中也稍有名气,随侍在京。黄昏前,他奉母命来到书房,毕恭毕敬地垂手立在老人面前,说道:

"大人,我母亲叫儿子前来看看,奉旨回话之事不宜耽搁;最好在今日将本缮就,递进宫去,以释上怒。"

宗周叹口气说:"我今日下朝回来,原是要闭户省愆,赶快写本回话,然默念时事,心情如焚,坐立不安。你回后宅去对母亲说:如何回话,我已想定,今晚写本,明日天明递进宫去,也不算迟。"

刘汋不敢催促父亲,又说:"母亲因皇上震怒,责大人好生回话,心中十分忧惧。她本要亲自来书斋看看父亲,儿子因她老人家感冒才好,今日风雨交加,院中积水甚深,把她老人家劝住。她对儿子说,自古没有不是的君父,望大人在本上引罪自责,千万不必辩理。国事败坏如此,非大人只手可以回天;目前但求上本之后,天威稍霁,以后尚可徐徐进谏。"

宗周痛苦地看了儿子一眼,说:"读书人如何在朝中立身事君,我全明白,不用你母亲操心。"

刘汋低下头连答应两个"是"字,却不退出。他心中有话,不知是否应该禀告父亲。老人看出他似乎欲言又止,问道:

"你还有什么话想说?"

刘汋趋前半步,低声说:"大人,从后半晌开始,在我们公馆附近,以及东西街口的茶楼酒肆之中,常有些形迹可疑的人。"

老人的心中一惊,随即又坦然下去,慢慢问道:"你如何知道?"

"儿子出去送客,家人上街买东西,都曾看见。左右邻居也悄悄相告,嘱咐多加小心。儿子已命家人将大门紧闭,以后再有朝中哪位老爷来公馆拜候,或差人送拜帖前来,一概不开大门。"

刘宗周点点头,感慨地说:"想必是东厂和锦衣卫的人了。"

"定然是的。"

"皇上如此猜疑大臣,如此倚信厂、卫,天下事更有何望!"停了一会儿,老人又对儿子说:"圣怒如此,我今日不为自身担忧,而为黄、叶二位性命担忧。晚饭后,你亲自去镇抚司衙门一趟,打听他们受刑以后的情况如何。"

"大人,既然圣上多疑,最恨臣下有党,儿子前往镇抚司好么?"

"满朝都知我无党。此心光明,可对天日。你只去看一看石斋先生死活,何用害怕!"

刘汋见父亲意思坚决,不敢做声,恭敬退出。关于上本回话的事,他只好请母亲亲来婉劝。

到了晚上,刘宗周开始起草奏疏。窗子关得很严。风从纸缝中打阵儿吹进,吹得灯亮儿摇摇晃晃。他的眼睛本来早就花了,因灯亮儿不断摇晃,写字越发困难。倘若是别的大臣,一定会请一位善做文章的幕僚或门客起个稿子,自己只须推敲推敲,修改一下,交付书吏缮清。但刘宗周自来不肯这样。他每次上本,总是怀着无限诚敬,自己动笔,而且先净手,焚香,然后正襟危坐,一笔不苟地起稿。何况这封疏关系重大,他更不肯交别人去办。

他刚刚艰难地写出两段,他的夫人冒着雨,由丫环梅香搀扶着,来到书房。他停住笔,抬起头望了望,问道:

"这么大的雨,满院都是水,你感冒才好,来做什么?"

老夫人颤巍巍地走到书桌旁边坐下,轻轻地叹口气,说:"唉,我不放心呀!今日幸亏众官相救,皇上圣恩宽大,没有立刻治罪,叫你下来回话。你打算如何回话?"

"你放心。我宁可削职为民,断不会阿谀求容,有负生平所学,为天下后世所笑。"

老夫人忧愁地说:"唉,天呀,我就知道你会要固执到底!这样岂不惹皇上更加震怒?"

他故意安慰她说:"皇上是英明之主,一时受了蒙蔽,此疏一上,必能恍然醒悟。"

"虽说皇上圣明,也要防天威莫测。万一他不醒悟怎么好?"

"忠臣事君,只问所言者是否有利于国,不问是否有利于身。当国势危急之日,不问自身荣辱,直言极谏,以匡朝廷之失,正是吾辈读书人立朝事君之道。朝廷设都御史这个官职,要它专纠百司①,辨明冤枉,提督各道②,为天子耳目风纪之官。我身为都宪,倘遇事唯唯诺诺,畏首畏尾,不能谏皇上明正赏罚,不能救直臣无辜受谴,不能使皇上罢聚敛之议,行宽仁之政,收既失之人心,不惟上负国恩,下负百姓,亦深负平生所学。"

"你说的道理很对,可是,我怕……。唉,你已经是六十多岁的人啦,还能够再经起一次挫折?如蒙重谴,如何得了啊!"

"正因为此生余日无多,不能不忠言谏君。"

"我怕你早晨上本,不到晚上就会像石斋先生一样。今日下半天,东厂和锦衣卫侦事件的人们就在附近不断窥探;听仆人们说,直到此刻,夜静人稀,风雨不住,还时有形迹可疑的人在门前行动。圣心猜疑如此,全无优容大臣之意,我劝你还是少进直谏吧。留得性命在,日后还有报主之日。"

"胡说!纵死于廷杖之下,我也要向皇上痛陈时弊。你与我夫妻数十年,且平日读书明理,何以今日如此不明事理?去吧,不要再说了!"

老夫人见他动了怒,望着他沉默一阵,用袖子揩揩眼泪,站了起来。她还是想劝劝丈夫,但是话到嘴边又咽了下去,摇摇头,深深地叹息一声,然后扶着丫环的肩膀,颤巍巍地离开书房,心中想到:一场大祸看来是逃不脱了!

刘宗周拨大灯亮,继续起稿。他深知大明江山有累卵之危,而他宁死也不愿坐视局势日非而缄口不言。他想着近些年皇上重用太监做耳目;把心腹太监派去监军,当做国家干城;又以严刑峻法的刑名之学作为治国大道,不但不能使政治清明,反而使政令陷于烦琐。这样,就只能使国事一天比一天坏,坏到今日没法收拾的局

---

① 百司——指所有衙门,也指百官。
② 各道——指全国十三道御史和按察使。

面。……想到这些,他愤慨而痛心,如同骨鲠在喉,非吐不快,于是直率地写道:

耳目参于近侍,腹心寄于干城;治术杂刑名,政体归丛脞。天下事日坏而不可收拾!

窗外的雨声越发大了。雷声震耳,房屋和大地都被震动。闪电时时照得窗纸猛然一亮。灯光摇摆不停。刘宗周放下笔,慢慢地站起来,在布置得简单而古雅的书房中走来走去。许许多多的重大问题都涌现心头,使他十分激动,在心中叹道:"如此下去,国家决无中兴之望!"他越想越决意把朝廷的重大弊政都写出来,纵然皇上能采纳十分之一也是好的。他一边迈着蹒跚的步子踱着,一边想着这封疏递上以后会不会被皇上采纳,不知不觉在一个书架前站住,仿佛看见自己被拖到午门外,打得血肉狼藉,死于廷杖之下,尸首抬回家来,他的老伴伏尸痛哭,抱怨他不听劝阻,致有此祸……

过了一阵,他把拈着白须的右手一挥,眼前的幻影登时消失。他又踱了几步,便回到桌边坐下,拿起笔来,心中一阵刺痛。一种可能亡国破家的隐痛,过去也出现过,而此时更为强烈。他不由得脱口而出地小声说:

"写!我一定要照实地写!"

他正在写着崇祯皇帝的种种错误行事,朝廷的种种弊政,突然一个特别响的霹雳在窗外爆炸,震得灯亮儿猛地一跳,几乎熄灭。狂风夹着倾盆大雨猛洒在屋瓦上、葡萄架上、庭院中的砖地上,发出海潮似的声音。刘宗周望望窗子,想着今夜北京城内不知会有多少人家墙倒屋塌,不觉叹口气说:

"不是久旱,便是暴雨成灾!"

他想起来前年秋天从浙江奉召来京时在长江以北所见的城乡惨象。淮河以南,几百里大水成灾,白浪滔天,一望无际,许多村庄仅仅露出树梢和屋脊。入山东境,大旱百日以上,禾苗尽枯,而飞蝗由微山湖荒滩上向东南飞翔,所过之处遮天蔽日,寸草不留。沿运河两岸,流民成群,男女倒毙路旁的到处可见。离运河十里之外,盗匪多如牛毛。尽管灾荒如此严重,但官府征派,有加无已。加上兵勇骚扰,甚于土匪。老百姓逃生无门,很多人只得投"贼"。到京之后,在召对时向皇上扼要奏陈,当时皇上也为之动容,深致慨叹。随后不久,畿辅和山东又经受了清兵烧杀掳掠的浩劫。他想,倘若朝政不认真改弦易辙,这风雨飘摇的江山还能够撑持多久?

他迅速走回桌旁坐下,加了两根灯草,提起笔来。可是他的眼睛昏花得实在厉害,低头看纸像隔着一层雾。勉强写了几个字,感到很吃力,心中说:"唉,真是老了!上了这一本,即令不蒙重谴,再向皇上痛切进言的时候就没有啦!"忽然鼻子一酸,热泪盈眶,面前的什物全模糊了。

刘宗周正苦于写字艰难,书房门响了一下,刘汋进来,回身将雨伞放在门外,将门掩好。晚饭后,他到一位都察院的官员家里,约这位平日同镇抚司有熟人的官员陪他一道,去镇抚司狱中探听黄道周和叶廷秀二人情形,刚刚回来。老人一见他进来,没等他开口就急着问:

"石斋先生的情形如何?"

"还好。儿子亲自到了北司[①]探听,听说因为得到锦衣卫使吴大人的关照,狱中上下对他和叶先生都另眼相看,不会给他们苦吃。"

"我担心石斋受这样重杖,入狱后纵然不再吃苦,也不会活几

[①] 北司——锦衣卫所属管监狱的衙门有北镇抚司和南镇抚司。通常所说的镇抚司狱即属于北镇抚司。

天了。可惜,他的绝学①还没有一个传人!"

"请大人放心。厚载门②外有一位医生姓吕名邦相,善治棒伤,在京城颇有名气。这位吕先生已经八十多岁,早已不再行医。今日听街坊邻居谈论石斋先生为谏征练饷事受了廷杖,性命难保,就雇了一乘小轿到了北司,由孙子搀扶着进到狱中,替石斋先生医治。他在石斋先生的伤处割去许多烂肉,敷了药,用白布裹了起来,又开了一剂汤药。据北司的人们说,只要七天内不化脓溃烂就不要紧了。"

"谦斋的伤势不要紧吧?"

"叶先生的伤也不轻,不过有吕先生医治,决无性命危险。请大人放心。"

刘宗周啊了一声,略微有点放心。叶廷秀是他的得意门生,在学问上造诣很深,自从天启中成了进士,十几年来在朝做官,立身行事不辜负他的教导。尤其叶与黄确实素无来往,今天在皇上盛怒之下敢于挺身而出,救护道周,这件事使刘宗周极其满意。想了一下,他对儿子说:

"谦斋做了多年京官,家中人口多,一向困难,如今下狱,定然缺钱使用。你明天给他家里送三十两银子,见他的老母和夫人安慰几句。"

刘汋恭敬地答应一声,随即问道:"大人要不要吃点东西?"

"不用。快去净净手来,我口授,你替我写。我毕竟老了,在灯下越发眼花得不能写字!"

刘汋还没有走,丫环梅香打着明角灯,把书房的门推开了。后边是老夫人,由一个打伞的丫环搀扶着,而她自己端着一小碗莲子

---

① 绝学——黄道周在哲学思想上属于主观唯心主义,在当时以精于《易经》著称,被认为有独到的研究。
② 厚载门——元代皇城的北门叫做厚载门,明代改称北安门(清代改称地安门),但当时人们习惯上仍称为厚载门。

汤,愁眉深锁地走了进来。刘汋赶快迎上去,用双手接住小碗,说道:

"下着雨,你老人家吩咐丫环们端来就行了,何必亲自送来?"

老夫人向丫环挥一下手,说:"你们把灯笼放下走吧。"望着丫环们走后,她回头来噙着眼泪对儿子说:"趁着雨已经下小了,我来看看你父亲,今晚再服侍他一次。我服侍他几十年,万一这封疏惹皇上震怒,我再想服侍他也不能了。"

刘汋望望母亲,又望望父亲,双手捧着莲子汤碗放到父亲面前,转回头来安慰母亲说:

"你老人家不必担心。皇上圣明,明天看见儿父的疏,圣怒自然就息了。"

"唉,妄想!伴君如伴虎,何况你父亲耿介成性,如今他不但不认罪,还要痛陈朝廷的弊政!"

刘宗周不愿让夫人多说话,对儿子说:"汋,你把母亲送回后宅休息,净过手快来写字!"

老夫人很想坐在书房中陪着老头子熬个通宵,但是她知道老头子决不答应,而且她也不愿在这大难临头的时候徒然惹老头子生气。几十年来,她在儒家礼教的严格要求下过生活,是一位标准的贤妻良母,如今既然丈夫不听她的劝告,又不愿她留在身边,她只好离开书房。当儿子搀着她慢慢地走出书房时,她忍不住回头望望丈夫,低声说:"莲子汤快凉啦,你快吃吧。"她的心中一酸,两行热泪簌簌地滚落下来,轻声地自言自语说:"遇着这样朝廷,有什么办法啊!"回到后宅上房,她在椅子上颓然坐下,对儿子哽咽说:

"你父亲的本明日递进宫去,定会有大祸临头。你今夜能劝就劝劝他不要多说朝廷不是,如不能劝,就连夜做点准备。"

刘汋的脸色灰白,勉强安慰母亲说:"请母亲不要过于担忧……"

刘汋净了手,回到书房。宗周在书架前来回踱着,用眼色指示他在桌边坐下。他不敢坐在父亲常坐的椅子上,用双手将父亲所著的《阳明传信录》一书从桌子右端捧起来放到别处,然后搬一个凳子放在桌子右首,恭恭敬敬地坐了下去。把父亲已经写出的部分奏稿看了一遍,他不由得出了一身热汗,站起来胆怯地说:

"大人,你老人家这样对陛下回话,岂不是火上浇油,更激陛下之怒?"

刘宗周在圈椅上坐下去,拈着花白长须问:"屈原的《卜居》你可背得出来?"

"还能够背得出来。"

"屈子问卜人道:'宁正言不讳以危身乎?将从俗富贵以偷生乎?'假若是问你,你将何以回答?"

刘汋垂手恭立,不敢回答,大珠汗不住从鬓边滚出。

老人说:"像黄石斋这样的人,敢在皇上面前犯颜直谏,正是屈子在《卜居》中所说的骐骥。你要你父亲'宁与骐骥亢轭①乎?将随驽马之迹乎?'"

刘汋吞吞吐吐地说:"皇上的脾气,大人是知道的。恐怕此疏一上,大人将有不测之祸。"

老人说:"我也想到这一点。可是流贼之祸,方兴未艾;东虏窥伺,犹如北宋之末。我只想向皇上痛陈求治之道,改弦易辙,似乎尚可收桑榆之效。都察院职司风宪,我又身居堂官②,一言一行都应为百官表率。古人说:'疾风知劲草。'又云:'岁寒知松柏之后凋!'遇到今日这样大关节处,正要见大臣风骨,岂可苟且求容!"

"大人的意见自然很是。不过,皇上一向不喜欢逆耳之言……"

---

① 亢轭——亢同"抗",亢轭是并驾齐驱的意思。
② 堂官——主管长官,掌印堂。

"住口！今日国势如此危急，我不能为朝廷正是非，振纪纲，使皇上行尧舜之政，已经是罪该万死，岂可再畏首畏尾，当言不言？我平生讲学，惟在'诚'、'敬'二字。言不由衷，欺骗皇上，即是不诚不敬。事到今日……（他本想说已有亡国之象，但没有说出口。）如果我只想着明哲保身，我这一生所学，岂非尽伪？死后将何以见东林诸先烈于地下？你的话，真是胡说！"

"儿子不敢劝大人明哲保身，只是……"

老人严厉地看儿子一眼，使他不敢把话说完，然后叹了口气，很伤心地说："我教你半生，竟不能使你成为君子之儒！读圣贤书，所学何事？遇到大关节处，竟然患得患失，亏你还是我的儿子！"

刘汋垂手而立，低着头，不敢看父亲，不敢做声；汗珠直冒，也不敢用手擦。过了一阵，见父亲不再继续斥责，虽然心中实认为父亲过于固执和迂阔，但也只得喃喃地说：

"请大人不要生气。儿子见道不深，一时错了。"

"你不是见道不深，而是根本没有见道。以后好生在践履笃实处下功夫，不要光记得书上的道理。坐下去，听我口授，写！"

等儿子坐下以后，刘宗周没有马上口授疏稿，忽然伤心地摇摇头，用沉痛的浙东口音朗诵出屈原的四句诗[①]：

> 余固知謇謇之为患兮，
> 忍而不能舍也。
> 指九天以为正兮，
> 夫惟灵修[②]之故也。

停了片刻，他把已经想好的一些意见对儿子慢慢地口授出来，而一经出口，便成了简练有力的文章。虽然他提不出一个裕饷强兵的建议，但是他的每一句话都指出了当时朝廷所推行的有害于

[①] 四句诗——这是《离骚》中的诗句。
[②] 灵修——指君王。

民、无救于国的政令和积弊,许多话直率地批评到皇帝身上。过了一阵,他停下来望着儿子问:

"都写了么?"

"都写了。"刘汋实在害怕,随即站起来看看父亲的激动神色,大胆地问:"大人,像这样责备朝廷的话敢写在疏上么?"

"只要有利于国,为什么不敢说?咳,你又怕了!"

"皇上刚愎好胜,讳言时弊,大人深知。像这般痛陈时弊的话,虽出自一片耿耿忠心,也恐不能见谅于上,徒招不测之祸。请大人……"

"杨椒山①劾严嵩,杨大洪②劾魏阉,只问是非,不问祸福;杀身成仁,为天地留正气。何况今日并无严嵩、魏忠贤,而今上又是大有为之君,我身为大臣,岂可缄默不言?坐下去,接着写吧。"

他每口授一段便停下,叫儿子念一遍让他听听,然后接着口授。幸亏他的老眼昏花,看不见儿子的手在微微打颤。全疏口授毕,他叫儿子从头到尾慢慢地读一遍,修改了一些用字和句子,又口述了贴黄内容,然后叫儿子拿出书房请门客连夜誊清。

窗外雨已停止,只是天上还不断地响着遥远的雷声。鸡叫头遍的时候,刘汋把誊好的奏疏拿进书房,叫醒坐在圈椅中刚刚矇眬睡去的老人,将疏捧到他的面前。他用双手接住,在灯下仔细地看了一遍,又看看本后贴黄,全部恭楷端正,点画无一笔误,然后轻声说道:

"随我到正厅去!"

刘宗周由儿子打着灯笼引路,来到正厅,面北恭立。老仆人不等吩咐就端来了一盆清水,整理香案。刘宗周先把奏疏摆在香案上,净手,焚香,向北行了一拜三叩头礼,然后叫仆人赶在黎明时候

---

① 杨椒山——杨继盛字仲芳,号椒山。嘉靖时弹劾奸相严嵩十大罪,受廷杖,下狱,被杀。
② 杨大洪——杨涟字文儒,号大洪,天启时弹劾魏忠贤二十四大罪,惨死狱中。

到会极门将奏疏递进宫去。这时,彻夜未曾合眼的老夫人由一个丫环扶着,从后宅来到正厅,看着丈夫"拜表",不敢吭声;等仆人捧疏离去,不禁落下热泪,长叹一声。刘宗周望望她,想对她说一句安慰的话,但一时不知怎么说好,转身回书房去,等待着皇上治罪。

昨日黄昏因为下雨,乾清宫中更加昏暗,一盏一盏的宫灯全都点了起来。一个太监来到崇祯身边,问他是否"用膳"。他摇摇头,说道:"急什么!"随即他想到曹化淳应该进宫来了,抬头问道:

"曹化淳还没来么?"

"曹化淳进宫多时了。只因皇爷正在省阅文书,不敢惊驾,在值房等候呼唤。"

"叫他来!"

曹化淳每天黄昏前照例要进宫一趟,有时上午也来,把崇祯所需要知道的事情秘密奏闻。有时没有重要事情,倘若皇帝高兴,他就把侦事番子们所禀报的京师臣民的隐私事告诉皇帝,而崇祯对臣民的隐私细故也很感兴趣。为着使东厂太监起到耳目作用,夜间只要曹化淳写一纸条,隔着东华门的缝隙投进来,立刻就会送到乾清宫。现在他望着跪在面前的曹化淳,问道:

"你知道黄道周这个老家伙在狱中说些什么话?"

曹化淳回答说:"据侦事番子禀报,黄道周抬进镇抚司时,看见狱门上有'白云库'三个字,叹口气说:'这是周忠介和周宗建[①]两先生死的地方!'"

"可恶,他把自己比做周顺昌他们了。还说了些什么话?"

"他进狱后又说了一句话,奴婢不敢奏闻。"

"他又说了句什么话?你快说出吧,我不罪你。"

---

① 周忠介和周宗建——周顺昌谥号忠介,天启朝吏部主事。周宗建是天启朝御史。二人均被魏忠贤惨杀于镇抚司狱中。

"他说:'皇上是尧、舜之君,老夫得为关龙逢、比干①足矣。'"

崇祯大怒,把御案一拍,骂道:"可恶!这个老东西把朕视为桀、纣之君,真真该死!该死!"

"请皇爷息怒,不要同他一般见识。"

"刘宗周在做什么?都是什么人前去看他?"

"听说刘宗周回家以后,闭门省愆,谢绝宾客。有些同僚和门生前去探问,他全不接见。"

"哼,他只要畏惧知罪就好。我等着他如何回话!"

晚膳以后,他考虑着对黄道周如何处治。他曾经想过将黄道周移交刑部以诽谤君父的罪名问斩,但随即觉着不妥,那样,不但会有许多人上本申救,而他自己在史册上将留下杀戮儒臣的恶名。反复想了一阵,他忽然有了主意,就在一张小黄纸条上写道:

黄道周、叶廷秀,即予毕命,只云病故。谕吴孟明知道!

他把这个密谕看了看,外加密封,叫一个亲信的御前太监马上去亲手交给吴孟明,不许让任何人知道。

吴孟明捧着密旨一看,吓得脊背上冒出冷汗。将传密旨的御前太监送走以后,他一个人在签押房中盘算。他想,黄、叶二人都是有名的朝臣,而黄更是当代大儒,海内人望,不惟桃李满天下,而且不少故旧门生身居显要。如果把他们二人在狱中害死,他不但生前受举国唾骂,死后也将遗臭万年。况且,皇上的脾气他非常清楚:做事常常反复,自己又不肯落半句不是。倘若过些时朝局一变,有人替黄道周和叶廷秀鸣冤,皇上是决不会替他吴某受过的。到那时,他怎敢把密旨拿出来替自己剖白?不管将来朝局怎样变,只要正气抬头,他都会落到田尔耕和许显纯②的下场。这太可怕

---

① 关龙逢、比干——关龙逢因谏夏桀王被杀,比干因谏殷纣王被杀。
② 田尔耕和许显纯——都是魏忠贤的心腹爪牙。田任锦衣卫使,许掌北镇抚司。崇祯登极后将他们杀了。

了。可是现有皇上密旨,怎敢违抗?

吴孟明彷徨很久,思前想后,决定暂不执行密旨。他看见密旨上并没有限他今晚就将黄等结果,事情还有挽回余地。当夜他就写好一封密疏,五更时派长班到会极门递进宫中。疏中有这样的话:"即令二臣当死,陛下何不交付法司明议其罪,使天下咸知二臣死于国法?若生杀出之卫臣与北司,天下后世谓陛下为何如主?"天色刚明,他就找东厂太监曹化淳去了。

在崇祯朝,锦衣卫和东厂都直接对皇帝负责。但吴孟明认为曹化淳毕竟是皇上的家奴,所以对曹化淳处处表示尊敬,不敢分庭抗礼。遇到有油水的大案子,他受贿多了,也不惜分给东厂太监。另外,东厂的把柄很多,瞒不住吴孟明,曹化淳也怕得罪了他,说不定什么时候自己也会吃亏。因此他对吴孟明也很好,遇事互相维持。他听了吴孟明谈了皇上的密旨以后,也赞同吴的谨慎处理,并答应亲自进宫去探一探皇上看过吴的回奏以后有什么动静,如果皇上对吴不满,他就设法相救。

吴孟明的密奏恰恰打中了崇祯的忌讳。崇祯一心要让后世称他为圣君,为英明之主,像这样命锦衣卫暗中害死两个儒臣,载之史册,确实不算光彩。可是昨天黄道周廷争的倔强劲儿,实在使他痛恨,而叶廷秀竟然敢替他说话,公然偏党,也不可饶。想来想去,不处死这二人他实不甘心。他正在沉吟,曹化淳进宫来了。平日,他把东厂和锦衣卫倚为心腹和耳目,但是对它们都不是完全放心,时常利用这两个机构互相监视。现在他有点疑心吴孟明受了廷臣嘱托,不完全是替他的"圣名"着想。听曹化淳奏完了几件事情之后,崇祯问他:

"曹伴伴,你同吴孟明常来往么?"

曹化淳躬身奏道:"东厂与锦衣卫,一属内臣,一属外廷,只有公事来往,并无私人来往。"

"朕想问你,吴孟明这个人办事如何?"

"俗话说,知子莫若父,知臣莫若君。陛下天纵英明,烛照幽隐,自然对吴孟明十分清楚。据奴婢看来,吴孟明倒是个小心谨慎、肯替陛下做事的人。"

"你知道吴孟明受贿么?"

曹化淳心中吃惊,说道:"历朝锦衣卫使,不受贿的极少。自陛下登极以来,历任锦衣卫使尚不敢干犯法纪。奴婢也曾密饬侦事人暗中访查,尚未听到吴孟明贪贿情节。既然皇爷问起,奴婢再多方密查就是。"

崇祯没有做声。曹化淳也不敢多说一个字。他一走,崇祯就派原来给吴孟明送密旨的亲信太监去把密旨要回,由他亲自烧毁。

他决定把黄道周和叶廷秀的案子暂且搁下,让他们在镇抚司狱中吃苦,不杀也不放。想着近来他自己肝火很旺,在上朝时容易暴怒,有时对臣工拍案喝责,还有些事处置时不暇三思,事过不免后悔,所有这些,传到后世都会是"圣德之玷"。左思右想,满怀烦恼,不觉长叹。他把王德化叫到面前,说道:

"你派人到翰林院去,把近两年的《起居注》①取进宫来,替朕好生看看。倘有记得不实之处,务必仔细改正,以存信史。"

王德化完全懂得他的意思,奏道:"皇爷是尧、舜之君,敬天法祖,勤政爱民,可为万世人君楷模。倘史臣们有记载不实之处,奴婢自当谨遵钦命,细心改正。"

崇祯又想了想,说:"你替我传谕史官们,国家大政,有内阁红本②及诏谕在,日后修实录③可为依据。从今日起,这《起居注》不用记了。"

---

① 《起居注》——记载皇帝日常言行的册子。
② 红本——官员的奏疏统称"本",经皇帝(或司礼监秉笔太监代他)用朱笔批过的叫做红本,存在内阁。
③ 实录——每一皇帝死后,史官们把这一朝的大事编纂成书,叫做实录。

王德化走后不久,刘宗周的奏疏就送到了崇祯面前。同时送来的,还有一本是兵部题奏的陕西巡抚的紧急军情塘报。崇祯先拿起刘宗周的本,在心中说:

"哼,这个本到如今才送进宫来!我倒要看看你怎样回话!"

崇祯没有料到,刘宗周在疏中不但不向皇帝引罪自责,反而批评了朝廷的许多弊政,甚至直接批评了君父。崇祯还没有看完这封大胆的奏疏,已经怒不可遏,提起朱笔,想批交刑部从重议罪,但是忍一忍,将笔放下,继续看下去。刘宗周批评皇上经常用诏狱对待臣民,每年亲自断狱数千件,失去了"好生之德"。在政事上不顾大体,苛求琐屑末节,使政体挫伤。对地方官吏不问别的,只看完不成钱粮的就予以治罪,于是做官的越发贪污,为吏的越发横暴,逃避田赋的情况越发严重。对百姓"敲扑"繁多,使民生越发凋敝。用严刑峻法和沉重聚敛苦害百姓,所以盗贼一天比一天多。在军事上,他批评说:由皇上派遣太监监视军务,使封疆之臣没法负起职责。于是总督和巡抚无权,而武将一天比一天怯懦。武将怕死,士兵骄横,朝廷的威令行到督、抚身上也无济于事。朝廷勒限平贼,而军中每日杀良冒功,老百姓越发遭受屠戮。他接着恳求撤销监视太监,增加地方官的责任,征聘天下贤士,惩办贪酷官吏,颁布维新的政令。他最后恳求说:

> 速旌死事督臣卢象升而戮误国奸臣杨嗣昌以振纪纲。释直臣黄道周以开言路。逮一贯杀良冒功之跋扈悍将左良玉以慰中原之民心。停练饷之征,下罪己之诏,以示皇上维新之诚。断和议之念以示有敌无我。防关以备反攻①。防通、津、临、德②以备虏骑南下。

---

① 防关以备反攻——关指山海关。当时山海关仍是明朝对付清兵的重镇,支援辽东各城,而对历次南下清兵起到一定的牵制作用。这句话是建议加强山海关的防务,使以后南下的清兵不能从南边进攻(反攻)山海关。
② 通、津、临、德——即通州、天津、临清、德州,都是当时明朝对付南下清兵的战略要地。

崇祯看完奏疏,不觉骂了一句:"该死!"这一段奏疏中最刺痛他的话是要求他"下罪己之诏"。他想,国势如此,都是文武诸臣误国,他自己有什么不是?难道十三年来他不是辛辛苦苦地经营天下,总想励精图治,而大小臣工辜负了他的期望?其次最刺伤他的话是关于同满洲议和的问题。刘宗周像黄道周一样在奏疏中竟然使用"和议"二字,这是有意刺他,而且不但替已经死去的卢象升说话,还想阻挠今后再同满洲进行"议抚",反对他的谋国大计。他在盛怒之下,在御案上捶了一拳,一跃而起,在乾清宫中绕着柱子走来走去。他一边走一边恨恨地想:如今国事败坏至此,没有人肯助他一臂之力,反而只看见皇亲们对他顽抗,大臣们对他批评,归过于他,老百姓不断来向他"伏阙上书",而各地文官武将们只会向他报灾,报荒,请饷,请兵,请赈!

他不管刘宗周对朝政的激烈批评正是要竭忠维护他的大明江山,决定对刘宗周从严处分,使臣工们不敢再批评"君父"。于是他回到御案,提起朱笔,在刘的奏疏后边批道:

> 刘宗周回话不惟无丝毫悔罪之意,且对朝廷狂肆抨击,对黄道周称为直臣,为之申救。如此偏党,岂堪宪职①?着将刘宗周先行革职,交刑部从重议罪!

阁臣们和刑部尚书、侍郎等进宫去跪在崇祯面前替刘宗周恳求从宽处分,情辞恳切。随后辅臣们也一起进宫求情,反复劝谏。崇祯的气慢慢消了,只将他"从轻"处分。

经大臣们尽力营救,次日早饭过后,刘宗周接到了削籍的"圣旨"。大臣削籍,本来可以一走了事,用不着去午门前叩辞皇帝,称做"辞阙"。但是刘宗周尽管对朝政十分失望,对皇帝却怀着无限忠心。他所属的大地主阶级和他这样数十年沉潜于孔孟之道的儒

---

① 宪职——指都御史的官职。

臣,同腐朽透顶的大明帝国有着血肉关系,也是大明帝国的真正支柱。他想着自己以后很难再回朝廷,担心自己的生前会遭逢"黍离之悲"[①],于是就换上青衣小帽,到午门前边谢恩。他毕恭毕敬地跪在湿地上,向北五拜三叩头,想着国事日非,而自己已是暮年,这次回籍,恐怕以后再没有回朝奉君之日了。想到这里,两行热泪夺眶而出,几乎忍不住痛哭失声。

朝中的同僚、属吏、门生和故旧,知道刘宗周削了职,就要离京,纷纷赶到公馆看他,还要为他饯行。他一概不见,避免任何招摇。在他去午门谢恩时,已经吩咐家人雇了一辆轿车在公馆后门等候。这时他同夫人暗暗地走出后门,上了车,出朝阳门赶往通州上船。

运河上黄水暴涨,浊浪滔滔。幸喜新雨之后,炎热顿消,清风徐来。他穿一件半旧的湖绉圆领蓝色长袍,戴一顶玄色纱巾,像一般寒士打扮,坐在一只小船上,悠然看着运河两岸景色,对夫人说:"我常想回蕺山书院,今日蒙恩削籍,方得如愿!"绍兴北乡蕺山一带秀丽的山光水色,那些古老的寺院建筑和王羲之的遗迹,从前师徒朋友们读书论道的生活,历历地浮现在他的眼前。过了一刻,他想起来黄道周和叶廷秀尚在狱中,将来未知死活,十分放心不下。又想着自己一片忠心报主,原想对时事有所匡救,竟然削籍而归,忧国忧民的心愿付之东流,不禁心中刺疼。在离开午门时,他曾经于感怀万端中想了几句诗,现在他就磨墨展纸,提笔足成七律一首:

> 望阙辞君泪满祛,
> 孤臣九死罪何如!
> 常思报主忧怀切,

[①] 黍离之悲——亡国的悲痛。

深愧匡时计虑疏。
白发萧萧清禁外,
丹心耿耿梦魂余。
蕺山去国三千里,
秋雨寒窗理旧书。

他把这首诗琅琅地读了两遍,加上一个《谢恩口占》的题目,交给夫人去看。他心中明白:各地民变正在如火如荼,绝无办法扑灭,杨嗣昌必将失败,以后局面更难收拾,他回到家乡未必能过着著书讲学的安静生活,说不定会做亡国之臣。他也明白:倘若不幸国破君亡,他素为"纲常名教"表率,到时候只能为国尽节,断无在新朝苟活之理。他的阶级感情和政治思想使他想到这地方好像预感到天崩地陷,既恐怖又伤心,默默不语。于是他手扶竹杖,独立船头,向着昌平十二陵一带的山色凝望。本朝二百七十年的盛衰史涌现心头,怀古思今,怆然泣下。

崇祯常常疑心臣下结党,对刘宗周也很不放心。他想着刘宗周不仅在全国士林中声望很高,而且在朝中故旧门生很多,又官居左都御史高位,不会没党。他叫东厂和锦衣卫加紧侦伺,只要查出京城中有人为宗周大事饯行,或说出抱怨朝廷的话,立即拿办。所以当刘宗周走的这天,东厂和锦衣卫的侦事番子布满了刘宗周的住宅附近以及从北京到通州运河码头。刘宗周从通州开船之后,曹化淳和吴孟明分别将他出京的情况面奏崇祯。崇祯这才放了心。他向吴孟明问:

"薛国观离京了么?"

吴孟明回奏说:"薛国观今天早晨离京,回他的韩城原籍,携带行李很多。他系因贪贿罪削职回籍,所以朝中同僚无人敢去送行,只有内阁中书王陛彦前去他的住宅,在后门口被守候的锦衣旗校抓到,下到镇抚司狱中。"

崇祯说:"要将这个王陛彦严刑拷问,叫他供出薛国观的纳贿实情。凡平日与薛国观来往较多的朝臣,都须暗中侦明他们是不是也通贿了。近两三天中,京师臣民中有何议论?"

吴孟明知道:皇亲们听说薛国观削职回籍,暗暗称快。士民中有各种议论,有的批评朝廷无道,摧残敢言直臣,有的批评黄道周和刘宗周都是书呆子,不识时务,只懂得"愚忠"二字,还有的批评皇帝刚愎任性,不讲道理,今后国事更不可为。东厂和锦衣卫在这两天内已经抓了十几个妄议朝政的士民,将有的人打得半死,有的人罚了款,有的人下到狱中。但是所有百姓们议论朝政的话和抓人的事,吴孟明都不敢向崇祯奏明,反而胡诌说京城百姓都称颂皇上英明,对国事有通盘筹划,可惜黄道周和刘宗周只凭书生之见,不体会皇上的治国苦心,当面归过君父,受处分是理所当然。崇祯听了吴孟明的胡诌,心中略觉轻松,叫孟明退出。但他怕受吴的欺瞒,等曹化淳进宫时又向化淳询问京城百姓的议论。曹、吴二人原是商量好的,所以曹的回奏几乎同吴的话完全一致。崇祯很喜欢曹化淳的忠诚,心里说:"内臣毕竟是家奴,比外臣可靠!"他重新考虑着军饷问题,绕着乾清宫的柱子不停走动,自言自语地说:

"军饷,还得用借助办法。李国瑞的家产已经抄没了,下一次叫哪一家皇亲开头呢?"

第十九章

一转眼,又是两个月过去了。

在这段时间里,崇祯得到飞奏,知道李自成已经从商洛山中突围出来,奔往鄂西。他很生气,下旨切责陕西、三边总督郑崇俭防范不严,使围歼李自成的事"功败垂成"。他又命杨嗣昌火速调兵围堵,不让李自成与张献忠在鄂西一带会合。但是他也明白,如今不管他的圣旨如何严厉,在行间都不能切实遵办。所以除为筹饷苦恼之外,又增添了新的忧虑。

崇祯认为,经过他对李国瑞家的严厉处分,如今再提借助,皇亲们决不敢再事顽抗。但他没有将重新向皇亲们借助的主意找任何大臣密商,而只在无意中对一两个亲信大太监露了口风。

崇祯的这个机密打算,很快地传到了戚畹中间,引起来很大惊慌。皇后也知道了。她不是从崇祯身边的亲信太监口中知道的,而是因为派坤宁宫的刘太监去嘉定伯府赏赐东西,嘉定伯周奎悄悄地向刘太监询问是否知道此事,刘太监回到坤宁宫后,就将这个消息以及戚畹人人自危情形,暗向皇后奏明。周后又命刘太监向皇帝身边的亲信太监暗中打听,果然不差,使她不能不格外地忧虑起来。

近些日子,她本来就在为田妃的事情忧虑。为田妃忧虑,也有一半是为她自己的命运忧虑。自从田妃谪居启祥宫后,她看出来皇上越发每日郁郁寡欢。在一个月前,他在所谓"万几之暇",也常来坤宁宫玩玩,或者晚上留住在坤宁宫中,以排遣他的愁闷情怀。

可是近来他总是独自闷在乾清宫中,除上朝和召见大臣外就埋头省阅文书,有时在宫中独自走来走去。坤宁宫他虽然还来,但是比往日稀少了。至于别的宫院,他更少去,也不宣召哪个妃嫔到乾清宫的养德斋去。为着撑持这一座破烂江山,周后自然担心崇祯会闷出病来。更使她担心的是皇上可能下诏选妃。这事情在宫中已经有了一些猜测,乾清宫的宫女们也看出来皇上已有此意。周后决不希望再有一个像田妃那样的美人入宫。田妃虽然很美,但是田妃原是她同皇帝在崇祯元年一起从众多入宫被选的姑娘中选出来的,所以田妃始终对她怀着感恩的心情,尽管有时恃宠骄傲,却不敢过于放肆。再者,她比田妃只年长一岁,这也是田妃不能够专宠的重要原因。她今年已经三十岁了,倘若皇上再选一个像田妃那样美丽而聪明的妃子进宫,年纪只有十七八岁,就可能独占了皇上的心。这样的前途使她想着可怕。她十分明白,从来皇帝的宠爱是最不可靠的。就拿田妃说,那一天上午皇上还去承乾宫散心,告诉田妃说她永远不会失宠,可是下午就将她贬居冷宫。周后还听到乾清宫的宫女们传说,当时皇上十分震怒,曾有意将田娘娘"赐死",至少削去她的贵妃称号,后来想到她所生的几个皇子和皇女,才转了念头,从轻处分。田妃的遭遇,难道不会落到她正宫娘娘的身上么?自古以来,皇后被废黜,被杀害,或只顶一个皇后的空名义而过着幽居生活的并不少啊!

  当周后正在忧心忡忡的日子,崇祯即将再次向戚畹借助的消息传到了她的耳中,就使三股忧虑缠绕到一起了。她心中盘算,再一次借助,皇上一定会命她的父亲在戚畹中做个倡导。她听说,上次借助从武清侯府开始,戚畹和勋旧就有闲言,说皇上放过有钱的至亲,却从远亲头上开刀,未免不公。她知道她父亲是一个十分吝啬的人,在借助的事上决不会做一个慷慨的出血筒子。倘若惹皇上震怒,很可能迁怒于她。倘若她的父亲受到严厉处分,更会牵连到她作为皇后的处境。一旦她的处境不利,皇上又选了稚年美慧的宠妃,不但她自己的命运更可怕,连她的儿子的太子地位也会摇动。田妃有时虽然使她不高兴,但毕竟不是赵飞燕一流女子。倘若宫中进来一个像赵飞燕那样的人,她同田妃就会落得像许皇后和班婕妤①的可怜下场。这么想着,她开始同情并且喜欢起田妃来了。

想了两天,周后决定一面暗中嘱咐她的父亲千万不要惹皇上生气,另一方面,她必须赶快解救田妃,使皇上和田妃和好如初。她早就明白,皇上很想念田妃,只是因为没有人从中替田妃求情,所以皇上不肯将田妃召回,才生出重新下诏选妃的念头。倘若这时候由她出面转圜,不惟皇上会对她高兴,也将使田妃永远对她感恩。

这是一个淡云笼罩的夏日,略有北风,并不太热。用过早膳以后,周后命宫女刘清芬送几件东西往太子居住的钟粹宫中,看太子是否在读书,然后传谕备辇,要往永和宫去。坤宁宫的掌事太监刘安感到诧异,躬身奏道:

"永和宫中虽然如今百花盛开,也很凉爽,只是不曾好生布置。娘娘陛下突然前去赏花,恐有不便。可否改日前去?"

周后说:"不要布置,我马上前去瞧瞧。"

刘安熟知皇后平日看花总要约袁妃一道,忙问:"要宣袁娘娘一起去么?"

"不用。谁都不要告诉!"

于是周后上了凤辇,在一大群太监和宫女的簇拥中出了坤宁宫。所有的太监和宫女对皇后的如此突然决定去永和宫看花,也不约其他娘娘陪侍,都觉十分奇怪。

---

① 许皇后和班婕妤——许是汉成帝的第一个皇后,班是妃子(婕妤是妃下边的一种名号)。后因赵飞燕入宫受宠,许后被废,赵立为后,班也失宠,退侍太后于长信宫。

周后在永和门外下了凤辇,在百花丛中巡视一遍,作了一些指示,叫掌管永和宫养花的太监头儿按照她的"懿旨"重新布置,限在三天以内完成。她出了永和宫,想就近亲自去太子宫中看看。她想确实知道太子是否每日读书,所以她不许太监们前去传呼接驾,而且叫随驾的大部分太监和宫女都回坤宁宫去。当她快到钟粹宫时,原去钟粹宫送东西的宫女刘清芬迎面来到,跪在道旁接驾。皇后问道:

"长哥在做什么?"

刘清芬迟疑一下,回答说:"长哥刚才读了一阵书,此刻在院中玩耍。"

皇后没再说话。凤辇也未停留,一直抬进钟粹宫二门以内。等钟粹宫的太监喊出"接驾"二字,她已经从凤辇中走下来,望着慌忙跪在地下接驾的太子和许多太监、宫女,一言不发,神气冷若冰霜。过了一阵,她回头来向刘清芬严厉地问:

"长哥显然是早就在院中打闹玩耍,你怎么敢对本宫不说实话?"

刘清芬虽然只有十六岁,但熟知宫中规矩森严,皇后一句话就可以将她置于死地。看见皇后如此盛怒,她伏俯地上,浑身哆嗦,不敢回答。周后望着太子冷笑一声,回头对刘清芬说:

"我知道你的错误不大,姑且从宽处分。你自己掌嘴!"

刘清芬用左右手连打自己脸颊,不敢轻打,大约每边脸打到十下,两颊和两掌已经红肿,方听见皇后轻声说:"起去!"她赶快叩了三个头,口呼"谢恩!"爬起来退到后边。周后这时已经坐在一把椅子上,对着太子责备说:

"你是龙子龙孙,金枝玉叶,今日已为长哥,日后就是天下之主,怎么能同奴婢们摔起跤来?皇家体统何在?你虽然年纪尚小,也应该处处不失你做太子的尊严。就令是别的皇子,就令是尚未封王的皇子,也应该知道自己是龙子龙孙!"

周后不再深责太子,因为她认定主要错误是在太子左右的太监和宫女身上。她重新望一望刚才同太子摔跤并将太子摔倒后压在下边的那个小太监,叫他抬起头来。那是一个面貌俊秀、身材匀称、生着一双虎灵灵大眼睛的十二岁孩子,吓得脸色煞白。周后问道:

"你个小贱人知道是跟谁摔跤么?"

小太监伏俯地上说:"回奏娘娘陛下,奴婢是跟长哥殿下摔跤。奴婢该死!奴婢该死!"

周后说:"哼哼,你也知道他是长哥殿下!你们这班小贱人在侍候长哥读书之暇,陪着长哥玩耍是可以的,但怎么敢同他摔跤?怎么敢将他摔倒后压在他的身上?他虽小,可是东宫之主,国之储君;你是服侍他的奴婢!"

小太监连连叩头说:"奴婢该死!奴婢该死!"

周后回头对随侍前来的刘安说:"将他拉出宫去,乱棍打死!"

小太监一听说要将他处死,哀哭恳求皇后开恩,并哭求太子替他求情。太子慈烺平日最喜欢同这个小太监一起玩耍,赶快向皇后叩头恳求说:

"恳母后陛下开恩!刚才的事,都是孩儿不是。这个小奴婢原不敢同孩儿摔跤,是孩儿骂他几次,他才跟孩儿摔跤的。"

周后向慈烺看了一眼:"不许多嘴!"她又催身边的掌事太监说:"快命人将他拉出宫去,赶快处死!"

钟粹宫全体太监和宫女都明白太子所说的是实话,都跪在地上求皇后息怒开恩,留这个小太监一条"微命"。但周后盛怒未息,既不说赦免小太监的死,也不叫太子起来。刚才被责罚打自己嘴巴的小宫女刘清芬,两颊还在火辣辣地发疼,但确实知道小太监无罪,忍不住轻轻将吴婉容的衣襟拉了一下,用含泪的眼睛恳求她赶快跪下去替小太监说话乞恩。但是平日同她像亲姊妹一般相好的吴婉容竟然一动不动。她第二次拉一下吴的衣襟。"管家婆"回头来看她一眼,紧紧地咬着下嘴唇,同时将大眼睛半闭一下。这是暗号,使刘清芬恍然明白。这位被皇后信任的大宫女平日深恐几个同她亲密的宫女们获罪,曾暗中叮嘱她们:皇后陛下每当皇上来坤宁宫住宿时,就现出一副温柔贤良的面孔,太监和宫女们在她的面前多说几句话并不碍事;当皇后对着众多宫眷、命妇、太监和宫女摆出十分端庄高贵的面孔时,大家在她的面前言语动作就得格外谨慎;另外当皇后心中烦恼或者当什么人触犯皇后的尊严时候,谁在她的面前一不小心就会祸从天降,切记不要轻易说话,纵然天塌下来也只装没有看见。吴婉容还同大家姊妹们约定了几个暗号,以便互相关照,希望大家在这动辄得咎的深宫里平安无事,日后或许能熬到个出头之日。现在刘清芬看见"管家婆"姐姐的暗号,心头一凉,不觉浑身打个寒战,暗中悲痛小太监死得冤枉。

　　幸而由于钟粹宫中全体太监和宫女的叩头乞恩,周后没有再催促将小太监拉去处死。她不愿这件事闹得太大,会传到乾清宫中,对她和太子都有不利。但是她也不愿意让这个小孩子长留在太子身边。她看见这孩子脸孔清秀,眼有神采,口齿伶俐,倘若自幼就同慈烺狎昵惯了,等到慈烺登极之后,必会引导慈烺玩耍游乐,由他来擅权乱政,像魏忠贤那样。趁着众人替他乞求开恩,她宣旨饶他一死,罚他去昌平守陵,永远不许进宫。她正等着这个小太监叩头谢恩,没想到这小孩竟然哭着说:

　　"伏奏娘娘陛下,恳陛下赐奴婢在宫中自尽,不去昌平守陵。"

　　周后诧异,问道:"你为什么宁愿死不去守陵?"

　　有片刻工夫,这小太监伏地不语,只是哭泣。原来他是河间府人,明朝太监多出在河间一带。三年以前,他的父亲因为家中日子不好过,在亲戚们的暗中撺掇之下,将他捆绑起来,不管他如何呼天叫地,哭死哭活,被大人们硬是按着他净了身①。半年之后,一位亲戚将他带来北京,转托与宫中太监有瓜葛的乡亲帮忙,将他送进宫中,去年又被挑选来钟粹宫,服侍太子。他虽然年龄不大,却是一个十分聪明有志气的孩子。刚被净身之后,他才九岁,曾几次打算跳井自尽,被大人发觉了,对他看守很严。入宫以后,他改换了打算。想着父母若不是日子十分困难,也不会先卖了他的姐姐,后来又对他下此毒手。他也看见,母亲在他净身后哭过多次,有时在夜间将他哭醒。所以后来他为着能够养活父母和弟妹们,反而希望能够进入皇宫。进宫以后,他听说几年前同乡中有两个人净身后不曾选上,只好住在皇城内有堂子②的佛寺中为前来洗澡的太监擦背,这种人俗称"无明白",勉强混碗饭吃,因而他对自己的能够进宫感到庆幸。去年被挑入钟粹宫,他越发高兴,小心翼翼地服侍太子,对长辈太监也极恭顺,只求日后在宫中有个好的出路,挣钱养活父母和弟妹们的心愿不致落空。如今一听皇后说要将他送往昌平守陵,他觉得这样就一切完了,不如早死为好。周后见他竟敢以一死来对抗"懿旨",愈不愿他将来再回到太子身边,对坤宁宫掌事太监说:

"这小贱人既然不愿去昌平守陵,你们就送他去西山守陵吧。"

刘安和几个较年长的太监都知道所谓去西山守陵,是守景帝陵或什么王、妃、公主等坟,远不如在昌平十二陵做一个守陵太监有出息。大家又赶快替他求情并责备他说:"娘娘陛下已经开恩,饶你不死,口降懿旨送你去昌平守陵,真是天恩高厚,你还不赶快谢恩!"小太监明白皇后的"懿旨"已无可改变,只好叩头谢恩,又向太子叩头,向坤宁宫和钟粹宫的掌事太监叩头,然后由一个太监带

---

① 净身——阉割。
② 堂子——即澡堂,明代又叫做混堂。

着他收拾了行李,离开钟粹宫。

当小太监离开的时候,周后才命太子起来,随即对那个看太子摔跤的宫女说:"你比长哥年长三四岁,我原以为你比较懂事,又读过书,所以挑选你服侍太子。今日长哥同奴婢摔跤,十分失体,你不但不曾谏阻,反而看见长哥跌倒后拍手大笑。你知罪么?"

这个宫女早已看透了宫中的处处虚假,人与人勾心斗角,争风吃醋,彼此倾轧,动不动就会大祸临头,所以在皇后处分那个无辜小太监时她已经打好了主意,一经问她是否知罪,她就立刻叩头回答:

"奴婢罪该万死,恳乞娘娘陛下开恩超生。奴婢愿去大高玄殿做女道士,每日焚香诵经,恭祝皇上和皇后两陛下万寿无疆。"

周后看着这个宫女面目俊俏,又比太子年长,生怕她再过两年会勾引太子"宠幸",所以也巴不得使她趁早离开太子宫中,所以听了她的回奏,当即点头说:

"你愿意去大高玄殿学道修行,也是好事。本宫恩准了你,马上就叫人送你前去。刚才的罪,恩予免究。"

宫女叩头谢恩,又照例向太子叩头,向一些有地位的太监和宫女叩头,然后去收拾自己的东西。

周后又另外处分了几个宫女和太监。因为钟粹宫的掌事太监王明礼平日老成忠实,当太子同小太监摔跤时他正往乾清宫送太子近来所写的仿书,周后到后才回,所以周后只将他申斥一顿,未予责罚。周后吩咐所有太监和宫女不许将这事传到乾清宫,然后回坤宁宫去。

第二天上午,崇祯实在烦闷得要死,来到坤宁宫中。周后陪着他站在院子里看宫人们采茉莉,心中打算着要帮助田妃的事。正在这时,忽然从天空落下来一阵悦耳的银铃声,引得她和崇祯都仰头观看。天上湛蓝如海,没有纤云,但见一群鹁鸽,大部分洁白如雪,夹杂着少数灰色的、杂色的,在宫殿的上边盘旋,愈飞愈高,向西苑的方向飞去,最后连几点淡淡的影子也融进太空,只有隐约的银铃声还没有完全消失。他们都知道这一群鹁鸽是袁妃放的。她在翊坤宫为着排遣寂寞,养了一群鹁鸽,修了一座放鸽台,每当风日清和的早晨,亲自站在台上放鸽。周后看过鸽群飞往西苑以后,对崇祯含笑说:

"皇上,你刚才说你在乾清宫闷得心慌,想去一个什么地方散散心又觉得无处可去。袁妃那里,陛下一个月难得去一次,别的宫中陛下更不肯去,难道这三宫六院就没有一个可以解闷的地方?"

崇祯摇摇头,苦笑一下,叹口长气。他几乎想说出来他对川、鄂一带战事迟迟没有重大捷报和军饷困难的情况,但是话到口边就咽下去了。他是决不许后妃们过问国事的,也不许她们打听。周后不敢直接提起田妃,先从袁妃引头,说:

"我记得皇上去年夏天有一晚在翊坤宫看见袁妃在月下穿一件天水碧蝉翼纱宫衫,觉得很美,第二天皇上还对我赞不绝口。你今天既然很闷,懒得省阅文书,何不到翊坤宫玩玩,让袁妃再穿了那一件天水碧宫衫让皇上瞧瞧?"

"唉,到翊坤宫也不能使我解闷。"

"袁妃和田贵妃同时入宫,是我同皇上亲自挑选的。论容貌,袁妃虽不是国色,可也是不易多得。只是她性情过于敦厚一些,不善于先意承旨,所以皇上有时觉得她不十分有趣。其实,这恐怕正是她的长处。"周后打量了一下崇祯的神色,又笑着说:"哟,我又想起来一个人儿,她一定能够替皇上解闷。派都人去把她召来好么?"

"你说的是谁?"

皇后赔笑说："此人虽然平时有恃宠骄傲的毛病，且不该为李家事说了错话，但罚在冷宫省愆已经有两个多月，深自悔罪。在众多妃嫔中只有她多才多艺，琴、棋、书、画都会，又能先意承旨。我将她召来当面向陛下谢罪好么？"

崇祯的心中很想看见田妃，但是他知道田妃为替李家说一句话蒙谴的事早已传了出去，不如让她在启祥宫多住些日子，好使李家和那些皇亲们不敢抱任何妄想。沉吟片刻，他慢慢地回答说：

"我今天事多，等几天吧。"

崇祯刚说完这句话，王德化来到坤宁宫，向他启奏巩驸马和几位皇亲入宫求见，在文华殿前候旨。崇祯问：

"有哪些皇亲同来？"

"有新乐侯刘文炳，老皇亲张国纪，老驸马冉兴让。"

"他们来是为李国瑞的儿子求情么？"

"大概是的。"

"去，向他们传旨：倘若是为李存善的事，不要见我！"

王德化走后，崇祯想到了田妃所生的五皇子慈焕。他非常喜爱这个五岁的孩子，常常在烦闷的时候命宫女到启祥宫传旨，叫奶母和宫女们将慈焕送到乾清宫来玩耍一阵。近七八天因为五皇子患病，他没有再看见，心中确实想念，每天总要命太监或宫女到启祥宫询问病情。昨天得知慈焕的烧已减退，仍由太医们每日两次入宫，悉心医治。他现在向皇后问道：

"今日慈焕的病可又轻了一些？"

周皇后回答："今早田妃命都人前来启奏，说慈焕昨晚服药之后，虽然回头，尚未完全退烧。"

崇祯生气地说："这太医院的人们真是该死，竟然不能将这孩子的病早日治好！"

皇后笑着说:"皇上也听说京城有'三可笑'的谚语:'光禄寺的茶汤,武库司的刀枪,太医院的药方。'这几天,都是太医院使①亲率四名御医给慈焕诊病,斟酌脉方,非不尽心,可惜他们这些官儿们的本领反不如民间郎中。限于皇家的祖宗规矩,民间郎中自来不能召进宫来。"

崇祯经皇后提起那三句京城谚语,也略微笑了笑,随即无可奈何地摇摇头。周后为着替崇祯解闷,命宫女们将范选侍和薛选侍召进坤宁宫,为皇上弹琵琶。她们学琵琶都是田妃教的,被认为是田妃的"入室弟子"。崇祯不听则已,听她们弹过一曲《汉宫秋月》后反触起许多心事,不胜怅惘。周后趁机小声问道:

"皇上,你要是觉得她们弹得不好,我叫都人去将田娘娘召来为皇上弹一曲解闷如何?"

崇祯摇摇头,没有做声,脸上也没有一丝默然同意的表情。周后命两位选侍去便殿吃茶,又挥退左右的宫女和太监,向崇祯说:

"皇上,你一身系天下安危,如此终日寡欢,万一有损圣体,这个艰难局面如何支撑?"

崇祯不语,只轻轻叹口长气。

周后想了想,觉得机不可失,又说:"听说永和门百花盛开,比往年更好。我吩咐奴婢们布置一下,后天同袁妃陪侍皇上去赏花如何?"

崇祯不好辜负周后的好意,点头同意。

周后送走崇祯以后,正要休息,忽然看见钟粹宫的掌事太监王明礼在院中同刘安私语。她命宫女将王明礼叫到面前,问他有何事启奏。王明礼来坤宁宫本来是要向皇后启奏那个被罚去昌平守陵的小太监昨天出了北安门②后,奋身投入御河,打捞不及,已经死

---

① 太医院使——太医院的主管官,也是御医。
② 北安门——清代改称地安门。

了。但是刘安对他说:"娘娘陛下这两日正在心烦,这是什么芝麻子儿大的事,也值得前来启奏!"所以他跪在皇后面前堆着笑容奏道:

"今早奴婢听乾清宫的御前牌子说,昨晚皇爷于万几之暇,看了长哥的十天仿书,圣心喜悦,龙颜含有笑容。奴婢不敢隐瞒,特来启奏娘娘陛下。"

周后信以为真,微微一笑,随即吩咐吴婉容拿出一些绸缎匹头和各种糖果,派四个宫女拿去赏赐钟粹宫的宫女和太监,另外也赏赐太子一些东西。

两天以后,周后用过早膳,在宫女们的服侍下换好衣服。明代历朝宫眷的暑衣遵照"祖制",从来没有用纯素的,素葛也只有皇帝用,其余的人,包括皇后在内,都不敢用。两年前周后偶然用白纱做了一件长衫,不加任何彩饰,穿了以后请崇祯看。崇祯不但没有责备,反而十分喜欢,笑着说:"真像是白衣大士!"从此,不但周后喜欢在夏天穿纯素的纱衫和裙子,而且所有的宫眷们都仿效起来,把将近三百年的宫中夏衣的祖宗制度稍稍改变。

夜间微雨已晴,宫槐格外浓绿。皇后穿着纯素衫裙,不戴凤冠,只用茉莉花扎成一个花球,插在云鬟上;襟上也戴了一个小花球,用珍珠围绕一圈。宫女们打扮得花枝招展,擎着作简单仪仗用的羽扇、团扇和黄罗伞,捧着食盒,簇拥着皇后的凤辇来到乾清宫。袁妃已经在日精门外恭候。走进乾清宫同崇祯见了面,一同乘辇往永和门。在永和门下辇之后,崇祯走在前边,后边跟着周后、袁妃,一大群太监和宫女,缓步踱入花园。这儿不但有很多奇花异草,争芬斗妍,还有许多盆金鱼,都是些难得的名品。在花园的一角有一个茶豆架,下边放着一张藤桌,四把藤椅。藤桌上放着一把时壶①和四个宜兴瓷杯。按照封建贵族和士大夫的趣味说,这布置也算得古朴风雅,颇得幽野之趣。一道疏篱将茶豆架同花园隔开,柴门半掩。柴门上绕着缠松。竹篱上爬着牵牛。那些门、竹篱和茶豆架,都是周后依照自己幼年时候在老家宜兴一带所得的印象,吩咐永和宫的养花太监们在春天用心布置的。今天按周后的预先吩咐,在小花园一角的古松下,太湖石边,放了一张檀木琴桌,上边摆着一张古琴,一个宣德铜香炉,另外放一个青花瓷绣墩。

崇祯在宫中生活,到处是繁缛的礼节,单调而庄严的黄瓦红墙,案上又是看不完的各种不愉快的文书,忽然来到这样别致的一个地方,连说"新鲜,新鲜"。周后趁着他有些高兴,含笑说:

"皇上,难得今日赏花,可惜三宫②中独少东宫田妃。她在启祥宫省愆多日,颇知悔过,也很思念陛下。我叫都人去把她召来,一同赏花如何?"

崇祯不说不行,也不说行。周后同袁妃交换了一个微笑的眼色,立刻派宫女用袁妃的辇去接田妃。

田妃很快地乘辇来了。衣裙素净,没有特别打扮,仅仅在鬓边插了一朵相生粉红玫瑰。她向皇帝和皇后行了礼,同袁妃互相福了福,拉着袁妃的手立在皇后背后。崇祯望望她,登时为她的美丽心中一动,但表面上仍然保持着冷淡神情,只是不自觉地从嘴角泄露出一丝若有若无的笑意。田妃回避开他的眼光,低下头去,努力不让眼泪滚出。周后满心想使崇祯的心中愉快,说:

"田贵妃,今日难得皇上来永和门赏花消遣,你给皇上弹奏一曲何如?"

田妃躬身回答:"谨遵懿旨。"随即她对随侍的一个宫女吩咐:

---

① 时壶——明朝中叶,宜兴人时大彬以制造茶壶著名,其所制茶壶被人们称为时壶,明末为收藏家所珍视,每一壶值百两银子以上。
② 三宫——明代承乾宫为东宫娘娘所居,翊坤宫为西宫娘娘所居,合坤宁宫(中宫)为三宫。

"快去启祥宫将我的琵琶取来。"

周后说:"不用取琵琶。坤宁宫有旧藏古琴一张,原是北宋内廷珍物,上有宋徽宗御笔题字。我已命都人摆在那株松树下边,你去试弹一曲。这张古琴留在我那里也没有用,就赐给你吧。"

"谢皇后陛下赏赐!"田妃跪下哽咽说,趁机会滚出来两串热泪。

田妃走到太湖石边坐下,定了弦,略微凝神静坐片刻,使自己心清气平,杂念消退,然后开始弹了起来。她对于七弦琴的造诣虽不如对琵琶那样精深,但在六宫妃嫔和宫女中没有第二个人可以及得上她。她为着使崇祯高兴,先弹了一曲《烂柯游》。这支琴曲是崇祯在前几年自己谱写的,听起来枯燥、沉闷、单调、呆板,令人昏昏欲睡,但是等田妃弹毕,所有随侍左右的太监和宫女都向崇祯跪下齐呼:"万岁!万岁!"稍停一下,田妃重调丝弦,接着弹了一曲《昭君怨》。人们听着听着,屏息无声,只偶尔交换一下眼色。从皇帝、皇后,下至宫女,没有人动一动,茶豆叶也似乎停止了摆动,只有田妃面前的宣德铜香炉中袅袅地升着一缕青烟。弹毕这支古曲以后,田妃站起来,向崇祯和周后躬身说:

"臣妾琴艺,本来甚浅,自省愆以来,久未练习,指法生疏,更难得心应手。勉强恭奏一曲,定然难称圣心,乞皇上与皇后两陛下恕罪。"

周后向崇祯笑着问:"皇上,你觉得她弹的如何?"

"还好,还好。"崇祯点头说,心中混合着高兴与怅惘情绪。

周后明白田妃故意弹这一支古宫怨曲来感动皇上,她担心皇上会因此心中不快,赶快转向田妃说:

"我记得皇上平日喜欢听你弹《平沙落雁》,你何不弹一曲请皇上听听?"

田妃跪下说:"皇后陛下懿旨,臣妾岂敢不遵。只是因为五皇子的病,臣妾今日心绪不宁,实在不适宜弹《平沙落雁》这样琴曲。万一弹得不好,乞两位陛下鉴谅为幸。"

崇祯忙问:"慈焕的病还不见轻么?"

田妃哽咽说:"这孩子的病忽轻忽重,服药总不见效。这几天,臣妾天天都在为他斋戒祷告。"

崇祯决定立刻去看五皇子的病,便不再看花听琴,带着皇后、袁妃同田妃往启祥宫去。

五皇子慈焕刚刚退了高烧,从昏迷中醒了过来。崇祯和周后都用手摸了摸病儿的前额,又向乳母和宫女们问了些话。他在启祥宫坐了一阵,十分愁闷,命太监传谕在南宫建醮的一百多名僧道和在大高玄殿的女道士们都替五皇子诵经禳灾。

这天晚上,崇祯又来到启祥宫一趟。看见五皇子病情好转,只有微烧,开始吃了一点白糖稀粥,并能在奶母怀中用微弱的声音向他叫一声"父皇",他的心中略觉宽慰,立刻命太监到太医院去,对太医院使和参加治疗的四位御医分别赏赐了很多东西。他本来想留在启祥宫中,但因为田妃正在斋戒,他只好仍回乾清宫去。

田妃在五皇子住的屋子里坐到二更时候,看着他的病情确实大轻,睡得安静,才回寝宫休息。又过了许久,玄武门正打三更。启祥宫中,除几个值夜的宫女和太监之外,所有的人都睡熟了,十分寂静。明朝宫中的规矩极严。宫眷有病,太医不能进入宫中向病人"望、闻、问、切",只能在宫院的二门外听太监传说病情,然后处方。五皇子是男孩,可以由太医们直接切脉诊病。为着太医们不能进入启祥宫的二门,田妃从他患病开始就将他安置在二门外的西庑中,叫奶子和四个贴身服侍的宫女陪着他住在里边。其余服侍五皇子的宫女们都住在内院。东庑作为每日太医们商议处方和休息的地方,并在东庑中间的墙上悬挂着一张从太医院取来的画轴,上画着一位药王,腰挂药囊,坐在老虎背上,手执银针,斜望空中,而一条求医的巨龙从云端飞来,后半身隐藏在云朵里边。每日由奶子和宫女们向神像虔诚烧香。太监们多数留在承乾宫,少数白天来到启祥宫侍候,晚上仍回承乾宫去。如今半夜子时,在这二门外的院落中,只有奶子和两个在病儿床边守夜的宫女未睡。奶子命一个宫女蹑脚蹑手地走到院中,听听田妃所住的内院中没有一点声音,全宫中的宫女都睡得十分踏实,于是奶子变得神色紧张,使了一个眼色,同两个脸色灰白、心头乱跳的宫女向暗淡的灯影中消失了。

院中月光皎洁,黑黢黢的树影在窗上摇晃。屋中,黑影中有衣服的窸窣声,紧张的悄语声。一丝北风吹过,窗外树叶发出飒飒微响,使悄语声和衣服的窸窣声登时惊得停止。屋中出奇的寂静,静得瘆人。过了片刻,她们重新出现在慈焕的床边,但已经不是奶子和宫女,而变成了一位身穿袈裟模样的女菩萨和两个打扮奇怪的仙女。她们将慈焕摇醒,使他完全清醒地睁开眼睛。在一盏明角宫灯①的淡黄色的光亮下,病儿看清楚这三个陌生可怕的面孔和奇异的装束,大为惊恐,正要大哭,一个仙女怒目威吓说:"不许哭!你哭一声我就咬你一口!"病儿不敢哭了,只用恐怖的眼睛望着她们。装扮菩萨的奶子注视着病儿的眼睛,用严厉的口气说:"我是九莲菩萨。我是九莲菩萨。皇上待外家刻薄,我要叫他的皇子们个个死去,个个死去。"她说得很慢,很重,希望每个字都深印在小孩的心上。说过三遍之后,她问:"你记住了么?"这声音是那么冷酷瘆人,使病儿不觉打哆嗦,用哭声回答:"记……记住了。"旁边一个宫女严厉地问:"你记了什么?学一遍试试!"病儿颤抖地学了一遍。另一个宫女威吓说:"记清!九莲菩萨要叫你死,也叫个个皇子都死!"病儿再也忍耐不住,哇一声大哭起来。一个宫女将他身上的红罗被子一拉,蒙住了他的头。病儿不敢探出头来,在被中怕

---

① 明角宫灯——用白色羊角薄片粘接起来做的灯笼。

得要死,大声哭叫。过了一阵,蒙在他头上的被子拉开了。他重新看见床边站着最疼爱他的奶母和两个最会服侍他的都人。他哭着说:"怕呀!怕呀!"浑身出汗,却又不住哆嗦。奶子将他抱起来,搂在怀中,问他看见了什么。病儿一边哭一边断断续续地说他看见了九莲菩萨,并将九莲菩萨的话反反复复地述说出来。奶子和两个值班的宫女都装做十分害怕,一再叫病儿说清楚。病儿看见他的奶母和宫女们也都害怕,越发恐怖,又连着重复几次。奶子赶快将另外几个年长的宫女都叫起来,大家都认为五皇子确实看见了孝定太后显灵,围着他没有主意。田妃被哭声惊醒,命一个宫女跑来询问。奶子慌忙跟着这个宫女进入田妃寝宫,奏明情况。田妃大惊,随着奶子和宫女奔了出来。

不管田妃和奶子如何哄,如何向神灵祈祷许愿,病儿一直不停地哭,不断地重复着九莲菩萨的话,但愈来声音愈嘶哑,逐渐地变得衰弱,模糊,并且开始打颤地手脚悸动,随后又开始浑身抽搐。大家慌忙将解救小儿惊风的丸药给他灌下去,也不见效。折腾到天色黎明,病儿的情况愈不济事了。田妃坐在椅子上绝望地痛哭起来,趁着皇上上朝之前,命一个宫女往乾清宫向崇祯奏明。

崇祯刚在乾清宫院中拜过天,吃了一碗燕窝汤,准备上朝,一眼扫到御案上放的一个由司礼监秉笔太监昨夜替他拟好的上谕稿子,内容叫在京的各家皇亲、勋旧为国借助。他因为还要在上边改动几个字,口气要严厉一点,以防皇亲们妄图顽抗,所以他暂时不叫文书房的太监拿去誊缮。他心中想道:

"我看再不会有哪家皇亲敢违抗朕的严旨!"

当他步下丹墀,正要上辇时候,忽见启祥宫的一个宫女惊慌跑来,跪在他的面前说五皇子的病情十分严重,已经转成惊风。崇祯大惊失色,问道:

"你说什么?昨晚不是已经大好了么?为什么突然转成

惊风?"

跪在地上的宫女回答说:"五皇子殿下昨晚确实大好了,不料三更以后,突然大变。起初惊恐不安,乱说胡话,见神见鬼,随即发起烧来。如今已经转成惊风,十分不好。"

崇祯骂道:"混蛋!五岁的小孩,知道什么见神见鬼!"

他来不及叫太监备辇,起身就走。一群太监和宫女跟在背后。有一个太监赶快走到前边,向启祥宫跑去。出月华门向北走了一箭多远,崇祯才回头来对一个太监吩咐:

"快去午门传谕,今日早朝免了。"

田妃跪在启祥宫的二门外边接驾。因为前半夜睡得迟,又从半夜到现在她受着惊恐、绝望和痛苦的折磨,脸色憔悴苍白,眼皮红肿,头发蓬乱。崇祯没有同她说话,一直往五皇子住的地方走去。

五皇子躺在床上,正在抽风,神志昏迷,不会说话。因为皇上进来,奶子和几个宫女都跪在地上,不敢抬头。崇祯俯下身子看一看奄奄一息的病儿,又望望哭得像泪人儿一样的奶子,询问病情为什么竟变得如此突然。奶子和宫女们都俯地不敢回话。田妃在一旁躬身哽咽说:

"陛下!太医们昨日黄昏曾说,再有一两剂药,慈焕就可痊愈。为何三更后突然变化,臣妾也很奇怪。臣妾到二更时候,见慈焕病情确实大轻,睡得安静,才回寝宫休息。刚刚睡熟,忽被哭声惊醒,随即听都人们说慈焕半夜醒来,十分惊惧不安,如何说些怪话。臣妾赶快跑来,将慈焕抱在怀中,感到他头上身上发烧火烫,四肢梢发凉,神情十分异常,不断说些怪话。臣妾害怕他转成惊风,赶快命奶子将婴儿镇惊安神回春丹调了一匙,灌了下去,又用针扎他的人中。谁知到四更天气,看着看着转成了惊风……"

"为什么不早一点奏朕知道?"

"臣妾素知皇上每夜为国事操心，睡眠很晚，所以不敢惊驾，希望等到天明……"

崇祯不等田妃说完，立刻命一个太监去传太医院使和医官们火速进宫，然后又责问田妃：

"你难道就看不出来慈焕为什么突然变化？真是糊涂！"

田妃赶快跪下，战栗地哽咽说："臣妾死罪！依臣妾看来，这孩子久病虚弱，半夜里突然看见了鬼神，受惊不过，所以病情忽变，四肢发冷，口说怪话。"

"他说的什么怪话？"

"臣妾不敢奏闻。"

"快说出来！"

"他连说：'我是九莲菩萨，我是九莲菩萨。皇上待外家刻薄，我要叫他的皇子们个个死去。'"田妃说完，伏地痛哭。

崇祯的脸色如土，又恐怖又悲伤地问："你可听清了这几句话？"

田妃哭着说："孩子说话不清，断断续续。臣妾听了几遍，听出来就是重复这两句话。"

崇祯转向跪在地上的奶子和几个宫女们："你们都听见了么？"

奶子和宫女们以头触地，战栗地回答说"是"。崇祯明白这是为着李国瑞的事，孝定太后"显灵"，不禁捶胸顿足，哭着说："我对不起九莲菩萨，对不起孝定太后！"他猛转身向外走去。当他出了启祥宫门时，又命一个太监去催促太医们火速入宫，并说：

"你传我口谕：倘若救不活五皇子，朕决不宽恕他们！"

他回到乾清宫，抓起秉笔太监昨夜替他拟的那个上谕稿子撕毁，另外在御案上摊了一张高约一尺、长约二尺、墨印龙边黄纸，提起朱笔，默思片刻，下了决心，写了一道上谕：

　　朕以薄德，入承大统。敬天法祖，陨越是惧。黾勉苦撑，十有三载。天变迭见,灾荒洊臻。内有流寇之患,外有胡虏之忧。百姓死亡流离,千里为墟。朕中夜彷徨,五内如焚;避殿省愆,未回天心。近以帑藏枯竭,罗掘术穷,不得已俯从阁臣之议,而有借助之举。原期将伯助我①,稍纾时艰;孰意苦薄皇亲,弥增朕过。忆慈圣②之音容,宁不悲痛?闻表叔之薨逝,震悼何极!其武清侯世爵,即着由国瑞之子存善承袭,传之万代,与国同休。前所没官之家产,全数发还。于戏③,国家不幸,事多乖张;皇天后土,实鉴朕衷!

他在慌乱中只求挽救慈焕性命,竟不管外戚封爵只有一代,传两三代已是"特恩",他却写成了"传之万代"的糊涂话。他将亲手写成的上谕重看一遍,命太监送往尚宝司,在上边正中间盖一颗"皇帝之宝",立刻发出。太监捧着他的手诏离开乾清宫后,崇祯掩面痛哭。他不仅仅是为爱子的恐将夭折而哭,更重要的是他被迫在皇亲们的顽抗下败阵,还得对孝定太后的神灵低头认错,而借助的事情化为泡影。

哭了一阵,崇祯乘辇去奉先殿祈祷,又哭了一次。他特别在孝定太后的神主前跪着祈祷和哭了很久。离开奉先殿以后,他匆匆乘辇往启祥宫,但是刚过螽斯门④,就听见从启祥宫传出来一阵哭声。他知道五皇子已经死了,悲叹一声,立刻回辇往乾清宫去。

已经是仲秋天气,紫禁城中的槐树和梧桐树开始落叶,好似深秋情景。一天午后,崇祯在文华殿先召见了户部尚书李待问,询问借用京城民间房租一年的事,进行情况如何。关于这事,京城中早已议论纷纷,民怨沸腾。从崇祯八年开始,就在全国大城市征收间

---

① 将伯助我——语出《诗经》,意译是:请长者助我。
② 慈圣——指孝定太后。
③ 于戏——即"呜呼"的另一写法。
④ 螽斯门——紫禁城内西二长街的南门,启祥宫在它的紧西边。

架税(即近代所谓房捐),虽然别的城市没有行通,北京城里有房产的一般平民却每年都得按房屋的多寡和大小出钱。如今要强借房租一年,所以百姓们都把"崇祯"读做"重征"。那些靠房租生活的小户人家更是心中暗恨。但是李待问不敢将实情奏明,只说还算顺利。随即崇祯又召见了兵部尚书陈新甲,密询了对满洲议和的事,知道尚无眉目,而川、鄂交界一带的军情也没有多大进展。他回到乾清宫,对着从全国各地来的军情和报灾文书,不禁长叹。他暂时不看堆在案上的这些文书,将王承恩叫到面前,吩咐去找礼部尚书传他的口谕,要将五皇子追封为王,命礼部速议谥号和追封仪注回奏。王承恩刚走,已经迁回承乾宫一个月的田妃跟着皇后来了。田妃对他叩了头,跪在地上没有起来。皇后说:

"皇上,承乾宫今日又出了两桩意外的事,贵妃特来向陛下奏明,请旨发落。"

崇祯突然一急,瞪着田妃问:"什么意外的事?"

田妃哽咽说:"臣妾罪孽深重,上天降罚,一些不祥之事都出在臣妾宫中。自从慈焕死后,他的奶母神志失常,经常哭泣,近日回家治病,没想到竟然会在今日五更自缢而死。她的家人将她自缢身死的事报入臣妾宫中不到半日,有两个原来服侍慈焕的都人也自缢死了。"

崇祯感到吃惊,也很纳罕。他明白这件事很不平常,宫中像这样半日内三个人接连自尽的事从来没有,必然有特别文章。打量田妃片刻,觉得不像与她有什么关系。他忘叫田妃起来,只顾猜想,却百思不得其解。他根本没有想到,李国瑞的家人和另外一家皇亲暗中买通了五皇子的奶母,又经过奶母买通了两个宫女,玩了这一诡计。奶子原以为现拿到一万多两银子与两个宫女分用,对五皇子也无大碍,等五皇子十岁封了王位,她就以亲王奶母的身份享不尽荣华富贵。不意久病虚弱的五皇子竟然惊悸而死,更不意曹化淳前天晚上派人到她的家里去敲诈五千两银子,声言要向皇上告密,所以她就上吊死了。消息传进承乾宫,那两个宫女认为事情已经败露,也跟着自尽。曹化淳虽然侦查出一点眉目,但因为这案子牵涉几家皇亲,包括田妃的娘家在内,还牵涉到承乾宫的一个太监,此人出于他的门下,所以就对崇祯隐瞒住了。

崇祯从椅子上跳起来,急躁地来回走动。他害怕这事倘若在臣民中传扬开去,不管人们如何猜测,都将成为"圣德之累"。这么一想,他恨恨地跺跺脚,叹口长气。于是命田妃起来,然后对皇后说:

"奶子抚育慈焕五载,义属君臣,情犹母子。一旦慈焕夭殇,她悲痛绝望,为此而死,也应予优恤表彰。可由你降一道懿旨,厚恤奶子家人,并命奶子府①中供其神主,以资奖励。那两个自尽的都人,对五皇子志诚可嘉。她们的遗体不必交净乐堂焚化,可按照天顺前宫人殉葬故事②,好生装殓,埋在慈焕的坟墓旁边,就这样发落吧。"

周后和田妃领旨退出乾清宫,尽管都称颂皇上的处置十分妥当,却没有消除她们各自心中的迷雾疑云。

黄昏时候,锦衣卫使吴孟明来到乾清宫,向崇祯禀报薛国观已经于今天下午逮到北京,暂时住在宣武门外一处僧舍中。崇祯的脸色阴沉,说:

"知道了。你暂回锦衣卫候旨。"

两个月前,薛国观被削籍为民,回陕西韩城原籍。崇祯心中明白关于薛国观贪贿的罪案,都难坐实,所以仅罚他赃银九千两。在

---

① 奶子府——明代供应宫中奶母的机关,经常准备有四十名奶母住在里边。地址在东安门北边,今灯市西大街即其所在地。
② 宫人殉葬故事——故事即旧例。明朝前期,每一皇帝死后都有许多宫眷(妃子和宫女)殉葬。到英宗临死时,谕令不要宫眷殉葬,从此终止了这一野蛮制度。天顺为明英宗第二个年号。

当时贪污成风,一个大臣即令确实贪贿九千两,也是比较小的数目,没有处死的道理。只是由于五皇子一死,崇祯决定杀他以谢孝定太后"在天之灵",命锦衣飞骑追往他的原籍,将他逮进京来。

晚上,浓云密布,起了北风,淅淅沥沥地下起雨来。约摸二更时候,崇祯下一手诏将薛国观"赐死"。将近三更时候,奉命监视薛国观自尽的御史郝晋先到僧舍。薛国观仓皇出迎,问道:

"君半夜冒雨前来,皇上对仆有处分么?"

郝晋说:"王陛彦已有旨处决了。"

薛猛一惊:"仆与王陛彦同时处决么?"

郝晋说:"不至如此。马上就有诏来。……"

郝晋的话还未说完,一位锦衣卫官带着几名旗校到了。那锦衣卫官手捧皇帝手诏,高声叫道:

"薛国观听旨!"

薛国观浑身战栗,立即跪下,听锦衣官宣读圣旨。圣旨写不出将他处死的重大罪款,只笼统地说他"贪污有据"。手诏的最后写道:"着即赐死,家产籍没。钦此!"薛国观听到这里,强装镇定,再拜谢恩,随即从嘴角流露出一丝冷酷的微笑,说:"幸甚!幸甚!倘若不籍没臣的家产,不会知道臣的家底多大!"他直到现在还不知道自己被处死的真正原因,于是从地上站起来,叫仆人拿出一张纸摊在几上,坐在椅子上提笔写了一行大字:

谋杀臣者,吴昌时也!

锦衣旗校已经在屋梁上绑好一根丝绳,下边放着三块砖头。郝晋因见丝绳很细,说道:

"相公①身子胖大,恐怕会断。"

薛国观起初对于死十分恐怖,现在好像看透了一切,也预料崇

---

① 相公——古人对宰相的称呼。

祯未必有好的下场,心情忽然镇定了。他从椅子上站起来,亲自站在砖头上将丝绳用力拉了三下,说:"行了。"郝晋和锦衣旗校们没有人能理解他在临死的片刻有些什么想法,只见他似乎并无戚容,嘴角又一次流露出隐约的冷笑。他将脖子伸进丝绳套里,将脚下的砖头踢倒。

崇祯登极十三年来杀戮的大臣很多,但杀首辅还是第一次,所以他坐在乾清宫的御案前批阅文书,等候锦衣卫复命。三更过后不久,两个值班的司礼监秉笔太监走到他跟前,启奏锦衣卫官刚才到东华门复命,说薛国观已经死了,并将薛国观临死时写的一句话摊在御案上。崇祯看了看,问道:"这吴昌时好不好?"虽然两位秉笔太监和侍立身边的两个太监都知道吴昌时在朝中被看成是阴险卑鄙的小人,但他们深知皇上最忌内臣与外廷有来往,处处多疑,所以都说不知道,不曾听人谈过。

因为薛国观已经"赐死",崇祯认为他已经替五皇子报了仇,已经对得起孝定太后的在天之灵,心中稍觉安慰。但立刻他又想到军饷无法筹措,纵然抄没薛国观的家产也不会弄到多少钱,心头又转而沉重起来,怅惘地暗暗感慨:如果薛国观像严嵩等那样贪污得多,能抄没几百万两黄金和几千万两银子也好了!思索片刻,他将一大堆吁请减免征赋的奏本向旁边一推,不再去看,提起朱笔给户部写了一道手谕,命该衙门立即向全国各地严催欠赋,不得姑息败事。

他又想应该在宫中撙节一切可以撙节的钱,用在剿灭张献忠和李自成的军费上。从哪儿撙节呢?想来想去,他想到膳食费上。不久前他看见光禄寺的奏报:他自己每月膳费一千零四十六两,厨料在外,制造御酒灵露饮的粳米、老米、黍米都不算在内;皇后每月膳费三百三十五两,厨料二十五两八钱;懿安皇后相同;各妃和太子、皇子们的膳费也很可观。但是他不能削减皇后的膳费,那样会影响懿安皇后。皇后不减,各妃和太子、皇子等自然也不能减少。他只能在自己的膳费上打主意。他想到神宗朝御膳丰盛,为列朝所未有,却不支光禄寺一两银子。那时候内臣十分有钱,御膳由司礼监掌印太监、秉笔太监、东厂提督太监轮流备办,互相比赛奢侈。每个太监轮到自己备办御膳,还收买一些十分名贵的书画、玉器、古玩,进给万历皇帝"侑馔",名为孝顺。天启时也是如此。他登极以后,为着节省对办膳太监的不断赏赐,同时也因为他深知这班大太监们的银子都来路不正,才把这个旧例禁止。可是现在他怀念这一旧例。他想着这班大太监都明白目前国家有多么困难,命他们轮流备办御膳,可以不必花费赏赐。想好以后,他决定明天就告诉王德化,仍遵祖制由几个地位高的内臣轮月备办御膳,免得辜负内臣们对他的孝顺之心。

他带着未看完的一叠文书回到养德斋。该到睡觉的时候了。但是他的心情极坏,又想起来向戚畹借助这件事,感到懊悔,沉重地叹息一声,恨恨地说:

"薛国观死有余辜!"停一停,又说:"要不是有张献忠、李自成这班流贼,朕何以会有今日艰难处境!"

不知什么时候,崇祯在苦恼中朦胧入睡。值夜的宫女小心地把他手中的和被子上的一些文书收拾一下,放在檀木几上,又替他把身上的黄缎盘龙绣被盖好。因为门窗关闭很严,屋里的空气很不新鲜,令人感到窒息。她不声不响地走到窗前,看看御案上宣德炉中的龙涎香已经熄灭,随即点了一盘内府所制黑色龙盘香。一股细细的青烟袅袅升起,屋里登时散满了沁人心脾的幽香。她正要走出,忽听崇祯愤怒地大声说道:"剿抚两败,贻误封疆,将他从严惩处!"她吓了一跳,慌张回顾,看见皇上睡得正熟,才端着冰凉的宣德炉,踮着脚尖儿走了出去。

窗外,雨声淅沥,雷声不断。雨点打在白玉阶上,梧桐叶上,分外地响。风声缓一阵,紧一阵,时常把雨点吹过画廊,敲在窗上,又把殿角的铁马吹得丁丁冬冬。崇祯因为睡眠不安,这些声音时常带进梦中,扰乱心魂。四更以后,一阵雷声在乾清宫的上边响过。他从梦中一乍醒来,在风声、雨声、闷雷声和铁马丁冬声中,听到一个凄惨的战栗哭声,以为听见鬼哭,惊了一身冷汗。定神细听,不是鬼哭,而是从乾清宫院外传来的断续悲凄的女子叫声:

"天下～～太平!……天下～～太平!……天下～～太平!……"

他明白了。宫中为使用需要,为宫女设一内书堂,由司礼监选择年高有学问的太监教宫女读书,读书成绩好的宫女可以升为女秀才,再升女史;犯了错误的就得受罚,轻则用戒方打掌,重则罚跪孔子神主前。还有一种处罚办法是命受罚的宫女夜间提着铜铃打更,从乾清宫外的日精门经过乾清门到月华门,来回巡逻,一边走一边摇铃,高唱"天下太平"。今夜风雨昏黑,悲惨的叫声伴着丁当丁当的铜铃声断续地传进养德斋。崇祯静听一阵,叹口气说:

"天下哪里还有太平!"

他望着几上堆的一叠紧急文书,心思转到国事上去,于是风声、雨声、雷声、铃声,混合着凄惨叫声,全在他的耳旁模糊了。他起初想着遍地荒乱局面,不知如何收拾;过了一阵,思想集中在对张献忠和李自成的军事上,心情沉重万分。正在想着剿贼毫无胜利把握,忽然又听见那个小宫女在乾清宫院外的风、雨、闷雷声中摇铃高唱:

"天下～～太平!……天下～～太平!……"

十三年来他天天盼望着天下太平,可是今夜他害怕听见这句颂词,不觉狠狠地朝床上捶了一拳,随即吩咐帘外的太监说:

"传旨叫她睡觉去吧,莫再摇铃喊'天下太平'了!"